LES AMANDIERS FLEURISSAIENT ROUGE

DU MÊME AUTEUR

chez le même éditeur

Le pays bleu :
1. LES CAILLOUX BLEUS, 1984
2. LES MENTHES SAUVAGES, 1985
Prix Eugène Le Roy

LES CHEMINS D'ÉTOILES, 1987

aux éditions Seghers

ANTONIN, PAYSAN DU CAUSSE (1897-1974), 1986

CHRISTIAN SIGNOL

LES AMANDIERS FLEURISSAIENT ROUGE

roman

ÉDITIONS ROBERT LAFFONT
PARIS

ISBN 2-221-05792-9

A Martine, qui connaît chaque pierre de notre long chemin.

« Vivez, la vie continue,
Les morts meurent et les ombres passent,
Emporte qui laisse et vit qui a vécu... »

Antonio MACHADO.
(Poète républicain, 1876-1939.)

NOTE DE L'AUTEUR

J'ai souvent dit, et je ne suis pas le seul, que l'on devient écrivain par son enfance. Mes précédents romans suffiraient à le démontrer en ce qui me concerne, si chacun ne savait qu'à cet âge naissent les émotions les plus durables et qu'à cet âge on est le plus perméable aux êtres et aux idées. Alors pourquoi ce roman de l'Espagne puisque je n'y suis pas né ? Eh bien, tout simplement parce que c'est l'Espagne qui a rejoint mon enfance à l'époque où le grand Sud-Ouest accueillait les réfugiés de la guerre civile, après leur passage au Perthus et dans les camps d'Argelès, de Barcarès ou de Saint-Cyprien. J'ai alors bien connu l'un d'entre eux : Miguel S. qui travaillait avec mon père et près de qui, enfant, je passais de longues heures. J'ai partagé sa solitude, ses pensées, ses nostalgies, son pain, sa vie, et tout ce qu'il m'a raconté a beaucoup marqué mon esprit d'enfant. Plus tard, j'ai constaté que d'autres Espagnols venaient naturellement vers moi, comme s'ils avaient perçu une connivence, une complicité, une considération. Tous se reconnaîtront dans ces pages, que ce soit Miguel, Luis, Juan, Soledad, Santiago ou Pilar.

Ce livre leur doit beaucoup. On n'y trouvera pas d'idées, de mobiles, de comportements qui leur soient étrangers. Car je crois que l'on n'écrit bien que ce que l'on connaît bien. Et, parce qu'ils ont su toucher l'enfant que j'étais, l'adulte que je suis devenu ne les en aime que davantage.

Près d'un demi-million d'Espagnols sont entrés en France

en 1939. Aujourd'hui, avec leurs enfants et leurs petits-enfants, ils sont deux à trois millions, et ils comptent, car ce sont tous des gens honnêtes, courageux, qui ont naturellement trouvé leur place dans notre société. Ce livre retrace leurs racines, leur histoire, mais il s'inscrit aussi dans notre vie collective, puisque nous les côtoyons chaque jour. Il n'a surtout pas pour but de raviver la haine ni les souvenirs douloureux. Au contraire.

Je voudrais qu'en lisant ces pages mes lecteurs gardent présents à l'esprit les propos que m'a tenus Miguel, un soir, peu de temps avant sa mort. Nous nous trouvions dans la petite maison où il vivait seul, en ayant froid, parfois, l'hiver. C'était en 1979, bien après la disparition du général Franco. Miguel était accoudé sur ses genoux, il regardait le feu, rêvait à son passé. « Tu vois, m'a-t-il dit d'une voix étrangement calme, quand Franco est mort, ça n'a pas guéri ma blessure. Je sais maintenant que je ne retournerai pas en Espagne, que ma vie se termine et que je n'ai pas vécu. Et aujourd'hui, après tant d'années, après avoir beaucoup réfléchi à tout ça, je m'aperçois que j'ai appris une seule chose : c'est que les hommes qui vivent dans la haine ne sont jamais heureux. »

C. S.

Voir en fin de volume : une carte de l'Espagne en 1937 et une chronologie de la guerre civile.

Première partie

LA NEIGE DE TERUEL

1.

Soledad Vinas courait vers les amandiers dont elle devinait la houle cotonneuse, plus haut, sous la lune d'avril. Levé avec la nuit, le vent dispersait les odeurs de charbon exhalées par les mines d'Andorra qui, dix kilomètres vers l'est, creusaient leurs chemins de ténèbres sous la sierra d'Aragon. Dominant le velours de la vallée, la montagne semblait réverbérer la lueur du jour que la brise nocturne avait pourtant soufflée depuis une heure.

Une fois sous le couvert des arbres, Soledad écouta un instant le chuchotis des feuillages, s'adossa contre le tronc d'un amandier, appela doucement :

— Miguel... Miguel !

Rongeant ses ongles d'impatience, elle se tourna vers le village où dansaient de faibles lumières, imagina sa mère qui s'apprêtait sans doute à dîner après avoir fait sa toilette devant la bassine en terre cuite. Qu'allait-elle penser ? L'attendrait-elle ou se coucherait-elle en préparant des reproches que trois minutes suffiraient pourtant à dissiper ?

Le bourdonnement d'un moteur naquit derrière la crête dont la noirceur se détachait sur les braises rouges du foyer allumé par le crépuscule. Semblable à un monstrueux insecte cuirassé d'argent, sa carlingue jouant sous la lune, l'avion volait à basse altitude, effleurant la cime des arbres. D'instinct, Soledad s'accroupit, cessa de respirer. Après avoir dépassé le village et survolé le versant dans un bruit de bourrasque, l'appareil atteignit la sierra, entra dans le domaine des monts désertiques, puis le vrombissement des moteurs décrut et bientôt s'éteignit, là-bas, vers Teruel. Soledad se releva, chercha des yeux les lumières de sa maison, tout en haut du village, à l'endroit où les murs s'accrochent à la pente avec l'opiniâtreté des vieux oliviers. Rassurée par les lueurs familières, elle appela de nouveau :

— Miguel...

Un froissement de feuilles lui répondit, un peu plus haut, à peine perceptible.

— Miguel, c'est toi ?

— Non, ce n'est pas moi, fit une voix proche.

— Tu m'as fait peur, dit-elle une fois qu'elle eut reconnu la silhouette trapue, l'odeur de terre et de feuilles qu'il portait sur lui.

Il effleura du bout des doigts ses cheveux d'un noir de jais puis, plus bas, la commissure de ses lèvres, enfin son cou dont la blancheur, dans la pénombre, ne laissait rien deviner du hâle. C'étaient là les seuls gestes qu'elle lui eût jamais autorisés, les seuls dont la pensée lui permettait d'affronter le regard de sa mère au retour.

Ce soir, pourtant, elle demeurait lointaine, hostile, et reculait dans l'ombre.

— Qu'est-ce qu'on raconte, au village ? demanda-t-elle.

Miguel soupira. Après cette question, il savait qu'il y en aurait d'autres, et d'autres encore, et qu'il ne parviendrait pas à la rassurer. Il répondit néanmoins :

— Les franquistes ont pris Malaga, mais Madrid tient toujours.

Il y eut un instant de silence. Maintenant, sous le parfum des arbres, montait celui, plus pénétrant, des herbes du coteau huilées par la rosée de la nuit. Soledad soupira, murmura après une hésitation :

— Tu ne partiras pas ?

Il ne répondit pas, mais se rapprocha, cherchant de nouveau ses cheveux dans l'ombre.

— Si tu pars, souffla-t-elle...

Mais elle ne put en dire plus, tellement cette perspective heurtait sa raison.

— Ne t'inquiète pas, dit-il, la guerre ne durera pas.

Il sentait Soledad respirer tout près de lui, et ce souffle chaud contre sa peau l'émouvait. Comme elle se reculait un peu, l'ayant deviné, il demanda :

— Où étais-tu quand les avions sont passés ?

— Dans les maïs, avec ma mère ; mais nous avons pu fuir à temps.

Elle ajouta, plus bas :

— On dit qu'ils cherchent les miliciens réfugiés dans la sierra ; hier, vers le nord, ils ont mitraillé les champs et il y a eu des morts.

— Les gens parlent beaucoup, fit Miguel, mais ils disent souvent n'importe quoi.

— Tu ne me crois pas ?

Il ne répondit pas. Comment ne l'aurait-il pas crue alors que les gardes civils, cet après-midi même, étaient venus chez lui ? Devait-il lui dire la vérité ou bien se taire ? Il inspira profondément et, se décidant brusquement, murmura :

— Hier, ils ont emmené Ramon Molina.

Soledad eut un frisson, ses ongles s'enfoncèrent dans l'écorce de l'amandier.

— Pourquoi ? demanda-t-elle, pourquoi cette guerre ? Pourquoi ne pas vivre comme on vit dans les autres pays ?

— Je ne sais pas, dit Miguel.

Et il ajouta, plus bas, après un instant :

— Je crois qu'ils sont devenus fous.

— Alors cache-toi, fit-elle brusquement.

Elle avait levé la tête en se rapprochant, et il distinguait la lueur ardente de ses prunelles. Un oiseau de nuit frôla les branches au-dessus d'eux avant de descendre vers les hautes herbes et les roseaux qui bordaient la rivière. Le vent, maintenant, fraîchissait, et Soledad tremblait sans savoir si c'était de froid ou de peur. Miguel soupira, tenta de l'attirer contre lui en disant :

— Je ne peux pas ; tu sais bien que si je m'en vais ils vont tuer tous les miens.

Il se tut, puis reprit avec une fêlure dans la voix :

— Tu le sais ! Tu sais que rien ne les arrête !

Bien sûr, elle savait : les assassinats, les cadavres au bord des routes, les portes fracturées la nuit, l'horreur chaque jour, et chaque jour le sang dans les rues, sur la place, dans les champs. Mais était-ce sa faute si les hommes devenaient fous ?

— Ma mère est allée trouver Don Féliz : il a promis d'intervenir, reprit Miguel.

Soledad se détendit, songea que tout espoir n'était pas perdu, mais ce regain de confiance ne dura pas longtemps.

— Cet homme ne fait rien pour rien, dit-elle, tu le sais bien.

— On a porté les deux lapins qui nous restaient, dit Miguel. Tu es rassurée ?

Elle ne répondit pas, demeura lointaine, persuadée à présent que Miguel disait n'importe quoi pour la réconforter. Un appel se fit entendre dans le village, près de l'église. Un coup de feu lui succéda, puis une plainte qui, après être montée très haut dans le silence de la nuit, cessa net.

— Il faut que je rentre, dit Soledad, ma mère va s'inquiéter.

— On se reverra quand ?

Elle hésita, répondit :

— Demain à l'heure de la sieste, prends le chemin de la sierra, derrière le pigeonnier. Si je le peux, je t'attendrai dans la petite grotte, celle où on a trouvé les pièges.

Miguel demeura quelques instants immobile, leva les yeux vers les étoiles dont l'éclat ternissait derrière la brume montante. Il voulut retenir Soledad, mais elle ne lui en laissa pas le temps et elle s'élança brusquement sur la *cañada* [1] en direction de la vallée.

Soledad arriva chez elle au moment où sa mère finissait de préparer la soupe à l'ail. Petra Vinas était une femme à peine courbée par les ans, très forte, aux traits creusés par le travail au soleil, mais aux yeux étonnamment clairs dans un visage

1. Sentier creusé par les troupeaux.

dont la matité soulignait la couleur brune et sèche. Ayant retiré son tablier et son tricot de laine, elle portait son unique robe noire qu'elle lavait le soir et faisait sécher la nuit. Se retournant au bruit de la porte, elle demanda :

— D'où viens-tu ?

Tout en continuant de couper le pain d'orge dans la soupière, elle dévisageait sa fille qui se troubla. Son regard exprimait plus de tendresse que de reproche, mais Soledad se sentait fautive. Pourtant, devant les cheveux rassemblés à la hâte en chignon, devant ce corps qui était déjà celui d'une femme, devant la grâce des gestes, la taille fine, les yeux d'un noir profond, le port hautain du cou et des épaules, la mère, chaque fois, sentait la fierté l'envahir.

— Je suis allée chercher de l'eau à la fontaine, répondit Soledad, la tine est presque vide.

Les yeux clairs de la mère ne se détournaient pas. Pour cacher sa gêne, Soledad dégrafa ses cheveux, secoua la tête tout en se penchant en arrière, puis elle se saisit de la cruche et versa l'eau dans la tine. Pendant qu'elle s'affairait, la mère demanda :

— Crois-tu qu'il soit raisonnable d'aller au village à la nuit, avec tous ces soldats dans les rues ? Tu veux donc qu'il t'arrive malheur ?

Soledad, cette fois, ne répondit pas. Encore un peu essoufflée par sa course, elle appliqua ses mains humides sur ses joues, s'approcha du buffet bas, prit deux assiettes creuses et les posa sur la table.

— Tu as entendu l'avion ? demanda-t-elle, sachant très bien que ses escapades étaient effectivement injustifiables.

La mère versa sur le pain le bouillon agrémenté d'ail et de graisse de mouton, mélangea consciencieusement, prit un torchon, s'en servit pour porter la soupière fumante sur la table. Soledad crut qu'elle n'avait pas entendu, mais la mère, s'asseyant sur sa chaise, murmura :

— Un avion de plus ou de moins...

— Au village, on dit qu'ils viennent de Valladolid, reprit Soledad ; c'est loin Valladolid ?

La mère leva à peine les yeux.

— C'est toujours assez près pour ce qu'ils nous apportent.

— En tout cas, ajouta Soledad, plus le temps passe et plus il y a d'avions ; c'est pas bon signe.

La mère remua de nouveau le pain au fond de la soupière, poussa un long soupir puis demanda :

— Tu as fait ce que je t'ai demandé ?

Soledad tendit son assiette et répondit :

— Les cendres sont dans la cheminée.

Sous la question, elle avait senti l'inquiétude et savait que sa mère allait encore parler de la guerre. Chaque soir, en effet, malgré la chaleur de la maison, malgré la présence de sa fille et le silence qui régnait enfin sur la sierra, elle éprouvait le besoin d'exorciser sa peur.

— Nous aurions dû brûler ces papiers depuis longtemps, dit-elle ; te rends-tu compte s'ils avaient fouillé les maisons le jour où ils ont tué les responsables de la collectivité ? S'ils avaient trouvé ces bons et ces cartes, ici, chez nous [1] ?

Soledad avala une première cuillerée de soupe, précisa :

— Il n'en reste que des cendres. Et puis tout le monde, au village, travaillait pour la collectivité ; ils auraient eu du travail s'ils avaient dû fouiller partout.

La mère haussa les épaules, commença à manger elle aussi. L'instant d'après, une fusillade éclata dans le village et, aussitôt, des cris lui succédèrent. Quelques secondes plus tard, des chevaux lancés au galop empruntèrent le chemin de la sierra. Elles demeurèrent figées sur leur chaise sans même songer à se cacher, écoutèrent en retenant leur souffle. Il y eut deux coups de feu plus haut, sur le versant, au-delà des amandiers, puis les cavaliers redescendirent au pas et passèrent si près de la maison que les deux femmes purent comprendre leurs paroles : ils parlaient d'un certain Estéban, qui, semblait-il, avait fait une chute de cheval en tirant un coup de fusil.

Une fois le silence rétabli, elles se remirent à manger, mais

1. Les collectivités d'exploitation agraire avaient créé leur propre monnaie. Elles avaient été instituées par les libertaires regroupés au sein de la Confédération nationale des travailleurs (C.N.T.).

ni l'une ni l'autre ne prononça le moindre mot. Quand leur maigre repas fut achevé, Soledad fit la vaisselle puis sortit sur le pas de la porte. La maison se situait en haut du village, à mi-coteau. De cet endroit, Soledad apercevait la lueur vacillante d'une bougie à proximité des amandiers et elle songea que sans doute, là-bas, on cherchait un cadavre. Le mulet qui secouait son encolure dans l'étable la tira de ses réflexions. Elle marcha vers le *corral* qui, chez les Vinas, faute de bétail, servait seulement d'enclos à l'animal pendant le jour.

Elle s'avança sur le coteau et, face à la vallée, elle tenta de distinguer la maison de Miguel au bord de la rivière qui jetait par instants des éclats de miroir. Il lui sembla que rien n'existait plus là-bas, que toute vie avait disparu, celle des bêtes comme celle des hommes, que Miguel était enseveli à tout jamais sous une nuit funeste. Elle croisa ses bras sur sa poitrine : elle avait froid et il lui tardait maintenant de retrouver la chaleur de la cuisine. Elle courut vers sa maison, y entra comme dans un refuge, claqua la porte derrière elle et s'assit sur une chaise, face à la cheminée.

Avant la guerre, c'était l'heure de la promenade au village en compagnie de sa mère. Un châle noir sur leurs épaules, elles profitaient sans crainte des soirées de printemps. Là-bas, les femmes discutaient sur la margelle de la fontaine ou sur des chaises de paille, tandis que les hommes s'attablaient au cabaret dont les portes ouvertes vomissaient des odeurs de vin, des rires et des cris. Les garçons ne s'approchaient pas des filles assises près de leur mère. Ils passaient et repassaient, l'air indifférent et vaguement supérieur, parlant haut et fort, sûrs d'eux-mêmes et de leur jeunesse, sans se douter que la guerre allait les broyer. Et de surcroît une guerre que personne ne souhaitait : du moment qu'on avait du pain et des fruits, on ne se plaignait de rien et on laissait la politique à ceux qui n'avaient pas besoin de travailler pour vivre. Pourtant, aujourd'hui, la guerre était partout présente, à chaque heure du jour et de la nuit, et toutes les familles devaient lui payer tribut.

Soledad se souvint des premiers combats, de la surprise des hommes et des femmes occupés au travail de la terre, de la violence qui avait embrasé le village, un jour, par la volonté de quelques-uns. Soutenus par les gardes civils du *cuartel*[1], les nationalistes avaient pris position dans le village dès le 19 juillet au matin. Les paysans favorables au *Frente popular* n'avaient même pas eu le temps de réagir que le village, déjà, comme Teruel, était tombé. Soledad revit le visage défiguré de Pablo Santillana, le responsable de la C.N.T., qui avait été traîné sur la place pour y être fusillé, l'assassinat des chefs de la collectivité jetés du haut de l'église sur des baïonnettes, la fuite des hommes menacés vers la zone républicaine qui passait derrière la crête de la sierra. Depuis ces jours de fin juillet 1936, la terreur régnait partout et nul n'était à l'abri. On retrouvait ceux qui avaient hésité égorgés le long des routes pour l'exemple. Les franquistes exigeaient la participation de tous, même des vieux, même des jeunes, même de ceux qui refusaient de se battre.

Cette pensée rapprocha Soledad de Miguel qui, lui aussi, allait être obligé de se soumettre. Depuis leur entrevue, elle avait compris que son départ était inéluctable et tout espoir l'avait abandonnée. Sa mère la trouva accablée en revenant du poulailler où elle avait donné des graines aux poules.

— Tu es allée au *corral* ? demanda-t-elle en refermant la porte.

— Oui, tout va bien. J'ai fermé à clé.

C'était surtout pendant ces moments-là que la présence d'un homme leur manquait. Le père était mort d'une pneumonie, l'année des deux ans de Soledad. Autant dire qu'elle ne l'avait pas connu. Il leur avait laissé une petite propriété composée de trois parcelles de quelques *héminas*[2] : l'une sur le coteau, l'autre plus haut sur la sierra, la troisième au bord de la rivière. C'est en travaillant ce petit carré entre les roseaux que Soledad avait connu Miguel dont le jardin contigu ménageait une cachette sûre. Déjà, enfants, ils se rencontraient tous les jours et c'était naturellement qu'ils s'étaient promis

1. Caserne.
2. Une *hémina* : surface que l'on peut ensemencer avec un boisseau de grain.

l'un à l'autre, en veillant bien pour l'honneur de l'une et l'autre famille de ne jamais se montrer ensemble en public. Cependant, comme il ne s'était pas déterminé à « faire ses visites » à cause de la guerre, les deux femmes continuaient de vivre seules et de cultiver un peu de maïs, d'orge, de blé, entretenaient une vingtaine de rangées de vigne et faisaient pousser des tomates, des haricots, des pommes de terre, des fèves et des lentilles dans le jardin au bord de la rivière. Au reste, elles n'avaient pas de quoi se plaindre : au village, la plupart des familles ne possédaient pas la moindre terre, et les hommes, comme les femmes, devaient se louer pour gagner leur pain : ils travaillaient dans les grandes propriétés de la vallée, notamment celle de Don Féliz, et très souvent, l'hiver, ils avaient faim.

Le père Vinas avait aussi légué aux deux femmes ses ruches qui étaient la fierté de sa vie. Grâce à elles, Soledad et sa mère gagnaient quelques pesetas par la vente du miel ; de plus, les amandiers du coteau donnaient de beaux fruits que la mère vendait au marché pour acheter l'huile, le sel, le sucre, parfois un peu de viande de porc ou de mouton, un morceau de morue salée. Aujourd'hui, pourtant, il était devenu aussi dangereux d'aller travailler aux champs que de se rendre au marché...

Soledad avait beau faire, ses pensées butaient toutes sur la même évidence : la guerre les menaçait, elle et Miguel, et leurs vies en étaient bouleversées. Elle se leva, recouvrit les braises dans la cheminée, embrassa sa mère et passa dans sa chambre. Elle ouvrit la fenêtre, versa un peu d'eau sur les œillets plantés dans un bac en bois, puis, face à la nuit où erraient des ombres redoutables, elle ferma les yeux, soupira et appela en elle des images de bonheur et de paix.

Miguel Senen montait le sentier en direction de la petite grotte où Soledad devait l'attendre. Ses espadrilles attachées avec de la ficelle ne lui tenaient pas aux chevilles, des égratignures zébraient ses mollets qu'un pantalon trop court laissait à découvert. Essoufflé, il s'assit sur une roche et contempla Pallencia, son village, comme s'il le voyait pour la dernière fois : des toits rouges aux tuiles rondes éclairaient les murs ocre des maisons basses qui semblaient groupées autour de l'église comme un troupeau autour de son berger; de la fontaine à l'eau si fraîche partaient des ruelles où éclataient le rouge plus vif des œillets et, çà et là, les touffes jaunes des jasmins. En bas, au bord de la rivière, un paysan sarclait la terre sablonneuse entre des pieds de haricots, tandis que sur les rives, parmi les roseaux et les herbes folles, voletaient des tourterelles et des alouettes. D'étroits canaux d'irrigation découpaient la vallée en rectangles réguliers. Miguel savait que sous les pierres, au bord du canal principal, après les grosses pluies d'automne, il suffisait de se baisser pour ramasser les escargots par grappes — il fallait se cacher du gardien qui, chaque soir et chaque matin, venait contrôler le débit des petites vannes. C'était un régal de manger ces escargots cuits dans la cendre sans même les avoir vidés, en buvant du vin noir, épais comme du sang... Le regard de Miguel revint vers la sierra. Ici, nulle végétation n'éclaboussait de sa verdure la roche à nu, grise, friable, couleur de cendre. Seuls quelques genêts en bouquet projetaient de loin en loin leur éclat d'or sur le moutonnement des collines que coupaient par endroits les fines silhouettes des pins. Au cours des orages d'été, de petits torrents taillaient des rigoles dans cette roche où les enfants s'amusaient à glisser. Miguel avait souvent pratiqué ces jeux.

Se refusant à s'attendrir, il se leva, épousseta son pantalon d'un revers de la main, marcha vers les genêts qui voisinaient avec deux ou trois touffes de romarin. Au ras du sol, une perdrix s'envola devant lui et disparut derrière un ressaut de terrain. Comme l'avait laissé présager le brouillard de la nuit, le ciel s'était couvert en fin de matinée et de lourds nuages voyageaient sur la sierra que balayait un vent plus chaud : le vent de la mer. Il n'apportait pas l'odeur du charbon, mais un parfum fugace de résine et de sel.

Parvenu à l'entrée de la minuscule grotte, Miguel constata que Soledad n'était pas arrivée. Il s'assit et, son regard rencontrant de nouveau le paysan au travail au fond de la vallée, il songea à son père. Enrique Senen n'avait jamais possédé de terres, excepté le petit jardin de la rivière. Il se louait comme journalier et n'hésitait pas à partir très loin pour trouver de l'ouvrage, que ce fût à Teruel ou même, parfois, Calatayud. Comme il était souvent absent, Miguel avait grandi sous l'autorité de ses deux frères. Sa mère avait été à la peine pour nourrir ses hommes, mais il ne l'avait jamais entendu se plaindre, au contraire : elle avait toujours su faire face aux difficultés, peut-être mieux encore que son père dont les silences passaient parfois pour une indifférence un peu hautaine, à l'exemple de tous ces hommes d'Aragon dont l'orgueil conduit au mépris des choses ordinaires. Qu'était-il devenu ? Nul ne l'avait revu depuis un an, pas plus que les aînés qui avaient rejoint les miliciens dès le début de la guerre Miguel était trop jeune alors, mais aujourd'hui il allait devoir rendre des comptes. Le matin même, dès huit heures, il avait été emmené au *cuartel* où un officier lui avait remis sa feuille de mobilisation. Il devait rejoindre l'armée franquiste le lendemain pour une destination inconnue. L'officier avait parlé de Calahorra ou de Pampelune, mais Miguel avait compris qu'en réalité il ne savait rien.

Perdu dans ses pensées, il n'entendit pas arriver les avions Lorsqu'il leva la tête, ils fondaient déjà sur le village, frôlant le toit des maisons dans un grondement d'ouragan. Miguel se glissa dans l'ouverture de la grotte, demeura immobile, la tête dans les épaules, jusqu'à ce que les avions eussent disparu à l'horizon, sous des nuages au gris plombé. Alors il se hissa hors de la grotte et fit quelques pas en direction de la vallée. Il aperçut Soledad qui courait, craignant sans doute le retour des avions. Il la précéda dans la grotte où l'on ne pouvait se tenir qu'assis. Il la laissa reprendre son souffle, chercha au fond de lui la force de parler. Comme elle le dévisageait avec, dans ses yeux noirs, une interrogation muette, il murmura :

— Je m'en vais demain.

Ainsi c'était donc vrai : le malheur frappait aussi ceux qui refusaient la guerre, ceux qui n'aspiraient qu'à vivre dans la tranquillité, ceux qui n'avaient rien à défendre, si ce n'était leur part de bonheur.

— A quelle heure ? souffla-t-elle, détournant son regard.

— Je dois rejoindre le *cuartel* à sept heures.

— Sept heures ! fit-elle, puis elle se tut, et son silence devint plus insupportable que des plaintes ou des cris.

Miguel chercha les mots, mais qu'aurait-il pu dire qu'elle ne sût déjà ? Elle le surprit lorsqu'elle se redressa en disant :

— Ne t'en va pas et cache-toi sur la sierra. Je te porterai à manger.

Son ton résolu lui fit peur, car il comprit qu'elle était capable de tout pour le garder près d'elle. Pendant deux ou trois secondes, le visage de sa mère erra devant lui, et il lui sembla y lire une prière.

— Si je ne pars pas, fit-il, ils vont la tuer.

Soledad, de nouveau muette, ne pouvait détacher son regard des cheveux noirs bouclés sur le front, du nez fort et régulier, des yeux bruns ourlés d'or, de la bouche large où les sourires ne tardaient jamais à éclore.

— Ne t'inquiète pas, dit-il, on va se marier.

Elle crut qu'il se moquait d'elle et il dut la saisir par le bras au moment où elle se rejetait en arrière.

— C'est possible si tu le veux, fit-il.

Elle ne répondit pas tout de suite, car elle comprenait maintenant qu'il n'avait pas prononcé ces paroles au hasard. Il connaissait comme elle la gravité d'un tel engagement, les conséquences qu'un mot ou une attitude, dans ce village, impliquait. On ne jouait pas avec les femmes et encore moins avec les filles, sous peine d'attenter à l'honneur d'une famille et de s'exposer à une vengeance qui pouvait se terminer dans le sang. Le sang, le sang, décidément l'Espagne ne pensait qu'au sang. Elle murmura avec une amertume glacée :

— Tu t'en vas, Miguel, tu viens de me le dire.

— J'ai vu le *padre,* fit-il, il te suffit de me suivre et il nous mariera.

Elle retint son souffle, le dévisagea sans parler, hésita seulement quelques secondes qui lui permirent de mesurer à quel point il était sincère et résolu.

— Je te suis, fit-elle, passe devant.

La nuit charriait de suaves effluves derrière lesquels flottait par instants l'odeur plus âcre des genêts. L'orage menaçant étendait sur la vallée des linges d'un bleu d'ardoise. De lourdes gouttes de pluie s'écrasèrent sur le sol puis le vent faiblit et la course des nuages ralentit. Ils coulèrent encore un peu vers la vallée puis, abandonnés par la bourrasque, s'immobilisèrent comme un immense troupeau privé de guide. On entendit le tonnerre rouler son tambour, mais déjà l'orage s'éloignait vers d'autres contrées, emporté par le vent qui avait mystérieusement recouvré des forces au-dessus de la rivière.

Mariés depuis une heure, Soledad et Miguel avaient suivi le chemin de la sierra, le visage grave, sans parler. Le *padre* n'avait pas fait de difficultés pour les unir, car il avait reçu des instructions à cet effet : toutes les facilités devaient être consenties aux sympathisants de la lutte contre la République. Miguel et Soledad, humiliés, avaient dû l'écouter en essayant de dissimuler la colère qui les étouffait. Ils avaient même failli s'enfuir, mais Miguel, au dernier moment, avait retenu la main de Soledad. Le *padre*, gros et de petite taille, respirait avec difficulté ; ses doigts épais, humides de sueur, saisissaient prestement des grains de raisin sec qu'il avalait en rejetant la tête en arrière et en fermant les yeux.

— Vous allez vous battre pour défendre la liberté, avait-il dit, et quand vous aurez exterminé ceux qui la combattent, Dieu vous tendra les bras. C'est une tâche admirable, mon enfant, pensez à votre salut, à votre pays, et souvenez-vous tous les deux de la faveur qui vous a été accordée aujourd'hui.

— *Si, padre,* avait répondu Miguel en serrant les poings.

Soledad, elle, n'avait rien dit, mais, au moment de partir, elle s'était refusée à incliner le front pour l'ultime bénédiction. « C'est le prix qu'il fallait payer », songeaient-ils l'un et l'autre en montant le chemin. Ils avaient payé, et la nuit, maintenant, leur appartenait.

Miguel coupa une brassée de genêts, les déposa à même la roche, en fit un lit tiède et souple. Ils s'allongèrent côte à côte, n'eurent à apprendre ni les mots ni les gestes, car ils les avaient imaginés depuis longtemps. Au-dessus d'eux, la nuit peuplée de parfums lourds s'assoupissait en attendant la pluie. Quand l'orage revint, ils se serrèrent un peu plus l'un contre l'autre sans songer à s'abriter. Les trombes d'eau pénétrèrent leurs vêtements et leur lit de genêts, puis l'orage repartit vers d'autres collines. Il n'y eut plus autour d'eux que le ruissellement de l'eau sur la rocaille et l'égouttis paisible des plantes et des arbres.

2.

Les nuages avaient déserté le ciel qui semblait se diluer dans l'aube naissante. Réveillée par l'aboiement d'un chien, Soledad demeura quelques secondes enfouie dans un demi-sommeil, puis son corps effleura celui de Miguel et elle prit brusquement conscience du lieu où elle se trouvait. Elle s'assit en se frottant les paupières, se tourna vers Miguel qui ouvrit les yeux. Il chercha un instant les raisons de sa présence près d'elle, une ombre passa sur son visage, et il se redressa à son tour. Ils demeurèrent un moment silencieux, sans se regarder, puis Miguel se leva avec un soupir et lui tendit la main.

— Viens, dit-il.

Elle hésita, voulut prononcer quelques mots, mais n'y parvint pas.

— Allez ! viens ! répéta-t-il.

Elle se mit debout malgré sa peur, malgré le froid, malgré son refus de ce qui l'attendait.

— Tu vas m'accompagner jusqu'aux amandiers, dit-il. De là, tu verras partir les camions.

Elle hocha la tête, mais ne bougea pas.

— Tu m'as promis, fit-il encore.

Il lui prit la main et elle se laissa entraîner, le regard rivé sur ces épaules, cette nuque, ce dos qu'elle ne reverrait peut-être jamais.

Le soleil venait de surgir au-dessus de la sierra. La roche, grise par nature, rosissait avec des effets de nacre. Le jour coulait d'une source qui semblait jaillir de la montagne. Tout en descendant le chemin, Miguel et Soledad entendirent le ronronnement d'un moteur sur la place du village. A partir de cet instant, elle se refusa à avancer et il dut la tirer derrière lui. Un coup de fusil éclata dans les ruelles, et deux autres lui succédèrent. Soledad buta contre une pierre et tomba. Il l'aida à se relever, la soutint jusqu'aux amandiers distants de quelques mètres, hésita à s'asseoir, ne sachant s'il trouverait le courage de repartir.

— Je reviendrai, fit-il, mais il ne put en dire plus.

Il tenait toujours sa main, et elle ne le regardait pas. Enfin elle se retourna lentement. Il comprit à son regard l'intensité du combat qu'elle menait.

— Il le faut, souffla-t-il. Il le faut, tu comprends ?

Elle hocha la tête, ferma les yeux, les rouvrit, desserra ses doigts.

— Surtout reviens vite, fit-elle.

Il inspira profondément, sourit, se détourna et se lança sur la pente avec en lui la sensation précise d'une déchirure qui s'ouvre.

A l'instant où il déboucha de la ruelle, les gardes civils épaulèrent, puis, sur l'ordre d'un officier, baissèrent leurs armes. Miguel, haletant, s'était arrêté à l'autre bout de la place. Des soldats s'approchèrent, lui demandèrent son nom, consultèrent une liste et le poussèrent vers un camion où d'autres jeunes se trouvaient assis. Personne ne parlait. Sur la place, les soldats, qui redoutaient une attaque des miliciens, s'affairaient dans un état d'extrême excitation. Trois ou quatre minutes passèrent durant lesquelles Miguel, se penchant au-dehors, chercha à apercevoir Soledad, là-haut, sous les amandiers. En vain. Un ordre bref retentit derrière le véhicule

— *Vamos !*

Le camion s'ébranla avec des gémissements de ferraille et des hoquets. Miguel s'appuya contre la ridelle et baissa la tête, incapable d'affronter le regard de ceux qui, comme lui, quittaient leur village et leur famille pour une destination redoutable et lointaine.

Quand les camions eurent disparu au bout de la vallée, Soledad parut s'éveiller. Ses joues étaient sèches, ses traits durs, mais elle ne cessait de trembler. Et ce fut pis quand elle pensa à sa mère qui, là-haut, sur le coteau d'en face, devait attendre. L'immensité de la tâche à venir la découragea un instant, puis ses yeux noirs retrouvèrent leur éclat au souvenir du mariage de la veille. Une sorte de fierté rosit ses joues. Elle courut vers la rivière.

La mère se trouvait sur le pas de la porte, noire, courbée, les traits creusés par le manque de sommeil. Elle avait cherché sa fille toute la nuit et tenait difficilement debout. En apercevant Soledad, elle poussa un soupir, mais ne prononça pas le moindre mot. A cinq mètres d'elle, Soledad, les cheveux collés au front, la robe mouillée par la pluie de la nuit, la dévisageait sans ciller. Dans ce regard brillait beaucoup plus d'humilité que de défi. La mère le comprit, s'effaça, entra dans la maison, laissant la porte ouverte derrière elle. Soledad la suivit, s'assit sur une chaise, s'accouda sur la table, mordit dans le morceau de *torta* [1] qui, dans une assiette, lui était destiné. La mère s'en fut prendre la cruche dans la *cantarera* [2], fit couler de l'eau dans un verre, le tendit à sa fille, mais celle-ci refusa de la tête. La mère s'assit alors face à Soledad et, sans la regarder, murmura :

— Je t'ai crue morte ; alors je peux tout entendre.

D'abord, Soledad hésita. Très secrète, elle n'aimait pas se confier, fût-ce à celle qui la connaissait mieux que personne. Aussi les premiers mots franchirent-ils difficilement ses lèvres avant que leur flot ne finisse par couler de lui-même. Elle raconta tout : Miguel qu'elle rencontrait depuis longtemps près de la rivière ou dans la sierra, les gardes civils, le *padre,* le mariage improvisé, la nuit, le départ... Lorsqu'elle s'interrompait, la mère, hochant la tête, l'incitait à poursuivre. A la fin, Soledad ne s'arrêtait pas de parler, d'expliquer, sans remarquer combien les épaules de sa mère se tassaient, combien ses

1. Galette de maïs.
2. Réduit frais sous l'escalier.

rides semblaient se creuser davantage. Quand elle se tut, enfin, Petra Vinas souffla :

— Qu'il revienne, ma fille, sinon tu es perdue.

Un bref silence tomba puis la mère, poussant un soupir, s'approcha de Soledad qui tremblait toujours, l'aida à se changer, l'emmena dans sa chambre, la fit s'allonger sur le lit et lui frictionna les jambes et les bras à l'alcool.

Au terme de ce traitement énergique, Soledad se sentit un peu mieux.

— Essaye de dormir, dit la mère ; ce matin, j'irai au champ toute seule.

— Non ! fit Soledad, il faut que je travaille, que j'oublie !

La mère hésita, proposa :

— Alors, restons ici toutes les deux.

— Non, répéta Soledad en se levant, je préfère sortir et m'occuper comme s'il ne s'était rien passé.

Elles retournèrent dans la cuisine, s'assirent à table de nouveau.

— Encore cinq minutes, et ça ira tout à fait bien, dit Soledad.

Et son regard erra des chapelets d'oignons pendus au plafond à l'*arca* [1] où l'on conservait le pain enveloppé dans un linge, de la cheminée noire de suie aux bannes d'osier dans lesquelles la mère entreposait les fèves, les haricots et les lentilles, du vaisselier bas à la jarre d'huile d'olive. C'était comme si elle se rassurait en parcourant ce monde qui était le sien depuis toujours, où personne ne l'avait jamais menacée, où le malheur n'était jamais entré.

— Nous irons sarcler sous les amandiers, dit la mère, c'est ce qui presse le plus.

Soledad se leva, fit couler un peu d'eau de la tine, s'humecta le front et les joues.

— C'est pas la peine d'emporter le panier, dit encore la mère, nous rentrerons manger.

Sur le seuil, l'éclat du jour, succédant brutalement à la

1. Sorte de huche.

pénombre de la cuisine, meurtrit leurs yeux. Elles s'activèrent dans le patio pendant quelques instants en plissant les paupières, puis elles portèrent deux cageots de légumes devant le portail, comme c'était la coutume. Le danger était trop grand de se rendre au marché de Mas de las Matas, et plus grand encore d'aller à Saragosse qui, pourtant, drainait tout le commerce rural de la province d'Aragon. Elles retrouveraient quelques *pesetas* en rentrant vers treize heures, et ce serait le prix accepté pour un kilo de pommes de terre, de lentilles ou de haricots.

Elles partirent avec, chacune, une houe sur l'épaule, vers le village qui, à cette heure, paraissait désert. Malgré les avions, malgré la guerre, les paysans travaillaient dans les champs. Car la terre n'attendait pas. La terre se moquait de la guerre. Ce n'était que plus tard, vers midi, que les femmes rentreraient pour préparer le repas et que les rues recommenceraient à vivre.

Il y avait seulement trois commerçants à Pallencia : le boulanger, à qui on apportait la farine de l'année ; le boucher, qui ne possédait pas de boutique et installait chaque matin dans son patio une table recouverte d'un drap immuablement rouge où s'amoncelaient des quartiers de porc, de chèvre ou de mouton ; le cabaretier, près de l'église, qui laissait toujours ouvertes les portes du café près desquelles rôdaient des odeurs de vin et de tabac.

Comme Petra Vinas et sa fille vivaient de leurs propres ressources, elles achetaient peu, et toujours avec discernement. Ce matin, pourtant, la mère qui voulait aider Soledad à oublier acheta deux beignets ronds givrés de sucre candi au *churero* [1] ambulant. Soledad sentit avec plaisir la pâte sucrée fondre sur sa langue et, pour la première fois depuis le matin, sourit en la remerciant.

Elles arrivèrent à l'extrémité de la ruelle d'où, par un sentier presque à pic, on gagne directement la rivière. Dans l'air frais du matin, ruisselait le parfum des œillets et des jasmins. En

1. Marchand de beignets.

bas, des filaments de brume soulignaient les rives, et le murmure de l'eau gonflée par la fonte des neiges éclaboussait le silence.

Sur le pont, elles croisèrent un *estañador*[1] qui traînait sa carriole et les salua. Soledad s'arrêta un instant pour regarder l'eau où l'on apercevait des poissons ondulant comme des herbes dans le courant. Combien de fois avait-elle compté les truitelles, en compagnie de Miguel, au temps où ils s'allongeaient sur les rives, tapis dans les roseaux, seuls au monde ? Est-ce qu'un jour, de nouveau réunis, ils recommenceraient ? Comme il était loin, à cette heure, et comme son retour lui semblait incertain !

Après le pont, elles entrèrent dans le domaine des joncs et des roseaux puis, après avoir suivi une *cañada,* elles longèrent un champ d'orge encore verte. Montant toujours, elles atteignirent les amandiers, sous lesquels elles se reposèrent un moment. Face à elles, de l'autre côté de la vallée, elles devinaient les silhouettes des paysans au travail et, plus à l'ouest, les oliviers qui avaient provoqué des batailles sanglantes à l'époque où la collectivité rassemblait les terres après la victoire du *Frente popular*. Les hommes de Don Féliz, qui vivaient du commerce de l'huile, s'étaient défendus pied à pied. La plupart d'entre eux étaient morts, fusillés par les cénétistes[2] qui n'avaient pas longtemps profité de leur victoire. Avec la bénédiction des militaires devenus maîtres au village, Don Féliz avait retrouvé ses propriétés après avoir chassé les cénétistes qui, à leur tour, avaient été tués. Tant de morts pour rien ! Tant de haine dans un village aussi paisible ! Quelle folie s'était emparée des hommes pendant l'été torride de 1936 ?

Soledad se leva et, imitée par sa mère, commença de sarcler la terre caillouteuse qui fumait au soleil. Des odeurs âcres et chaudes montèrent vers les deux femmes. C'étaient les odeurs de la paix, du travail et du pain à venir.

---

1. Rétameur.
2. Membres de la C.N.T.

Elles sarclaient depuis plus d'une heure quand des explosions retentirent derrière la crête de la colline. Se redressant brusquement, Petra Vinas et sa fille portèrent leurs mains vers leurs reins douloureux. Déjà, les paysans qui travaillaient dans la vallée s'étaient mis à courir vers les arbres du coteau pour y trouver refuge. D'autres cherchaient à gagner les premières maisons du village ou les cabanes des jardins qui servaient d'abris à outils. Soledad, pétrifiée, suivant du regard les femmes qui se hâtaient, un enfant dans les bras, les vieillards qui trébuchaient, tombaient, se relevaient, les hommes d'âge mûr qui exhortaient leur famille de la voix.

Très vite, un nuage de poussière dissimula la vallée à ceux qui se trouvaient sur les coteaux. Un homme, en courant, bouscula Soledad, et le choc lui fit prendre conscience du danger. Elle se retourna, reconnut sa mère, immobile, près d'elle et qui, comme elle, ne bougeait pas. L'homme au maillot de corps lie-de-vin qui avait bousculé Soledad s'était arrêté sous les amandiers. Il leur fit un signe de la main en criant :

— Ne restez pas là, cachez-vous.

Elles se précipitèrent sous le même arbre que lui, s'allongèrent.

— Prenez un bâton entre les dents, dit-il, et serrez-le bien fort.

Il leur montra comment faire et, bien qu'elles n'en comprissent pas la raison, elles l'imitèrent. Le vrombissement des moteurs devint très vite assourdissant. Soledad, maintenant, serrait les dents de toutes ses forces et contractait ses muscles à mesure que les avions approchaient. La première bombe éclata à moins de trois cents mètres des amandiers. Malgré le vacarme, Soledad distingua des cris d'une insoutenable intensité. Déjà les Savoïa [1] arrivaient à la verticale des amandiers et, en quelques secondes, lâchaient leurs bombes dont l'impact éventra la terre et la rocaille qui montèrent en gerbes avant de retomber en un martèlement sourd. Soledad songea vaguement qu'elle allait mourir. Elle empoigna une touffe de genêts

1. L'Italie livrait ces bombardiers aux nationalistes.

et la serra convulsivement, puis il lui sembla qu'elle était projetée en plein ciel et elle perdit conscience.

Lorsqu'elle revint à elle, elle reconnut sa mère penchée au-dessus d'elle.

— Ne bouge pas, disait-elle, surtout ne bouge pas.

Soledad la repoussa de la main, réussit à s'asseoir, palpa ses bras, sa tête et se redressa en crachant un morceau d'écorce demeuré dans sa bouche. Le coteau paraissait avoir été labouré par une gigantesque charrue. Des flammèches couraient sur l'herbe rase et sur la rocaille. La moitié des arbres, au moins, avaient été arrachés par les bombes. Des corps gisaient çà et là, déchiquetés, tandis qu'un cadavre sanguinolent pendait tête en bas, retenu par les branches d'un arbre proche. Soledad s'aperçut que les amandiers restés debout avaient changé de couleur, un peu comme si, ce printemps-là, ils s'étaient couverts de fleurs rouges. Des hommes et des femmes se précipitèrent vers les blessés. Soledad se leva, marcha sur un corps et cria. Une odeur de roussi flottait maintenant dans l'air lourd, oppressante.

Dans les minutes qui suivirent, un nouveau bruit de moteur se fit entendre, provoquant un mouvement de panique chez la plupart des paysans, qui, sans réfléchir, s'élancèrent en direction du village, se mettant ainsi à découvert. Soledad et sa mère se réfugièrent près de leur amandier miraculeusement épargné par les bombes, tout en scrutant le ciel au-dessus de la crête, de l'autre côté de la vallée. De bizarres oiseaux grossissaient à vue d'œil, semblables à des ramiers fondant sur un chêne. Ils se rapprochèrent en moins de trente secondes, leurs carlingues jetant des éclairs de faucille. Une fois à la verticale de la vallée, ils commencèrent à mitrailler les paysans essoufflés par leur course. Certains tombèrent comiquement, comme désarticulés, d'autres continuèrent de courir, courbés, vers un abri incertain, d'autres se jetèrent au sol, les mains sur la nuque, et ne bougèrent plus. Lorsque les Fiat passèrent au-dessus des amandiers, Soledad vit la terre se soulever comme une eau qui clapote, et retint son souffle. L'escadrille s'éloigna vers Mas de las Matas mais, alors qu'on croyait le danger écarté, elle revint moins de trois minutes plus tard et les mitrailleuses balayèrent une nouvelle fois la sierra avant de disparaître définitivement dans la direction de Saragosse.

D'abord le silence régna, plus lourd et plus profond qu'au milieu d'un après-midi d'été. Puis, peu à peu, s'élevèrent des gémissements et des appels à l'aide, ceux des femmes qui, frappées de terreur, se penchaient sur les corps étendus. Elles s'agrippaient aux gisants si elles reconnaissaient en eux un membre de leur famille, ou bien elles se relevaient brusquement, repartaient, comme folles. Soledad, elle, ne reconnaissait personne, semblait absente, étrangère à ce lieu dévasté. Sa mère dut la prendre par le bras puis elle l'entraîna sur la pente, d'abord lentement, et de plus en plus vite au fur et à mesure qu'elles approchaient de la rivière. Là, l'homme qui leur avait dit de prendre un bâton dans la bouche les rejoignit. Malgré le corps qu'il portait sur les épaules, il courait, les traits tendus, à bout de souffle. Il n'était pas seul : tous les hommes valides évacuaient les blessés au plus vite car ils craignaient le retour des avions.

Les deux femmes se hâtèrent vers leur maison et ne furent rassurées qu'en apercevant son toit. Elles étaient sur le point d'arriver quand, à vingt mètres du patio, Soledad s'arrêta brusquement. Une atroce pensée lui était venue à l'esprit : qui savait si, un jour, Miguel ne serait pas obligé de tirer sur elle, du haut d'un avion ou d'une voiture blindée ? Cette idée creusa en elle un chemin douloureux. Il lui sembla qu'il eût mieux valu mourir là-haut, sous les amandiers où, souvent, elle s'était assise près de lui. Une voix venue de très loin lui soufflait que l'homme dont elle était séparée lui reviendrait différent, sali, meurtri. Un autre Miguel. Un Miguel qu'elle ne reconnaîtrait pas.

La mère la prit par le bras et l'entraîna jusqu'au patio où elles rangèrent rapidement les cageots. Ensuite, fuyant la chaleur, elles entrèrent dans la cuisine et burent l'eau de la cruche gardée dans la *cantarera*. Ni l'une ni l'autre ne parlait Elles demeurèrent assises un long moment, attentives seulement au battement de leur cœur et aux cris qui montaient par instants du village.

— Viens te reposer, dit enfin Petra. Nous irons aider tout à l'heure.

Soledad se leva en soupirant, passa dans sa chambre où, malgré la pénombre, elle ne put s'assoupir. Des images où se mêlaient des corps sanglants, des enfants en pleurs, des avions monstrueux tournoyaient dans sa tête en une sarabande folle

Un quart d'heure plus tard, elle revint dans la cuisine où sa mère achevait de rassembler dans un panier les objets nécessaires au soin des blessés : chiffons, morceaux de ficelle, alcool et pommades. Elles partirent vers le village malgré la chaleur, après avoir donné de l'eau et de l'orge au mulet. Une odeur de poudre et de bois calciné, mêlée à celle du jasmin, errait dans les ruelles que le soleil à son zénith embrasait. Quelques flammes couraient encore sur les versants, parmi les branches noires qui tranchaient sur la rocaille.

A l'entrée du village, elles rencontrèrent Maria Caba, la sage-femme qui vivait dans le souvenir de son fils aîné tué au début de la guerre. Elle n'avait de surcroît aucune nouvelle de ses deux autres fils, Jésus et Ramon, partis rejoindre des miliciens. Elle quitta Soledad et Petra après leur avoir indiqué que les secours étaient organisés sur la place, le *padre* n'ayant pas voulu ouvrir les portes de l'église par crainte de déplaire aux gardes civils.

Après la maison du boucher, un peu en retrait de la rue, se trouvait la maison des Casas. Des pleurs d'enfants s'échappaient par la fenêtre ouverte, sous laquelle pendait du linge de couleur. Pilar, la femme de José Casas, appela du balcon

— Montez vite, aidez-moi !

Soledad suivit sa mère qui, sans hésiter, pénétrait dans le couloir et empruntait l'escalier envahi par les mouches, où la chaleur était accablante. Des murs, autrefois blancs, le plâtre se détachait par plaques, laissant apparaître la pierre. A l'étage, Pilar, qui les attendait sur le palier, les fit entrer dans une chambre où le père et un enfant étaient allongés sur des paillasses. Une chaise au dossier cassé faisait face à une armoire basse au-dessus de laquelle trônait un crucifix de bois

Une bassine émaillée posée sur une table bancale contenait une eau rouge. Soledad s'approcha des trois autres enfants debout de l'autre côté de la chambre, les yeux pleins d'effroi. Petra se pencha sur l'homme qui ne se plaignait pas mais respirait avec difficulté. Son visage brun et anguleux, ses yeux noirs, son corps mince et noueux dégageaient une impression de souplesse féline. Il gardait les yeux clos. Ses vêtements étaient trempés de sueur. A son côté droit, un éclat avait creusé une plaie qu'il comprimait de ses mains pour l'empêcher de saigner. Il refusa de se laisser faire lorsque Petra voulut les écarter. Elle se tourna alors vers la petite Dolorès qui gémissait doucement mais elle n'eut pas le temps d'esquisser le moindre geste : l'enfant se pencha vers la droite et vomit douloureusement. Les deux femmes l'aidèrent à se redresser, et la petite, à bout de souffle, s'assit en se tenant la tête.

— Ce n'est rien, dit Petra : la peur et un peu d'insolation.

Et s'adressant à Soledad :

— Applique-lui un linge humide sur le front et assieds-toi à côté d'elle pour le maintenir.

L'enfant cessa enfin de pleurer et se blottit contre Soledad. Pendant ce temps, la mère se mit à nettoyer la blessure de Casas avec de l'alcool. Quand ce fut fait, elle l'enduisit de pommade et découpa un pansement dans du vieux tissu, l'attacha avec un morceau de ficelle. José Casas ouvrit les yeux et se plaignit de son épaule droite. Petra Vinas le fit asseoir, l'examina, reconnut la courbure anormale d'un membre démis. Elle glissa sa main gauche sous l'aisselle, prit le poignet de l'homme dans sa main libre et fit exécuter au bras un brusque mouvement circulaire vers l'arrière. Casas eut un violent sursaut mais ne cria pas. Elle l'aida à s'allonger, replia l'avant-bras et l'immobilisa avec une serviette nouée derrière le cou. Casas respirait mieux, semblait-il, même s'il gardait les yeux clos et paraissait encore souffrir. Pilar s'approcha alors de Petra, les mains jointes.

— Que la Sainte Vierge te bénisse, dit-elle, et qu'elle te vienne en aide chaque fois que tu le lui demanderas.

La peur restait incrustée dans son visage, atténuée seulement par l'expression de sa reconnaissance. Casas, lui, se souleva légèrement sur sa paillasse en hochant la tête, comme pour approuver sa femme.

Il fallait partir : d'autres, sans doute, avaient besoin d'aide. Soledad et Petra rassemblèrent leurs affaires et, après un dernier mot d'encouragement, s'engagèrent dans l'escalier.

Dehors, une légère brise circulait dans les ruelles, véhiculant toujours la même odeur de poudre et de bois calciné. Les deux femmes marchèrent vers la place en cherchant l'ombre rare des murs. Soledad sentait la sueur s'accumuler sur sa nuque et ses épaules, respirait avec difficulté. Depuis le matin, le même cauchemar continuait : le visage de Miguel se confondait avec celui des blessés, il courait vers un abri qu'il n'atteignait jamais, tombait, se relevait, appelait au secours, disparaissait enfin sous une fumée semblable à celle de la vallée dévastée par les bombes.

Près de la fontaine, un homme à la chemise tachée de sang se penchait sur les corps mutilés, aidé dans son travail par des femmes en pleurs, si maladroites dans leur empressement qu'il les traitait sans ménagement. Soledad le reconnut aussitôt : c'était l'homme près duquel elle s'était réfugiée sous les amandiers. Marina Uruen, une amie de Soledad dont le père était allongé là, sur le sable souillé, renseigna Petra qui demandait son identité : il s'appelait Paco Sotil ; médecin de son état, il avait été obligé de fuir Teruel où il avait soigné des miliciens malgré l'interdiction formelle des franquistes. Il se cachait à Pallencia en attendant de rejoindre l'armée républicaine et, malgré les risques encourus, n'hésitait pas à apparaître en public. En venant s'occuper d'un blessé qui se plaignait de la tête, il se rapprocha de Soledad, s'accroupit en lui tournant le dos. Elle eut envie de se pencher vers lui, de s'appuyer contre ces épaules qui ressemblaient tant à celles de Miguel, mais Sotil se redressa brusquement, et elle fit un pas en arrière, confuse, tandis qu'il expliquait à la femme du blessé que son mari était devenu sourd. L'ayant un peu rassurée en affirmant que ses jours n'étaient pas en danger, il lui recommanda, en cas de nouveaux bombardements, de prendre un morceau de bois entre les dents pour éviter l'éclatement des tympans. Il s'éloigna ensuite vers d'autres blessés et, de nouveau, Miguel fut devant Soledad.

Plus tard, beaucoup plus tard, après avoir aidé tout l'après-midi sans abandonner une minute la pensée de Miguel, elle entendit les camions franquistes qui avaient quitté le *cuartel* au matin et revenaient à l'approche du soir. Tous les moyens étaient bons pour terroriser la population, l'obliger à se terrer dans les maisons, l'empêcher de rejoindre la zone républicaine, fût-ce au risque de tuer des hommes ou des femmes acquis à la cause nationaliste. Les militaires du *cuartel,* eux, échappaient à cette loi cruelle. L'état-major les prévenait la veille des bombardements. Ils rentraient donc en fin de journée, après avoir patrouillé plus au sud, sur la sierra de Mas de las Matas.

Dès que les camions apparurent, ce fut la panique sur la place où l'on s'efforça de faire disparaître les blessés au plus vite. A peine le dernier avait-il trouvé refuge dans la maison de Maria Caba que la première voiture blindée passait sur le pont et remontait vers le *cuartel.* La place s'était vidée en moins de cinq minutes. Dans les ruelles maintenant désertes, erraient seulement les chiens et quelques poules inquiètes du bruit des moteurs. Autour de la fontaine éclairée par la lumière mauve de l'après-midi finissant, il ne restait plus que quelques taches de sang sur le sable gris.

3.

Une semaine passa, illuminée par un soleil de feu qui annonçait déjà l'été puis, subitement, alors que le village vivait toutes fenêtres ouvertes, des giboulées se succédèrent pendant trois jours, interdisant le travail dans les champs. Soledad et sa mère rendirent visite à Maria Caba pour connaître les nouvelles et apprirent à cette occasion les atrocités des bataillons maures exercées en représailles sur les villages conquis. On disait aussi que tout ne marchait pas au mieux entre les différents partis de la République. Le gouvernement de Valence connaissait bien des difficultés pour imposer une unité de décision et un partage équitable des armes. Soledad ne comprenait pas très bien pourquoi ceux qui avaient épousé une même cause se disputaient ainsi. Ce qui l'intéressait seulement, c'était de savoir où se déroulaient les combats pour mieux imaginer Miguel, savoir s'il se rapprochait d'elle ou s'en éloignait, s'il allait revenir bientôt.

Depuis le bombardement du début avril, les habitants semblaient frappés de résignation. Ils avaient peur, scrutaient le ciel, quittaient rarement leurs maisons et attendaient avec impatience les fêtes de Pâques qui leur feraient pour quelques jours oublier la guerre et les difficultés.

Déjà, venus de la vallée, des mendiants en loques avaient envahi le village. C'étaient, semblait-il, toujours les mêmes, comme s'ils se fussent cachés pendant l'hiver pour ressortir à la même époque, dépenaillés, cherchant l'aumône le long des ruelles ou sur la place de l'église en cachette des gardes civils La guerre paraissait n'avoir aucune prise sur eux, pas plus d'ailleurs que sur les gitans qui arrivaient par tribus entières et chantaient le flamenco à la tombée de la nuit au son de leurs guitares. Pendant l'année, demeuraient seulement au village deux ou trois roulottes habitées par les femmes et les enfants en bas âge. Elles surveillaient les *corrales* où s'ébattaient les chevaux de race dont leurs maris faisaient commerce. Il fallait des circonstances exceptionnelles comme les fêtes religieuses pour qu'ils se retrouvent ainsi rassemblés. Les plus jeunes d'entre eux avaient pris le maquis, non pas pour combattre, mais pour se soustraire à un conflit auquel ils ne comprenaient rien et qui ne les concernait pas. Ils restaient à l'écart dans les montagnes ou les coins désertiques, vivaient de rapines et attendaient des jours meilleurs.

Ce matin-là, Soledad profita d'une éclaircie pour sortir. Elle croisa le marchand de lait qui descendait de la sierra, poussant son mulet du bâton en criant : « *Leche ! Leche* » et, au lieu de se rendre au village, elle prit le chemin qui, sur la gauche, courait à flanc de coteau vers les roulottes disposées en arc de cercle autour d'un vieux pigeonnier. Les gitans l'avaient toujours attirée. Elle aimait leur caractère farouche, leur indépendance, leur façon de se vêtir et de se déplacer. Des chevaux cherchaient l'herbe rare entre les genêts. Soledad observa un long moment les longs cous bruns, les crinières tombantes, les robes baies ou grises, puis, continuant son chemin, elle dépassa les roulottes. Leurs couleurs vives, rouges ou bleues, s'allumaient au soleil comme des soies de crépuscule. Des enfants en haillons jouaient entre elles en poussant des cris stridents et en brandissant des bâtons. Soledad passa au milieu d'eux, leur sourit, mais ils demeurèrent distants et vaguement hostiles. Comme elle montait vers la sierra, une vieille gitane aux yeux sombres et aux rides profondes, qui portait aux oreilles des anneaux d'argent, la croisa. A l'instant où Soledad arrivait à sa hauteur, la gitane l'arrêta du bras, avec à la fois de la douceur et de la fermeté. Surprise mais non effarouchée, Soledad soutint le regard brûlant d'intensité dans le visage parcheminé.

— Donne-moi ta main, petite, fit la gitane d'une voix un peu rauque.

Soledad hésita ; la vieille lui faisait penser aux sorcières dont lui parlait sa mère lorsqu'elle était enfant, celles-là mêmes qu'on accusait de jeter le mauvais sort et d'entretenir un commerce avec le diable. Cependant la gitane lui avait pris la main et, après un court silence, relevait la tête en disant :

— Ta vie sera longue, petite ; aussi longue que tu es belle Tu aimeras beaucoup, longtemps, mais tu auras aussi besoin de beaucoup de courage.

Soledad voulut retirer sa main, mais la vieille la serra dans la sienne. Ses yeux semblaient percer les pensées secrètes de Soledad, lire en elle, s'amuser du trouble qu'elle suscitait.

— Un homme t'attend, dit la gitane en esquissant un sourire.

Soledad respira mieux. Elle se dit qu'elle allait savoir où se trouvait Miguel, que la gitane ne devait rien ignorer de son sort. Elle murmura :

— C'est la guerre, madame, et c'est moi qui attends.

La gitane ne répondit pas tout de suite. Elle baissa la tête, examina de nouveau la main de Soledad, parut réfléchir Soledad perçut comme une hésitation. Elle était sur le point de la questionner lorsque la gitane souffla, si bas que Soledad l'entendit à peine :

— Il y a beaucoup d'hommes en Espagne, petite.

Soledad cessa de respirer, agrippa de sa main libre l'épaule de la gitane, demanda :

— Il va mourir ?

— Tous les hommes meurent un jour ou l'autre, ma fille, dit la gitane sans la regarder.

Soledad n'eut plus qu'une envie : fuir, disparaître, échapper à ce regard maintenant fixé sur elle, à cette poigne qui lui faisait mal, à ce lieu funeste.

Elle fit un pas en arrière, supplia :

— Lâchez-moi ; il faut que je m'en aille.

Elle se débattit en vain : la gitane avait une poigne de fer

— Attends ! fit celle-ci d'une voix différente, chaude et presque maternelle ; écoute-moi bien, ma fille : tu auras trois beaux enfants qui ne te laisseront pas mourir seule. Tes dernières années te seront douces, très loin, là-bas, de l'autre côté des montagnes, dans un pays que tu ne connais pas. Tu auras une belle maison, toute à toi, avec un grand jardin et du lilas.

La gitane se tut un instant, reprit en ouvrant sa main :

— Je vois aussi des arbres, une très grande ville, de la neige et beaucoup de soleil. N'aie pas peur, ma fille, dans ta vie, il y a de la chaleur, de la bonne chaleur : celle qui sèche les larmes.

Soledad fit brusquement volte-face et s'enfuit en courant vers le village, répétant en elle-même ces mots que martelaient ses pas : « C'est une folle, c'est une folle. » Pourtant, plus elle courait, plus elle répétait ces mots, et plus la voix de la gitane s'incrustait dans sa tête, avivant le pressentiment d'un malheur à venir.

Au village, elle se trouva face à une douzaine de soldats qui entouraient un homme de petite taille, très maigre, aux joues creusées de deux fossettes. Tête baissée, il se laissait entraîner avec une apparente résignation, pitoyable dans son pantalon troué aux genoux, qu'une ficelle de raphia maintenait sur ses hanches osseuses. Sa chemise présentait des traces de sang au niveau des côtes, sur son flanc gauche : un paysan. Un paysan qui aurait pu être Miguel, et cependant Miguel combattait dans les rangs de ceux qui avaient arrêté ce paysan. La vie était décidément devenue folle. Soledad faillit s'élancer vers le prisonnier, mais un volet grinça et, dans le silence revenu, elle s'aperçut qu'elle était seule dans la rue avec les soldats et le paysan. Elle sentait bien qu'il fallait fuir, se cacher, mais une force la poussait à les suivre, à porter secours à cet homme qui aurait pu être Miguel.

Sur la place, les soldats contournèrent la fontaine et s'arrêtèrent de l'autre côté, face à l'église. Le soleil se cacha derrière les nuages et le silence devint presque palpable. Deux soldats encadrèrent le paysan et l'entraînèrent vers le mur de l'église : imposante avec son haut clocher pointu dans lequel la cloche paraissait minuscule, elle contrastait avec les maisons entourant la place, très basses et d'architecture primaire. On devinait au fond des patios des intérieurs sombres et dépouillés du moindre luxe, des murs craquelés par la chaleur des étés, une rusticité âpre et secrète. Une seule faisait exception : celle de Don Féliz, l'*alcade*[1] de Pallencia : une arcade en pierre dont les piliers servaient de support à des grilles de fer forgé donnait accès à un patio qui menait lui-même à l'entrée principale protégée par des *toldos de canutos*[2]. Les murs, d'un crépis ocre, rehaussaient le bleu pastel des volets et du balcon de bois dont les motifs sculptés attestaient une noblesse ancienne.

Soledad notait mentalement ces détails comme si elle les apercevait pour la première fois ou comme s'ils eussent revêtu tout à coup une importance capitale. Le temps parut s'être arrêté. Un claquement de culasse manœuvrée brusquement la fit sursauter. Son regard revint vers l'homme qui demeurait seul, là-bas, debout, de l'autre côté de la place. Il levait maintenant la tête vers les soldats dans une sorte de défi. La sueur coulait sur son visage, et sa chemise, sur sa poitrine, collait à sa peau. Un officier se détacha du groupe en traînant les pieds, s'arrêta à égale distance de ses hommes et du prisonnier, cria :

— *Atencion !*

Les soldats se figèrent. Le paysan, comme hypnotisé, gardait la tête haute. Un coq chanta vers la rivière, là-bas, au fond de la vallée.

— *Apunten !* ordonna l'officier.

A cet instant, des cris jaillirent des rues adjacentes, aussitôt couverts par le crépitement d'une fusillade. En quelques secondes, la moitié des soldats tombèrent sous les balles sans avoir eu le temps de réagir. Les autres se dispersèrent en toute hâte en cherchant l'abri des patios. Soledad, qui s'était jetée à terre aux premiers coups de feu, apercevait le prisonnier couché près de la fontaine et se demandait s'il avait été touché ou s'il avait pu s'allonger à temps. Un homme au torse ceint d'une cartouchière apparut devant l'église, tandis que la

1. Alcade ou alcalde : maire.
2. Rideaux composés de bambous assemblés.

fusillade crépitait maintenant sur la gauche de Soledad. La porte de l'église éclata sous l'explosion d'une grenade. Une poussière épaisse s'éleva du porche et envahit la place. Des hurlements montèrent des ruelles où s'étaient regroupés les franquistes. Soledad entrevit l'officier près de la maison de Maria Caba : il faisait des grands gestes, exhortant les soldats à se replier dans la direction de la rivière. Sur la place, les miliciens surgirent par groupes de deux ou de trois, vêtus de leurs *monos* bleus, tirant au hasard. Deux d'entre eux se dirigèrent vers le prisonnier qui tentait de se relever, l'empoignèrent, l'entraînèrent derrière l'église. Soledad se redressa, se blottit dans un renfoncement de mur. Les miliciens, qui couraient vers la rivière, la dépassèrent sans la voir. Elle partit alors vers l'église d'où s'élança un homme qui lui cria de se coucher. A peine lui avait-elle obéi qu'une grenade éclata dans son dos. Dès lors, elle ne bougea plus jusqu'au moment où, le silence revenu, les villageois sortirent sur la place.

Deux femmes, dont l'une était Maria Caba, l'aidèrent à se relever. Si elle n'avait pas eu peur au moment des premiers coups de feu, mesurant maintenant à quel danger elle avait échappé, elle tremblait sans parvenir à prononcer un mot. En quelques minutes, comme s'ils sortaient de terre, les mendiants et les gitans apparurent et se rassemblèrent autour des franquistes morts. Le vrombissement d'un avion provoqua soudain un début de panique, mais un milicien l'arrêta en assurant qu'il s'agissait d'un Douglas des brigades internationales. Néanmoins, tout le monde le suivit du regard jusqu'à ce qu'il disparaisse derrière la crête de la sierra. Soledad s'enfuit alors dans la ruelle qui menait vers la maison où sa mère, debout derrière les carreaux, l'attendait. En l'apercevant depuis le portail, oubliant la gitane et les soldats morts, Soledad la rassura d'un sourire.

Avec le beau temps revenu, les paysans avaient regagné les champs. Après une nuit balayée par le vent d'ouest, l'air s'était adouci un matin et, pendant les trois jours qui avaient suivi, les coteaux s'étaient mis à changer de couleur. La lumière, qui avait pris un éclat de plein été, incendiait l'or des genêts et les fleurs des amandiers dont les touffes immobiles semblaient incrustées dans la roche. Cette langueur de l'air n'avait pourtant pas réussi à éteindre le feu de la guerre. De nouveaux renforts étant arrivés au *cuartel,* une sourde menace rôdait dans le village où l'on redoutait des représailles sur les miliciens des alentours. Certains même affirmaient que les franquistes n'hésiteraient pas à s'en prendre à la population civile. Le docteur Sotil avait été obligé de s'enfuir à la hâte car il avait été dénoncé. Tout le monde avait peur. Parfois, l'après-midi, le silence pesait tellement sur le village que les habitants, blottis dans la pénombre des maisons, retenaient leur souffle en surveillant les rues.

Soledad ressentit très fort cette tension, vers quatre heures, en allant chercher de l'eau à la fontaine, et elle ne put s'empêcher d'en parler à sa mère au retour :

— A part les soldats, il n'y a personne dans les rues, dit-elle. On dirait que tout le monde se cache.

Petra hocha la tête, murmura :

— Ce matin, Casas m'a dit qu'il allait partir à la nuit. Il a été prévenu par les miliciens qu'il allait y avoir des représailles. Il a essayé de convaincre les hommes de le suivre, mais beaucoup ont refusé. En tout cas, lui, il s'en va.

Soledad revit les miliciens rencontrés sur la place le jour où ils avaient attaqué les franquistes, et elle imagina Miguel parmi eux. Sa mère, qui avait pris l'habitude de ces « absences » au cours desquelles sa fille paraissait vivre ailleurs, murmura :

— Ça ne sert à rien de s'inquiéter; si ton père était encore de ce monde, il te dirait que le malheur ne tombe jamais qu'à l'endroit où on l'appelle.

Soledad parut sortir d'un rêve. Son regard rencontra celui de sa mère; elle sourit.

— Je ne m'inquiète pas, dit-elle, j'ai hâte que le temps passe, c'est tout.

Comment eût-elle avoué qu'elle ne cessait d'imaginer Miguel sous une fusillade, courant à perdre haleine vers un abri qu'il n'atteignait jamais ?

— Quand il reviendra, fit-elle, on habitera ici, avec toi.

— Si vous n'avez pas peur de vivre à l'étroit, répondit la mère, je vous ferai de la place, c'est entendu.

Et, se levant brusquement, elle décida :

— En attendant, allons travailler le jardin. On aura moins chaud au bord de l'eau.

Soledad la suivit, pas fâchée d'échapper à la lancinante obsession de Miguel en danger.

Une fois au bord de la rivière, elles furent déçues : malgré la proximité de l'eau, la chaleur restait accablante. Elles se mirent pourtant au travail dans les rangées de légumes et, tout en prenant de brèves minutes de repos à l'ombre de l'abri à outils, elles sarclèrent jusqu'au soir presque sans parler, déroulant le fil de leurs pensées communes qui, toutes, les menaient à Miguel.

Enfin la mère donna le signal du retour. Le soir tombait, avec son cortège d'ombres et de murmures. Elles s'en allèrent lentement, portant sur leurs épaules toute la fatigue du travail accompli. Il y avait très peu de monde dans les rues. Sur la place, cependant, les gardes civils avaient établi un barrage et contrôlaient l'identité de tous ceux qui se présentaient. Elles firent un détour et, sans se concerter, entrèrent chez les Casas. José était parti, ainsi qu'il l'avait annoncé à Petra au matin. Pilar leur dit que son bras était maintenant guéri et qu'il pouvait se servir d'une arme.

— Grâce à toi, ajouta-t-elle à l'adresse de Petra ; ni lui ni moi n'oublierons jamais.

Les trois femmes s'approchèrent des fenêtres et aperçurent des soldats en train de patrouiller dans les rues. La mère voulait partir à tout prix mais Soledad avait peur. Elles attendirent un long moment, puis elles se décidèrent, encouragées par Pilar qui avait envoyé son jeune fils faire le guet dans la rue. Elles descendirent sans bruit et, sur un signe de l'enfant, s'élancèrent. Redoutant de voir surgir des soldats, elles coururent vers leur maison où elles se réfugièrent, à bout de souffle.

Enfermées à double tour à l'abri des murs, silencieuses, elles écoutèrent. Ce soir, pas le moindre souffle de vent. La nuit enveloppait le village dans une étoupe qui étouffait les bruits et la vie même. Par intermittence montait l'aboiement d'un chien ou le braiment d'un âne, mais il n'y avait pas la moindre voix humaine pour rassurer ceux qui, comme Soledad et sa mère, guettaient les bruits ordinaires.

— Tu devrais aller dormir dans la grange, dit la mère.

Soledad se tourna vivement vers elle :

— Et toi ? Tu comptes dormir où ? fit-elle.

— Dans ma chambre, bien sûr ! Que veux-tu qu'il arrive à une vieille comme moi ?

Soledad réfléchit un moment, demanda :

— Tu crois qu'ils vont fouiller toutes les maisons ?

— Je crois que cette nuit sent le malheur.

— Viens avec moi, dit Soledad.

— Mais non, c'est inutile.

— Au moins pour m'accompagner.

La mère hocha la tête, se couvrit d'un châle et, prenant le bras de sa fille, l'entraîna en pressant le pas. Dans la grange, elles refermèrent vite la porte pour dissimuler la lueur de la chandelle tenue par Soledad.

— Monte sur la paille et dors de l'autre côté, contre le mur, conseilla la mère.

Soledad hésita, se décida enfin et, munie de sa couverture, se hissa sur la paille. Une fois seule, elle s'étendit avec un soupir d'aise, entendit la mère s'éloigner. Au bout de quelques minutes passées à écouter le silence rapidement retombé sur elle, enivrée par l'odeur chaude de la paille, elle réussit à s'assoupir.

Dans son sommeil, un peu plus tard, elle perçut des cris, mais elle ne s'éveilla qu'aux premiers coups de feu. Affolée, elle se dressa sur les coudes puis, prenant conscience du danger, elle se mit à creuser la paille pour mieux s'ensevelir. Elle reconnut des plaintes de femmes et devina dans les voix rudes des hommes des ordres et des injures. Elle eut alors envie de rejoindre sa mère, mais la peur la retint. Les coups de feu cessèrent, mais les cris, eux, continuèrent de déchirer la nuit, rehaussés par les aboiements ininterrompus des chiens. Des bruits de bottes se rapprochèrent de la maison. Soledad entendit sa mère répondre à un homme qui ne pouvait être qu'un soldat. Elle retint sa respiration, prête à se précipiter pour la secourir, mais ce ne fut pas nécessaire : la porte se referma et les soldats s'éloignèrent dans la direction de la sierra. Soledad inspira profondément, se détendit. Au village, pourtant, les lamentations des femmes ne cessaient pas, accompagnées maintenant par les pleurs des enfants. Bientôt des coups de feu éclatèrent plus haut à intervalles réguliers, puis le silence, enfin, retomba.

Il y avait plus d'une heure que Soledad s'était réveillée, mais il lui semblait que tout cela n'avait duré que dix minutes. Elle sursauta quand la voix de sa mère se fit entendre.

— Ne bouge pas, dit-elle, et rendors-toi, c'est fini.

— Qu'est-ce qui s'est passé ?

— Ils ont arrêté tous les hommes.

— Ils les ont tués ?

— Non, je ne crois pas.

— Je veux venir à la maison.

— Non, reste où tu es, on ne sait jamais. Bonne nuit.

Et la mère s'éloigna sans lui laisser le temps de discuter davantage.

Longtemps, très longtemps après, le petit jour éclaira le soupirail, traînant derrière lui le voile humide de la rosée. Depuis une heure, Soledad avait senti le froid et s'était recroquevillée en chien de fusil. Dès qu'elle s'éveilla, le souvenir de la nuit la fit se dresser. Elle se précipita à l'extérieur, frissonna hors de l'abri qui avait entretenu la chaleur de son corps. Se tournant vers le chemin sur lequel s'étaient la veille engagés les soldats, elle aperçut des femmes immobiles dans la lumière laiteuse du matin. Devinant un malheur, elle courut vers la maison où sa mère, debout dans le patio, regardait elle aussi dans la direction de la sierra. Elle tenta de retenir Soledad au passage, mais celle-ci entra dans la maison pour y prendre un châle et ressortit aussitôt.

— N'y va pas, petite, souffla la mère, atterrée.

Soledad l'écarta doucement du bras, sortit du patio et monta sans hésitation vers les femmes qui semblaient prier. Une fois qu'elle les eut rejointes, elle se rendit compte qu'en effet elles priaient devant un homme étendu à leurs pieds. Des taches de sang séché sur sa poitrine formaient une sorte de cœur dessiné par une main maladroite. Soledad se détourna, s'éloigna de quelques pas. Une colère froide teintée de honte et d'incrédulité lui coupait le souffle. Elle aurait voulu se cacher, disparaître à jamais, se soustraire au regard des femmes qui semblaient implorer une justification, l'appeler à l'aide alors qu'elle était impuissante, meurtrie, écrasée par l'horreur qui régnait sur ce coteau timidement éclairé par les premiers rayons de soleil. Elle songea à s'enfuir, le souhaita de toutes ses forces, et pourtant elle marcha vers le sommet de la sierra. A cinquante mètres de là, un deuxième homme était étendu avec la même blessure sanglante sur la poitrine. Une femme était agenouillée près de lui, un chapelet dans les mains et priait à voix basse. Elle se retourna en entendant Soledad s'approcher, mais elle parut ne pas la voir. Il sembla à Soledad que la cruauté manifestée par les hommes de son pays les rendait pour toujours irréconciliables et que tous, libertaires ou franquistes, royalistes ou anarchistes, devraient un jour expier ces crimes dans lesquels l'Espagne allait s'engloutir. Ses jambes la portaient à peine tandis qu'elle poursuivait sa route, en sueur malgré le froid. Tous les vingt mètres, un homme était couché sur le dos, les yeux clos, veillé par ses proches, sacrifié sur l'autel d'une froide vengeance.

Après quelques centaines de mètres, Soledad dut s'asseoir. Le soleil s'appliquait à sécher la rosée qui, de chaque côté de la *cañada,* dessinait par endroits d'étranges arabesques. Avec l'essor de la chaleur, une odeur bizarre s'insinuait dans l'air qui perdait de son humidité. L'image de Miguel se présenta devant Soledad dès qu'elle ferma les yeux. Etait-il capable de participer à de telles tueries ? Devrait-il lui aussi exécuter des ordres abominables ? Non, ce n'était pas possible : il saurait fuir à temps, se cacher, refuser le sang sur ses mains et revenir vers sa famille. D'ailleurs, il s'était sans doute déjà enfui puisqu'il ne donnait pas de ses nouvelles. Cette pensée fit du bien à Soledad, l'aida à reprendre ses esprits. Qu'était-elle venue faire ici ? Quelle folie morbide l'avait poussée à suivre ce chemin et pourquoi ? Elle se sentit stupide et malheureuse à l'idée de repasser devant ces femmes qu'elle ne pouvait aider en aucune manière. Aussi redescendit-elle par un autre sentier qui l'amena vers les roulottes des gitans.

A son arrivée, sa mère, qui attendait devant le portail, murmura :

— Pourquoi es-tu montée, petite ? Tu n'aurais pas dû.

Soledad aurait été bien incapable d'expliquer ce besoin de se punir, d'expier elle ne savait quoi. Y avait-il des mots pour traduire une telle horreur des hommes, un tel désir de ne plus exister ? Elle ne répondit pas, se réfugia dans sa chambre, tira les volets, ferma la porte à clé et s'allongea sur son lit.

La longue procession commença à la fin de la matinée, alors que le soleil exaspérait l'odeur étrange du matin. Informés par les miliciens, les montagnards descendaient, à pied ou à dos de mulet, pour un ultime hommage aux morts de la République. Là-haut, les silhouettes noires des femmes tranchaient sur la rocaille, et l'on distinguait parmi elles celles des enfants et des vieillards qui avançaient par à-coups, s'arrêtaient, repartaient, dans la poussière du chemin. Les habitants de Pallencia étaient massés près de la maison des Vinas et regardaient, incrédules, le cortège dont on entendait maintenant le bruit de pas. De temps en temps, une plainte d'enfant ou un cri de femme en colère se détachait et, prolongé par l'écho, rebondissait de crête en crête avant de s'échouer sur le village. Il y eut plusieurs haltes prolongées à mesure que le cortège rencontrait les femmes qui veillaient les morts. Les franquistes avaient interdit de les emporter : ils tenaient à ce que chacun sût ce qu'il en coûtait de ne pas se ranger à leurs côtés. Pourtant les montagnards les recueillaient en descendant : cela devint évident dès que les premiers atteignirent le village, ce qui provoqua des murmures parmi la foule assemblée. Ils les déposèrent aux pieds des habitants et s'écartèrent pour laisser approcher les veuves qui cachaient leur visage dans leurs mains ou gémissaient comme des pleureuses antiques ressuscitées. Les vieux mineurs d'Andorra, appuyés sur leur canne en bois d'olivier, reprenaient leur souffle en grimaçant. Les femmes, elles, tenaient les enfants par la main et priaient en remuant à peine les lèvres.

Au fur et à mesure que les montagnards arrivaient, ils s'inclinaient un instant devant les morts puis ils avançaient entre les deux rangs formés par les habitants du village pour aller s'immobiliser plus loin, à l'ombre des maisons. Quand il n'y eut plus personne sur la sierra, les morts furent transportés sur la place de l'église. La foule harassée suivit en désordre, accompagnée par les pleurs des enfants assoiffés. Les femmes marchaient en tête, avec solennité, près de celles qui avaient perdu un frère ou un mari. Lorsqu'elles débouchèrent sur la place, elles s'arrêtèrent brusquement : devant elles, à vingt mètres, adossés à la fontaine, une dizaine de soldats les attendaient. Des culasses claquèrent dans le silence avec un bruit sec que perçurent même ceux qui se trouvaient encore dans la ruelle. Tranquillement, l'officier franquiste se tourna vers ses hommes, donna un ordre, et ceux-ci commencèrent à épauler. Cependant la foule continuait de couler sur la place, poussant celles et ceux qui se trouvaient face aux soldats, avec leurs cadavres dans les bras. Le souffle de toutes les poitrines, un moment retenu, déborda et devint le seul bruit du matin. L'officier leva le bras, mais resta silencieux, troublé par les femmes vêtues de noir et les vieux appuyés sur leur canne de leurs mains déformées où saillaient de grosses veines bleues. Ces torses au souffle précipité, ces regards sans peur véritable semblaient le tenir en respect. Il se rendit compte que les montagnards passaient de l'autre côté de la fontaine et cernaient ses soldats. Aucun cri ne troubla le silence pendant les quelques secondes où le temps suspendit son cours. L'officier lança un ordre bref et les soldats reculèrent d'abord lentement, puis de plus en plus vite, vers l'extrémité de la place. Derrière eux, c'était toujours le silence. Les morts furent déposés autour de la fontaine, au soleil. Soledad tenta de s'approcher pour se rafraîchir mais n'y parvint pas. Elle retourna sur ses pas, se glissa entre les hommes et les femmes serrés les uns contre les autres dans une sorte de solidarité dérisoire, se fondit dans la foule vivante. Alors, aveuglée par la sueur et la lumière, elle mêla sa voix à celle des montagnards et des villageois qui, sans s'être concertés, s'étaient mis à chanter.

4.

Assis dans un camion sur la route de Villaréal, Miguel Senen contemplait les champs offerts à perte de vue à la brûlure du soleil. Connaissant la terre et les saisons, il imaginait les épis inclinés doucement sous la brise du soir, l'été, quand l'air fraîchit et sent la farine et le pain. Il lui semblait entendre le bruit mat des fléaux sur les aires de battage, les grelots du mulet hersant les épis, le murmure des vans d'où s'échappent les balles et c'étaient, depuis quinze jours, les premiers vrais moments de paix. Car, depuis quinze jours, la guerre était devenue une réalité quotidienne. Enfermé dès son arrivée à Calahorra, il avait appris le maniement des mausers allemands dont était équipée l'armée franquiste. Contraint de se soumettre à une discipline de fer, il avait subi un enseignement destiné à lui apprendre la meilleure manière de tuer et de ne pas être tué. Ceux qui avaient été enrôlés de force, comme lui, avaient été dispersés dans différents bataillons pour prévenir une éventuelle rébellion. Les officiers leur avaient clairement annoncé qu'ils seraient particulièrement surveillés et que si leur comportement ne donnait pas satisfaction, ils seraient fusillés dans l'heure.

Après ces interminables journées, Miguel avait pris la route pour le front du nord, non sans avoir assisté, comme chaque matin, à la messe de cinq heures. Il y avait bien longtemps qu'il en avait oublié les répons, mais ces messes désormais journalières ne lui étaient pas vraiment désagréables car elles lui rappelaient son enfance, son village et Soledad dont il devinait, en fermant les yeux, le chaud sourire. Cependant, à force de penser à elle, à son église, à sa maison, il se sentait encore plus seul et se demandait s'il les reverrait un jour. Pour échapper à l'isolement dont il souffrait, il avait cherché à lier connaissance avec les soldats dont les attitudes ou le langage révélaient une origine paysanne. Redoutant un piège, les jeunes recrues se méfiaient et ne se livraient pas facilement. Pourtant Miguel était parvenu à engager la conversation avec un garçon qui ne lui paraissait pas inconnu. De fait, celui-ci parla de Mas de las Matas, un village distant de quelques kilomètres de Pallencia. Il s'appelait Vicente Arcos et habitait avec son père et sa mère dans une ferme isolée sur la colline. Il avait été pris au cours d'une opération lancée par les franquistes contre les miliciens de la sierra.

Plus grand que Miguel, les cheveux noirs et drus, Arcos avait un nez démesurément long et de grandes oreilles. Une sorte de tic déformait sa joue droite à chaque fin de phrase et il clignait des yeux souvent, comme s'il supportait mal la lumière du jour. S'étant trouvés et reconnus très vite, ils s'étaient tout de suite sentis en confiance. Envisageant l'instant où il faudrait tirer sur les soldats de la République, Vicente demandait :

— Tu tireras, toi, Miguel? Tu tueras ceux qui nous ressemblent? Qui vivent comme nous?

Et Miguel ne savait que répondre, mais cette amitié lui était précieuse et l'aidait à supporter les épreuves.

Au matin du départ de Calahorra, le convoi avait été attaqué par deux avions républicains. Les soldats franquistes avaient quitté le convoi pour se réfugier derrière les rochers, de chaque côté d'une route éventrée par les bombes. Des hommes étaient morts près de Miguel qui découvrait le sifflement aigu précédant les explosions, les vibrations du sol au moment de l'impact, les éclats de fer et de pierres, les cris, la peur. Il imaginait difficilement que des hommes semblables à lui, là-haut, pussent envoyer la mort sur la terre avec cette aveugle insensibilité, cette distance qui les rendait plus terrifiants, plus haïssables encore à ceux qui mouraient dans la souffrance. Pourtant il n'y pouvait rien et son impuissance le révoltait.

Une fois le convoi reformé, il avait senti une rage sourde agiter les soldats dont l'hostilité semblait par instants dirigée contre Vicente et lui. Les officiers, eux, affectaient une désinvolture hautaine et racontaient leurs exploits dans les colonies où ils avaient essuyé d'autres tempêtes. Ils faisaient ainsi monter la tension dans le camion où Miguel et Vicente n'étaient pas rassurés.

— Ils trouveront n'importe quel prétexte pour se débarrasser de nous, avait soufflé Vicente en profitant d'une halte.

Miguel n'avait pas répondu ; ce n'était pas pour lui qu'il s'inquiétait, mais pour Soledad qui pouvait un jour se trouver face à des soldats fanatisés de la sorte. Ce ne serait pas sa mère qui lui serait alors d'un grand secours. Que faire ? Que tenter ? Il ne pouvait qu'apprendre à vivre seul, à éviter les pièges de la guerre, à faire surgir devant lui l'image d'une jeune femme dont les traits s'estompaient peu à peu...

Les chars s'étaient rangés dans les champs pour laisser passer les camions. Au loin, derrière un rideau d'oliviers, une fumée rousse montait vers le ciel bas, couleur de cendres. Des paysans poussaient des ânes et des mulets trop chargés qui semblaient immobiles. Des femmes et des enfants suivaient par groupes de deux ou trois, se retournant de temps en temps vers les maisons en feu échelonnées dans la plaine. Chaque jour, au fur et à mesure que les camions approchaient de la zone des combats, la même scène se reproduisait aux abords des petits villages de Biscaye. Miguel, qui n'y assistait jamais sans en être bouleversé, ne savait pas exactement où il se trouvait. Quelle était cette vallée qui s'élargissait vers l'ouest où l'horizon butait sur une chaîne montagneuse ? Il interrogea Vicente qui ne savait pas non plus, se contenta de suivre du regard tous les petits ruisseaux qui dévalaient les pentes égratignées de ronces.

Après un ralentissement, les camions firent halte dans un bourg situé en bordure d'une rivière presque à sec. Les moutons qui broutaient sur l'autre rive s'enfuirent au bruit des moteurs. Ce qui intriguait Miguel, c'était de rencontrer des villages semblables à Pallencia, alors qu'il était convaincu d'avoir fait la route vers le nord. Comme tous les poteaux indicateurs étaient détruits, il lui était impossible de situer ce village de façon précise. Mais il n'eut pas le temps de s'interroger davantage car, après une brève halte, le convoi repartit.

Bientôt bercés par les cahots du camion, abrutis de fatigue, les soldats s'assoupirent. Des vallons et des collines couverts de bois touffus se succédèrent. En serpentant, la route se fraya un passage entre des massifs sombres, monta encore jusqu'à une sorte de col où se trouvait un refuge délabré puis, après un plateau, redescendit en pente douce. Tout en bas, une étroite vallée s'étendait dans une buée bleue, étrangement immobile dans le soir qui tombait. Dès l'instant où les camions eurent franchi le col, une brise au goût de sel apporta aux soldats réveillés en sursaut le son des canons enfouis dans l'immensité verte.

A Pallencia, le froid revint pour un dernier assaut avant la fin du mois d'avril, apportant avec lui des averses de grêle; Petra Vinas se désolait pour les amandiers qui perdaient leurs fleurs. « Comme si la guerre ne suffisait pas à notre malheur », disait-elle à Soledad qui supportait mal les caprices du temps et rageait d'être confinée à l'intérieur. Où se trouvait Miguel, à cette heure ? Avait-il froid lui aussi ? Pourquoi ne lui envoyait-il pas de nouvelles ? Elle s'efforçait de se montrer forte, riait pour ne pas inquiéter sa mère, mais il lui tardait de pouvoir s'occuper au-dehors. Aussi, dès le premier jour où le vent tourna au sud, elle ne prit pas la peine d'aller chercher du bois et, au contraire, partit vers la sierra pour une promenade. Cette fois, le printemps s'installait définitivement, elle en était sûre : cela se sentait à la caresse du vent sur la peau, aux parfums d'herbes et de fleurs, à la clarté de l'air, à l'activité fébrile des oiseaux.

Elle marcha pendant une heure avec tant de plaisir qu'elle finit par se perdre. Elle eut beau scruter l'horizon, chercher des points de repère, elle ne sut pas où elle se trouvait. Le mieux était de faire demi-tour et de redescendre tout droit vers la vallée. Elle s'y résolut, reconnut en chemin deux pins squelettiques puis, plus bas, quelques genêts. Ce fut au moment où elle les atteignait qu'elle eut un vertige. Les yeux inondés de sueur, les jambes coupées, elle s'allongea à même la roche en repoussant de toutes ses forces la nausée qui lui montait aux lèvres. Elle demeura immobile pendant de longues minutes, s'interrogeant sur ce vertige qui tardait à s'estomper. Longtemps après, lorsque les battements de son cœur reprirent un rythme normal, elle put enfin se remettre en route en s'efforçant d'oublier l'étau refermé sur ses tempes.

Il lui fallut plus de deux heures pour parvenir en vue du village où elle arriva à bout de force. Comme elle redoutait un nouveau malaise, elle s'assit quelques minutes sous les amandiers. Un tapis de fleurs jonchait le sol, recouvrant les traces de sang séché du dernier bombardement. Elle en ramassa une poignée et les lança devant elle. Elles retombèrent aussitôt, déjà mortes avant d'avoir vécu. Dépitée, elle se remit en route, bien décidée à ne rien dire à sa mère de son vertige de l'après-midi. Cependant, comme ce souvenir l'obsédait, elle se réfugia dans sa chambre dès la fin du repas. Là, elle ne trouva le sommeil que très tard et s'agita toute la nuit sous la menace d'un danger imminent.

Au matin, après avoir fait sa toilette, elle gagna la cuisine en s'efforçant d'oublier ce qui s'était passé la veille. Elle mangea un morceau de *torta* debout devant la fenêtre, regarda un moment les alouettes qui, descendant de la sierra, s'abattaient sur le coteau d'en face comme une volée de grêlons. En se retournant pour aller s'asseoir, elle sentit brusquement ses jambes se dérober sous elle, chercha vainement à saisir un appui et glissa sur le sol dans un geste puéril des bras pour se protéger.

Quand elle reprit ses esprits, elle était allongée sur son lit. Sa mère, assise près d'elle, la dévisageait bizarrement. Elle n'en comprit pas la raison, crut simplement qu'elle avait eu peur. Pourtant, il y avait autre chose dans ce regard, une expression que Soledad n'y avait jamais lue : une sorte de commisération, de pitié mêlée de reproche.

— Ma pauvre fille, murmura Petra.

D'abord Soledad ressentit comme une brûlure, puis elle

compris que l'enfant de Miguel vivait en elle et un sourire illumina son visage. Elle saisit sa mère par les bras, l'attira contre elle, murmura :

— J'attends un enfant, n'est-ce pas ?

Petra Vinas prit la tête de sa fille entre ses mains, lui caressa les cheveux sans prononcer le moindre mot, puis elle se dégagea doucement, se leva, marcha vers la cuisine en donnant l'impression de porter le monde entier sur ses épaules. Surprise, Soledad ne la suivit pas tout de suite. Elle songeait à celui qui était parti un matin et qui n'était pas là aujourd'hui pour partager son bonheur. Est-ce qu'un jour, au moins, il reviendrait ? Est-ce qu'il le connaîtrait, cet enfant qui allait grandir loin de lui ? Etait-ce cela qu'il avait souhaité en se mariant la veille de son départ ? Comment n'avait-elle pas compris plus tôt qu'il avait voulu lui laisser un fils qui lui ressemblerait, qui aurait le même visage, le même corps, la même force, pour l'aider, quoi qu'il arrive ? Elle lui donnerait le même prénom. Miguel... Miguel... Elle répéta le mot à plusieurs reprises, entra dans la cuisine où la mère, qui épluchait des pommes de terre, dos tourné à la porte, lança :

— Tu ne garderas pas cet enfant !

Soledad, incrédule, s'assit face à elle et demanda :

— Qu'est-ce que ça veut dire : « tu ne garderas pas cet enfant » ?

La mère ne répondit pas tout de suite ; elle acheva d'éplucher sa pomme de terre puis elle jeta d'une voix dure, méconnaissable :

— Parce qu'il est l'enfant du péché et qu'il ne peut pas vivre.

Soledad suffoquait. Elle murmura d'une voix blanche :

— C'est toi qui oses me dire une chose pareille ?

Et, comme la mère ne répondait pas :

— Tu voudrais que je tue cet enfant ? Que je m'en sépare ? Mais pourquoi ?

— Parce que dans ce village un enfant sans père et une femme sans mari ne pourront jamais vivre heureux.

Soledad demeura un instant muette, mais la colère fut la plus forte et elle se rebella :

— Il a un père, mon enfant !

— Tu es bien la seule à le savoir.

— Le *padre* aussi le sait.

— Le *padre* sait que ton mari t'a quittée aussitôt mariée !

— Tu oserais dire que Miguel n'est pas le père de mon enfant ?

La mère releva enfin la tête, dévisagea sa fille.

— Moi, non, mais au village on ne s'en privera pas.

Soledad tremblait de plus en plus. L'indignation décuplait sa colère, la dévastait :

— Je me moque de ce qu'on dira au village, fit-elle. Je garderai mon enfant et s'il le faut je l'élèverai toute seule, loin de toi, loin d'ici.

Elle se leva, défia sa mère pour la première fois de sa vie, cria :

— Toute seule ! Et personne ne s'en approchera jamais ! Et s'il le faut, je me battrai contre le monde entier !

La mère parut s'affaisser sur sa chaise. Elle posa sa pomme de terre et son couteau, soupira, ferma les yeux. Soledad s'approcha, appuya sa main sur l'épaule inclinée, murmura :

— Tu comprends, quoi qu'il arrive, j'aurai l'enfant.

La mère ne répondit pas tout de suite. Elle paraissait lointaine et épuisée.

— Tu comprends ça ? répéta Soledad.

Et, comme la mère demeurait muette :

— Qu'est-ce que je deviendrai s'il ne revient pas ?

La mère ne répondit pas davantage, mais elle se leva et, sans regarder sa fille, elle se dirigea vers la fenêtre, souleva le rideau, observa un moment la sierra qui égouttait sa rosée, soupira.

— Souhaitons que ce soit une fille, dit-elle enfin ; parce que tu vois, petite, depuis que je suis née, j'ai vu grandir beaucoup de garçons jusqu'à ce qu'ils deviennent des hommes et j'ai vu leur mère les consoler, les nourrir, les aimer, et aujourd'hui presque toutes sont seules.

Elle laissa retomber le rideau, s'en alla près de la cheminée, versa de l'eau dans un chaudron et dit encore d'une voix qui tremblait un peu :

— Tu sais, petite, les hommes n'aiment que la guerre.

Les camions étaient alignés dans un champ de maïs dont les tiges pointaient entre les mottes brunes. Miguel, qui les examinait, songeait aux champs de maïs de Pallencia, à leur blondeur et leur vert tendre dont les chuchotis lui étaient familiers. Soledad l'avait rejoint si souvent sous le couvert des feuilles au bord de la rivière ! Et si souvent ils s'étaient allongés l'un près de l'autre, seuls au monde ! Comme pour retrouver ce temps disparu, il s'accroupit, saisit entre ses doigts une tige verte, la porta vers sa bouche, en goûta délicieusement la saveur sucrée, ferma les yeux. Il lui sembla être transporté à des centaines de kilomètres de là, poussa un soupir d'aise. Un ordre bref lancé rageusement le fit sursauter. Il se redressa vivement, avala la tige qu'il mâchonnait, regarda devant lui.

Là-bas, à trois cents mètres, les obus des canons franquistes martelaient un petit village situé au milieu de la vallée, dans le coude d'une rivière. Une fumée noire montait au-dessus des toits rouges et stagnait en rouleaux menaçants du fait de l'absence de vent. Le détachement auquel appartenait Miguel attendait derrière les canons qu'ils eussent fait leur œuvre. Une heure plus tôt, deux unités s'étaient avancées sur les versants et s'étaient postées sous les pinèdes avant le déclenchement des opérations. Le feu nourri d'une mitrailleuse s'éleva des murs écroulés que l'on avait du mal à distinguer derrière le rideau de fumée, puis, après avoir lâché des crépitements secs, s'arrêta brusquement. Les miliciens du village s'étaient sans doute rendu compte de l'inutilité de leur tir. Venus des coteaux, quelques coups de feu claquèrent çà et là, en une sorte de riposte moqueuse. La mitrailleuse se remit à tirer, mais cette fois vers le coteau opposé. Malgré la distance qui le séparait des pinèdes, Miguel put voir s'écrouler un soldat de l'autre côté de la rivière. Il roula sur lui-même, dégringola vers l'eau grise, ne bougea plus.

Au village, les obus tombaient maintenant à une cadence soutenue sur les toits crevés et les murs disloqués. Avec une vingtaine d'hommes, Miguel avait rejoint les unités expédiées sur le coteau ouest pour préparer l'encerclement. D'où il se trouvait, à l'abri d'un pin, il entendait nettement le sifflement des obus sur le point d'exploser et devinait même la zone d'impact avant la déflagration. A quelques pas de lui, les balles de la mitrailleuse percutaient le tronc des arbres avec un son mat, et faisaient parfois éclater l'écorce dont les morceaux fusaient à droite et à gauche en gerbes acérées. Une âcre odeur de bois brûlé glissait sur le versant, apportée par la fumée et la poussière maintenant déplacées par le souffle des explosions.

Dès que les canons se turent, le gros des unités demeurées dans la vallée se mit en marche vers le village, précédé par l'explosion des grenades et le tir haché des fusils-mitrailleurs. Les instructions étaient de progresser le plus vite possible, afin de couper la route du repli aux républicains. Miguel, qui avait très chaud, ne cessait de s'essuyer les yeux aveuglés par la sueur. La mitrailleuse du village tirait toujours. Les balles ricochaient devant lui, tandis qu'il courait, mal abrité, sous les pins de plus en plus espacés. Il s'arrêta pour reprendre son souffle, se retourna. Entre les branches basses, il aperçut, déployé sur toute la largeur de la vallée, le bataillon franquiste qui hésitait devant les retranchements creusés par les républicains aux abords du village. Puis il fut entraîné par le flot des soldats qui couraient vers le nord et il se remit en marche. A ce moment-là, la mitrailleuse se tut. Il y eut pendant quelques secondes un silence épais, saturé de lumière et d'odeur de poudre, presque palpable. Le tir d'une mitrailleuse, de nouveau, déchira l'air, mais ce n'était plus la même : elle tirait depuis une butte, sans doute mise en place par les unités dont Vicente faisait partie.

Miguel se retrouva bientôt de l'autre côté du village, à mi-coteau. A l'autre bout de la vallée, les fusils-mitrailleurs avaient cessé le feu. Le terrain ayant été pilonné avec soin depuis la veille, les franquistes ne rencontraient que peu de résistance. A perte de vue, jusqu'à l'autre chaîne montagneuse qui, à l'horizon, dominait la vallée, les arbres calcinés et les champs éventrés criaient leur désolation. Miguel se trouvait un peu plus haut qu'un pont de pierre à moitié démoli, à quelques centaines de mètres du village qui s'appelait, d'après un poteau indicateur renversé dans le fossé, Elgeta. Ayant effectué leur jonction, les unités d'assaut se déployaient d'un versant à l'autre afin de refermer le piège. Une dernière salve crépita aux abords du village, puis le silence retomba, simplement entrecoupé par les cris des officiers occupés à investir les maisons. Miguel, d'instinct, avait épaulé son mauser. Accentuée par la chaleur, l'odeur de poudre et la peur, l'excitation des autres soldats l'avait gagné.

Il baissa la tête un instant, s'essuya le front, eut l'impression d'une présence et se redressa lentement. L'homme se trouvait devant lui, à une trentaine de mètres, aux aguets lui aussi. Sans bouger, Miguel put l'observer : jeune, dix-huit ans, vingt peut-être, ses cheveux collés au front et aux tempes, les vêtements déchirés, il tenait dans sa main droite un fusil à canons sciés. De sa main libre, il comprimait en grimaçant une blessure qui, sur sa poitrine, s'élargissait en une étoile pourpre. Miguel songea qu'il était sans doute seul à l'apercevoir à cause des arbres. Il eut envie de dire au républicain de ne pas bouger, qu'il ne risquait rien puisqu'il était là, lui, Miguel, pour le protéger. Deux coups de feu éclatèrent à cinquante mètres sur la gauche. L'homme, aussitôt, s'élança au milieu des pins, légèrement en biais par rapport à Miguel. Tournant la tête, celui-ci fut aveuglé par le soleil et, en même temps, il entendit le souffle précipité de l'homme qui venait vers lui. L'éclair du canon fusant sous la lumière l'éblouit. Se sentant en danger, Miguel tira. La course du républicain ralentit, mais il continua d'avancer, se dressa entre Miguel et le soleil, bouche ouverte, jambes écartées, les yeux fous, resta un moment en équilibre, tourna lentement sur lui-même et tomba. Miguel, aussitôt, se précipita, s'agenouilla, prit la tête du blessé dans ses mains, essuya fébrilement le sang, tapota les joues. La peau bronzée apparut, soulignant des yeux noirs où brillait une lueur adolescente. Miguel eut peur, soudain, de ce visage empreint de jeunesse et il comprit qu'il n'échapperait plus jamais à ce regard, à ces traits tendus par la souffrance. Le moribond ouvrit la bouche, essaya de parler, mais n'y parvint pas ; pourtant, son regard appelait à l'aide et ses mains se crispaient sur celles de Miguel qui, penché sur lui, murmura :

— C'est rien, n'aie pas peur, tu n'as rien.

Il chercha à le relever, mais le corps du blessé, trop lourd, retomba en arrière.

— C'est rien, répéta Miguel.

Des soldats arrivèrent. Il sentit des tapes amicales sur ses épaules et se retrouva assis sur les aiguilles de pin, hagard, désemparé.

— *Muy bien, hombre, muy bien!* lança l'officier qui commandait la compagnie.

Miguel comprit alors que le milicien était mort et ce fut tout à coup comme si le monde entier croulait sur ses épaules et l'ensevelissait.

Plus tard, bien plus tard, assis dans le camion face à Vicente, il n'osa même pas lever les yeux sur lui. « Tout cela, se dit-il, à cause de quelques hommes morts pour être partis trop tard, pour avoir retardé la marche des franquistes quelques minutes de trop. » Apprendrait-on à Pallencia, son village, que lui, Miguel Senen, fils de paysan, avait tué un soldat républicain qui aurait pu être son frère ? Il examina ses mains avec horreur, comme si elles eussent constitué la preuve vivante de son forfait. Il voulut sauter au bas du camion, renoncer à une vie à laquelle il n'avait plus droit mais, à peine levé, un éblouissement lui faucha les jambes.

Quand il reprit ses esprits, il était allongé sur le plancher du camion et Vicente essuyait la sueur sur son front. La nuit tombait, peuplée d'ombres menaçantes. Miguel referma les yeux et ne bougea plus, loin de penser qu'il n'avait pas encore vécu le pire et que le lendemain il entrerait dans Guernica mutilée par les bombes incendiaires de la Luftwaffe.

5.

Pas plus que le feu de l'été, les langueurs de l'automne n'avaient arrêté la guerre. Déjà les gelées de novembre et le vent glacial qui courait sur la sierra annonçaient un hiver précoce. Le village avait subi deux bombardements aussi violents et meurtriers que ceux du printemps : l'un vers la mi-août, l'autre au début du mois d'octobre. On avait appris que Bilbao, Santander et Gijon étaient désormais aux mains des franquistes et que l'armée républicaine allait attaquer Teruel pour tenter de couper la route de la mer à Franco. Tout le monde, dans la région, comprenait que la guerre allait se jouer pendant les jours qui venaient, et ceux qui se battaient pour la République s'inquiétaient beaucoup de l'état de l'armée. Ne disait-on pas que les armes manquaient, que la France n'interviendrait plus, que les troupes elles-mêmes étaient noyautées par les agents nationalistes ? Et pourquoi les avions allemands avaient-ils survolé la sierra pendant trois jours ? L'Allemagne était-elle aussi entrée en guerre contre la République ?

Lorsque le vent soufflait de l'ouest, on entendait du village le son des canons. La panique s'était emparée de la population aragonaise qui fuyait en emportant son maigre mobilier sur des charrettes que tirait un âne ou un mulet. Certains fuyaient vers la mer dans l'intention de s'embarquer en Catalogne. D'autres partaient vers le nord dans l'espoir de passer les

Pyrénées avant l'hiver. Mais l'hiver, déjà, était là. Et ils partaient quand même.

A Pallencia, les miliciens de la sierra venaient chercher la nourriture et le vin dont ils manquaient. Ils disaient que Madrid et Barcelone tenaient toujours avec un frémissement dans la voix qui révélait leur envie de se battre. Au début de novembre, ils avaient récupéré des bannes et des paniers, la nuit, pour transporter leurs explosifs. Les paysans, eux, redoutaient surtout la famine et le froid. Ils avaient dû prendre des risques pour trouver le bois de l'hiver et les réquisitions des gardes civils avaient amoindri les stocks de céréales assemblés avec les pires difficultés.

En ouvrant ses volets, le matin du 5 décembre, Soledad dut fermer un instant les yeux, tant était violent l'éclat du gel sur la sierra. Il n'y avait ni bruit ni parfum. Le coteau semblait prisonnier d'une banquise surgie de la nuit. Soledad essuya de la main le givre des carreaux, en observa un moment les délicates ciselures puis, frissonnant de la tête aux pieds, elle passa dans la cuisine pour allumer le feu. Fatiguée par les neuf longs mois d'une grossesse qui avait été pénible, elle se déplaçait difficilement. A cette fatigue s'ajoutait le tourment de n'avoir reçu aucune nouvelle de Miguel. Elle avait essayé de se renseigner au *cuartel*, mais nul n'avait consenti à lui dire où se trouvaient les soldats qui avaient été enrôlés au village. Quelque chose lui disait pourtant que Miguel était vivant, même si elle ne savait où, même s'il lui semblait que de hauts murs les séparaient, et pour longtemps infranchissables. Lorsque son enfant remuait dans son ventre, elle lui parlait aussitôt de son père à voix basse et c'étaient, pour quelques minutes, une présence, un réconfort qui abolissaient la distance et le temps.

Ce dont elle avait le plus souffert pendant ces mois-là, c'était de ne pouvoir sortir. Depuis que sa grossesse était visible, sa mère, en effet, le lui avait interdit, assurant qu'elle n'oserait plus se rendre au village. Soledad s'était inclinée en se disant que l'essentiel était de pouvoir garder son enfant. Aussi n'avait-elle vécu que pour lui, profitant de cette vie enfermée en elle avec une patience et une confiance dont elle se serait crue incapable.

Elle s'approcha de la cheminée, alluma le feu, s'assit pour manger un morceau de *torta.* Sa mère entra, prit place face à elle, soupira :

— C'est un temps de neige; il ne manquait plus que ça.

Soledad s'apprêtait à répondre lorsqu'on frappa à la porte. Comme elle interrogeait sa mère des yeux, celle-ci se leva pour ouvrir. Une vague d'air glacial s'engouffra aussitôt dans la maison, faisant trembler les flammes dans la cheminée. Emmitouflée dans une cape de laine noire, une écharpe trouée enroulée jusqu'au nez, une femme attendait sur le seuil. Sur un geste de la mère, elle entra, enleva son écharpe, dévoilant ainsi le bas de son visage. Soledad, comme Petra, eut un mouvement de recul en reconnaissant la mère de Miguel dans cette paysanne calme, très droite et qui les dévisageait en souriant. Comme ses hôtes demeuraient sans voix, Maria-Pilar Senen sortit de sa poche une feuille de papier griffonnée et, s'approchant de Soledad, murmura :

— Je sais tout, il m'a écrit.

Soledad, très pâle, regardait la lettre sans parvenir à s'en détacher. « Savoir enfin, se disait-elle, lire les mots écrits de sa main, toucher le papier qu'il a caressé, partager ses pensées, le rejoindre à travers la distance et le temps ! » Voilà ce que venait lui offrir une vieille femme un matin d'hiver encore plus froid que les autres, sous la menace de la neige et le ciel bas. Elle eut envie de serrer dans ses bras la mère de Miguel comme s'il se fût agi de Miguel lui-même, mais elle n'osa pas. Maria-Pilar Senen lui tendit la lettre et entraîna Petra à l'autre bout de la pièce.

Soledad s'assit pour lire à son aise, en essayant vainement de contrôler le tremblement de ses mains. Il ne se plaignait pas, Miguel : ses seules préoccupations concernaient sa famille. Il expliquait qu'il s'était seulement décidé à écrire quand il avait trouvé un ami sûr pour poster sa lettre. Ensuite, il racontait à sa mère son mariage hâtif avec Soledad et lui demandait de veiller sur elle. Il disait aussi qu'il serait bientôt de retour pour vivre avec elle dans la maison qui était désormais la sienne : celle des Senen. Pas un mot d'amertume, pas une plainte sur son sort, mais seulement des mots d'espoir.

Soledad rendit la lettre à Maria-Pilar qui, revenue vers elle, regardait son ventre.

— Alors c'est son petit que tu portes, dit-elle.

Soledad hocha la tête puis, sans bien savoir pourquoi, détourna les yeux. Maria-Pilar s'approcha, lui releva le menton, l'embrassa en disant :

— N'aie pas peur, petite, nous élèverons cet enfant jusqu'à ce que son père revienne. En attendant, sa place, comme la tienne, est dans notre maison : sans cette maudite guerre, c'est là que tu vivrais depuis longtemps.

Soledad ne sut que répondre. Elle se tourna vers sa mère qui souriait avec, dans ses yeux, une lueur de satisfaction : sa fille ne serait pas une fille perdue puisqu'elle allait vivre dans la maison de son mari, celui qui l'avait choisie, le père de son enfant. Petra remercia Maria-Pilar Senen avec une précipitation et une humilité blessantes pour Soledad qui pensa que du fait d'une honteuse culpabilité sa vie se jouait malgré elle, mais aussi qu'elle perdait à tout jamais son enfance, son adolescence, et sans doute la complicité qui l'avait unie à sa mère pendant des années.

— Tu nous le donnes quand, ce petit ? demanda Maria-Pilar Senen.

— Dans une quinzaine de jours, je crois.

— Nous avons peu de temps pour préparer son berceau, il faut que tu viennes le plus vite possible.

Petra intervint alors si abruptement que Soledad, de nouveau, en fut désagréablement meurtrie :

— Je la conduirai au début de l'après-midi, dit-elle, il fera un peu moins froid.

Maria-Pilar approuva et, satisfaite, prit congé après avoir prodigué des recommandations au sujet de la santé de Soledad. Petra l'accompagna jusqu'au village pour s'entretenir avec elle des problèmes posés par le déménagement. Demeurée seule, Soledad s'assit près de la cheminée en essayant d'imaginer les jours à venir. Elle n'était jamais entrée dans la maison de Miguel et savait seulement que la famille

Senen était encore plus pauvre que la sienne, n'ayant jamais possédé que le jardin de la rivière. Sans doute la vie serait-elle difficile au début, mais une fois que l'enfant serait né, elle se louerait comme journalière dans les champs. Après, plus tard, Miguel reviendrait et elle pourrait se consacrer à leur fils.

La mère fut de retour au bout de dix minutes, s'approcha de la cheminée pour se réchauffer. Son visage avait perdu sa dureté des derniers mois. Soledad crut même y lire une sorte de joie, et quelque chose en elle se brisa. Elle suivit néanmoins Petra dans la chambre où, déjà, celle-ci l'entraînait avec une précipitation inhabituelle. Elles commencèrent à rassembler les vêtements sans parler et, tout à coup, la mère prit Soledad dans ses bras et la serra contre elle. D'abord surprise, Soledad se laissa aller en fermant les yeux puis, à la crispation des mains dans son dos, elle comprit enfin combien de courage exigeait de la pauvre femme une si soudaine séparation.

Enrique Senen était un homme bon, mais il parlait peu. Revenu au village pour se cacher, il ne sortait jamais. De corpulence moyenne, il manifestait dans ses gestes et dans ses attitudes une maladresse qui étonnait. A le voir, on supposait en effet plus de souplesse dans ce corps assez bien proportionné. Il fallait l'examiner davantage pour remarquer son dos voûté qui lui donnait, le soir, quand il était bien fatigué, l'aspect d'un bossu. Il avait accueilli Soledad assez fraîchement, mais elle avait deviné sans peine, sous cette rugosité, une bonté profonde.

Aussi s'était-elle sentie bien dès le premier jour dans la maison basse, sans patio, qui ne comportait que deux chambres où l'on suspendait les vêtements à des pointes plantées entre les pierres des murs. La salle commune était meublée de trois chaises de paille et d'une table grossièrement taillée dans du bois de hêtre. Des pignes de pin, des genêts et des grosses bûches étaient entassés à côté de la cheminée près de laquelle nichaient trois poules.

Soledad dormait dans la chambre de Miguel qui avait été aussi, avant la guerre, celle de ses frères. Elle cherchait les vestiges de sa vie en ces lieux, trouvait parfois un vieux peigne auquel demeurait accrochée une petite touffe de cheveux, parfois une chemise déchirée au fond d'une banne en osier ou différents menus objets qui portaient l'empreinte de celui à qui elle ne cessait de penser, et cela suffisait à son bonheur. « Si seulement il savait, songeait-elle, si seulement il pouvait m'apercevoir près des siens, comme il serait heureux ! » Mais la chambre restait silencieuse et, le soir venu, il fallait à Soledad de longues minutes avant de se réchauffer dans un lit aux draps rugueux et froids.

Un soir, quelques flocons de neige tournoyèrent dans les rafales de vent et formèrent sur le sol un mince tapis de paillettes blanches. Un peu plus tard, alors que la nuit les recouvrait délicatement, Soledad ressentit les premières douleurs. Aussitôt Maria-Pilar la fit coucher, prépara du linge propre tandis qu'Enrique, ayant activé le feu, s'en allait prévenir Petra Vinas. Soledad, d'abord surprise par l'intensité des douleurs, serra les dents pour ne pas se plaindre puis, pendant les moments de répit, supplia sa mère et Maria-Pilar de l'aider, affirmant qu'elle allait mourir. Enrique, lui, s'était couché, après s'être fait rabrouer par Maria-Pilar agacée par sa présence inutile. Vers trois heures, un arrêt brutal des contractions inquiéta beaucoup les deux femmes qui envisagèrent de recourir aux services de Maria Caba. Enrique s'était relevé pour mettre du bois au feu et refusa de se recoucher. Il resta près de la cheminée, les mains étendues au-dessus de l'âtre, le regard perdu dans les flammes. De temps en temps, un juron sortait de sa bouche, trahissant son inquiétude :

— *Me cago en dios !*

Puis il s'abîmait de nouveau dans ses pensées, sursautant par instants aux cris de Soledad. Maria-Pilar et Petra encourageaient la jeune femme qui pleurait de rage, se croyant incapable de mettre au monde son enfant. Son calvaire dura deux heures encore. Petra s'apprêtait à partir chez Maria Caba lorsque l'enfant naquit enfin. Il était cinq heures et demie. Epuisée, Soledad reçut contre elle un petit corps à la tête couverte de cheveux noirs, entendit qu'il s'agissait d'un garçon, puis s'abandonna au plaisir de cette chair chaude contre sa peau, de cette vie qu'elle sentait vibrer lorsque le petit bougeait en poussant des gémissements d'aise. Un peu plus tard, elle examina le front plissé de son enfant, les sourcils bien dessinés, les doigts potelés qui dépassaient de la chemise et elle songea à Miguel. Pourquoi fallait-il refouler des larmes dans ces moments qui auraient dû être du bonheur ? Pourquoi lui était-il interdit d'être heureuse près de son enfant dont la chaleur, sous les couvertures, l'incitait à la douceur du sommeil ? Elle ne comprit que plus tard, dans la matinée, lorsque sa main rencontra la peau de son fils endormi, combien tant d'innocence et de confiance étaient menacées au milieu de la guerre, de la séparation et du malheur. Quel serait le sort d'un enfant qui souriait au son des canons ? Cela valait-il la peine de poursuivre une œuvre de vie en un temps qui était celui de la haine et de la mort ? Elle se sentit faible, misérable, impuissante à protéger son fils et vaguement coupable...

Dans la cuisine, Petra et Maria-Pilar étaient occupées à laver le linge de la nuit. Soledad attendit de longues minutes avant de les appeler d'une voix cassée. Les deux femmes entrèrent dans la chambre et s'attendrirent devant l'enfant qui cherchait le sein en geignant.

— Tu vois, il a faim, dit Petra, ça veut dire qu'il est vigoureux.

Elle tendit à sa fille un bol de lait chaud et s'assit sur le lit tout le temps que Soledad mit à le boire. Enrique entra lui aussi et demeura silencieux, fasciné par le petit, les yeux habités par une lueur qui lui restituait un peu de sa jeunesse. Il partit au bout de dix minutes, toujours muet, après avoir passé plusieurs fois la main sur la tête de l'enfant.

Pendant la matinée, Petra remonta chez elle chercher du vieux pain pour frire une *sarten de migas* [1], tandis que Maria-Pilar préparait un plat de ces *moniatos* [2] qu'elle conservait dans une petite cabane en tôle construite par Enrique dans le jardin.

---

1. Poêle de migas : pain rassis trempé dans de l'eau chaude et frit dans l'huile.
2. Tubercules semblables à de petites betteraves.

— Alors, c'est décidé, tu l'appelles Miguel, fit Maria-Pilar de la cuisine.

— Oui, c'est décidé depuis le premier jour, dit Soledad, j'espère qu'il sera content.

— J'en suis sûre, et d'ailleurs...

Soledad n'écoutait plus : Miguel, devant ses yeux clos, courait vers le village où grondait le moteur des camions, revenait vers elle et, soudain, repartait. Elle s'élançait alors derrière lui avec son enfant dans ses bras, mais il ne l'entendait pas.

— Maria-Pilar ! gémit-elle.

— Qu'est-ce qu'il y a, ma fille ?

— Rien... Rien...

Elle inspira profondément, ouvrit les yeux et, pour reléguer loin d'elle les images de ses cauchemars au cours desquels elle le voyait couvert de sang et traqué par une meute d'hommes armés de fusils, elle murmura, s'adressant à son fils :

— Avant trois mois, je te le promets, il sera là, près de toi, près de moi, et on le gardera.

6.

Moins d'une semaine plus tard, malgré le froid toujours aussi tenace, elle se leva pour aider Maria-Pilar. Enrique était obligé de sortir toutes les nuits pour chercher du bois. Au village, les nouvelles de la guerre arrivaient difficilement et les paysans, qui souffraient de l'hiver et de la faim, redoutaient de se trouver au centre de la bataille prochaine.

Le 14 décembre au soir, la neige commença de tomber en lourds flocons qui, très vite, recouvrirent la plaine et la sierra. Le vent du nord, en s'éteignant dans la nuit, lui laissa tout loisir de s'amonceler en une couche qui, le matin du 15, atteignait vingt centimètres. La sierra semblait un animal monstrueux aux bosses blanches, immobile et silencieux, prêt à bondir sur d'invisibles proies. A l'aube, dans un froid polaire, l'armée républicaine lança son offensive et ses miliciens se heurtèrent rapidement aux positions tenues par les franquistes aux abords des villages. La fusillade se répercuta de crête en crête avec une netteté si parfaite que les habitants de Pallencia s'attendirent à tout instant à voir surgir les soldats. Ils apparurent seulement vers neuf heures, après que les franquistes du *cuartel* eurent décroché en toute hâte et presque sans combattre. Ils investirent alors les rues par vagues successives, accueillis par les villageois qui, malgré le froid, sortirent pour se ménager leurs faveurs. Il y avait dix-huit mois que le *Sin novedad*[1] avait couru sur les lignes téléphoniques, et cette reconquête modeste sembla aux paysans un tournant de la guerre ou du moins une évolution susceptible d'en précipiter la fin.

Après avoir installé un poste de liaison dans le *cuartel* abandonné, les républicains continuèrent de progresser vers des positions propices à l'encerclement de Teruel. Enrique, qui ne se cachait plus, revenait de temps en temps à la maison pour donner des nouvelles aux femmes : il racontait que les soldats se relayaient pour venir se réchauffer et se prémunir des gelures. Mal équipés, portant des vêtements troués, disposant seulement de vieux fusils et de quelques mitrailleuses, ils avaient besoin de tout leur courage pour franchir les lignes franquistes. Les pertes étaient énormes. Les villageois se demandaient jusqu'à quand l'état-major pourrait renouveler les effectifs de leurs vagues d'assaut. Nul ne savait s'ils allaient s'arrêter ou si leur fol enthousiasme réussirait à submerger les bataillons nationalistes.

Enrique fut enrôlé pour servir de guide et donner des renseignements sur une région qu'il connaissait mieux que personne. A partir de ce jour, il ne revint plus dormir à la maison malgré les reproches de Maria-Pilar qui l'accusa d'abandonner à leur sort deux femmes et un enfant. Petra Vinas le remplaça dans la maison de la rivière, pas fâchée de vivre de nouveau près de sa fille et de quitter la sierra où le danger semblait plus grand.

Le 18 décembre, les bombardiers franquistes commencèrent à pilonner la montagne, afin de dégager les crêtes prises par les miliciens. Du village, par moments, on pouvait apercevoir les gerbes de neige soulevées par les bombes, semblables à d'immenses fleurs blanches jaillies pour quelques secondes des monts. C'était comme un gigantesque feu d'artifice allumé par des insectes monstrueux sur lesquels tiraient, dérisoires, les fusils d'une armée de fourmis. Le lendemain, aux premières heures de la matinée, des colonnes de blessés arrivèrent au

1. Rien de nouveau : mot d'ordre de l'insurrection nationaliste.

cuartel où fut aménagée une infirmerie avec des moyens de fortune. Les villageois y portèrent tout ce qui pouvait servir aux soins des blessés : pansements découpés dans de vieux draps, bouts de ficelle pour les garrots, récipients d'eau et couvertures. Soledad s'y rendit pour aider l'unique médecin débordé par l'afflux incessant des soldats. Cependant, malgré les bombardements, les renforts franquistes étant bloqués par la neige, les miliciens continuèrent de progresser vers l'ouest et de consolider leurs positions.

Soledad souffrait beaucoup du froid lorsqu'elle lavait les linges de son fils dans un baquet situé derrière la maison, mais aussi pendant son trajet de sa maison au *cuartel* où, parfois, Maria-Pilar la remplaçait. Les trois femmes purent acheter un peu de pain venu par charrette de Mas de las Matas, mais il se vendait très cher en raison du danger couru par les pourvoyeurs. Au village, tout le monde mangeait peu et mal. Comme la récolte avait été mauvaise et que les terres à blé de Castille se trouvaient aux mains des nationalistes depuis le début de la guerre, le boulanger était obligé de pétrir son pain avec de la farine d'orge. Heureusement, les discours enflammés de la *Pasionaria* ravivaient l'énergie des miliciens et des villageois qui reprenaient à leur compte le « *no pasaran* » entendu à la radio. Une sorte de fièvre un peu folle les habitait, et même les blessés tenaient des propos exaltés quand ils ne criaient pas leur souffrance et leur peur de la mort.

Soledad était effrayée par cette violence dans laquelle elle sentait sourdre la détresse. Dans chaque blessé, elle croyait reconnaître Miguel ; Miguel qui l'appelait, qui souffrait, qui la suppliait de ne pas l'abandonner. Elle rentrait chez elle épuisée avec, sur ses vêtements, l'odeur de tous ces hommes qui allaient mourir. Si son enfant dormait, elle le réveillait pour sentir sur sa peau sa chaleur, le serrait contre elle comme pour le protéger de cette menace dont elle avait tout le jour ressenti la présence. Pour arriver à s'endormir, elle avait pris l'habitude de coucher son fils à côté d'elle. Il avait le pouvoir de lui faire oublier la guerre et les mourants, de lui rendre sa confiance perdue et c'était, dans son sommeil, comme un baume de douceur sur des plaies que le jour avivait.

La neige qui était tombée toute une semaine avait enfin daigné s'arrêter. Si les sommets demeuraient couverts d'une épaisseur d'un mètre, les routes de plaine commençaient à dégeler sous l'haleine presque tiède du vent qui soufflait de la mer. En quelques jours, les congères fondirent et se transformèrent en une boue grise qui coula vers les vallons. Le 25 décembre, Radio Barcelone annonça la prise de Teruel par les républicains. Le 29, la température ayant monté de moins dix-huit degrés à zéro, les troupes franquistes attaquèrent pour dégager la ville.

A l'issue de la campagne de Biscaye, la division à laquelle appartenait Miguel Senen avait été envoyée près de Guadalajara d'où les généraux franquistes prévoyaient de lancer leur offensive, puis elle avait été rapidement amenée en renfort dans la région de Teruel pour enrayer l'attaque massive des républicains. Dès qu'il avait reconnu les collines d'Aragon, Miguel s'était senti revivre et, dans sa mémoire, le drame d'Elgeta s'était un peu estompé. Il croyait rêver en apercevant dans les lointains le plateau blanc de la *muela* [1] de Teruel et, au nord-ouest, les gigantesques pitons qui jetaient des éclairs de banquise. D'où il se trouvait, ce matin-là, il ne pouvait distinguer la ville elle-même, mais il en devinait les faubourgs dans cette masse sombre qui tranchait sur le gris de la vallée. Seulement séparé de Soledad par une cinquantaine de kilomètres, il piaffait d'impatience et se sentait prêt à affronter tous les dangers pour remonter vers Mas de las Matas et vers Pallencia.

La veille, pendant toute la journée, l'artillerie et l'aviation franquistes avaient pilonné les lignes reprises par les républicains. Plus que tous les autres, les Maures de Franco souffraient du froid : ils restaient calfeutrés sous les capes et les couvertures volées dans les villages, ne répondaient même pas aux ordres de leurs supérieurs, injuriaient tous ceux qui

1. La dent de Teruel.

prétendaient les déloger de la proximité des feux de bois allumés à l'abri des granges. A onze heures du matin, pourtant, le ciel s'étant un peu dégagé, le signal de la contre-offensive fut donné et le bataillon de Miguel s'ébranla le long d'un sentier de montagne. Vicente Arcos, qui précédait son ami, se retourna pour l'attendre. Invectivé par les soldats qui le suivaient, il fut obligé de se remettre à marcher sans avoir pu dire à Miguel ce qu'il s'efforçait de lui communiquer par signes.

La tête de la colonne déboucha plus haut sur un plateau battu par le vent. Les hommes hésitèrent puis, sur un ordre du lieutenant, s'engagèrent avec précaution dans l'espace découvert. Le gros du bataillon se déploya en quelques minutes sur toute la largeur du plateau et se mit à avancer lentement, gêné par la neige épaisse. Cent mètres plus loin, trois hêtres tranchaient sur la neige, projetant vers le ciel leurs branches griffues. Les soldats devinaient face à eux deux chaînes rocheuses qui semblaient se rejoindre pour leur barrer la route, confondues en leur centre en une même pelisse blanche.

L'avant-garde franquiste franchit la limite des hêtres sans hésitation. Au milieu du plateau, le vent s'infiltrait sous les uniformes et déséquilibrait les soldats qui peinaient pour dégager leurs jambes emprisonnées par la neige. Il y eut une rafale plus violente qui fit lever un nuage blanc et boucha l'horizon, puis la neige retomba lentement, avec des soupirs. L'instant d'après, une mitrailleuse ouvrit brusquement le feu, provoquant la panique chez les franquistes qui se mirent à courir vers la droite où des rochers, à deux cents mètres du centre du plateau, pouvaient servir d'abri. Beaucoup tombèrent sous les balles des miliciens qui avaient ouvert le feu en même temps que la mitrailleuse. La neige collait aux bottes des franquistes qui couraient en zigzag, le dos courbé, leur mauser à la main. Ceux qui avaient été touchés dès le début essayaient de ramper vers les rochers et laissaient sur la neige des traces rouges de sang.

Miguel se retrouva à plat ventre, indemne, à bout de souffle, tout étonné d'avoir échappé à la mort. Il sentit une main se poser sur son épaule et se retourna : c'était Vicente, occupé lui aussi à retrouver le rythme normal de sa respiration. Dans un vacarme d'apocalypse, des bombardiers passèrent au-dessus d'eux et disparurent derrière la chaîne rocheuse d'où tiraient les miliciens. Trente secondes plus tard, les premières bombes de la journée s'écrasèrent sur les lignes républicaines. Miguel songea alors à Soledad. De quel côté se situait Pallencia ? Vers l'est ou l'ouest ? Hanté par le souvenir du drame d'Elgeta, il n'avait guère pensé à elle jusqu'à ce jour. Heureusement Vicente, patiemment, l'avait aidé, réconcilié avec la vie. Car il trouvait toujours les mots, Vicente, quand Miguel murmurait :

— Tu te rends compte de ce que j'ai fait ? Ce type d'Elgeta, ç'aurait pu être mon frère.

— On le vengera à la première occasion, disait Vicente, aussi vrai que je m'appelle Arcos.

Et ils avaient fini par vivre avec le fantôme du jeune républicain mort, par le considérer comme un membre de leur propre famille...

Une balle fit éclater le sommet du rocher derrière lequel les deux hommes étaient allongés. La main de Vicente pesa davantage sur l'épaule de Miguel qui l'interrogea du regard. Il se rappela leur projet, là-bas, en Biscaye, de rejoindre les troupes républicaines à la première occasion. Les joues congestionnées par le froid, les yeux brillants, Vicente s'approcha de Miguel pour se faire entendre, car la mitrailleuse et les fusils continuaient de tirer.

— C'est le jour, *hombre,* dit-il, prépare-toi.

Un soldat franquiste avait quitté son abri pour secourir les blessés les plus proches. Il avait agrippé les bottes d'un soldat et tentait de le tirer vers les rochers, mais il glissait et appelait à l'aide. Une balle l'atteignit en pleine poitrine. Il lâcha le blessé, cria, porta les mains vers son cœur et tomba à la renverse, face au ciel. « Heureusement, songea Miguel, que les camions sont bloqués sur les routes et que la cavalerie maure est restée dans la vallée. » Quelques franquistes tentèrent d'installer une mitrailleuse sur un monticule situé un peu en retrait, à l'abri des rochers. L'un d'eux fut atteint par une rafale, puis un deuxième, mais bientôt la mitrailleuse fut en état de tirer. Aussitôt, couverts par elle, les soldats s'élancèrent sur la plateau aux cris de « Franco ! Franco ! » et la fusillade, à l'extrémité du plateau, se fit plus dense. Ceux qui parvinrent au pied de la crête tenue par les miliciens furent mitraillés à bout portant et s'écroulèrent les uns après les autres. Sur le signal du lieutenant, une deuxième vague s'élança et subit le même sort. C'était maintenant le tour de Vicente et de Miguel. Ils entendirent le lieutenant donner des ordres et, aussitôt, les soldats de leur groupe sortirent de l'abri des rochers. Quelques-uns atteignirent leur but, mais pas le lieutenant qui tomba le premier. La fusillade cessa un instant. Miguel, qui grelottait, essayait de distinguer les mouvements des franquistes, là-bas, à demi enfouis dans la neige, sous la butte d'où tiraient les républicains. Tout à coup, une mitrailleuse se mit à crépiter dans leur dos : les miliciens les avaient contournés par l'ouest. Pris entre deux feux, les franquistes tentèrent de décrocher en zigzaguant, mais ils tombèrent rapidement sous les balles. Le bataillon se replia alors dans l'affolement vers l'extrémité du plateau d'où il avait surgi une demi-heure auparavant, puis les armes se turent. Vicente et Miguel, eux, n'avaient pas bougé. Ils écoutèrent un moment le silence que troubla seulement le klaxon d'un camion dans la vallée.

— *Vamos, hombre !* souffla alors Vicente en prenant Miguel par le bras.

Ils sortirent de leur abri et avancèrent de quelques pas, Vicente ayant noué un mouchoir blanc au bout de son fusil. Un étrange silence errait sur le plateau désert. Il semblait à Miguel qu'à chaque seconde les balles d'une mitrailleuse allaient le transpercer et ses muscles, malgré lui, se contractaient, l'empêchaient d'avancer. Des sillons de sueur froide couraient dans son dos, sur son front, l'aveuglaient.

En moins de trente secondes, ils parvinrent au niveau des hêtres, scrutant vainement le sommet de la colline où étaient retranchés les républicains.

— Faut retourner, souffla Miguel.

Vicente ne répondit pas, continua d'avancer et cria :

— *Républicanos ! républicanos !*

Il se mit à courir sans cesser de crier, et Miguel le suivit du mieux qu'il le put en levant haut les genoux, ne songeant qu'à une seule chose : atteindre les monticules de neige derrière lesquels il pourrait s'abriter. Pourtant, la vue brouillée par la sueur, à bout de souffle, il lui semblait que la distance ne diminuait pas. A présent, les deux hommes savaient que les républicains avaient compris et qu'ils ne tireraient pas. Ils ralentirent inconsciemment l'allure et Vicente, qui courait devant Miguel, l'attendit. Soudain, tirés par un deuxième bataillon franquiste arrivé au bord du plateau, des coups de feu claquèrent derrière eux. Les balles frôlèrent les deux hommes à bout de force. Ils reprirent leur course hésitante en courbant le dos. Une balle ricocha sur la neige verglacée, percuta un rocher et le fit éclater. Face à eux, un coup de feu partit de la crête, frôlant Vicente qui se redressa en criant :

— Ne tirez pas !

Puis, ne sentant plus la présence de Miguel, il se retourna. A cinq mètres, Miguel, immobile, avait porté les mains sur son ventre et regardait droit devant lui, bouche ouverte. Vicente cria de nouveau en revenant sur ses pas, chargea Miguel sur ses épaules et repartit. Des coups de feu claquèrent des deux côtés du plateau, auxquels les deux hommes échappèrent par miracle. Une fois au pied de la colline, Vicente s'arrêta pour reprendre son souffle et regarda derrière lui : les franquistes venaient de dépasser les hêtres. Autour des deux hommes, les balles s'enfonçaient maintenant dans la neige compacte éboulée du sommet. Vicente réussit à faire basculer Miguel pardessus un amas de neige et demanda de l'aide. Deux miliciens descendirent en se protégeant derrière les congères, hissèrent Miguel en le tirant par les épaules, puis Vicente, qui n'avait plus de force pour monter. Quand ils furent à l'abri, des hommes en *monos* bleus lui demandèrent d'où il venait, et il eut du mal à s'expliquer tant il peinait pour retrouver le rythme normal de sa respiration. Près de lui, Miguel haletait en grimaçant de douleur, les mains crispées sur son ventre. Vicente lui souleva la tête, murmura :

— *Es nada, hombre, es nada.*

Des miliciens arrivèrent, munis d'un brancard. Ils y allongèrent Miguel et l'emmenèrent le long d'un sentier rendu glissant par la boue et la neige. Vicente, qui devait donner des renseignements sur les effectifs et les positions des franquistes, ne fut pas autorisé à le suivre.

L'infirmerie était installée dans une bergerie au sol recouvert de paille, à un kilomètre des combats. Les porteurs avaient mis une heure pour le parcourir, et chacun de leurs pas avait avivé la douleur qui tenaillait Miguel. Ils le déposèrent au fond de la bergerie, sous un râtelier plein de foin, après s'être ouvert un passage entre les blessés et les morts allongés sur la paille. Un homme se pencha sur lui, sans paraître s'étonner de son uniforme de l'armée franquiste. Quelques blessés se soulevèrent sur un coude pour proférer des menaces, mais ils s'apaisèrent en écoutant les explications données par les porteurs. Le médecin était une sorte de colosse à moustaches, aux traits épais, dont les yeux semblaient sortir de leur orbite. Il ne répondit pas lorsque Miguel lui demanda à boire. Il dégrafa le pantalon, coupa le tissu autour de la blessure qui s'était arrêtée de saigner, puis il essaya de la nettoyer avec un morceau de drap trempé dans la neige et posa un pansement à la couleur suspecte en disant :

— Il ne faut pas boire, petit. On va t'emmener à l'hôpital militaire, mais le camion ne part qu'à six heures, à la nuit, à cause des avions.

Miguel remercia d'un signe de tête, ferma les yeux. Depuis qu'il avait été touché, son esprit avait été totalement occupé par la douleur, mais, maintenant, dans cette grange sinistre où s'élevaient, lancinants, les gémissements des blessés, l'image de Soledad en danger s'imposait à lui. Elle courait sur un plateau enneigé et peuplé de soldats, des balles l'atteignaient, elle regardait dans sa direction, l'air de ne pas comprendre pourquoi il ne s'élançait pas à son secours. Il eut soudain la sensation de tomber dans une eau très froide et perdit conscience. Ce fut la voix de Vicente qui le réveilla, une voix venue de très loin, à travers une brume glacée :

— *Hombre,* disait-il, il faut pas se laisser aller ; tu vas voir, on va te tirer de là, le camion va bientôt partir.

Miguel essaya de répondre mais aucun son ne sortit de sa bouche. Vicente lui prit le bras, lui dit de ne pas se fatiguer et, comme Miguel lui faisait signe d'approcher, il se pencha sur son visage.

— Tu vois, souffla Miguel, j'ai tué un frère à Elgeta. Tu te souviens ?

Vicente hocha la tête.

— Je n'ai que ce que je mérite, c'est la justice : dis, Vicente !

— Oui, je suis là, t'en fais pas.

— Vicente, la République va la gagner, la guerre, ça aussi c'est la justice...

— On la gagnera tous les deux, la guerre, quand tu seras debout.

Miguel grimaça, gémit, poursuivit :

— Tu sais, Vicente, quand je suis parti, tous les amandiers étaient en fleur : c'était en avril, je me souviens très bien...

Miguel se tut un instant, sourit, redevint grave.

— Vicente... Je crois que je ne les reverrai plus jamais... j'ai froid...

Vicente enleva sa veste et la déposa sur la poitrine de Miguel.

— Ecoute, dit-il, on les a repoussés jusqu'à la route où on était hier au soir; la neige s'est remise à tomber et si ça continue leurs camions seront bloqués pour une semaine ou deux. Tu peux être sûr que, sans les bataillons de la vallée, ils ne nous arrêteront pas.

S'étant aperçu que Miguel ne l'écoutait plus, Vicente posa son oreille droite sur la poitrine de son ami : le cœur battait faiblement. Il appela le docteur, demanda :

— Qu'est-ce qu'on attend pour l'emmener ?

— On n'a qu'un brancard. Il faut les charger les uns après les autres.

— Dépêchons-nous !

A six heures précises, Miguel, brûlant de fièvre, était enfin dans le camion. Vicente s'approcha pour lui dire au revoir, chercha des mots de réconfort, murmura :

— Je viendrai te voir dès qu'ils me laisseront libre.

Miguel esquissa un sourire, souffla :

— Ne tarde pas trop.

Quand le camion se mit en route, Vicente eut de la peine à se détacher des bras de Miguel crispés sur les siens. Les faibles lumières du camion tremblotèrent dans la nuit puis la colline, là-bas, les effaça. Vicente revint en frissonnant vers l'infirmerie où les miliciens l'attendaient pour le ramener vers les lignes du front. Il ne savait pas que Miguel était mort à l'instant même où il l'avait lâché.

7.

La neige ne s'arrêtait pas de tomber. Ses flocons épais noyaient inlassablement la sierra, heure après heure, jour après jour, et la couche augmentait à vue d'œil. Les républicains avaient pris Teruel, mais sans pour cela repousser très loin les bataillons franquistes. Ils avaient investi tous les postes clés, fusillé les combattants d'arrière-garde, évacué la population civile et, d'assiégeants, étaient devenus assiégés. Le 6 janvier, les nuages bas se dispersèrent à la mi-journée et le soleil apparut. Dans la semaine qui suivit, les routes se mirent à dégeler, permettant aux six cents véhicules bloqués entre Teruel et Valence de reprendre leur progression. Les nationalistes purent aussi faire venir sur place ces tanks et ces camions que leurs bataillons avaient tant attendus pendant l'offensive républicaine de décembre.

A Pallencia, on était partagé entre la confiance et la peur. Sans savoir qui tirait, on entendait l'artillerie italienne préparer la contre-offensive franquiste. Il était impossible de sortir : les combats aériens entre chasseurs italiens et russes se succédaient sur la sierra où s'écrasaient parfois les avions dans une gerbe de neige et de feu. Au milieu de la dernière semaine de janvier, une terrible nouvelle se répandit en moins d'une heure dans le village : malgré le renfort des brigades internationales, les lignes républicaines avaient cédé.

Soledad se rendait chaque jour sur la place où des vagues de soldats (dont certains avaient les mains ou les pieds gelés) arrivaient dans la confusion la plus complète, portant les blessés qu'ils abandonnaient dans l'infirmerie avant de s'échouer au hasard des rues, livides, dépenaillés, à demi morts de faim et d'épuisement. En les soignant, en se forçant à se pencher sur cette misère des corps, elle se disait qu'elle côtoyait la guerre d'aussi près que Miguel et que, par ce moyen, elle le rejoignait, l'aidait à lutter, peut-être même à survivre.

Enrique revint un soir tellement harassé, tellement découragé qu'il eut à peine la force de parler. Après avoir bu un verre de vin et mangé un morceau de pain, il annonça aux femmes que Teruel avait été reprise et que les franquistes avançaient dans la sierra sans rencontrer la moindre opposition. Dans les jours qui suivirent, une peur folle s'empara de la population qui sentait confusément que le sort de la guerre venait de se jouer. Malgré la boue sur les chemins, malgré le froid toujours aussi vif, certains attelèrent les charrettes pour fuir droit devant eux, au risque de se faire massacrer par l'aviation ou de mourir de faim. D'autres partirent sur la sierra avec, pour tout viatique, des couvertures et des morceaux de pain d'orge durs comme du bois. D'autres encore suivirent les miliciens qui les aidèrent à rejoindre les villages restés sous le contrôle des troupes de la République. Mais les soldats renoncèrent très vite à drainer avec eux cette population sans cesse plus importante qui retardait leur marche et gênait les manœuvres de regroupement. Ils abandonnèrent les fuyards à leur sort, et ceux-ci vinrent rejoindre sur les routes tous ceux qui, en cherchant à gagner la Catalogne, empêchaient les convois républicains du nord de se porter rapidement en Aragon.

Dans la maison des Senen, où Enrique souhaitait partir aussi, on hésitait sur la conduite à tenir.

— Moi, je reste, dit Maria-Pilar ; nous avons vécu deux ans avec les franquistes et nous sommes encore là.

— Moi aussi, dit Petra.

— Et toi ? fit Enrique en interrogeant Soledad.

— Je reste aussi. Où irions-nous, en plein hiver, avec le petit ?

— Il faudra peut-être se cacher. Il y aura sans doute des représailles parce qu'ils savent que beaucoup, ici, ont aidé les républicains.

— Nous nous cacherons dans les granges et, s'il le faut, sur la sierra, dit Petra ; ce ne sont pas les grottes qui manquent.

Enrique se résigna, non sans avoir insisté pour emmener les trois femmes dans la maison de Petra qui donnait accès aux chemins de montagne. Rester dans la vallée, près de la grand-route, était trop dangereux.

Le surlendemain, Pallencia fut reprise par les franquistes dont l'avant-garde ne s'attarda pas : les camions défilèrent pendant toute la journée et poursuivirent leur route vers l'ouest, abandonnant au passage quelques hommes chargés d'occuper les positions. Le *cuartel* fut de nouveau investi par un détachement de nationalistes qui célébrèrent l'événement en assistant à un Te Deum dans l'église où le *padre* s'était enfermé pendant de longs jours. Le soir même du déménagement des trois femmes, à l'heure où le jour bascule imperceptiblement dans la nuit, apparurent sur la route qui longe la rivière les turbans de la cavalerie maure. Enrique, qui guettait depuis le début de l'après-midi, caché sous les amandiers, surgit dans la maison en criant :

— Les Maures ! Les Maures arrivent ; vite, cachez-vous !

Aussitôt, munies de couvertures, les trois femmes se rendirent dans la grange, tandis qu'Enrique y emmenait le mulet afin qu'elles n'eussent pas trop froid. Puis il courut vers la sierra dont il connaissait tous les rochers, tous les chemins, toutes les caches secrètes.

Dès leur arrivée à Pallencia, les Marocains entreprirent de visiter les maisons une à une. Ne trouvant personne, ils festoyèrent sans se presser, se querellèrent pour un quartier de mouton, puis ils se séparèrent. Certains, malgré la nuit, repartirent en direction des villages voisins, d'autres, plus perspicaces, continuèrent leurs recherches dans les caves, les greniers, les étables, les granges de la vallée puis ils s'engagèrent dans les rues et arrivèrent bientôt sur la place de l'église. Là, ils se dirigèrent sans hésitation vers la maison de Don Féliz où brillaient des lumières et d'où s'élevaient des cris. Les soldats de garde devant la porte, surpris par cette irruption d'hommes en armes, eurent le malheureux réflexe d'ouvrir le feu. Trois Marocains tombèrent de l'autre côté de la fontaine, sans même avoir eu le temps de dégainer. Alors, pris de fureur, les autres se ruèrent vers la maison en hurlant et en tirant dans toutes les directions. Les gardes éliminés, les portes et les fenêtres enfoncées, le poignard à la main, ils eurent tôt fait de se rendre maîtres des lieux et de se débarrasser des hommes aux réflexes émoussés par la ripaille. Outre ceux-ci, il y avait là Don Féliz, sa femme et trois familles invitées pour leur dévouement à la cause nationaliste.

Quand les soldats du *cuartel* arrivèrent sur les lieux, il leur fallut livrer une véritable bataille pour dégager ceux qui vivaient encore. Ce ne fut pas suffisant pour mettre un terme à la folie meurtrière des soldats africains. Quoique un peu dégrisés, ils se mirent à chercher dans les maisons de quoi apaiser leur dépit.

Là-haut, les trois femmes cachées sous la paille de la grange avaient entendu les cris et les coups de feu. Près d'elles, de temps à autre, le mulet heurtait des sabots le sol gelé et renâclait. Soudain, des bruits de pas et de conversation s'élevèrent sur le chemin. Les trois femmes, d'instinct, se serrèrent les unes contre les autres en retenant leur souffle. Soledad, allongée contre son fils, approcha sa main de la bouche de l'enfant, de manière à le bâillonner s'il venait à pleurer. Celui-ci se retourna sur le côté, gémit mais ne se réveilla pas.

Le loquet de la porte sauta brusquement et le froid entra dans la grange où le mulet s'ébroua. La lumière d'une chandelle tremblota, les hommes refermèrent la porte, l'un d'entre eux monta sur la paille, jura, puis ils ressortirent, manifestement furieux de ne trouver personne. Blotties contre le mur sous un mètre de paille, les trois femmes tremblaient de peur et de froid. Comme Soledad s'apprêtait à parler, des mots inintelligibles résonnèrent subitement alors qu'elles se croyaient seules. Au-dessus d'elles, l'homme se coucha, grommela puis, très vite, s'endormit et ronfla. Miguel gémit de nouveau dans son sommeil et Soledad le serra contre elle pour étouffer sa voix. Cependant, l'homme ronflait toujours et il devint évident qu'il ne se réveillerait pas facilement. Heureusement, il fut dérangé par le mulet qui, au milieu de la nuit, vint mordiller ses bottes. Il partit alors en grognant, après avoir décoché un coup de pied à l'animal.

Le jour, enfin, se leva, un jour où traînaient des lambeaux de nuit dont les voiles gris s'effilochaient au-dessus de la sierra. Il y avait deux heures au moins que Soledad avait allaité son fils qui, rassasié, s'était rendormi en souriant. Maria-Pilar repoussa la paille avec précaution, monta sur la meule, descendit de l'autre côté, flatta le mulet de la main, s'approcha de la porte et l'ouvrit doucement. Aucun bruit ne s'élevait du village ni de la sierra. Elle s'aventura au-dehors, aperçut Enrique qui arrivait, encapuchonné sous sa couverture. Il se précipita pour la rassurer :

— Vous pouvez sortir ; ils sont partis au lever du jour.

Ils aidèrent Soledad et sa mère à s'extraire de la paille, et tous les quatre se rendirent rapidement dans la maison où Petra alluma un grand feu dans la cheminée. L'enfant, qui s'était mis à pleurer pendant le trajet, se calma lorsque Soledad s'assit près de l'âtre. Enrique raconta alors ce qui s'était passé dans la maison de Don Féliz, et Soledad en conçut une frayeur rétrospective que la bonne chaleur du foyer ne parvint pas à dissiper.

Pendant la matinée, les franquistes renforcèrent les défenses des accès du *cuartel.* A deux heures de l'après-midi, deux soldats et un officier se présentèrent chez Petra Vinas pour procéder au recensement des personnes qui résidaient là. Avant leur arrivée, Enrique, qui surveillait le chemin, avait aussitôt disparu. Les soldats notèrent quelques mots sur un carnet et repartirent sans même fouiller les chambres. Dès qu'il put se montrer, Enrique déclara qu'il était préférable de partir pendant une semaine ou deux : il n'irait pas loin, simplement dans sa grotte familière située un peu plus haut sur la sierra, et il reviendrait au village, la nuit, pour les nouvelles. Il s'en alla avec, dans son sac, un peu de *chorizo,* quelques pommes de terre, un morceau de pain et, sur ses épaules, sa couverture qui lui donnait l'aspect d'un mendiant condamné à marcher pour survivre.

Deux semaines passèrent puis Enrique revint, à bout de force, porteur de mauvaises nouvelles : à Teruel, El Campésino avait résisté jusqu'au bout dans les pires conditions, mais il avait été trahi. Depuis lors, la méfiance et la suspicion régnaient dans les rangs des miliciens qui n'avaient même plus les moyens d'attaquer les convois et se contentaient de faire sauter les ponts ou de dynamiter les rochers au-dessus des routes de montagne.

A Pallencia, les paysans, pour la plupart, avaient regagné leur foyer depuis que le front s'était déplacé vers la mer. Or il ne se passait pas un seul jour sans que les franquistes ne surgissent dans une maison pour arrêter l'homme qui s'y cachait. Pour les paysans d'Aragon qui souffraient de la faim et du froid, le temps de la terreur était venu.

Un soir, alors que tout le monde dormait dans la maison des Vinas, des coups de crosse ébranlèrent la porte. Affaibli par ses marches incessantes dans le froid, Enrique n'avait pas eu le courage de dormir dans la grange et s'était couché près de la cheminée, enroulé dans sa couverture, le fusil chargé à portée de la main. Son premier réflexe fut d'aller vers la fenêtre qui donnait sur le chemin. Il ouvrit précipitamment les volets, se hissa sur le rebord pour sauter de l'autre côté mais déjà les franquistes étaient là, pointant le canon de leurs fusils sur sa poitrine. Il cria. Maria-Pilar et Petra qui arrivaient, une bougie à la main, eurent tout juste le temps de l'apercevoir, agrippé aux volets, tandis qu'on le tirait en arrière et que les coups de crosse pleuvaient sur son dos.

— Femme, dit-il, sois courageuse ; pense au petit.

Ce fut tout. Il lâcha brusquement les volets et disparut dans l'obscurité. Il fallut que Petra et Soledad, levée à la hâte elle aussi, retiennent Maria-Pilar qui se précipitait au-dehors. Puis le bruit de bottes et les cris s'estompèrent, et Maria-Pilar, sur le point de tomber, dut s'asseoir sur une chaise, anéantie. Soledad, immobile dans l'angle opposé de la cuisine, était incapable de parler. Sa mère vint la prendre par le bras et la fit asseoir face à Maria-Pilar qui portait de temps en temps son poing vers sa bouche et le mordait pour ne pas crier. Petra, elle, s'en fut dans sa chambre où le petit Miguel s'était mis à pleurer, puis, l'ayant calmé, elle rejoignit les deux femmes et fit du feu dans la cheminée : une longue nuit commençait.

Deux jours plus tard, la neige acheva de fondre sous le souffle d'un vent de sud qui s'était levé avec l'aube. Quand Soledad sortit, au milieu de l'après-midi, son enfant dans les bras, elle eut envie de profiter de la douceur de l'air et partit lentement sur le chemin vers la sierra. Sans l'avoir souhaité, elle arriva bientôt près des roulottes des gitans et se trouva face à face avec la vieille femme qui, un jour, avait lu l'avenir dans ses mains. Elle la reconnut aussitôt et la même angoisse déferla en elle tandis que l'image de Miguel mort, de nouveau, se formait devant ses yeux. La gitane la dévisageait sans parler. A la fin, la gitane détourna son regard, fit un pas vers sa roulotte, et cela suffit pour libérer Soledad de cette sorte de pouvoir qui la retenait prisonnière. Elle redescendit en courant vers sa maison où elle arriva en sueur et à bout de souffle, se précipita à l'intérieur, coucha son enfant comme pour le protéger d'une menace et revint vers la cuisine. Assis sur une chaise et accoudé sur la table, un homme au long nez et aux oreilles décollées regardait Petra qui lui faisait face. Quand Soledad s'approcha, il se leva, gêné, ses longs bras gauchement plaqués contre ses jambes.

— Je m'appelle Vicente Arcos, dit-il dans un sourire qui s'acheva en une grimace.

Soledad fit un signe de tête, chercha le regard de sa mère qui le lui refusa, revint vers l'homme qui se détourna et regarda par la fenêtre. Un grand froid coula sur les épaules de Soledad, la pénétra jusqu'aux os. Elle ouvrit la bouche, chancela, dut s'appuyer au mur, cria :

— Miguel !

Et, comme nul ne répondait :

— Qu'est-ce qui lui est arrivé ? Il est blessé ? Il est malade ?

L'homme regardait toujours par la fenêtre, et elle vit que ses lèvres tremblaient.

— Répondez-moi, dit-elle. Pourquoi ne répondez-vous pas ?

L'homme se tourna enfin vers elle.

— J'étais son ami, commença-t-il, mais il ne put en dire plus.

— Et où est-il ? gémit Soledad.

L'homme écarta ses bras, remua la tête de droite à gauche et de gauche à droite sans prononcer le moindre mot. Il y eut un long silence, puis, tout à coup, elle se jeta sur lui en criant :

— Non, je ne veux pas !

Et elle se mit à le frapper de ses poings, à le pousser vers la porte, comme pour faire sortir avec lui le malheur.

— Vous êtes fou, cria-t-elle, partez !

L'homme, cependant, bougeait à peine, simplement pour éviter les coups, appelant du regard les deux autres femmes à son aide. Petra Vinas s'interposa, et ce fut comme si Soledad ne la reconnaissait pas.

— Non, dit-elle encore, sortez d'ici !

Puis elle s'arrêta, immobile au milieu de la pièce, avec une expression haineuse sur le visage et, dans ses yeux, une lueur éperdue. Trois ou quatre secondes coulèrent puis, brusquement, sans que personne n'ait le temps de la retenir, elle ouvrit la porte et s'enfuit. Les deux femmes se précipitèrent derrière elle, mais n'allèrent pas loin, leurs jambes les portant à peine.

— Ne vous inquiétez pas, dit Vicente, je la suis.

Il s'élança vers le village, qu'il évita d'un large détour par la gauche, puis il descendit en courant sur les rochers. Il dérapa plusieurs fois, se rattrapa, s'écorcha les mains, arriva enfin dans la vallée, un peu à l'ouest du pont de pierre près duquel il avait cru apercevoir Soledad.

C'était bien elle. Après avoir hésité un instant devant la maison des Senen, elle avait traversé le pont et s'était réfugiée dans les hautes herbes et les roseaux, au bord de l'eau rendue glaciale par la fonte des neiges. Agenouillée, la tête inclinée mais sans une larme, elle ne voyait rien ni personne, n'entendait même pas le murmure de la rivière, ne sentait pas le froid. Seule la douleur vivait en elle, mais une douleur contre laquelle elle luttait de toutes ses forces. Pourtant, entre elle et l'eau, il n'y avait que l'image d'un enfant endormi. Sans savoir si c'était pour le rejoindre ou pour aller au-delà, bien au-delà de lui, elle se leva et avança. Le froid la dégrisa. Elle s'arrêta un instant, ce dont profita Vicente pour la saisir par le bras. Se retournant vivement, elle voulut le mordre, le repoussa, mais il la ramena de force sur la berge où il la lâcha. Elle se laissa tomber dans l'herbe et Vicente s'assit face à elle sans la toucher, sans lui parler. Ils demeurèrent ainsi de longues minutes, frissonnant tous les deux dans le froid. Pourtant, quand la nuit s'annonça, Vicente l'obligea à se lever en disant :

— Venez ! Maintenant, il faut rentrer. Vous allez attraper la fièvre, ici.

Elle le suivit en titubant sur le chemin, et il dut l'aider à plusieurs reprises. Une fois en haut, elle ralentit pour reprendre son souffle, s'assit de nouveau, ne bougea plus.

— Je veux savoir comment c'est arrivé, dit-elle, et où ça s'est passé.

Vicente raconta tout ce qu'ils avaient vécu depuis le jour où ils avaient fait connaissance puis, en baissant la voix, comment Miguel avait été atteint par les balles sur le plateau enneigé. Il lui décrivit enfin l'endroit exact où il était enterré, sur la *muela* de Teruel, à une centaine de mètres d'une bergerie, au pied d'un grand rocher en forme de tête d'oiseau.

Plus Vicente parlait et plus Soledad posait de questions. Avec la détresse de ceux qui ont tout perdu, elle se pénétrait des mots les plus insignifiants, les gardait en elle, les répétait à voix basse, ne se décidait pas à s'en séparer. Elle voulut connaître le nom de tous ceux qu'avait côtoyés Miguel pendant ses derniers instants, celui du médecin, du chauffeur du camion, de l'homme qui avait aidé Vicente à creuser la tombe. Lorsque enfin Vicente eut tout dit, que Soledad ne trouva rien à demander, ils se rendirent compte que leurs vêtements mouillés commençaient à geler.

— Venez, dit Vicente, il ne faut pas rester là.

Ils marchèrent lentement vers la maison où brillait la lumière d'une bougie, entrèrent, et Vicente mena Soledad près du feu. Personne n'eut le courage de parler. Maria-Pilar tenait un chapelet dans ses mains, le buste penché en avant et semblait absente. Dès que Soledad fut réchauffée, sa mère l'emmena dans sa chambre, l'aida à se coucher en lui parlant à voix basse. Elles n'entendirent même pas Vicente refermer la porte derrière lui.

Les jours qui suivirent furent sinistres. Accablées, les trois femmes vivaient dans un état d'hébétude, sortaient à peine de la maison. Maria-Pilar souffrait en silence avec la résignation des femmes habituées au malheur, errant sans but dans cette maison qui lui faisait horreur : elle y avait vu disparaître son mari et y avait appris la mort de son fils.

— Je vais retourner chez moi, dit-elle un soir à Petra.

Et, à Soledad qui s'approchait :

— Pour toi, petite, rien n'est changé : si tu veux, je t'emmène avec moi.

Soledad interrogea sa mère, mais ne lut rien d'autre dans son regard qu'une immense lassitude. Elle se tourna vers Maria-Pilar et murmura faiblement :

— Je ne pourrai pas. Non, je crois que je ne pourrai pas.

Maria-Pilar partit donc toute seule un matin vers une solitude que rien ne laissait supposer un mois plus tôt avec, pour seul réconfort, l'espoir de retrouver un jour ses deux autres fils, si toutefois la guerre consentait à leur laisser la vie.

La douleur de Soledad ne s'adoucissait pas. Elle restait là, enfouie tout au fond d'elle comme une plaie sanglante qui ne se referme pas. Parfois, il lui semblait qu'elle ne s'atténuerait que si elle se rendait sur la tombe de son mari et elle en parlait à sa mère qui la réconfortait de son mieux. La nuit, le même rêve, sans cesse, la torturait : Miguel était perdu dans l'obscurité, l'appelait d'une voix à peine audible. Elle s'en allait à sa recherche, errait de vallée en colline, de village en hameau, mais elle ne le trouvait jamais. Il fallait à tout prix qu'elle se rendît sur sa tombe : il l'attendait, il avait besoin d'elle. Chaque jour, elle insistait auprès de sa mère qui lui conseillait de patienter jusqu'au printemps.

— A quoi ça te servira? lui demanda-t-elle un soir que Soledad l'implorait de l'aider.

Celle-ci ne répondit pas. Comment expliquer l'inexplicable ? Comment faire comprendre qu'elle le cherchait toutes les nuits ? Comment exprimer ce besoin fou qui lui venait de se rapprocher de lui comme ses mains se rapprochaient des flammes, là, devant elle ? Elle faillit se brûler. Sa mère dut la tirer en arrière, murmura :

— Nous irons au printemps, je te le promets.

Et, comme Soledad ne sortait pas de sa torpeur :

— Maintenant, viens te coucher. Il est temps.

Elles se levèrent et gagnèrent la chambre où, déjà, dormait l'enfant. Soledad, comme chaque soir, le prit avec elle dans son lit, le serra contre elle et tenta de ne plus songer qu'à cette chaleur, à cette peau qui devenait celle de son mari disparu.

Des jours passèrent, aussi gris, aussi froids qu'ils avaient été tout au long de ce funeste hiver dont les nuages chargés de pluie et de neige n'en finissaient pas de courir sur la sierra. Vicente Arcos revint une fois, un soir, demanda si elles ne manquaient de rien, s'il pouvait leur être utile à quelque chose, puis il parla de la guerre, de la progression des franquistes vers l'est, tout en assurant que les républicains gardaient l'espoir de retourner bientôt la situation à leur avantage. Soledad, assise face à lui, dévisageait cet homme qu'elle n'aimait pas : c'était par lui que le malheur était arrivé. Sans doute Vicente perçut-il cette animosité, car il ne revint plus et pour Soledad, sans qu'elle l'eût souhaité, Miguel fut relégué encore plus loin dans les ténèbres.

Vers la fin du mois de février, la mère glana d'autres nouvelles au village : Radio Barcelone avait annoncé que la ville était bombardée par les Italiens, que les combats aériens s'intensifiaient sur la Catalogne et l'Aragon, enfin que l'armée républicaine lançait dans la bataille les avions Bréguet livrés par le gouvernement français. Lorsqu'elle rapporta ces informations à Soledad, celle-ci leva lentement les yeux sur elle, puis une sorte de sourire éclaira ses lèvres pendant quelques secondes, comme si la guerre, désormais, ne la concernait plus.

Deuxième partie

L'AUBE DE LÉRIDA

8.

Aussi implacable qu'avait été le froid de l'hiver, le soleil de juin assiégeait la sierra, déversant ses flots de lumière depuis l'aube jusqu'au crépuscule.

A Pallencia, chacun recherchait la fraîcheur des chambres à l'heure de la sieste, après avoir déjeuné de melons et de fruits. Dans les rues, la guerre avait abandonné une masse d'objets divers qui pourrissaient sans que nul ne les fît disparaître Cette odeur de pourriture, mêlée à celle des œillets et des foins, devenait oppressante. Une fois la sieste terminée, le soleil ayant amorcé sa courbe vers l'horizon, les villageois gagnaient les champs, sur les versants où passait parfois un souffle de vent et où, du moins, le parfum de l'herbe sèche avait depuis longtemps remplacé celui de la poudre et du bois calciné.

Certes la guerre demeurait présente dans les mémoires, mais on en parlait un peu moins depuis que le front s'était déplacé vers le sud, entre Castillon et Valence, et plus au nord, où les républicains contrôlaient seulement une bande de territoire large d'une centaine de kilomètres comprenant Tarragone, Barcelone et Gérone. La frontière française avait été fermée le 17 mars. Les populations menacées ne pouvaient que fuir vers le sud ou remonter vers la Catalogne. Mais personne n'avait plus la force de fuir. Ceux qui avaient tenté l'expérience au printemps n'avaient pu aller bien loin. Beaucoup étaient rentrés dans leur village et s'étaient cloîtrés dans leur maison, découragés par la violence et la durée de cette guerre sans merci. Il n'y avait plus de résistance efficace que dans les villes où les miliciens se battaient pied à pied, soudés dans une solidarité oubliée par ceux des campagnes isolés dans leur face-à-face avec les franquistes. Malgré la rareté des nouvelles, on avait appris que Franco avait réussi à se frayer un passage vers Valence, devant laquelle il piétinait. Soutenus par l'action efficace des brigades internationales, les républicains la défendaient avec la dernière énergie.

Soledad avait repris son travail dans les champs en compagnie de sa mère. Partout où elle se rendait, elle emportait son enfant dans un panier dont elle avait coupé l'une des extrémités pour permettre au petit d'allonger ses jambes. Cette présence l'aidait à vivre, la réconfortait, car le voyage sur la tombe de Miguel entrepris au printemps n'avait fait qu'aviver sa blessure. Elle se le remémorait à chaque heure du jour et de la nuit, et c'était comme un chemin de croix gravi pour expier elle ne savait quelle faute. Elles avaient attelé le mulet en avril et pris de bon matin la direction de Teruel. Il y avait longtemps que les camions et les tanks ne passaient plus, mais la route était complètement défoncée. Petra conduisait la charrette où le petit Miguel était couché entre elles, à l'abri du vent dont les pointes vives rappelaient l'hiver. A dix heures, elles avaient atteint Mas de las Matas, traversé la place où deux ou trois femmes puisaient l'eau à la fontaine puis, sans s'attarder, elles étaient sorties du village par le sud, alors que de timides rayons de soleil perçaient les nuages. A moins d'un kilomètre de là, elles avaient dû prendre un chemin sur la gauche qui montait sur la sierra. Le cheval avançait péniblement entre les rochers et les deux femmes avaient été obligées de descendre pour pousser. A midi, sur le plateau, le soleil ne parvenait pas à réchauffer l'atmosphère. Elles s'étaient arrêtées dans un creux et, à l'abri de la charrette, avaient mangé des haricots que Petra avait fait chauffer après avoir édifié un petit foyer entre des pierres.

Elles avaient repris leur route au bout d'une demi-heure, suivi un chemin dont la trace se perdait entre des pins efflanqués. Elles avaient néanmoins continué à avancer au hasard avec, pour seul repère, une bergerie dont avait parlé

Vicente Arcos. L'ayant enfin trouvée, elles y avaient fait une halte pour se réchauffer, puis elles étaient reparties à pied, tirant par la bride le cheval fatigué. Une vingtaine de minutes plus tard, elles avaient aperçu, de l'autre côté d'un vallon, le grand rocher en forme d'oiseau décrit de façon précise par Vicente. Dès cet instant, le cœur de Soledad s'était mis à cogner dans sa poitrine et, les jambes coupées, elle avait eu du mal à avancer, comme si le fait de trouver la tombe de son mari avait aboli l'espoir auquel parfois, malgré Vicente Arcos, malgré le gouffre ouvert par l'abscence de Miguel, elle s'accrochait. Ce fut d'autant plus douloureux quand elles arrivèrent au pied du rocher et que Soledad aperçut l'inscription gravée à un mètre du sol. Deux mots figés dans la pierre. Deux mots contre lesquels elle ne pouvait lutter, qui resteraient là pour l'éternité dans la froide minéralité de la roche : MIGUEL SENEN. Soledad n'avait pu en détacher son regard, n'avait plus bougé pendant de longues secondes, le temps de mesurer l'irréfutabilité de la mort de Miguel, de chanceler sous la violence du choc et de se laisser aller au chagrin. Puis elle s'était agenouillée au bord de la tombe et lui avait parlé quelques minutes avec des mots venus du fond d'elle-même, dont elle ne se souvenait pas. Que Miguel fût mort, que les jours heureux fussent passés, son esprit pouvait le concevoir. Mais ne plus jamais le revoir, ne plus jamais caresser ses bras, son torse, son visage, cela lui paraissait impossible. Etait-il réellement là, tout près d'elle, immobile et silencieux ? Cette infime distance était-elle vraiment infranchissable ? Un gémissement lui avait échappé, elle s'était allongée sur la terre, avait essayé de creuser, et sa mère avait dû la relever, la soutenir jusqu'à la charrette. Longtemps la tête de Soledad était restée tournée vers le rocher maudit, tandis que la charrette s'éloignait lentement vers l'extrémité du plateau. Le chemin du retour leur avait semblé interminable. Petra n'avait cessé de murmurer : « On n'aurait jamais dû y aller, je te l'avais dit, il ne fallait pas. » Soledad avait paru ne pas l'entendre, pas plus que les pleurs de son fils affamé. Elle s'était murée dans un silence qui, depuis ce jour, lui servait d'écran protecteur contre le monde du malheur où elle ne s'aventurait plus. Mais elle avait continué à vivre puisque son enfant, lui, avait besoin d'elle, à travailler puisque sa mère témoignait de moins en moins de force, que déjà juin était là, avec ses longues journées dont elles avaient profité pour couper et rentrer le foin du bord de la rivière. Comme cette récolte était insuffisante, Petra avait pris à moitié le fourrage d'un vallon perdu, de l'autre côté de la sierra, très loin, dans un petit pré qui appartenait à Maria Caba.

Petra était partie de très bonne heure, ce matin-là, pour devancer la chaleur, mais Soledad avait dû attendre le réveil de son fils. A présent, elle cheminait seule sur la *cañada* qui longeait le coteau. Après deux kilomètres, il fallait tourner à gauche et remonter tout droit vers la sierra, traverser le plateau, redescendre de l'autre côté. Soledad portait son fils dans un panier, avançait lentement en cherchant l'ombre des rochers. Depuis qu'elle avait perdu de vue la vallée, elle se sentait seule et vaguement en danger au milieu de cette rocaille, de ces rochers derrière lesquels elle croyait par moments apercevoir des silhouettes embusquées, et elle regrettait de n'avoir pas réveillé son fils pour suivre sa mère.

Le sentier descendait maintenant en pente douce dans un étroit passage entre d'immenses blocs ravinés par la pluie et le vent. Perdue dans ses pensées, Soledad les dépassa puis, levant la tête, s'arrêta, pétrifiée : au milieu du chemin, un homme immobile, armé d'un fusil, vêtu d'une chemise bleue, d'un pantalon troué, portant aux pieds des espadrilles fabriquées avec des morceaux de pneu tenus aux chevilles par des cordelettes, semblait l'attendre. Il s'avança vers elle, sans baisser le canon de son fusil. Soledad remarqua qu'il était de taille moyenne, plutôt maigre, avec des cheveux drus et un visage anguleux où des yeux noirs, étroits, exprimaient de la vivacité. Sur ses bras noueux, des veines couraient à fleur de peau comme de minuscules serpents. Elle l'attendit en retenant son souffle.

— Qui es-tu ? demanda l'homme d'une voix dure, une fois qu'il se trouva devant elle.

— Je suis de Pallencia, souffla-t-elle, et je rejoins ma mère qui coupe le foin là-bas, dans le vallon.

Au mot « foin », l'homme eut une sorte de frémissement que remarqua Soledad. Elle pensa qu'il était sans doute paysan et en fut un peu rassurée.

— Il y aura bientôt trois ans que je n'ai pas coupé de foin, fit l'homme avec une grimace.

Puis, revenant à son idée première, désignant le panier :

— Qu'est-ce que tu portes ?

— Mon enfant.

Le regard de l'homme perdit de sa dureté. Il s'approcha davantage, se pencha pour apercevoir l'enfant et dit :

— Pose-le un peu, va, il doit étouffer là-dedans.

Soledad, qui avait mal au bras, posa doucement le panier en ayant l'impression qu'une menace s'éloignait.

— Comment s'appelle-t-il ?

— Miguel, fit Soledad.

L'homme murmura deux fois le mot « Miguel », comme si ce prénom réveillait en lui des souvenirs, parut s'interroger, puis demanda abruptement :

— Tu sais où tu es, ici ?

Soledad ne comprit pas le sens de la question et ne sut que répondre.

— Tu es chez les miliciens, fit l'homme.

Il avait dit « miliciens » avec une sorte de rage, de violence contenue, et Soledad remarqua la crispation de ses mâchoires. Elle devina qu'elle devait parler, se découvrir, sinon il lui faudrait repartir très vite et elle ne s'en sentait pas le courage.

— Mon mari est mort à Teruel pour la République, fit-elle sans réfléchir.

L'homme, d'abord, ne prononça pas un mot, puis il eut comme un élan vers elle, se reprit, murmura :

— Nous nous méfions de tout le monde, tu sais.

Et, aussitôt, cherchant à lui manifester plus d'égards :

— Je vais porter ton petit jusqu'au sentier, là-bas ; il te suffira de le suivre jusqu'au torrent et, de là, descendre au fond du vallon.

Il s'en saisit sans plus attendre et partit sans même se retourner. Soledad, rassurée, le suivit en se demandant pourquoi il manifestait soudain une telle hâte.

Une fois arrivé au sentier dont il avait parlé, il posa le panier dans lequel l'enfant se mit à pleurer. Soledad dut le prendre dans ses bras pour l'apaiser, tandis que l'homme s'asseyait sur une pierre. Leurs regards se croisèrent. Elle détourna rapidement le sien, étonnée de cet émoi qui, l'espace d'un instant, avait déferlé en elle. L'homme, lui, fit jouer la culasse de son fusil, puis il demanda :

— Il est mort quand, ton mari ?

— En décembre, pendant la bataille.

— Oui, en décembre, c'était vraiment dur, là-bas.

Il sembla à Soledad qu'une certaine émotion filtrait dans la voix du milicien et qu'il avait maintenant envie de parler. L'enfant pleurait toujours. Elle lui donna un peu d'eau tout en songeant qu'il était temps de partir. Cependant, comme elle sentait le regard du milicien sur elle et qu'elle en concevait de la gêne, elle prononça les premiers mots qui lui venaient à l'esprit :

— Vous n'êtes pas d'ici ?

C'était plus une constatation qu'une question. L'homme eut un sourire qui fit jaillir ses dents fines et pointues.

— Non, moi, je suis de Zuera, près de Saragosse.

Il hésita un instant, puis il poursuivit d'une voix un peu rêveuse :

— Chez moi, il y a du monde sur la sierra. C'est là que vivent les paysans comme moi. Ils creusent des grottes dans le rocher car ils sont encore plus pauvres qu'ici : ils n'ont que leurs bras pour gagner leur pain.

Et il montra ses bras fins mais harmonieusement musclés, avant d'ajouter dans un sourire :

— Quand nous aurons gagné la guerre, je rentrerai chez moi et tout le monde aura de la terre, alors.

Il fit le geste de serrer quelque chose entre ses doigts, reprit avec de l'émotion dans la voix :

— De la terre, tu comprends ? De la terre.

Soledad hocha la tête, un peu surprise par l'éclair de violence qui avait traversé les yeux du milicien. Celui-ci demanda après un instant de réflexion :

— Là où tu vas, c'est à toi ?

— Non. Ma mère l'a loué à moitié à une femme du village.

L'homme se leva, ajouta :

— Toi aussi, tu en auras de la terre. Ton mari ne sera pas mort pour rien, tu peux me croire.

La pensée de Miguel mort et celle de sa discussion avec un inconnu se heurtèrent dans la tête de Soledad. Que faisait-elle dans ce chemin avec un homme qu'elle ne connaissait pas une heure auparavant ? Pourquoi ne partait-elle pas ? Confuse, elle allongea son enfant dans le panier et se redressa. De nouveau, son regard rencontra celui du milicien.

— Je m'appelle Luis Trullen, dit-il. Tu te souviendras ? Luis Trullen, de Zuera, province de Saragosse.

Elle fit un signe de la tête et s'en fut sans se retourner, mais avec la sensation aiguë d'un regard posé sur sa nuque et ses épaules.

Vingt minutes plus tard, après avoir trouvé le torrent presque à sec et être descendue par un chemin muletier, elle arriva près du petit pré où travaillait sa mère. Celle-ci se releva à son approche et lui demanda, devant son air préoccupé, si quelque chose n'allait pas.

— J'ai chaud, dit-elle, et le petit est lourd.

Elle posa le panier à l'ombre de deux oliviers situés en bordure du pré dont l'herbe, pas très haute, était déjà grillée par le soleil.

— Toute cette route pour si peu de foin, murmura-t-elle.

— Je sais bien, dit la mère, mais ce sera toujours ça de plus et nous en aurons sûrement besoin.

Soledad se saisit de la faux armée d'un ployon et remplaça sa mère qui, à l'aide d'une fourche aux dents de bois, se mit à éclaircir le foin coupé. Les deux femmes travaillèrent d'une allure lente mais régulière, et bientôt trois longs andains s'ajoutèrent à ceux du matin.

Dès que le soleil fut au plus haut, elles allèrent s'étendre sous les oliviers et prirent leur maigre repas tout en surveillant l'enfant. La chaleur découpait au-dessus du pré des tranches de poussière qu'aucun souffle de vent ne déplaçait. De l'autre côté du vallon, la roche jetait par instants des éclats de silex.

Pas le moindre bruit ne s'élevait de cette immensité minérale qui semblait respecter on ne savait quelle trêve du ciel.

Soledad se demanda si elle devait parler du milicien à sa mère, mais elle y renonça. Elle essaya de dormir un peu, mais deux yeux noirs la poursuivirent jusque dans l'obscurité d'une somnolence agitée. Elles s'occupèrent de l'enfant en attendant le déclin du soleil, puis elles se remirent au travail jusqu'au soir, revenant de temps en temps sous les arbres boire à la cruche une eau tiède dont elles ne se rassasiaient pas. Elles repartirent sous le ciel vert où se poursuivaient des martinets ivres de lumière. Quand elles arrivèrent au village, la nuit glissait déjà sur les chemins, habillée de velours. Une étoile filante éclaboussa le ciel qui, à l'horizon, semblait épouser la courbe des collines. En surprenant Soledad à chantonner tandis qu'elle donnait à manger à son enfant, Petra Vinas songea avec satisfaction que le temps du malheur était enfin passé.

Il fallut revenir au pré pendant toute une semaine pour achever la coupe, écarter les andains, monter les meules, rentrer le foin sur un bât porté par le mulet. Chaque jour, Soledad partait seule, après sa mère, pour laisser dormir le petit Miguel le plus longtemps possible. Et chaque jour, Luis Trullen se trouvait sur son passage et la retenait pour parler. Un matin, pourtant, s'étant promis de l'éviter, elle fit un détour et se perdit. Le lendemain, empruntant sa route ordinaire, elle le rencontra de nouveau et il lui fit des reproches avec, dans la voix, une sorte d'hostilité qui la surprit. Elle se demanda quel était ce lien bizarre qui se nouait entre eux et s'interrogea : avait-elle le droit d'agir de la sorte quand son mari était enterré depuis moins d'un an ? Elle se força alors à parcourir par la pensée le chemin qui, au printemps, l'avait amenée vers la tombe auprès du rocher, mais elle ne parvint pas à se sentir vraiment coupable. Ce qu'elle espérait en fait, en approchant du sentier où attendait le milicien, c'était l'impression de sécurité que lui procurait la présence d'un homme et, peut-être, aussi, la sensation, si elle fermait les yeux, de retrouver ce passé protégé où, il n'y avait pas si longtemps, elle avait été heureuse.

Elle finit par parler de ces rencontres à sa mère qui ne lui fit aucun reproche. Au contraire, elle lui posa de nombreuses questions au sujet du milicien et parut regretter de ne pas l'avoir rencontré, elle aussi. Or, la fenaison se terminait. Le dernier jour, Soledad annonça à Luis qu'elle ne passerait plus dans ces parages. Il s'approcha, fit un geste dans sa direction, le retint au dernier moment.

— C'est dommage, dit-il. Je m'étais habitué à toi et au petit.

Il ajouta, après une hésitation :

— Tu me manqueras.

Et, plus bas, en posant sa main sur son bras :

— Et toi, tu regretteras ?

Soledad recula, son visage se ferma.

— Non, fit-elle.

Il y eut un long silence. Elle se détourna, soupira et se demanda si ce n'était pas Miguel qui murmurait maintenant :

— Dis-moi au moins où tu habites.

Elle secoua la tête.

— A quoi bon ? fit-elle.

Puis, décelant dans les yeux du milicien une lueur humble, presque douloureuse :

— A Pallencia, la dernière maison du coteau, avant la sierra.

Et elle s'enfuit en comprenant qu'elle venait sciemment de jeter un pont entre elle et cet homme qui n'était pas Miguel et qui, pourtant, par moments, usait des mêmes regards et de la même voix.

Pendant la semaine qui suivit, malgré les préoccupations du travail, le souvenir de Luis Trullen ne cessa de la hanter. Pourtant, après le foin de la sierra, elles s'étaient occupées de celui de la vallée qu'elles devaient maintenant engranger. Le soir, leurs mains saignaient à cause des ampoules crevées qui se rouvraient le lendemain dès l'instant où elles reprenaient les fourches. Face à face, couvertes de sueur, Soledad et Petra déchargeaient le bât en cadence, s'arrêtant seulement pour boire ou se rafraîchir à l'eau de la tine. Soledad exécutait ses mouvements de façon mécanique et sa pensée s'évadait facilement. Elle se souvenait des fourches dont s'étaient servis les paysans au début de la guerre pour châtier les gros propriétaires ; la guerre la faisait penser à Miguel, et Miguel à Luis. Chaque jour, ces images obsédantes se succédaient dans sa tête douloureuse : les fourches, la guerre, Miguel, Luis. Et cela lui donnait un rythme qu'elle s'appliquait à suivre en soulevant rageusement le foin.

Le dernier soir, elles eurent tout juste le temps de finir avant l'orage. Au village, après la canicule des jours précédents, tout le monde savait qu'il allait être violent. Le vent enfla subitement à l'arrivée de la nuit et la bourrasque hissa au-dessus des monts des nuages au ventre d'ardoise. Entre eux et l'horizon se forma comme un lac à l'éclat de banquise. Les nuages dépassèrent la sierra à la vitesse d'un cheval au galop sans verser la moindre goutte de pluie, et bientôt le ciel entier étincela. Soledad, effrayée, referma rapidement la fenêtre à laquelle elle s'était accoudée pour observer le ciel. Trois minutes plus tard, des grêlons gros comme des prunes s'abattirent sur la sierra et la vallée.

— Il manquait plus que ça, gémit la mère qui entrait dans la chambre, une bougie à la main. Enfin ! heureusement que les blés ne sont pas trop hauts.

Soledad ne répondit pas, soupira. Elle s'allongea, écouta le martèlement de la grêle sur le toit, songea vaguement que l'orage s'appliquait à dévaster les champs avec la violence dont usaient les hommes pour faire la guerre.

Allongé à l'ombre d'un pin, un sac de pommes de terre sous la tête, les yeux rendus douloureux par la lumière crue qui, de nouveau, coulait d'un ciel sans nuages, Luis Trullen jura intérieurement contre la chaleur accablante. L'orage n'avait même pas duré une heure : assez longtemps pour coucher les blés, mais pas assez pour chasser les masses d'air brûlant qui s'acharnaient sur l'Aragon. Le vent s'était éteint au lever du soleil et l'odeur de la terre mouillée s'était rapidement évanouie dans l'aube bleue.

Luis se leva pour gagner l'ombre de la grotte et se trouva face à Juan Pallas qui sortait en portant un bidon. Pallas était un homme sec, nerveux, au visage éternellement couvert par la rosée brune d'une barbe récalcitrante. Il avait combattu à Teruel puis avait été pris par les franquistes qui l'avaient torturé. A la faveur d'un transfert en camion, il avait réussi à s'échapper en sautant d'un pont et, malgré ses blessures, avait gagné la sierra. Il jouissait parmi les miliciens regroupés là d'une confiance et d'une autorité morale que nul ne lui contestait.

La direction collégiale du groupe (qui comptait une vingtaine d'hommes) était assurée par Juan Pallas, Antonio Portafin et Agustin Escalona. Ces trois hommes, malgré leur idéal commun, se méfiaient les uns des autres, car ils représentaient les intérêts des différents partis de la République. Ils en arrivaient même, parfois, à se disputer les armes ou à donner à leurs partisans des consignes contradictoires.

La grotte qui servait de camp aux miliciens n'était pas profonde, mais elle offrait l'avantage de communiquer par un étroit passage entre les rochers avec le chemin plongeant vers la vallée, entre des chênes et des pins. De plus, elle était facile à défendre car elle se situait sur une petite éminence d'où l'on surveillait aisément les alentours. Depuis décembre, le groupe avait fait sauter le pont du Mas de las Matas et avait attaqué deux ou trois convois qui, de Teruel, partaient pour la Catalogne. La journée, après avoir assuré leurs gardes, les hommes dormaient ou se lançaient dans des discussions interminables qui, parfois, finissaient mal. La nuit, à l'exception des sentinelles, ils partaient chercher de la nourriture dans les villages (où ils glanaient des nouvelles données par les sympathisants de la République) ; ils menaient les opérations de guérilla et transportaient les explosifs d'un point à un autre. Malgré les réquisitions, les vivres manquaient, les cigarettes et le vin également, ce qui ajoutait à l'irritabilité des hommes qui, peu à peu, en venaient à douter de l'utilité de leur combat.

Luis Trullen but dans sa timbale, s'essuya les lèvres d'un

revers de main, soupira puis se retourna au moment où Pallas revenait après avoir vidé son bidon. Pallas lui frappa affectueusement sur l'épaule et, sans un mot, entra de nouveau dans la grotte. Luis s'allongea à l'ombre pour essayer de dormir avant la garde qu'il devait prendre un peu plus tard. Il ferma les yeux, fut alerté par des éclats de voix et comprit que Pallas, Portafin et Escalona avaient repris leur dialogue impossible. Sans les voir, il imaginait Portafin ruisselant de sueur, son corps gras, ses moustaches épaisses qui lui dissimulaient la bouche, appuyé au mur en mâchonnant une aiguille de pain ; Escalona, grand et maigre, sourcils épais, le regard triste, rongeant le pouce de sa main droite jusqu'au sang, et Pallas, très calme, assis contre le mur, les mains croisées sur ses genoux.

— Sans nous, disait Portafin, Franco serait déjà à Madrid, parce que toi et les tiens, Pallas, vous faites la guerre avec des mots. Vous rêvez et vous ne vous battez pas.

— Nos collectivités n'étaient pas un rêve, protesta Pallas. Elles ont existé à la satisfaction de tous, et si elles sont mortes aujourd'hui, c'est parce que vous leur avez toujours refusé les armes dont elles avaient besoin.

— Fallait en fabriquer, des armes, au lieu de faire pousser du blé. Chaque chose en son temps. Vous vous êtes trompés de combat et vous accusez aujourd'hui les autres de vous avoir trahis. C'est un peu facile.

— Tu exagères, Antonio, intervint Escalona.

— Ah ! j'exagère ! C'est peut-être avec des discours qu'on fait sauter des ponts et des tanks ?

— Qu'est-ce que tu fais sauter, toi, en ce moment ? ricana Escalona ; tu fais comme nous, tu te caches.

— Je me cache parce que je mène une guérilla ! Il n'y a pas de sots combats ni de combats inutiles, il n'y a que de sottes idées. La justice passe aujourd'hui par une victoire militaire !

Luis, qui s'étonnait de ne plus entendre Pallas, se demandait ce qu'il faisait. Le silence dura quelques secondes puis, de nouveau, la voix très calme de Pallas s'éleva :

— Tous ceux qui sont tombés à Teruel défendaient des idées, et ça ne les a pas empêchés de se battre, au contraire.

D'ailleurs, toi aussi, Antonio, tu te bats pour des idées, que tu le veuilles ou non.

— Moi, je me bats pour des idées?

Luis entendit ricaner Portafin.

— Je me bats pour manger à ma faim, et c'est tout.

— Mais non, reprit Pallas, demande aux hommes pourquoi ils sont ici, et tu verras.

— Ils se battent pour la terre et le pain.

— Mais non, Antonio, ils se battent pour que la terre et le pain soient partagés en parts égales : ce n'est pas tout à fait pareil.

— Tu as raison, Pallas, dit Escalona.

— Ils te répondront, poursuivit Pallas, que le partage rend plus heureux que la défense des privilèges.

— Tu parles comme les curés.

— Non! Antonio. Les curés parlent de foi en Dieu, moi de foi dans les hommes. C'est la terre qui m'intéresse, pas le ciel. Je crois que si on a la chance de vivre, ce n'est pas par hasard.

Pallas se tut un instant, parut hésiter, poursuivit :

— Sais-tu à quoi j'ai pensé pendant qu'ils me marchaient dessus avec leurs bottes cloutées?

Il y eut un long silence entre les trois hommes. Luis se rapprocha de l'entrée de la grotte pour mieux entendre.

— J'ai pensé à mes yeux, à les protéger, à ne pas rester aveugle, à revoir les blés des vallées, les pins des sierras, l'eau claire des rivières, les soleils couchants, les jambes des femmes, le regard des enfants. J'ai pensé que le monde était beau et qu'on ne le méritait pas. J'ai pensé que les hommes venaient tous de la même source et qu'ils ne le savaient pas, que tous les combattants, tous ceux qui font la guerre, renvoient l'humanité plusieurs siècles en arrière, vers l'animalité d'où elle vient, et que s'il y a un Dieu, là-haut, ce que je crois, quand les gitans chantent le flamenco à la tombée de la nuit, il finira par perdre patience.

— Voilà! triompha Portafin, le sermon est terminé; il nous manque plus que l'hostie!

Pallas soupira, se leva :

— Décidément, tu ne comprends rien à rien!

Luis entendit Portafin souffler de colère.

— Il y en a un de trop, ici, menaça-t-il. Il faudra bien qu'un jour on règle ce problème.

— T'inquiète pas, fit Pallas, je m'en vais, le soleil me fera du bien.

Luis se rejeta en arrière, mais Pallas comprit qu'il avait tout entendu.

— Viens avec moi, lui dit-il en lui tendant la main pour le relever; allons voir les chevaux, ils sont moins fous que les hommes.

Ils marchèrent côte à côte vers une sorte d'enclos, en contrebas, où les miliciens avaient tendu des cordes entre les rochers. Il y avait là dix chevaux d'une affligeante maigreur, dont la majorité boitait bas. Sans se consulter, les deux hommes s'assirent à l'ombre d'un rocher, demeurèrent un moment silencieux puis Pallas murmura :

— Je n'ai jamais compris pourquoi des hommes qui mènent le même combat n'arrivent pas à s'entendre.

Il s'éclaircit la voix, observa les chevaux, ajouta :

— Et parfois, je me demande s'il s'agit vraiment du même combat.

Luis haussa les épaules.

— Tu sais, dit-il, on se bat surtout pour trouver du travail et manger à sa faim.

— Oui, dit Pallas, si seulement c'était si simple...

Il soupira, passa une main sur son front pour essuyer la sueur.

Dans l'odeur de résine fusa celle, musquée, des chevaux. Une perdrix aux ailes de faux plana un instant et s'abattit un peu plus bas, sous des petits chênes.

— Tu as une femme ? demanda Pallas.

— Non, répondit Luis.

Et, aussitôt, il revit celle qui avait croisé sa route chaque matin avec son enfant.

— Enfin, pas encore, se reprit-il, mais il y en a une qui m'attend.

Il ferma les yeux, se sentit mal, tout à coup, à cause de son mensonge : qu'est-ce qui lui prenait ? Pourquoi avait-il eu besoin de placer Soledad entre Pallas et lui ? Et de quel droit ? Heureusement, Pallas ne le regardait pas et, au contraire, reprenait :

— Les femmes savent mieux que les hommes le prix de la vie et de la mort ; mais qui les écoute ?

— Oui, fit Luis, sans bien comprendre ce que Pallas voulait dire.

— La guerre, les armes, la puissance, la violence, les taureaux, le sang : voilà l'Espagne. Où nous emporte-t-elle ? Où courons-nous ? A la mort donnée par des vainqueurs que le temps oubliera ? Quelle vanité, quel orgueil dans tout ça ! Pauvres hommes !

Il se tut, parut réfléchir, demanda doucement après un soupir :

— Tu as peur de mourir, Luis ?

En même temps, il lui posa la main sur le bras, mais sans le regarder, et Luis tressaillit. Non, il n'avait jamais vraiment eu peur jusqu'à ces derniers temps. Même à Teruel, il n'y avait pas songé, s'était battu avec courage, avec application, sans penser ni réfléchir. Cependant, aujourd'hui, à l'idée de mourir, quelque chose se nouait en lui, provoquant une sorte de spasme. Pallas ne lui laissa pas le temps de répondre.

— Quand on a vu la mort de très près, comme moi, quand on l'a attendue, qu'on y a consenti, on n'a plus peur de rien. De là, on revient plus fort, tu comprends ?

Luis hocha la tête, mais il n'entendait pas vraiment. Des cheveux de jais et des yeux noirs émergeaient d'un visage à la calme douceur, là, devant lui, et il lui semblait pouvoir les toucher en tendant la main. Un hennissement le tira de sa rêverie.

— Quand on revient d'où je viens, disait Pallas, on sait ce qui compte et ce qui ne compte pas. On n'a plus peur de rien.

— Et qu'est-ce qui compte ? demanda Luis après une hésitation.

Pallas ne répondit pas tout de suite. Il eut un geste vague, s'abîma dans la contemplation du ciel et de la sierra où les flots de lumière ruisselaient comme les eaux d'un torrent.

— Ce qui compte, dit Pallas très bas, si bas que Luis

entendit à peine, ce qui compte c'est d'aimer la vie et de la respecter.

Il ajouta, haussant le ton, après un sourire, comme pour se moquer de lui :

— J'ai bien regardé les yeux de ceux qui m'ont torturé : ils étaient morts. Une seule petite lueur, parfois, y brûlait encore : celle qu'on voit dans les yeux des chiens qui se savent perdus. Ils avaient plus peur que moi, et plus ils frappaient, plus ils avaient peur.

Un appel se fit entendre, à l'entrée de la grotte, qui fit sursauter les deux hommes.

— *Bueno !* fit Pallas, assez parlé pour aujourd'hui ou bien Portafin finira par nous faire fusiller.

Ils retournèrent vers la grotte à pas lents. Luis leva les yeux vers le soleil qui l'aveugla. Il les referma sur un éblouissement d'où émergea une nouvelle fois l'image d'une femme aux cheveux noirs qui lui souriait.

Ce matin-là, accroupie sur ses talons, Soledad lavait son enfant dans une bassine quand la mère pénétra dans le patio avec, sur l'épaule, un sac de haricots blancs à écosser. Elle s'assit près de sa fille, ouvrit le sac, en fit couler quelques cosses et commença à travailler en jetant par instants des regards vers Soledad et le petit Miguel qui riaient. Les doigts agiles de Petra Vinas couraient sur les cosses jaunes, faisaient gicler les haricots qui tombaient dans un plat, puis elle lançait les cosses vides dans une panière en osier. Elle s'arrêta plusieurs fois, parut hésiter comme si elle n'osait plus parler à sa fille. Enfin, après une pause plus longue, elle poussa un soupir et murmura :

— Tu sais, petite, une maison sans homme, ce n'est pas une vraie maison.

Soledad se redressa. Leurs regards se croisèrent. La mère baissa les yeux, et Soledad demanda :

— Pourquoi me dis-tu ça ?

Plus que de l'incompréhension, sa voix révélait de la contrariété.

Petra Vinas soupira une nouvelle fois, répondit :

— Je te dis ça parce que je te vois, là, avec ton enfant en bas âge, et que moi je suis vieille, que personne ne viendra t'aider le jour où j'aurai disparu.

Elle ajouta aussitôt, sans laisser le temps à sa fille de réagir :

— On ne respecte pas une femme sans homme.

Soledad essuya la tête de Miguel qui avait du savon dans les yeux et commençait à pleurer, puis elle le serra contre elle pour le consoler et, l'ayant calmé, elle se tourna vivement vers sa mère.

— C'est à cause du milicien que tu me parles comme ça ?

La mère, qui se sentit devinée, éluda :

— Que ce soit ce milicien ou un autre ne m'importe pas, pourvu qu'il y ait un homme dans ta maison.

— Tu sais depuis combien de temps il est mort, mon mari ? fit Soledad avec une fêlure dans la voix.

Petra hocha la tête.

— Aussi bien que toi, ma fille, et comme toi je pense à lui tous les jours.

— Alors ! fit Soledad, tu te rends compte de ce que tu dis ?

Petra Vinas ne répondit pas. Elle se remit à écosser ses haricots puis elle reprit :

— Tu n'es pas seule, tu as un fils. Pense un peu à lui au lieu de toujours penser à toi.

Soledad faillit répliquer, mais se retint au dernier moment. C'était vrai que jusqu'à ce jour elle n'avait pensé qu'à son chagrin, à sa douleur, sans se soucier vraiment de l'enfant qui riait maintenant devant elle ni à la vie qui serait la sienne.

— Je l'ai élevé de mon mieux et je continuerai quoi qu'il arrive, répondit-elle, mais d'une voix qui avait perdu de sa vigueur.

Et, comme Petra demeurait silencieuse :

— J'ai eu un mari ; même s'il est mort, il restera mon mari et je continuerai de l'aimer.

— Qui te parle d'aimer ? fit la mère aussi doucement qu'elle le put.

De nouveau, leurs regards se croisèrent et ce fut Soledad qui se détourna la première. Elle venait de comprendre que sa vie, désormais, devait compter moins que celle de son fils, et cette révélation, pour brutale qu'elle fût, faisait lentement son chemin en elle.

Miguel se mit à rire en apercevant un haricot qui avait sauté dans les cheveux de sa grand-mère. Petra Vinas secoua la tête en riant elle aussi, puis elle se leva et s'approcha de sa fille qui murmura sans la regarder :

— C'est trop tôt... Je ne peux pas.

Et, se redressant brusquement en s'essuyant les mains :

— Je ne peux pas, tu comprends ? Je ne peux pas.

La mère eut un sourire, prit sa fille par le bras, puis :

— Je ne t'en parlerai plus, dit-elle, mais pense bien que tu es jeune, que tu as toute la vie devant toi.

— Toute la vie ? s'indigna Soledad ; à quoi bon vivre dans la haine et la violence ? La nuit dernière, des miliciens sont descendus au village et ils ont tué Alvarez devant sa femme et ses enfants en l'accusant de renseigner les franquistes. Pourtant ce n'était pas un homme à dénoncer qui que ce soit, ou alors ses enfants avaient trop faim et on lui avait promis du pain.

Les yeux de Soledad s'étaient voilés à mesure qu'elle parlait. Elle ajouta, sans laisser le temps à sa mère de prononcer un mot :

— Et tu voudrais que je songe à la vie, au bonheur, à l'avenir ? La guerre est partout, le jour, la nuit, j'ai toujours peur, je vois des morts, du sang, j'entends des cris, des plaintes, des gémissements ; on mourra tous, tu comprends ? On mourra tous !

Elle avait crié et tremblait maintenant face à Petra qui la fit asseoir en la prenant par les épaules.

— Calme-toi, dit-elle, et occupe-toi de ton fils. Tu t'apercevras bien assez tôt combien j'ai raison.

Elle poursuivit en reprenant son ouvrage :

— Quoi que tu en penses, lui aussi, un jour, il aura vingt ans.

Soledad parut découvrir l'enfant qui la considérait avec une sorte de gravité. Elle commença à le rhabiller et, pour ne pas tomber, il entoura le cou de sa mère avec ses bras. En le sentant fragile contre elle, si fragile et si vulnérable, il lui sembla entrevoir une épaule d'homme où l'un et l'autre pourraient un jour s'appuyer.

9.

Luis Trullen faisait jouer la culasse de son 7,65 en observant négligemment les miliciens qui avaient reçu pour consigne de vérifier leurs armes avant la nuit. Rassemblés devant la grotte, ils s'activaient nerveusement en essayant de chasser de leur esprit la tension du moment. Tous avaient les traits tirés à cause de la fatigue, de la malnutrition, des querelles engendrées par la promiscuité. Ils guettaient la sortie de Portafin, de Pallas et d'Escalona qui mettaient au point le plan de l'opération décidée pour la nuit. Ce fut Portafin qui apparut le premier, le visage ravagé par une barbe vieille de huit jours, puis Escalona, et Pallas enfin, dont chacun comprit qu'il n'était pas d'accord avec les deux autres.

— Compagnons ! fit Portafin.

Les hommes se levèrent d'un même mouvement.

— Compagnons ! Avant d'aller vous battre pour la République, il faut que vous sachiez qu'il y a deux jours, le 25 juillet, nos troupes ont attaqué sur l'Ebre et ont enfoncé les défenses franquistes. La contre-offensive qui sera celle de la victoire vient de commencer.

Il ne put en dire plus car les acclamations et les cris de joie couvrirent le son de sa voix. Il tenta d'apaiser les hommes de la main, mais il dut patienter deux ou trois minutes avant de pouvoir leur donner les consignes pour l'attaque du *cuartel* de Pallencia. Pallas, un peu à l'écart, ne l'écoutait pas. Il était opposé à cette opération, mais il avait dû s'incliner, Escalona ayant voté pour avec Portafin. Pallas regardait rêveusement le rougeoiement des lointains au-dessus des monts et songeait qu'il vivait là, peut-être, ses dernières heures. Les autres aussi, mais eux paraissaient ne pas s'en rendre compte. Quelle folle inconscience gouvernait donc les hommes ? se demandait-il. Pourquoi étaient-ils incapables d'imaginer leur propre mort ? Ils se croyaient toujours invulnérables et cependant mouraient tragiquement, parfois comiquement, mais il s'agissait toujours des autres...

— Nous n'avons que dix grenades, criait Portafin. Escalona désignera ceux qui devront les lancer. Il s'agira de faire sortir les franquistes de leur tanière et, à ce moment-là, la mitrailleuse ouvrira le feu. Mais attention ! Pas avant le signal. Elle sera postée en haut de la rue, face à l'entrée du *cuartel*, derrière la murette. Souvenez-vous que votre vie ne vous appartient plus, que vous la devez au peuple d'Espagne et à la République !

— *Qué loco* [1] *!* murmura Pallas, que personne n'entendit.

Portafin acheva de donner ses instructions dans l'enthousiasme général, puis le mouton, qui cuisait sur les braises, fut découpé et distribué aux hommes autour du foyer. Une barrique ayant été réquisitionnée la nuit précédente, le vin coula à flots, provoquant une sorte d'euphorie chez les miliciens. José Perfumo, un cénétiste, prit sa guitare et se mit à chanter un flamenco, vite repris en chœur par les hommes qui, en même temps, tapaient dans leurs mains et poussaient des « ollé » de corridas triomphales.

Luis, assis à côté de Pallas, sentait palpiter l'épaisseur chaude de la nuit qui décuplait l'intensité des moments précédant le combat, les parfums des arbres ruisselant de lune. Une somme d'impressions affluait en lui, dans lesquelles vibrait un peu d'angoisse et, peut-être, de bonheur. Juan Pallas, lui, chantait, comme si ces instants vécus dans la fraternité annihilaient la folie des décisions prises avant la nuit, ainsi que le danger.

1. Quel fou !

Une heure plus tard, la guitare et les chants se turent. Un silence subit coula sur les hommes et les fit frissonner. Un oiseau de nuit le déchira en passant d'un coup d'aile furtif. Portafin donna le signal du départ en se levant, imité par Pallas soucieux de ne pas jeter le trouble dans l'esprit des miliciens : la décision ayant été votée, quel que fût son avis, il devait s'en montrer solidaire. Luis faisait partie de son groupe. Avec Perfumo et Jésus Ascargota, un proche d'Escalona, ils étaient chargés de transporter la mitrailleuse et de prendre position en haut de la ruelle, face au *cuartel*. Ils partirent donc les premiers, avancèrent dans la sierra en évitant les sentiers tracés, bientôt en sueur malgré la fraîcheur, silencieux, les sens aux aguets. La nuit bouillonnait des torrents de lune qu'on avait l'impression d'entendre couler sur les pierres. Des étangs bleuâtres dormaient sur la vallée que les quatre hommes devinaient sur leur gauche, assoupie entre les collines. Pallas marchait devant les trois autres qui portaient la mitrailleuse et trébuchaient souvent en étouffant un juron.

Ils ne descendirent sur le coteau qu'au dernier moment, une fois parvenus à la hauteur du village, après une heure de marche. A la première maison rencontrée, Luis se demanda si c'était celle de Soledad et il eut envie de s'arrêter pour reconnaître les lieux. Mais les autres ne lui en laissèrent pas le temps et il se laissa entraîner vers le village en se retournant plusieurs fois. Là, ils s'engagèrent dans une ruelle où erraient des odeurs de vin et d'ail, puis ils débouchèrent sur la place dont ils firent le tour en longeant les murs. Ils atteignirent alors la rue qui plongeait vers le *cuartel* et Luis reconnut la murette dont avait parlé Portafin : un débris de mur appartenant à une maison touchée par les bombes. Ils installèrent la mitrailleuse, y engagèrent les balles, enlevèrent leur chemise pour couvrir le canon qui brillait sous la lune et attendirent. Pas longtemps. Quinze ou vingt minutes seulement, puis l'explosion de la première grenade lancée par les miliciens déchira le silence de la nuit. Tous les chiens du village se mirent alors à hurler ; il y eut des cris, des bruits de portes ouvertes à la volée, des hennissements de chevaux, l'explosion de nouvelles grenades dans le quartier bas du village. L'instant d'après, une fusée éclairante jaillit, inondant d'une lumière pâle les abords du *cuartel* et, aussitôt, les mitrailleuses franquistes ouvrirent le feu. Par-dessus leurs rafales rageuses, le bruit haché et sourd d'un fusil-mitrailleur crépita. D'autres fusées éclairantes montèrent dans le ciel. Les deux groupes de miliciens postés à proximité du *cuartel* décrochèrent pour gagner l'abri des portes et des maisons, mais la majeure partie d'entre eux tomba en cours de route. Dans la cour intérieure d'une maison située sur la place, un coq chanta. Luis et Pallas regardaient désespérément vers les portes du *cuartel* qui ne s'ouvraient toujours pas.

— Ils nous attendaient, dit Pallas, en s'essuyant le front.

Des coups de feu partirent des fenêtres des maisons proches du *cuartel* où Luis reconnut l'uniforme vert des gardes civils. L'une d'entre elles commença de brûler. Qui tirait ? On eût dit que tous les coups de feu venaient du ciel. Luis entendit Portafin hurler des ordres et, aussitôt, les miliciens refluèrent vers la place. Pallas ouvrit le feu dès que leur vague se fut fondue dans l'obscurité, les mains crispées sur la mitrailleuse, secoué par les soubresauts de l'arme maintenue avec peine par Luis et Perfumo. Une mitrailleuse franquiste tira du deuxième étage d'une maison. Luis entendit Escalona crier dans une rue parallèle. A cet instant, les portes du *cuartel* s'ouvrirent mais Pallas qui s'était retourné un instant ne s'en aperçut pas. Luis le poussa du coude et lui fit signe du doigt. La mitrailleuse changea aussitôt de direction et se remit à tirer. Dans la rue parallèle, les coups de feu paraissaient maintenant provenir de beaucoup plus haut, et Luis pensa qu'Escalona avait peut-être rejoint la place.

— Il faut décrocher, dit-il à Pallas.

Des balles ricochèrent contre la murette dont le ciment éclata par plaques. Le fusil-mitrailleur franquiste tirait toujours, couvrant les soldats qui sortaient maintenant du *cuartel*. Portafin et ses hommes demeuraient invisibles.

— Où sont-ils ? fit Pallas en grimaçant, ils vont tous se faire massacrer.

A cet instant, les mitrailleuses franquistes orientèrent leur tir vers les portes basses où se cachaient les hommes commandés par Portafin. L'un d'eux bascula en avant en criant.

— Vous trois, décrochez ! hurla Pallas. Attendez à la fontaine.

— Toi aussi, Juan, dit Luis ; emmenons la mitrailleuse.

— Discute pas. Décrochez !

Ascargota partit le premier, bientôt suivi par Perfumo, enfin par Luis qui marchait à reculons. Il songea qu'Escalona tenait sûrement la place à l'abri de l'église. Il ne se trompait pas. Luis l'entendit crier à moins de trente mètres derrière lui :

— Qu'est-ce qu'il fout, Portafin ? Il faut filer, et vite.

Ses hommes étant tombés l'un après l'autre, Antonio Portafin attendait seul les franquistes après être remonté vers la place par les cours intérieures des maisons. Juan Pallas l'aperçut à vingt mètres et cria :

— *Hombre ! Vamos ! Vamos !*

Mais le milicien refusa d'écouter. Loin de se replier, il sortit de son abri puis, immense dans l'obscurité relative de la nuit, il lança la grenade sur les franquistes qui, surpris, tombèrent au milieu de la rue. Pallas se remit à tirer pour le couvrir. Cependant, une rafale partit des fenêtres, atteignant Portafin à la poitrine. Celui-ci écarta les jambes, lâcha son fusil, ses bras battirent l'air, puis il s'écroula sur le dos sans un cri. Pallas lança alors sa grenade et, profitant de la panique des soldats, sortit de derrière la murette, courut vers Portafin, le traîna à l'abri. Aux rafales venues de la place, il comprit qu'Escalona et ses hommes avaient repris position en haut de la ruelle pour le couvrir. Pallas souleva la tête de Portafin qui respirait difficilement.

— C'est l'heure, *hombre*, murmura-t-il.

Du sang coulait de son oreille droite.

— Va-t'en, Juan, va-t'en vite.

Pallas semblait ne pas entendre.

— Va-t'en, Juan, répéta Portafin. On a été trahis, tu vois, il faut se méfier de tout le monde... N'oublie pas... de tout le monde.

Pallas ferma les yeux un instant, serra les dents, sentit dans ses mains fuir la vie de son compagnon. Comme il rouvrait les yeux, Portafin eut un sursaut qui le fit se soulever du sol et retomber avec un bref soupir. Pallas parut seulement se rendre compte à cet instant du lieu où il se trouvait. Il se retourna. Là-haut, sur la place, des bruits de moteurs indiquaient que les franquistes essayaient de prendre les miliciens à revers. Pallas se mit à courir vers la mitrailleuse maniée maintenant par Escalona qui tirait en direction des phares, balayant le demi-cercle opposé de la place. Ils éclatèrent avec un bruit mou, un peu écœurant. Aussitôt les renforts franquistes ouvrirent le feu et ce fut la panique dans les rangs des miliciens qui s'éparpillèrent dans les ruelles.

Luis s'élança vers la gauche, se cogna contre un mur, tomba, se releva, trébucha sur des marches, sortit enfin du village, à mi-coteau. Il lui sembla entendre Pallas crier : « Les armes, gardez les armes », puis des fusils-mitrailleurs crachèrent leur feu sur les miliciens qui n'avaient pu s'échapper à temps. Luis continua de courir en remontant vers la sierra pendant une dizaine de minutes puis, parvenu en limite du plateau, il s'arrêta, s'assit, le cœur cognant dans sa poitrine et sur ses tempes, regarda vers en bas. Aux hurlements qui montaient par instants de la place, il comprit que les franquistes achevaient les blessés à l'arme blanche. Des coups de feu claquèrent encore au bord de la rivière près de laquelle tremblaient des phares de voiture. Plusieurs maisons brûlaient, mais les foyers semblaient ne pas s'étendre.

Recroquevillé, couvert de sueur, Luis attendit un long moment puis, quand le feu des maisons fut éteint, que les chiens eurent cessé d'aboyer, les soldats de crier, il se leva, frissonnant maintenant dans l'humidité de la nuit, et il se mit en marche vers le village avec précaution.

Soledad avait dit : « La dernière maison avant la sierra », et il s'en souvenait très bien. Aussi descendait-il sans éprouver l'impression d'un danger. Prenant brusquement conscience d'une douleur à son flanc droit, il y porta la main et la retira pleine de sang. Il ne sut s'il s'était blessé en tombant ou si la blessure provenait d'une balle, mais il ne s'attarda pas à trouver de réponse et, au contraire, il précipita son allure. A moins de cent mètres, il distingua un mince rai de lumière entre des volets et il se guida sur lui pour descendre, de plus en plus lentement. Parvenu à une dizaine de mètres du portail, il s'arrêta, écouta et, rassuré par le silence, pénétra dans le patio d'où il reconnut le même rayon de lumière aperçu d'en haut. Il s'approcha, frappa doucement contre le volet, retint sa respiration.

Soledad ne dormait pas. Réveillée par la fusillade dès le début de l'attaque des miliciens, elle se demandait quels étaient ces hommes assez fous pour donner l'assaut au *cuartel*. Petra était venue dans la chambre pour lui recommander de ne pas ouvrir les fenêtres et de ne pas allumer de bougie. Soledad était demeurée assise sur son lit, anxieuse dans l'obscurité pendant de longues minutes, puis elle avait fini par désobéir à sa mère avant la fin des coups de feu.

Elle sursauta en entendant frapper contre ses volets, se leva sans bruit, perçut le souffle précipité d'un homme, et demanda :

— Qui est-ce ?

— Luis Trullen.

Une onde de chaleur courut le long de sa colonne vertébrale, la fit respirer plus vite.

— Je viens, dit-elle.

Lorsqu'elle ouvrit la porte de sa chambre, sa mère, alertée par le bruit, se tenait immobile, une bougie à la main, l'interrogeant des yeux.

— C'est Luis Trullen, fit Soledad.

Et, comme Petra semblait ne pas comprendre :

— Le milicien de la sierra.

La mère s'ébroua, parut s'éveiller.

— La grange, vite, fit-elle, mais ne prends pas de bougie.

Soledad tira le loquet de la porte, sortit, aperçut la silhouette du milicien dans l'ombre, marcha vers lui.

— Je suis blessé, commença-t-il, et...

— Suivez-moi vite, fit-elle.

Elle traversa rapidement le patio, ouvrit le portail, courut vers la grange, pénétra dans une totale obscurité, referma dès que Luis fut entré. Et tout à coup, sans que ni l'un ni l'autre n'eût fait le moindre geste, il fut contre elle, comme si leurs corps s'étaient d'eux-mêmes reconnus et attirés. Il essaya de la prendre dans ses bras mais elle se dégagea doucement.

— Passez de l'autre côté du foin, dit-elle, et ne bougez pas avant que je revienne. Ici, vous ne risquez rien.

Il tenta de la retenir à l'instant où elle se retournait, mais elle ne s'attarda pas et se retrouva dehors, troublée malgré elle par la présence de cet homme dont elle ne savait plus, soudain, si c'était Miguel ou si c'était Luis. Elle respira profondément l'air frais de la nuit puis, une fois apaisée, elle courut vers sa chambre où elle s'enferma.

A l'aube, des soldats franquistes passèrent sur le chemin en direction de la sierra, bientôt dépassés par trois avions dont les bombes explosèrent à moins de dix kilomètres vers l'ouest. Dès que tout fut redevenu silencieux, Soledad se leva et sortit sur le chemin. Il faisait déjà chaud, car il suffisait de moins d'une heure au soleil pour boire la rosée de la nuit. En bas, le village semblait mort. Soledad se rendit à la grange, poussa la porte et n'eut pas besoin d'appeler. Une tête émergea du foin, puis un corps dont elle ne put s'empêcher de penser qu'il s'était pressé contre elle la veille. Luis se laissa descendre, s'approcha, mais demeura debout à un mètre d'elle.

— Tous les soldats du village sont partis sur la sierra à l'aube, fit-elle.

— Je les ai vus, dit Luis ; et il songea aussitôt à Pallas, à Perfumo, à Escalona, à tous ceux qui, comme lui, se cachaient peut-être après avoir échappé à la mort. Soledad le devina et chercha à le rassurer.

— Vous savez, dit-elle, en une nuit ils ont sûrement eu le temps de se mettre à l'abri.

— J'ai bien peur qu'ils aient eu moins de chance que moi, dit Luis.

Il ajouta, après un silence, sollicitant le regard de Soledad qui le lui refusa.

— Personne n'aurait osé prendre les risques que vous prenez pour moi.

Elle haussa les épaules, murmura :

— Les républicains ont des amis partout, ici.

— Quand même, c'est beaucoup de risques. Je ne vais pas pouvoir rester longtemps.

Elle eut une sorte de mouvement vers lui qu'elle contrôla difficilement.

— Il ne peut rien vous arriver dans cette grange, fit-elle, consciente du fait que son élan ne pouvait lui avoir échappé.

— Et votre mère? demanda-t-il, elle pense comme vous?

— Tout à fait. C'est elle qui a insisté...

Elle s'arrêta, regretta les mots qu'elle venait de prononcer et qui avaient provoqué chez le milicien comme un recul. Alors, confuse de sa maladresse, elle marcha vers la porte en disant :

— Nous surveillons les alentours, soyez sans crainte. Maintenant que nous avons rentré le foin, nous pouvons rester à la maison. S'il y avait du danger, vous pourriez vous enfuir par-derrière : les barreaux du soupirail sont descellés.

— Merci, dit Luis en faisant un pas vers elle; mais elle feignit de ne pas le remarquer et dit en refermant la porte :

— Je reviendrai dans une heure vous porter à manger.

Une fois seul, Luis s'allongea dans le foin et se mit à réfléchir. Pourquoi fallait-il qu'elle lui parût par instants très proche, mais parfois aussi très lointaine? Elle était pourtant attirée par lui, il le sentait, il en était sûr. Il regretta vaguement d'avoir à quitter ce refuge et à reprendre le combat, s'imagina prisonnier de ces murs où il la retrouverait chaque jour, et chaque jour plus belle, plus fière et plus proche de lui. Il attendit son retour avec impatience, mais ce fut Petra Vinas qui lui porta une assiette de haricots et un morceau de *torta*.

— Elle s'occupe de son enfant, dit-elle en devinant la déception du milicien.

Et, avant de repartir, souhaitant lui indiquer qu'elle n'était pas hostile à sa présence :

— Il faut être très patient avec elle. Vous devez le savoir puisqu'elle vous a parlé.

— Je sais, fit Luis, je sais, j'ai beaucoup de patience.

Ils se dévisagèrent un instant, le temps de mesurer combien ils se comprenaient malgré tout ce qu'ils ne pouvaient pas se dire. Rassurée par ces brèves minutes qui lui avaient suffi pour jauger le milicien, la mère regagna la maison.

Vers midi, les franquistes redescendirent vers le village où se rendit Petra Vinas pour essayer de savoir quelles étaient leurs intentions. Les cadavres des miliciens tués dans la nuit avaient été déposés sur la place, autour de la fontaine. Si elle avait connu Antonio Portafin, elle aurait identifié sans peine le géant pitoyable qui gisait là, la poitrine couverte de sang. Neuf hommes étaient étendus sur le sable de la place, neuf miliciens qui avaient donné leur vie pour rien au cours d'une nuit hostile. Les habitants avaient peur et n'osaient pas s'approcher. Une dizaine de soldats postés devant l'église surveillaient la place avec un air si menaçant que Maria Caba, interrogée par Petra Vinas, jugea la situation périlleuse. Elle n'avait pas tort. Dès le début de l'après-midi, en effet, les soldats commencèrent à fouiller toutes les maisons, brisant portes et meubles, frappant à coups de crosse ceux qui tentaient de leur en interdire l'entrée. Quand Petra Vinas, à bout de souffle, arriva chez elle et annonça la nouvelle à Soledad, celle-ci fut prise d'une telle fébrilité que la mère fut aussitôt convaincue de son penchant pour le milicien.

— Ils fouillent aussi les granges ? demanda Soledad.

— Je ne crois pas, dit Petra. Mais ici, comme on est loin du village, ils la fouilleront sûrement.

— Qu'est-ce qu'on va faire ? fit Soledad, affolée, qui allait et venait dans la pièce, touchait à tout, ne savait quelle décision prendre.

— Tu vas rester ici, dit Petra. Moi, je vais dans la grange charger du foin. Ne t'inquiète pas.

En arrivant chez les Vinas, cinq minutes plus tard, les soldats trouvèrent Soledad en train de langer son enfant dans la cuisine. Elle ne protesta même pas quand ils franchirent la porte, ni pendant le temps où ils visitèrent les pièces et déplacèrent les meubles. Elle se rendit dans le patio pour ne pas rester seule avec eux et donna de l'orge au mulet que Petra avait amené là. Dix minutes passèrent, puis les soldats sortirent et inspectèrent le patio, fouillant tous les recoins et les caches possibles.

— Où est la grange ? demanda l'officier.

— Là-bas, à gauche en sortant, dit Soledad.

— Conduis-nous !

Les soldats suivirent Soledad qui avait du mal à marcher.

— Qui est-ce ? demanda l'officier en apercevant Petra devant la porte.

— C'est ma mère.

— Qu'est-ce qu'elle fait là ?

— La litière, répondit Petra qui avait entendu.

— Viens avec moi, dit l'officier en saisissant brutalement Petra par le bras.

La peur empêchait Soledad de réfléchir. Elle n'était qu'angoisse et attente. Elle avait envie de fuir pour ne pas voir Luis arrêté par les franquistes, mais elle avait aussi envie d'entrer pour le défendre.

— Pique avec ta fourche, fit l'officier en désignant le foin.

Petra enfonça la fourche à l'endroit désigné.

— Plus fort !

La fourche pénétra presque entièrement dans le foin.

— Par ici ! continue !

Petra Vinas se déplaça vers le mur opposé en usant de son outil à intervalles réguliers et suivant des inclinaisons différentes. Quand elle eut fini, l'officier et les soldats discutèrent un moment entre eux, puis ils sortirent et s'en allèrent après avoir lancé des menaces aux deux femmes :

— Si vous cachez un milicien, on reviendra s'occuper de vous, et du gosse aussi !

Soledad se retint de se précipiter à l'intérieur tout le temps qu'ils mirent à descendre, et Petra dut l'entraîner vers la maison.

— Ne t'inquiète pas, dit-elle, il était dans le coin, à droite, sous une botte de paille, et il respirait par un trou dans le mur.

— Tu es sûre qu'il n'est pas blessé ?

— Mais non. Tout va bien. Il ne faut surtout pas qu'ils croient qu'on a peur.

Elles rentrèrent et s'efforcèrent de s'occuper aux tâches ménagères comme si rien ne s'était passé. Cependant, d'autres soldats visitèrent la maison en cherchant à les intimider, et elles durent faire front toute la journée, surveillant la grange de loin, contraintes d'attendre la nuit pour porter à manger à Luis.

Plus tard, bien plus tard, la brise du soir se leva enfin, traînant avec elle des parfums d'éteules et des nuages noirs qui laissaient présager une nuit sans lune. Malgré son impatience, Soledad dut attendre onze heures pour sortir, après que la mère se fut rendue sur le chemin pour guetter.

— Luis ! c'est moi, fit Soledad, une fois la porte refermée derrière elle.

Il lui sembla que le foin, en se soulevant, troublait si fort le silence qu'on l'entendait du village.

— Où êtes-vous ? demanda Luis.

— Là, devant vous.

Il descendit, toucha son bras d'une main et elle s'écarta un peu. Pourtant, au moment où elle lui donna l'assiette de haricots, leurs doigts, de nouveau, se rencontrèrent, et cette fois, elle tarda à retirer sa main. Ils s'assirent côte à côte dans le foin. Luis, ne sachant que dire, se mit à manger. Chaque fois que son bras partait de l'assiette vers sa bouche, Soledad sentait le frôlement de sa peau sur la sienne, frissonnait.

Quand il eut terminé, il demeura d'abord immobile et silencieux, puis il dit doucement :

— On ira vivre à Zuera, chez moi.

Soledad ferma les yeux, ne répondit rien. Dans son esprit, tout se mêlait : les doigts de Luis, la voix de Miguel, le souffle de Luis, le bras de Miguel et, pendant un moment, elle ne sut plus où elle se trouvait ni qui était cet homme-là, près d'elle, qui demandait maintenant :

— Tu ne veux pas répondre ?

— A quoi bon ? fit-elle

Luis soupira, et elle en profita pour se lever en disant :

— Il faut que je rentre, ma mère s'inquiéterait.

Mais il ne lui laissa pas le temps de partir et se leva aussi, la prenant par les bras.

— Dis-moi que tu m'attendras, fit-il d'une voix où vibrait une sorte de désespoir.

— Je ne peux pas, fit-elle en essayant de se libérer.

— Alors, dis-moi que si tu te remaries un jour, ce sera avec moi.

D'abord, Soledad demeura silencieuse, vaguement hostile, puis elle se détendit à l'instant où, enfin, il la lâchait, croyant qu'il avait perdu.

— Oui, dit-elle, mais si bas qu'il l'entendit à peine et qu'il voulut en être sûr.

— C'est bien vrai ?

— Oui, répéta Soledad.

— Ce sera peut-être long, dit-il. Tu le sais ?

— Je le sais, fit Soledad.

— Mais j'aurai de la terre, alors.

Et, comme à chaque fois qu'il prononçait le mot « terre », Luis serra les poings. Soledad devina la crispation de ses mains et ressentit la même émotion éprouvée sur le sentier, le premier jour de leur rencontre. Pour éviter qu'il s'en aperçoive, elle ouvrit vivement la porte et disparut dans la nuit.

A l'aube, le lendemain matin, le soleil ne parvint pas à émerger de la brume. Des torsades de nuit s'étaient enroulées aux rochers de la sierra et y demeuraient accrochées tant en raison de l'absence de vent que du brouillard dont les flots immobilés avaient submergé les coteaux. Debout derrière ses volets, Soledad cherchait à distinguer d'où venait cette brume plus sombre qui, par instants, épaississait celle de la sierra. Puis elle quitta la fenêtre pour ranger sa chambre et n'y pensa plus.

Ce furent des cris qui l'alertèrent un peu plus tard. Elle courut au-dehors avec sa mère, aperçut un immense brasier à l'est du village, dont les flammes donnaient à la brume des apparences de draperies en pourpre et or. Il ne lui fallut pas longtemps pour comprendre que les franquistes avaient décidé de mettre le feu aux granges, et elle s'élança aussi vite que ses jambes le lui permettaient. Sans même refermer la porte, elle cria :

— Luis, vite !

Et, comme il tardait à émerger du foin :

— Il faut partir, Luis, ils brûlent les granges !

Il sauta sur la terre battue, lui caressa la joue du bout des doigts, la dévisagea un long moment sans ciller, puis il sortit sans un mot, lui laissant seulement l'éclat de son regard ardent et de son sourire fier. Elle retrouva sa mère dans le *corral*, chercha à apercevoir Luis, là-haut, sur le chemin, mais il était déjà loin, et heureusement, car déjà les soldats du *cuartel* arrivaient avec des torches. Petra voulut s'interposer et fut projetée à terre par un coup de crosse. Soledad se précipita, l'aida à se relever et elles s'éloignèrent, impuissantes, tandis que le foin commençait à brûler en dégageant une fumée âcre.

Partout dans les alentours se déroulait la même scène. Partout les paysans assistaient à la destruction de leurs granges avec la même résignation, la même haine aussi pour ces soldats qui ne manifestaient dans leur tâche qu'une indifférence froide et hautaine. Le toit s'écroula au bout de vingt minutes, devant les deux femmes anéanties. Elles n'avaient rien pu sauver de leur foin ni des outils qui se trouvaient à l'intérieur. Quel aurait été le sort du mulet s'il s'était trouvé là? se demanda Soledad que la rage faisait trembler. Immobiles, elles regardaient les foyers allumés sur la sierra et dans la vallée, dont les lueurs avaient enfin déchiré les brumes du matin. Ce fut au moment où elles se résignaient à revenir vers leur maison que des coups de feu et des cris éclatèrent un peu plus haut, à moins de cinq cents mètres de la maison. Aussitôt Soledad s'élança vers les rochers avec un terrible pressentiment. Petra, qui ne voulait pas la laisser seule, la suivit en l'implorant de s'arrêter. Elles n'eurent pas à marcher longtemps. Au détour du chemin, blessé au front, sa chemise déchirée, entouré d'une dizaine de soldats qui le faisaient avancer à coups de crosse, Luis apparut. Petra rejoignit Soledad et la prit par le bras.

— Surtout ne bouge pas, fit-elle.

Les hommes approchaient, arrivaient à leur hauteur. Soledad fit un pas en avant au moment où ils passaient devant elles, mais la mère, s'agrippant à son bras de toutes ses forces, parvint à la retenir. Le visage et la poitrine en sang, si proche et pourtant déjà si lointain, Luis ne tourna même pas la tête vers elles.

10.

Tout au long du jour, les camions avaient traversé des villages déserts et des champs incultes d'où la vie semblait avoir disparu. Un crépuscule moite enveloppait la vallée au fond de laquelle les véhicules soulevaient une épaisse poussière dont le nuage ne parvenait pas à s'élever dans l'air chaud comme du plomb fondu. Luis s'était assoupi une heure auparavant et venait de se réveiller au bruit des bottes sur le plancher. Il avait très soif. Ses reins lui faisaient mal et ses jambes ankylosées lui arrachaient des grimaces de douleur. Dans le camion, les autres prisonniers, au nombre de six, paraissaient eux aussi brisés par la fatigue. Aucun d'eux n'avait mangé depuis le matin. Les camions avaient quitté Pallencia à dix heures et n'avaient depuis cessé de rouler, excepté une halte à Saragosse où les prisonniers n'avaient même pas été autorisés à descendre. Comme eux, les soldats franquistes étaient en sueur. Ils se passaient de temps en temps une gourde d'eau sans un regard pour les hommes assis ou allongés près d'eux.

Les trois véhicules traversèrent un bois de pins au milieu duquel erraient des chèvres et des moutons, puis ils débouchèrent dans un vallon où dormait une rivière à l'eau très basse. Sous les bâches relevées du camion, Luis aperçut à l'horizon, sur une éminence qui se détachait sur le ciel tapissé de mauve, les murs d'une ville qui, selon ses déductions, devait être

Lérida. C'était bien Lérida : il l'apprit de la bouche des soldats manifestement très contents d'arriver au terme du voyage.

Après avoir traversé la rivière sur un pont de pierre, le convoi prit une route qui sinuait le long d'une colline sans la moindre végétation. A moins de trois cents mètres maintenant, Lérida, imposante et fière, se vêtait du violet des nuages. Des oiseaux noirs tournaient au-dessus de ses clochers qu'ils semblaient surveiller. Bientôt les camions atteignirent les premières maisons étagées sur les pentes en terrasses et dépassèrent des femmes noires qui marchaient une cruche à la main. Aucune d'entre elles ne regarda le camion où se trouvait Luis. Il eut l'impression d'être entré dans un monde étranger et hostile d'où il ne pourrait plus jamais s'échapper. Il aperçut une jeune femme qui tirait par la main une petite fille aux cheveux tressés, un vieil homme portant une pioche sur l'épaule, des gamins qui se disputaient une pelote de chiffon, et il eut envie de les appeler. Tous paraissaient se mouvoir à des milliers de kilomètres de lui. Il eut du mal à déglutir, continua de chercher un regard chez les rares passants, mais en vain. A peine eut-il le temps de remarquer que la route, devenue ruelle, était pavée, que déjà les camions s'arrêtaient devant la prison. Luis entendit des portes s'ouvrir en grinçant, ne se sentit pas la force de se lever, encore moins celle de marcher. Les camions repartirent pour aller se ranger dans la cour, avec des halètements de mécaniques fatiguées. Luis ferma les yeux, reçut comme dans un choc l'image de Soledad mais ne parvint pas à la garder à l'esprit. Elle demeura lointaine, fragile, au point qu'il se demanda si Soledad existait vraiment.

Projetés hors du camion par des coups de pied, les prisonniers tombèrent sur les pavés de la cour. Les soldats recommencèrent à frapper pour les faire lever, puis les entraînèrent vers une porte de fer et s'engagèrent dans un couloir plongé dans la pénombre. Après avoir descendu un escalier de pierre, les soldats les poussèrent dans une sorte de cave à peine éclairée par un filet de lumière. Luis fit un pas dans la cellule, buta aussitôt contre un corps. Un homme grogna, sans se déranger pour autant. Luis se laissa glisser le long d'un mur, s'assit, essaya en vain d'allonger ses jambes qui, de nouveau, butèrent contre un corps. La porte se referma. Il y eut des cris, des protestations, puis les yeux de Luis s'habituèrent à la pénombre et il devina la silhouette de ses compagnons de détention. Un profond silence régnait dans la cave, un silence de résignation mais aussi de méfiance. Luis s'efforça d'inspirer bien à fond malgré l'épouvantable odeur de sueur et d'humidité, frictionna ses mollets et ses chevilles. Il se demanda pourquoi personne ne parlait, eut envie de briser ce silence où rôdaient la peur et la mort. Comme il s'apprêtait à le faire, des cris s'élevèrent dans une cellule voisine et provoquèrent des protestations véhémentes. Quelques secondes passèrent dans le silence rétabli puis la même voix s'éleva de nouveau, avec la même intensité :

— C'est une erreur, gardiens ! Je suis avocat et je fais partie de la Phalange. J'ai toujours travaillé pour la cause ! Ecoutez-moi !

On entendit distinctement des coups mais l'homme ne cessa pas pour autant de crier :

— Je suis franquiste depuis le début. Mon frère, c'est le *padre* de Talavera. J'ai du sang noble, je suis des vôtres, gardiens. C'est une erreur : tout le monde vous le dira à Talavera.

Des soldats coururent dans le couloir, une grille grinça et Luis comprit qu'ils s'acharnaient sur l'homme de Talavera après avoir écarté les autres prisonniers. Ils repassèrent devant la grande cellule cinq minutes plus tard, refermèrent une porte et le silence retomba. Luis ne voyait maintenant presque plus rien. Il se demanda quelle heure il était et, malgré la promiscuité, il se sentit seul, très seul dans cette nuit qui se refermait sur lui comme un suaire.

— Il ne faut pas désespérer, dit alors une voix qu'il crut reconnaître.

— Il faut vivre, s'acharner à vivre, la République aura toujours besoin de vous, reprit la voix.

Luis tressaillit. Une sorte de barrage se rompit dans sa poitrine. Il demanda :

— C'est toi, Juan ?

Une ombre bougea devant lui, des bras se refermèrent sur

les siens, il sentit une barbe sur sa joue, essaya de parler mais sa voix se brisa tandis que Pallas, lui, murmurait :

— Luis, c'est toi, c'est bien toi, tu es là, tu es là...

Les deux hommes s'étreignaient dans le noir, se tapaient dans le dos comme pour vérifier qu'ils étaient l'un et l'autre bien vivants. Rassurés par la manifestation de cette fraternité, les prisonniers s'ébrouèrent et chuchotèrent en donnant l'impression de se sentir maintenant en sécurité.

— Il y a longtemps que tu es là ? demanda Luis à Pallas.

— Deux jours. Et toi, où étais-tu passé ?

— Caché dans une grange, mais ils y ont mis le feu.

Des hommes voulurent savoir d'où ils venaient et qui ils étaient, mais Pallas donna le minimum d'explications car il craignait la présence de mouchards dans les cellules.

— Qu'est-ce qu'ils vont faire de nous ? demanda un homme dont la voix révélait l'extrême jeunesse.

Il y eut un instant de silence.

— Ils vont nous torturer, pas vrai ? reprit l'homme de la même voix brisée.

— Quel âge as-tu ? fit Pallas.

— Dix-huit ans.

— Ecoute, petit, tu te bats pour la justice, la terre et le pain. Eh bien, comme tout ce qui donne du prix à la vie, ça se mérite.

Luis sentait contre lui le bras couvert de sueur de Pallas et ce contact le réconfortait. Il n'avait plus vraiment peur.

— Songe aussi que tu te bats pour la dignité. Ne leur donne pas le spectacle de la peur et des plaintes.

— Qui es-tu, toi ? demanda une voix venant de la gauche.

— Peu importe qui je suis, fit Pallas, ce qui compte, c'est ce que je dis.

— Et de quel droit, tu le dis ?

— Je sais ce qu'est la torture ; j'en suis revenu.

— Ah oui ! Et tu n'as pas parlé ?

— Non.

— Qu'est-ce qui nous le prouve ?

— Ma parole.

L'homme eut un ricanement et se tut.

— Moi, je le sais, fit Luis.
— Qui es-tu, toi ?
— Son ami.
L'homme parut hésiter, s'éclaircit la gorge.
— Vous qui savez tout, dit-il, il y a quelque chose que vous ignorez et que moi j'ai appris depuis plus de trois semaines que je suis là. Ce quelque chose, c'est qu'il y a pire que la torture ou la douleur : c'est l'attente de la mort, la mort qui n'arrive pas. On s'y prépare, on se force à y croire, à l'accepter et, après des heures et des heures, quand on ne la redoute plus, quand on l'appelle, elle ne vient pas. Alors il faut recommencer à se faire violence, à l'appeler et à la repousser. Voilà ce que vous ne savez pas.
Un long silence lui succéda, puis Pallas murmura :
— Tu n'as qu'à penser à vivre, et seulement à vivre. Ce sera plus facile.
— On verra bien dans quelques jours si tu es aussi fort que tu le prétends, dit l'homme.
Pallas ne répondit pas sur l'instant. Luis le sentit davantage peser contre son épaule et il lui sembla que les hommes, de nouveau, reprenaient leurs distances.
— Essaye de dormir, lui dit Pallas, demain il fera jour.
Epuisé par le voyage et le manque de nourriture, Luis ne tarda pas à plonger dans un sommeil lourd, peuplé de cauchemars et de menaces.

Ce furent les cris qui le réveillèrent. Il sursauta, serra le bras de Pallas qui avait les yeux ouverts et semblait attendre quelque chose. Dehors, le jour devait se lever. On le devinait à la lueur blafarde qui coulait dans la cellule et à la fraîcheur qui suintait des murs. Des vociférations s'élevèrent sans toutefois couvrir les cris qui avaient réveillé Luis.
— C'est une erreur ! Je suis un avocat de Talavera. Vous vous trompez, soldats, je vous dis que vous vous trompez !
Les hommes qui allaient mourir passèrent devant les grilles et toutes les têtes se tournèrent vers ces ombres sans visage, déjà étrangères, qui marchaient à la mort. Le bruit de leurs

pas décrut rapidement et bientôt, les cris s'étant tus, un silence encore plus pesant qu'à l'ordinaire tomba sur les cellules où les prisonniers, dont la plupart connaissaient le rite immuable du petit jour, attendaient, retenant leur souffle, les coups de feu libérateurs. Au fond du couloir, un homme cria des insultes à l'adresse de Franco et de Queipo de Llano.

— Qu'est-ce qu'ils attendent aujourd'hui ? fit une voix qui était celle du jeune homme de la veille.

Il sembla à Luis entendre un sanglot. Une minute coula encore, puis la salve crépita au moment où les muscles contractés des prisonniers commençaient à se détendre. Alors toutes les poitrines exhalèrent l'air qu'elles retenaient et des rires nerveux grincèrent dans la cave, puis des jurons, et même des plaisanteries dérisoires censées exprimer un mépris de la mort.

Deux minutes plus tard, la porte grinça de nouveau, des clés tournèrent dans les serrures des cellules voisines dans lesquelles Luis entendit des hommes se lever en protestant mollement, puis la porte de sa cellule s'ouvrit elle aussi. Pallas prit Luis par les épaules, souffla :

— Les prisons sont pleines, Luis, c'est fini.

Ils reçurent des coups de crosse et durent se lever.

— *Adelante, poco hombres* [1] !

Incapable d'avancer, Luis était poussé en avant par les prisonniers qui baissaient la tête pour ne pas lire dans les yeux de leurs compagnons la confirmation de leur mort prochaine. Luis chercha Pallas, ne vit pas qu'il était derrière lui. Il déboucha dans la cour intérieure de la prison, au milieu de la lumière cristalline d'une aube sans nuages. Seuls des lambeaux de nuit erraient contre les murs, au ras du sol. Luis songea qu'il devait y avoir de la rosée dans les prés et les champs. Il lui vint l'envie folle de se laver à grande eau comme il le faisait à Zuera, chaque matin d'été, avant d'aller travailler. Il chercha de nouveau Pallas, l'aperçut sur sa droite, ne comprit pas le petit geste de la main adressé par son

1. Avancez, pauvres types !

ami, pas plus que le sourire qui, l'espace d'un instant, éclaira son visage. Une quinzaine de soldats faisaient face aux prisonniers alignés. « On ne nous a même pas attaché les mains », se dit Luis en levant la tête vers le ciel couleur d'eau de source. Un officier franquiste passa devant lui en criant :

— *Dos !*

Puis il continua de compter en avançant toujours d'une allure régulière devant les prisonniers :

— *Uno, dos, uno, dos, uno...*

Luis comprit qu'il allait mourir. « Je vais mourir », se dit-il, et l'envie lui vint de s'élancer vers les soldats avant qu'ils ne tirent. En même temps, cependant, il lui sembla errer sur les rives d'une paix prochaine où Soledad, vêtue de blanc, souriait. Il se demanda vaguement si Soledad était morte, tandis que l'officier, là-bas, criait :

— *Apunten !*

Une seconde s'écoula, qui parut à Luis récapituler l'ensemble de sa vie depuis ces jours où, à Zuera, il avait appris à marcher dans la *cueva* de ses parents. Il ferma les yeux.

— *Fuego !*

« Je suis mort, songea Luis. Je suis mort et je n'ai rien senti. Ce n'est rien de mourir. Je suis bien. Je ne me suis même pas fait mal en tombant. » Une vague de sueur coula de sa nuque jusqu'au bas de son dos. Il ouvrit les yeux, s'étonna de se trouver debout, en conçut une sorte de regret, vit des soldats venir vers lui un revolver à la main, crut que les balles l'avaient manqué. Dans le mouvement qu'il esquissa pour s'enfuir, il s'aperçut que d'autres prisonniers étaient debout comme lui. Il comprit en un éclair de lucidité le sens de « *uno, dos* » prononcés par l'officier qui, pour vider les prisons, avait tout simplement décidé de fusiller un prisonnier sur deux. Maintenant les soldats s'approchaient pour donner le coup de grâce à ceux que le sort avait désignés pour mourir.

A l'autre extrémité de la cour, soudain, retentit un cri rauque, celui d'un prisonnier qui courut vers le mur où il se projeta, la tête en avant. D'autres l'imitèrent, traversant la cour en hurlant, cherchant à se fracasser le crâne pour échapper à l'attente insupportable de la mort. Les franquistes les laissèrent à l'endroit où ils étaient tombés, pour l'exemple, sans abréger leur souffrance. Luis, effaré, regardait ces corps d'où s'écoulait la vie, avec le sentiment d'une épouvantable et définitive aversion pour ces soldats qui refusaient l'aumône de la mort à des hommes aussi pitoyables. Il eut une violente envie de vomir qu'il réprima à grand-peine, puis, poussé par ses compagnons survivants, il regagna la cave avec en lui l'impression de descendre dans un tombeau. La moitié des prisonniers manquait, mais Pallas, comme Luis, avait échappé au massacre. Il vint s'asseoir près de son ami, resta un long moment sans parler, encore sous le choc comme tous ceux qui avaient regagné leur cellule.

Au bout de cinq minutes, pourtant, Pallas murmura :

— Si un jour l'un de nous sort d'ici, il faudra qu'il crie à la face du monde ce que nous avons vécu.

Il poussa un long soupir, reprit d'une voix sourde :

— Il faudra ne jamais l'oublier. Jamais. Pour que tous les nôtres ne soient pas morts pour rien. Pour que nos enfants sachent de quoi sont capables les hommes que la guerre rend fous.

Pallas ne put poursuivre. Luis, en se tournant vers lui, vit briller son visage dans l'ombre et il se demanda si c'était le fait de la sueur ou des larmes. A cet instant des coups sourds résonnèrent contre le mur. Dans la cellule voisine, l'un des prisonniers suivait l'exemple de ceux qui, dans la cour, s'étaient jetés contre les murs. Il y eut des cris, des bruits de lutte, puis les coups cessèrent. Un peu plus tard, un homme se dressa brusquement dans la cellule de Luis et de Pallas, s'approcha de la porte à laquelle il s'agrippa et hurla :

— *Asésinos, asésinos !*

Aidés par leurs compagnons, Luis et Pallas tentèrent de le maîtriser et de le faire taire, mais l'autre se débattait dans un état voisin de la démence, et ils durent le maintenir au sol en le bâillonnant de leurs mains.

Quand il fut enfin calmé, Pallas demeura près de lui, lui parla comme l'on parle à un enfant :

— *Hombre !* Il faut vivre. Qui se battra pour la République si nous mourons tous ? Elle a besoin de tous ses bras, tu sais !

L'homme ne répondit pas mais Luis comprit qu'il écoutait Pallas.

— La seule chose que nous puissions pour elle, actuellement, c'est de rester vivants. Tu comprends ?

L'homme se détendit et sa respiration se fit plus régulière. Pallas continua de lui parler doucement, si bas que Luis entendait à peine. Un rayon de soleil coula dans la cellule et, avec lui, une tiédeur qui adoucit rapidement la fraîcheur du matin.

11.

A chaque heure du jour et de la nuit, Soledad gardait présentes à l'esprit les images de l'arrestation de Luis : le sang sur son visage, les coups de crosse, la chemise déchirée, la fixité de son regard, sa volonté de se comporter comme si elle n'existait pas, tout en sachant qu'ils se voyaient peut-être pour la dernière fois. Après Miguel, elle perdait Luis, mais avec qui avait-elle vécu ? Elle ne le savait plus très bien et il lui semblait, à mesure que le temps passait, que l'un et l'autre devenaient un même homme.

Heureusement, en l'occupant pendant plus d'une semaine, la moisson lui avait permis de reprendre contact avec la vie de chaque jour, la vraie vie, celle d'avant la guerre, celle du bonheur simple, du travail et de la paix. Avec la mère, elle avait coupé les épis à la faucille, lié les gerbes, chargé la petite charrette et rentré la récolte en trois voyages. La veille au soir, elles avaient commencé à herser sur l'aire de dépiquage, derrière la maison, conduisant le mulet par la bride. Le grain, les balles et la paille hachée seraient séparés dans des vans triangulaires dès que la brise nocturne soufflerait assez fort. Les balles et la paille saupoudrées de farine d'orge serviraient à nourrir le mulet au moins jusqu'à l'hiver.

En se levant, ce matin-là, Soledad examina un long moment la vallée où le brouillard étirait ses écharpes qui s'ourlaient à l'est de couleurs orangées. Plus haut, sur le coteau émergeant de la brume comme une épave de la mer, les amandiers s'embuaient d'une lumière que rien ne venait corrompre, pas même les îlots des oliviers qui, au contraire, ajoutaient à son éclat des miroitements de fer-blanc.

Le regard de Soledad redescendit vers le brouillard de la plaine qui lui parut figurer l'eau de ces barrages au fond desquels dorment des villages engloutis. Elle songea alors à la maison de Miguel, elle aussi engloutie, rayée du monde, et avec elle Maria-Pilar, le seul être qui pût encore se souvenir de lui. Soledad referma la fenêtre après avoir arrosé les œillets, mangea un morceau de *torta* dans la cuisine, s'habilla pour sortir avec une hâte qui n'échappa pas à sa mère.

— Tu es bien pressée, ce matin.

— Je descends voir Maria-Pilar.

— Et ton fils ?

— Il ne réclamera pas à manger avant une heure.

Petra Vinas soupira, inquiète de cette précipitation qui trahissait des tracas.

— Tu sais que nous devons finir de herser aujourd'hui, ajouta-t-elle ; le vent a tourné à l'ouest.

— Je remonterai avant qu'il fasse trop chaud, dit Soledad en refermant la porte.

Pour descendre, elle évita le village par la gauche, pénétra dans la brume avec l'impression d'entrer dans un monde où elle était la seule à chercher elle ne savait quels êtres perdus, au fond d'un pays ignoré des hommes. Elle longea la rivière qu'elle aperçut au dernier moment, s'arrêta un instant à l'endroit où Vicente Arcos l'avait rejointe, repartit en frissonnant, s'attarda sur le pont, courut enfin vers la maison de Maria-Pilar avec la curieuse impression qu'elle ne l'y trouverait pas. Aussi fut-elle surprise quand, ayant frappé à la porte, celle-ci s'ouvrit sur Maria-Pilar souriante.

— Enfin, tu t'es décidée, dit celle-ci sans dissimuler sa joie. Tu es bien matinale, aujourd'hui. Allez, entre et ferme la porte ; il ne fait pas très chaud.

Dès qu'elle franchit le seuil, Soledad retrouva les odeurs et les sensations du temps où elle habitait là, où Miguel était vivant, où l'espoir la portait encore. Maria-Pilar, attentive, la dévisageait. Soledad se souvint de leur complicité, revit

Enrique jouant avec son petit-fils, se rappela les moments de bonheur vécus entre ces murs. Pourquoi, aujourd'hui, un malaise l'oppressait-il ? Pourquoi ce goût de fiel dans sa bouche ? Pourquoi cette honte ? La silhouette de Luis venait de surgir entre elle et Maria-Pilar, l'empêchait de l'embrasser, de se laisser aller dans ces bras qui s'ouvraient.

— Ça ne va pas ? Tu te sens pas bien ? demanda Maria-Pilar.

Soledad se força à s'asseoir, évita son regard.

— Veux-tu une tomate ? Elles sont bonnes, je les ai ramassées hier.

— Merci. J'ai mangé avant de descendre.

— Il y a tellement longtemps que je ne t'ai vue, petite, reprit Maria-Pilar en lui serrant les mains.

Soledad eut un mouvement de recul, répondit :

— C'est à cause de la moisson ; d'ailleurs nous n'avons pas terminé.

Elle pensa dans le même temps qu'elle avait tardé deux mois à descendre dans la vallée et qu'elle n'avait aucune excuse. Confuse, persuadée que Maria-Pilar devinait son trouble, elle demanda doucement :

— Pour Enrique, toujours pas de nouvelles ?

— Non. Aucune.

— Tu ne sais pas où il est ?

Maria-Pilar soupira.

— Je crois qu'ils l'ont emmené à Saragosse, dit-elle.

Et, avec une grande lassitude dans la voix :

— J'ai l'impression qu'il est mort.

— Non, fit Soledad en se redressant brusquement : non, je suis sûre qu'il est vivant, ne dis pas des choses pareilles.

Leurs regards, enfin, se trouvèrent.

— Tu es bonne, ma fille, fit Maria-Pilar, mais je crois qu'on ne le reverra plus.

Puis, comme pour conjurer le malheur :

— Pourquoi tu ne m'as pas amené le petit ?

Soledad, de nouveau, dut mentir et s'en voulut.

— Il dormait, fit-elle en détournant la tête. Je te l'amènerai dès qu'on aura fini de vanner. Il va bien. Plus le temps passe et plus il ressemble à son père.

— Oui, il doit être beau, fit Maria-Pilar.

Et elle ajouta, un sanglot dans la voix :

— C'est qu'il était beau, lui aussi, le pauvre.

Les yeux de Maria-Pilar s'embuèrent et Soledad se rendit compte de la solitude et du dénuement dans lesquels elle vivait. Jusqu'à ce jour, elle n'avait pas remarqué les rides qui creusaient les joues de sa belle-mère, ses épaules tombantes, ses doigts noueux que la souffrance avait marqués de son sceau. Elle en eut pitié, se dit qu'elle n'aurait jamais le courage de lui parler de Luis, ni ce jour-là ni jamais.

— Tu ne veux vraiment pas manger? demanda Maria-Pilar.

— Non, merci; d'ailleurs, il va falloir que je remonte, nous avons du travail en retard.

— Tu ne vas pas partir si vite! s'indigna Maria-Pilar.

Soledad ne répondit pas. Elle n'avait plus qu'une hâte : sortir de cette maison où sa présence était devenue sacrilège, échapper au regard de cette femme qui était la mère de Miguel et que, comme lui, elle avait trahie. Elle se leva précipitamment en disant :

— Je te promets de t'amener le petit dès que je le pourrai.

— Quand?

— Dans deux ou trois jours.

— C'est promis?

— C'est promis!

— Alors tu peux t'en aller.

Elles s'embrassèrent mais Soledad se dégagea très vite. Elle n'aperçut pas le sourire triste de Maria-Pilar qui devinait dans cette hâte un secret trop lourd à porter. Elle s'élança sur le chemin et courut sans se retourner jusqu'au pont de pierre. Ensuite, une fois à l'abri des premières maisons, elle prit une allure plus normale puis, un peu plus haut, elle s'arrêta sous un amandier. Le soleil venait enfin de déchirer le brouillard qui fumait comme un linge. De partout affluaient des parfums brusquement avivés, des éclairs de lumière, des clapotis d'eau, des chatoiements d'herbes et de ciel, des grésillements d'éteules et des rumeurs de vent. La vie explosait sur le coteau qu'une main de feu embrasait. Soledad eut l'impression de vivre au même rythme que ce matin d'été, de s'y fondre, d'exister vraiment. Quand la brume s'ouvrit, que la gloire du soleil éclaboussa la sierra, Soledad ressentit un violent besoin de bonheur dont elle sut dans le même instant qu'il naissait de son corps et de sa jeunesse.

Ce qui manquait beaucoup à Luis et à Pallas dans leur prison, c'était de n'avoir plus aucune nouvelle de la guerre. Comment, dans ces conditions, espérer dans la victoire et la liberté ? Luis, pour sa part, ne se faisait guère d'illusions sur le succès des troupes républicaines sur l'Ebre : depuis Teruel, il savait en effet que quelque chose d'essentiel s'était brisé, que la confiance dans la victoire avait été ébranlée. Il n'en disait rien à Pallas qui s'efforçait de soutenir le moral des prisonniers, surtout lors des retours des chambres d'interrogatoire, mais aussi chaque matin, à l'aube, après les exécutions. Les hommes survivaient d'autant plus mal qu'ils étaient nourris une seule fois par jour, parfois seulement tous les deux jours. Ils mangeaient avec leurs doigts des lentilles baignant au fond d'une bassine dans un liquide noir où flottaient quelques morceaux de sardines. De l'eau leur était servie une fois par jour dans une jarre en terre, mais c'était une eau qui sentait la vase.

Lorsque ce fut le tour de Luis d'être interrogé et qu'il se retrouva dans le couloir entouré par les soldats, il crut que ses jambes ne le porteraient pas. Comme il avait du mal à marcher, les franquistes le firent avancer en le frappant dans le dos. L'un d'eux le frappa même sur la tête avec le canon de son fusil. Il serra les dents, eut un sursaut d'orgueil qui lui permit de rester debout. Trois minutes plus tard, il entra dans une vaste pièce au plâtre craquelé. Face à lui, un officier était assis derrière une petite table sur laquelle s'entassaient des dossiers. Dans le coin droit, une autre table, plus large, supportait une antique machine à écrire qu'un soldat malmenait de deux doigts. La porte claqua dans le dos de Luis qui fut poussé vers la table derrière laquelle attendait l'officier. Celui-ci, très brun, portait d'épaisses moustaches qui soulignaient ses lèvres charnues, et de grosses lunettes à travers lesquelles ses yeux de myope paraissaient minuscules dans un visage lourd, au front haut, strié de sillons de sueur. Il observa Luis pendant plus d'une minute, en silence, pas même menaçant, puis il se leva, fit lentement le tour de sa table et, enfin, daigna prendre la parole.

— Tu as peur, dit-il, c'est normal. Tu sais pourquoi ?

Luis ne répondit pas. Au-dessus de la table du fond, son regard s'était posé sur un crucifix et restait rivé à lui comme s'il se fût agi là d'un ultime recours, du seul objet ou du seul être qui, dans cette pièce, ne lui fût pas hostile.

— Parce que tous les républicains sont des femmes, et que comme toutes les femmes, ils crèvent de peur. C'est d'ailleurs pour ça que nous gagnons la guerre. Tu comprends ?

Il ajouta, sans laisser Luis répondre et en le poussant à l'épaule :

— Toi aussi, tu es une femme, n'est-ce pas ?

Luis demeura muet, bien décidé à ne pas rentrer dans le jeu de l'officier.

— Réponds ! cria celui-ci.

— Je suis un homme, dit Luis.

L'officier ricana.

— Ça serait bien la première fois que je rencontrerais un républicain qui soit un homme. Nous allons voir ça.

Et il fit un geste à l'adresse des soldats qui s'approchèrent. Luis s'efforça de ne pas trahir sa peur, de rester calme malgré les battements désordonnés de son cœur. Il ne se défendit pas quand ils lui lièrent les bras dans le dos, ni au moment où l'un d'eux coupa la ficelle qui tenait son pantalon. Au contraire, pour la première fois depuis son entrée dans la pièce, il se força à regarder l'officier dans les yeux. Celui-ci prit un air faussement étonné et, s'adressant aux soldats, lança :

— C'est pourtant vrai que c'est un homme. On m'avait dit qu'il y en avait quelques-uns et je ne voulais pas le croire. Eh bien ! tant mieux. Nous allons pouvoir discuter. Dis-moi d'abord comment tu t'appelles !

— Luis Trullen.
— Où es-tu né ?
— A Zuera.
— Où ça se trouve ?
— A vingt kilomètres au nord de Saragosse, sur la route de Huesca.

L'officier revint derrière sa table, s'assit, déplia une carte, l'étudia, puis se redressa.

— Que faisais-tu avant les événements ?
— Je travaillais la terre.

L'officier parut surpris.

— Tu en as ?
— Non, j'étais ouvrier dans la *finca* de Don Muñoz.
— Tu habitais où ?
— Dans une grotte, sur la sierra.
— Tu n'avais rien à toi ?

Luis hésita un peu, répondit à voix basse :

— Rien.
— Et c'est pour ça que tu es devenu communiste ! fit l'officier.
— Non, fit Luis, je ne suis pas communiste.

L'officier, de nouveau, quitta la table et s'approcha.

— C'est exact. Dans les campagnes, vous êtes tous libertaires. Je suis sûr que tu fais partie de la C.N.T.
— Non.
— Alors de l'U.G.T.
— Non, répéta Luis, je n'ai jamais fait de politique.
— Pourquoi ?
— Parce que ça ne m'intéresse pas.

L'officier parut surpris. Il réfléchit en tournant autour de son prisonnier, demanda encore :

— Tu es catholique ?
— Oui, je suis baptisé.
— Dans quelle église on t'a baptisé ?
— Celle de Zuera.
— Il n'y a pas d'église à Zuera.
— Si, il y a une église.

L'officier revint s'asseoir, examina distraitement la carte, lança :

— Explique-moi maintenant ce que tu faisais à Pallencia, si loin de chez toi.

— Je cherchais du travail.

— Non, dit l'officier, tu ne cherchais pas du travail ; tu étais avec ceux qui ont attaqué le *cuartel*.

— Je cherchais du travail, répéta Luis ; à Zuera, on voulait plus m'en donner.

— Parce que tu es libertaire.

— Non. Parce que la guerre a dévasté les champs et détruit les arbres fruitiers.

L'officier se saisit d'une cravache qui se trouvait sur la table, s'amusa à frapper négligemment le rebord de la table, dit d'une voix sourde, lourde de menaces :

— Je sais que tu mens, paysan. Je sais que tu étais avec ceux du *cuartel*, et il va falloir que tu me donnes le nom de tes amis, sans quoi tu ne sortiras pas vivant d'ici.

Luis comprit que les soldats s'approchaient de nouveau dans son dos, et il enfonça légèrement la tête dans les épaules.

— Tu sais ce que vous avez fait aux prêtres à Teruel ? demanda l'officier. Vous les avez assassinés en leur enfonçant des grains de chapelets dans les oreilles. Moi, je respecte les chapelets. Si tu ne me donnes pas les noms de ceux qui étaient avec toi, sais-tu ce que nous allons t'enfoncer dans les oreilles ?

Luis essaya de fuir par la pensée cette pièce où, il le savait maintenant, le moment de souffrir était proche. Il s'efforça de penser à Soledad, au petit Miguel dans son panier, mais les images de l'un comme de l'autre eurent du mal à se fixer dans son esprit.

— Des grains de maïs, poursuivit l'officier. Ce maïs que vous avez semé dans les champs que vous avez volés.

Il sembla à Luis que sa tête éclatait. Il se retrouva par terre, le cœur au bord des lèvres, le souffle coupé, se protégeant de son mieux, et il ne tarda pas à perdre connaissance.

Il ne sut pas combien de temps il était resté évanoui. Dix minutes ? Vingt minutes ? Il eut l'impression que le temps s'était arrêté, que tout son corps était couvert de sang, mais c'était seulement l'eau jetée sur lui par les soldats pour le ranimer.

— Qui était avec toi ? demanda l'officier, debout au-dessus de lui.

— J'étais seul, je cherchais du travail.

— Quand les prisons sont pleines, dit l'officier, on fusille au hasard. Tu le sais ?

Luis hocha la tête.

— Demain, ça sera peut-être ton tour. Alors donne-moi les noms et tu seras libre.

— Je cherchais du travail, répéta Luis.

Deux soldats l'empoignèrent, le relevèrent et, de nouveau, après un éclair fulgurant dans sa tête, il se sentit précipité dans un gouffre sans fond.

Quand il en remonta pour la deuxième fois, la douleur le submergea. Il essaya de contrôler sa respiration, de rassembler ses forces le plus vite possible. Derrière sa table, l'officier paraissait ne plus s'intéresser à lui. Il fit un geste négligent du bras. Les soldats entraînèrent Luis dans le couloir, l'obligèrent à se relever, le poussèrent jusqu'à la cave dont la fraîcheur, tout de suite, l'aida à mieux respirer. Des prisonniers lui firent une place contre le mur, puis Juan Pallas s'approcha et lui posa la main sur l'épaule.

— Luis, dit-il, *es nada*.

Mais sa voix se brisa et Luis, en essayant de distinguer les traits de son ami dans la pénombre, remarqua que ses yeux brillaient. La tête posée sur son coude replié, il ne bougeait plus pour tenter d'endormir la douleur que chaque mouvement, chaque frisson exacerbait. Il s'évertua à oublier cette heure passée dans la salle d'interrogatoire, chercha refuge auprès de Soledad, de la *cueva*, là-haut, à Zuera et, tourné vers le mur, il pleura sans bruit, le temps de laisser couler hors de lui la peur, la douleur et cette abominable impression de ne plus exister, d'être condamné pour toujours à n'être plus rien ni personne.

Pendant les jours qui suivirent, il dut à son tour réconforter Pallas qui revint brisé de son troisième interrogatoire :

— Un homme a parlé. Ils savent qui je suis, dit-il à son retour.

Et, comme Luis se refusait à y croire :

— Tu vois, ce sont nos dernières heures ensemble.

— Mais non, fit Luis, on va s'en sortir, tu vas voir. Il suffit de continuer à nier, ils ne pourront rien contre toi.

— Ils peuvent tout puisque ce sont eux qui tiennent les armes. Et ils n'ont pas besoin de preuves, tu le sais bien.

Pallas, soudain, saisit Luis par la nuque, approcha son front du sien, jusqu'à le toucher.

— Je vais mourir, dit-il. Peut-être demain.

Devant cette faiblesse qu'il ne soupçonnait pas chez son ami, Luis cherchait désespérément des mots mais n'en trouvait pas.

— On va s'en sortir, répéta-t-il.

Pallas le lâcha, se laissa aller en arrière en grimaçant, prit le poignet de Luis, le serra.

— Je n'ai pas peur, fit-il, mais tu comprends... C'est la colère... Tout ça est tellement vain, tellement absurde.

Il poussa un soupir, reprit :

— Pourquoi aurais-je peur de la mort ? J'ai déjà été mort. Nous avons tous déjà été morts, mais nous ne nous en souvenons plus.

Il se tut un instant, murmura avec lassitude :

— A quoi bon ?

Puis, se redressant soudain en interpellant les prisonniers :

— Notre faute c'est d'avoir voulu aller trop vite. Il nous aurait fallu apprendre la patience, éviter la violence et la guerre, et alors peut-être nous aurions gagné...

Les hommes écoutaient avec émotion cette voix qui semblait provenir d'au-delà des murs.

— Nous n'avions pas l'ombre d'une chance de gagner cette guerre, poursuivit Pallas. Il y faut de la méthode, de la cruauté, de la froideur, et nous n'en avions pas assez. En réalité, nous n'avions que nos rêves. S'il fallait la refaire vingt fois, vingt fois nous la perdrions. Eux, ils vont la gagner parce que c'est leur métier, qu'ils aiment la guerre et la puissance des armes : tout ce qui tue et tout ce qui détruit.

Pallas toussa, eut un ricanement qui ne s'adressait qu'à lui.

— La mort, le sang ! Qu'avons-nous fait de ce pays ?

Il parut réfléchir et personne ne troubla le silence. Pallas ajouta d'une voix rêveuse, soudain plus calme :

— C'est l'orgueil qui fait croire aux hommes qu'ils valent mieux que les autres, qu'ils pensent mieux que les autres, qu'ils sont le centre de l'univers, qu'ils peuvent tout, même prendre des vies. Il suffirait pourtant de si peu de chose pour que le bateau de l'humanité puisse transporter tout le monde à bon port : un peu d'humilité, de raison. Un peu de respect. Sans doute est-ce trop demander. Enfin ! tout ça viendra plus tard, peut-être.

Dans la cave, l'ombre s'épaississait. De longues minutes coulèrent, pendant lesquelles Luis écouta la respiration plus régulière de Juan Pallas. Un peu après, celui-ci reprit :

— Un jour, nous gagnerons. C'est sûr, nous gagnerons.

— Oui, fit Luis, un jour, Juan, nous gagnerons.

— Si tu as la chance d'en sortir, dit encore Pallas, il faudra faire savoir ce qui s'est passé ici pour que ça ne se reproduise plus. Nulle part. Promets-le-moi !

Luis promit à voix basse, se serra contre Juan Pallas et les deux hommes finirent par s'assoupir. Au fond du couloir, il y eut une plainte animale, puis le silence revint. Un homme s'était débattu pour échapper au garrot resserré sur sa gorge ; l'un de ces mouchards, sans doute, que les franquistes n'hésitaient pas à éliminer quand ils étaient repérés par les prisonniers. Des soldats passèrent devant la porte en traînant le corps du supplicié. Les hommes se rendormirent difficilement, avec des gémissements et des frissons, et la nuit se referma tout à fait sur la prison.

Au matin, ce fut Pallas qui réveilla Luis. Une faible lueur suintait dans la cave, grise comme un jour de pluie. Des portes et des grilles grincèrent, la voix des soldats résonna dans les caves froides. Juan Pallas, très calme, embrassa Luis, l'étreignit jusqu'au moment où la porte s'ouvrit.

— La vie continue, souffla-t-il.

Luis, lui, tremblait en écoutant les noms de ceux que les soldats appelaient.

— Pallas ! Fuerte ! Reina !

Juan Pallas n'eut pas même une plainte. Il se leva, repoussa Luis qui se levait aussi et il se laissa entraîner par les soldats sans un regard pour son ami qui, à genoux, les poings serrés, fermait les yeux pour ne pas le voir s'en aller.

12.

L'été illumina la sierra jusqu'en septembre et, sans transition, les orages précipitèrent la venue de l'automne. Pendant une semaine, les villageois habitués à la chaleur connurent des pluies incessantes qui éteignirent définitivement les incendies du ciel. Les eaux dévalèrent les coteaux et dévastèrent tout sur leur passage, même dans la vallée où les jardins furent transformés en marécages.

On n'avait pourtant pas besoin de ces tracas supplémentaires : en août, on avait appris qu'après avoir contenu l'offensive républicaine, les franquistes avaient contre-attaqué avec succès sur l'Ebre. Soledad allait chaque jour glaner des nouvelles au village et repartait vite chez elle pour les commenter avec sa mère. Il ne faisait en effet pas bon s'attarder, car les règlements de comptes avaient repris et c'étaient maintenant les femmes qui en étaient les victimes : plusieurs avaient été arrêtées en rentrant des champs, le soir, alors qu'elles ne se méfiaient pas. Elles n'avaient même pas le temps de ranger les outils ou de préparer la soupe d'ail frit. Un regard pour la vieille mère ou le petit dernier, un regard pour la maison où elles avaient vécu, et elles partaient sans un mot, se retournant vers le seuil où les enfants pleuraient.

Quand Soledad sortit, ce dimanche de septembre, elle se demanda si tout cela cesserait un jour ; si un jour elle pourrait avec Luis habiter une maison dont les portes ne s'ouvriraient que sur le bonheur. Devant elle, le sentier se perdait dans la rocaille. Elle n'eut pas le courage de monter vers la sierra. Au contraire, elle prit sur la gauche, à travers le coteau, avec l'intention de descendre vers la rivière en évitant le village. Au bout de trois cents mètres, elle s'arrêta pour reprendre son souffle et sursauta : devant elle, une jeune fille très brune, avec des tresses, vêtue d'une robe verte, paraissait attendre. Il sembla à Soledad la reconnaître, mais elle n'aurait su dire son nom. La fille s'approcha, considéra Soledad avec ses grands yeux bruns, un brin d'anxiété dans l'expression de son visage rond.

— Je m'appelle Marina Mortero, dit-elle. J'arrive de Saragosse où je suis placée chez un médecin. Je suis venue voir ma mère.

Soledad se demandait ce que la fille lui voulait et ne savait que répondre, ayant appris à se méfier.

— J'ai une lettre pour vous, reprit la jeune fille. La tante d'un de vos amis me l'a remise hier.

Soledad hésita à prendre l'enveloppe tendue, et il fallut que la jeune fille la lui mette dans la main.

— Au revoir, dit-elle. Il faut que je m'en aille mais ne vous inquiétez pas : je reviens ici une fois par mois ; s'il y a d'autres lettres, je les porterai.

— Au revoir, fit Soledad, et merci.

Elle s'assit sur une roche et déchira l'enveloppe. C'était la tante de Luis, Isabel Ruiz, qui, d'une écriture difficile à déchiffrer, lui annonçait qu'il ne se trouvait plus à Lérida mais à Toredo, la prison de Saragosse située face à l'académie militaire, de l'autre côté de l'Ebre. Elle écrivait aussi qu'elle espérait le tirer d'affaire grâce à ses relations et qu'il était en bonne santé. Enfin, elle indiquait qu'elle serait heureuse de la connaître si elle se rendait à Saragosse.

Soledad ne prit même pas le temps d'aller à la rivière. Trop impatiente de parler à sa mère, elle fit demi-tour et courut vers le village où elle la trouva occupée à donner de l'orge au mulet. Essoufflée, elle s'assit sur un cageot et murmura :

— Luis est vivant.

La mère posa sa fourche, s'approcha, prit sa fille par les épaules, demanda :

— Qui te l'a dit ?

— Une fille du village ; elle s'appelle Marina Mortero et travaille à Saragosse chez un médecin. C'est la tante de Luis qui a écrit. Tiens ! regarde !

Petra Vinas, qui ne savait pas lire, considéra la feuille de papier avec circonspection, la rendit à Soledad qui lui en fit la lecture. Quand elle eut terminé, la mère releva la tête, réfléchit un instant, proposa :

— Tu pourrais peut-être porter des légumes au marché de Saragosse. Il y en a qui s'y rendent par l'autobus conduit par le vieux Torres. Je peux aller lui demander s'il fait le voyage demain ; comme ça tu auras d'autres nouvelles.

— Tu crois ? fit Soledad.

— Mais oui, je descendrai au village quand j'en aurai terminé avec le mulet.

Soledad hésitait. Elle avait tellement attendu que la soudaineté de la nouvelle la déconcertait. Elle songeait à Maria-Pilar, à Miguel, à son enfant et se demandait si elle avait vraiment le droit de s'engager auprès de Luis. Car elle avait compté sur le temps pour lui rendre la tâche plus facile et elle s'apercevait que les mois passés depuis l'arrestation du milicien n'avaient servi à rien.

Quand la mère partit, elle n'eut pas un mot pour la retenir et, au contraire, la vit disparaître au bout du chemin avec une certaine satisfaction. En attendant son retour, elle s'occupa dans la maison, donna à manger à son fils et, dès qu'elle eut terminé, prit la direction du village. Lorsque la mère apparut au tournant, elle courut à sa rencontre.

— Torres s'y rend demain, dit Petra. Il t'emmènera.

Soledad la remercia, prit son bras, et elles rentrèrent, silencieuses, songeant toutes les deux à la lettre de la *señora* Ruiz.

— Il faudra aller chercher des légumes cet après-midi, dit la mère un peu plus tard. Il ne doit pas en rester beaucoup, mais après tout ça ne fait guère qu'une semaine que le temps a changé.

Elles mangèrent plus tôt que d'ordinaire : à deux heures, la table était nette et la vaisselle séchait dans l'évier. Elles partirent alors vers la vallée où des ruisseaux de brume semblaient couler vers la rivière. Il ne pleuvait pas, mais des nuages glissaient à hauteur des coteaux où les rochers paraissaient les retenir au passage. Soledad portait son enfant dans ses bras, sa mère un panier au fond duquel se trouvaient une galette et quelques amandes.

Elles descendirent par la *cañada* empruntée une heure auparavant par Soledad, en évitant le village. Une fois arrivées, elles ramassèrent quelques tomates et deux ou trois pastèques, tout ce qui restait, en fait, dans le jardin, tellement la saison était avancée.

— Tu emporteras aussi des lentilles, dit la mère, elles doivent être sèches.

Soledad s'approcha des herbes et des roseaux dans lesquels elle se cachait, avec Miguel, avant la guerre et, tout à coup, quelque chose en elle se refusa à ce voyage à Saragosse. Elle allait en parler à sa mère lorsque son regard rencontra son fils, assis par terre, qui l'appelait en battant des mains. Il lui parut si fragile, si vulnérable qu'elle se souvint aussitôt de sa résolution : c'était lui qui comptait, non pas elle. Il lui fallait un père. Il n'était plus temps d'hésiter.

Sitôt rentrée dans la maison, elle mit la dernière main à ses préparatifs en se demandant si elle pourrait bientôt rendre visite à Luis et, à cette idée, son cœur battit plus vite. Comme elle devait se lever de bonne heure, elle se coucha tôt, mais ne parvint pas à trouver le sommeil : face à elle, dans le lointain, les murs de Saragosse se découpaient sur le ciel avec la majesté des villes de légende.

Elle quitta la maison vers quatre heures, après avoir rapidement mangé un morceau de *torta* et se rendit sur la route de Saragosse, à l'ouest du village. La vallée ruisselait du parfum des herbes exaspéré par l'humidité. Des étoiles clignotaient au-dessus de la sierra et Soledad se dit qu'elles veillaient sur elle. Comme elle était en avance, elle s'assit sur une murette et là, seule dans l'obscurité soyeuse de la nuit, elle sentit grandir l'espoir qui s'était ranimé en elle la veille. Une demi-heure passa. Elle se demanda si elle n'aurait pas mieux fait d'aller chez Torres au lieu d'attendre sur la route, puis elle entendit le bruit d'un moteur et l'autobus, enfin, apparut. Elle fit signe au conducteur du milieu de la route, dut s'écarter pour ne pas être écrasée par le véhicule qui stoppa un peu plus loin. Le vieux Torres l'invita d'un signe à monter. Comme le jour n'était pas encore levé, elle ne put compter les voyageurs. Elle s'installa sur la banquette à côté de Torres, après avoir posé son panier derrière elle entre des cageots de pastèques et de tomates.

Un peu avant sept heures, des foyers s'allumèrent sur les épaules des montagnes puis ils s'éteignirent peu à peu, une fois que le jour se mit à couler des crêtes comme du lait qui déborde. La vallée s'éclaira alors insensiblement et Soledad devina des champs blonds dans la plaine qui s'élargissait jusqu'à des collines vernies. L'autobus cahotait sur la route criblée de nids-de-poule, tandis que le vieux paraissait somnoler. Soledad, elle, songeait non sans appréhension à Saragosse, la grande ville inconnue. Qu'est-ce qui l'attendait là-bas ? Le pire ou le meilleur ? Elle résolut de ne pas s'inquiéter sans raison et de garder confiance.

Torres arrêta l'autobus dans un chemin de traverse pour laisser reposer le moteur. Les voyageurs en profitèrent pour manger leurs provisions, et Soledad en compta une douzaine. Elle fit alors mieux connaissance avec le vieux, dont la peau était creusée de rides profondes et dont les yeux, sous des sourcils épais et noirs, ne laissaient apparaître qu'un mince filet de lumière. Il prononça quelques mots, les seuls qui fussent nécessaires pour ne pas lui paraître hostile : manifestement, il n'aimait pas beaucoup la compagnie. Ils se remirent en route, toujours en silence, et Soledad se souvint de ce que sa mère lui avait dit du vieux : il vivait seul et on prétendait qu'il ne parlait qu'à ses moutons.

Devant eux, les collines avaient disparu depuis qu'ils avaient tourné à droite, et la plaine s'ouvrait maintenant en un large éventail de couleurs qu'irisait à perte de vue l'émail fragile de la rosée. A neuf heures, les murs rougeâtres d'une ville apparurent à l'horizon, puis ils brunirent à mesure que l'autobus avançait dans leur direction. Il y eut bientôt des camionnettes et des attelages tout le long de la route. Saragosse se dressa dans son immensité de toits et de clochers, de murailles et d'avenues qui semblaient toutes mener vers un mystérieux point de rencontre soigneusement caché en son sein. Les portes franchies, une patrouille de gardes civils les intercepta, fouilla l'autobus puis les laissa aller. Ils empruntèrent une large avenue pavée, passèrent devant l'église Sainte-Madeleine, la cathédrale de La Seo, la basilique El Pilar, l'église San Pablo, avant de tourner à droite. L'autobus se faufila dans une rue qui l'amena sur les rives de l'Ebre où il s'arrêta. Soledad descendit la dernière, suivit Torres sur la place du marché où il y avait foule. Là, des soldats patrouillaient entre des étals et des paniers posés à même le sol, bousculant parfois un homme ou une femme qui ne se rangeait pas assez vite.

Torres entraîna Soledad à l'ombre des murs du marché couvert, installa ses paniers, l'invita à faire de même, puis il s'assit sur un cageot pour attendre les clients. Soledad lui confia son propre panier et partit à la recherche de l'adresse — 6, *calle de la Cruz* — donnée par la tante de Luis dans sa lettre. Impressionnée par la foule, par ces hommes et ces femmes qui parlaient haut, avec de grands gestes et tellement d'assurance, elle marcha tête baissée, de peur d'avoir à répondre à quelqu'un. Pourtant, une fois seule, il fallut bien demander où se trouvait la *calle de la Cruz*. Après avoir beaucoup hésité, elle s'adressa à une jeune femme, mais celle-ci la considéra de façon si bizarre qu'elle en fut davantage troublée. D'ailleurs la jeune femme s'éloigna rapidement, après avoir jeté des regards inquiets à droite et à gauche comme si elle avait peur. Soledad attendit quelques secondes avant de se remettre en marche, constata que la jeune femme se retournait plusieurs fois, puis celle-ci disparut au bout de la rue.

La maison ne se trouvait pas loin : c'était une bâtisse ancienne dont les murs ocre suintaient d'humidité. Une épaisse porte de bois ornée de ferrures s'ouvrit sur un escalier de pierre en colimaçon, sans la moindre rampe. Soledad monta les marches lentement et chercha, au premier étage, la porte de la *señora* Ruiz. C'était la dernière, au bout du couloir. Elle frappa deux coups légers puis, comme nul bruit ne provenait de l'intérieur, frappa de nouveau, un peu plus fort. Elle entendit des pas se rapprocher, une clé jouer dans la serrure et la porte s'ouvrit. Une femme d'une trentaine d'années apparut, sa longue chevelure rousse répandue de chaque côté des épaules, sa poitrine en partie découverte par les pans mal rabattus d'une robe de chambre rose. Elle ne ressemblait pas du tout à Luis. Ses yeux ourlés de noir donnaient à son visage ovale un air de vulgarité que démentait pourtant la grâce de ses traits.

— Que voulez-vous ? Et qui êtes-vous ? demanda-t-elle d'une voix où l'on devinait la contrariété.

— Je suis Soledad Vinas.

— Ah ! fit la *señora* Ruiz.

Et, après une hésitation, désignant de la main l'intérieur de la pièce :

— Eh bien, entrez ! Mais ne faites pas attention au désordre.

Elle fit asseoir Soledad dans un fauteuil de velours rouge qui s'enfonça sous elle, puis elle précisa :

— Je ne vous attendais pas si tôt. Je dormais.

Et, avec un sourire un peu ambigu :

— Il faut bien dormir la journée quand on travaille la nuit, n'est-ce pas ?

Soledad, mal à l'aise, approuva néanmoins de la tête. Cette pièce décorée de tentures pourpres, meublée de chaises et d'une table de style mais aussi d'objets hétéroclites, l'inclinait à se demander qui était vraiment la *señora* Ruiz.

— Un deux-pièces, fit celle-ci, mais pas banal, n'est-ce pas ?

— C'est grand, fit Soledad.

Puis, aussitôt, comme elle ne savait quel sujet aborder :

— Est-ce que je pourrai le voir ?

La *señora* Ruiz parut surprise. Elle eut un sourire indulgent, s'assit face à Soledad sur le deuxième fauteuil, murmura :

— Je ne le crois pas. Vous savez, si j'ai obtenu la permission de lui rendre visite, c'est après bien des démarches et grâce à mes relations. Mais rassurez-vous : maintenant qu'il a quitté Lérida, il ne risque plus rien. Il faut être patiente.

— Ça sera long ?

— Peut-être quelques jours, peut-être quelques mois.

Le visage de Soledad se ferma : elle avait trop espéré de ce voyage pour dissimuler sa déception.

— Vous êtes sûre qu'il ne risque rien ? demanda-t-elle.

— Certaine ! Mais c'est une chance d'avoir réussi à le faire transférer à la « Toredo ».

— Oui, fit Soledad, c'est une chance.

Le silence tomba. Elle avait préparé beaucoup de questions, et voilà qu'elle ne trouvait plus les mots face à cette femme qui l'intimidait et le savait.

— Voulez-vous boire quelque chose ? demanda la *señora* Ruiz.

— Non merci, il faut que j'aille vendre mes légumes.

Et, retrouvant un peu d'assurance en se levant :

— Dites-lui, s'il vous plaît...

Elle hésita, buta sur les mots...

— Que j'attendrai le temps qu'il faudra.

— Je le lui dirai. Je vous le promets.

Soledad marcha vers la porte, passa devant la *señora* Ruiz qui rassembla les pans de sa robe de chambre sur sa poitrine.

— Je vous écrirai pour vous donner des nouvelles dès que j'en aurai ; ne vous inquiétez pas.

— Merci. Merci pour tout.

La porte se referma et Soledad dévala l'escalier. Dans la rue, la chaleur la surprit : entre les murs, dans cette ville close, la brise de l'automne ne circulait pas. Soledad se faufila entre les étals, furieuse contre elle-même. Pourquoi s'était-elle sentie si inférieure ? Pourquoi cette fuite précipitée alors qu'elle s'était tellement réjouie de cette rencontre ? Elle ne sut trouver de réponse, aperçut le vieux Torres assis sur son cageot et, tout de suite, elle se sentit mieux. Il avait vendu les tomates : il lui donna des *pesetas* qu'elle dissimula dans son porte-monnaie en peau de chèvre, puis la matinée s'étira tandis qu'assise près du vieux elle regardait sans les voir ces gens de la ville qui la mettaient si mal à l'aise. Souvent passaient devant eux des gardes civils dont elle évitait le regard. L'un d'eux fit même ouvrir le sac de farine de Torres et les dévisagea l'un et l'autre avec suspicion.

A midi, le soleil se cacha derrière les nuages et la chaleur devint lourde. Soledad et Torres mangèrent du pain et des tomates en attendant les clients. Elle lui demanda si l'académie militaire était loin de la place du marché mais il n'en savait rien. Il lui tardait maintenant de quitter cette ville qu'elle sentait hostile et où pesait une menace indéfinissable. Il fallut pourtant attendre que les paysans eussent vendu leurs produits et regagné la rive de l'Ebre où stationnait l'autobus. Enfin, vers trois heures, ils se mirent en route malgré l'orage qui grondait au-dessus de la ville, après que Torres eut fait le plein d'eau et de gas-oil.

Le trajet parut interminable à Soledad. Songeuse, amère, elle s'en voulait de sa naïveté et songeait que les mots ou les écrits n'avaient pas le même sens à la ville que dans les campagnes. Ce n'était pas une invitation qu'elle avait reçue de la tante de Luis, mais, seulement, une simple lettre polie. En fait, sa présence à Saragosse n'était pas souhaitable, elle le savait maintenant. Pourquoi ? Elle n'aurait su précisément le dire, mais la *señora* Ruiz était décidément bien étrange.

Ils arrivèrent à la nuit, alors que l'orage éclatait enfin après avoir longtemps tourné au-dessus de la vallée. Loin de tout, loin de Luis, ses cheveux collés sur son front, frissonnante dans sa robe légère, Soledad monta péniblement le sentier de la sierra.

13.

Luis sursauta en entendant s'ouvrir les portes de la cellule. Des soldats entrèrent, poussant devant eux une femme aux courts cheveux bruns, au nez légèrement épaté, aux lèvres épaisses et dont les pommettes mates soulignaient l'éclat de ses yeux noirs. Les soldats la lâchèrent, reculèrent jusqu'à la porte. Il y eut un long silence, puis l'un d'eux lança en refermant le verrou :

— Ne vous battez pas, on vous la laisse.

Le silence revint, plus lourd, simplement troublé par le souffle des prisonniers. La jeune femme, elle, restait debout, ne sachant où s'asseoir, effrayée par tous ces hommes qui la regardaient. Luis serrait les dents. Il savait que derrière la porte les soldats les épiaient, attendant avec impatience le dénouement du jeu qu'ils avaient inventé. Il se leva, prit la jeune femme par le bras, murmura :

— N'aie pas peur, c'est fini, ici, tu ne risques rien.

Elle parut ne pas entendre.

— N'aie pas peur, répéta-t-il, viens t'asseoir.

Elle se laissa faire, s'assit, s'appuya au mur, essuya d'un revers de main une larme au coin de ses yeux. Dans la cellule, la tension tomba d'un seul coup et les conversations reprirent. Pas longtemps. Quelques secondes au plus ; après quoi la porte s'ouvrit de nouveau et quatre soldats surgirent. Ils agrippèrent la jeune femme, la tirèrent vers la porte, mais, d'un seul élan, tous les prisonniers se levèrent. Il y eut des coups et les soldats, cernés, jouèrent de la crosse et du canon. Cependant, même à quatre et armés, ils étaient sur le point de succomber sous le nombre. Un coup de feu claqua, un homme s'écroula et, subitement, les prisonniers cessèrent de se battre. Maintenant, dégagés, tenant toujours la jeune femme par les bras, les soldats braquaient leurs fusils, le doigt sur la détente. Dans un défi muet, les hommes s'observaient, les uns prêts à mourir, les autres prêts à tirer. Enfin les soldats reculèrent, la porte se referma et les prisonniers, un à un, s'assirent de nouveau.

Luis, les yeux clos, couvert de sueur, sentait la rage bouillonner en lui. Depuis qu'il avait été transféré à la Toredo, c'était le premier homme qu'il voyait mourir. Sa tante lui avait assuré que dans cette prison il n'y avait pas d'exécution sommaire, mais il s'était rendu compte que les conditions de détention étaient identiques à celles de Lérida. Aussi, malgré les visites hebdomadaires d'Isabel, perdait-il peu à peu courage, à force de côtoyer des hommes que nul espoir n'habitait plus. La lassitude des prisonniers, leur vaine dignité, leur solidarité ne suffisaient plus à alimenter le faible foyer de volonté qui avait brûlé en lui. Surtout lorsque un homme mourait assassiné de cette manière. Surtout quand l'image de la jeune femme se confondait avec celle de Soledad ; Soledad qui souffrait elle aussi et qui, peut-être, jetait au même instant sur des hommes le même regard plein d'effroi.

Dix minutes plus tard, au bruit des pas dans le couloir, il devina que c'était son tour. Il n'eut pas le temps d'esquisser le moindre geste et d'ailleurs il n'en eut même pas la volonté. Les soldats le poussèrent jusqu'au bout du couloir, il monta les escaliers, tourna à droite, monta d'autres marches, traversa une salle déserte puis, une porte s'étant ouverte devant lui, il déboucha dans une cour en pleine lumière, comme à Lérida, dans le matin ruisselant de rosée. Il se dit qu'il allait mourir, en ressentit comme une délivrance, cessa d'avancer, mais un coup de crosse dans ses reins le poussa en avant. Trois hommes se tenaient immobiles au milieu de la cour, torse nu, face au soleil. Les soldats l'entraînèrent vers eux, lui arrachèrent sa chemise, lui lièrent les mains dans le dos. Luis remarqua que l'un des prisonniers lui ressemblait et conçut de cette constatation un sentiment de fraternité dérisoire qui le porta à sourire.

Les quatre hommes demeurèrent ainsi dix minutes au soleil, silencieux, s'interrogeant sur leur sort, puis deux officiers les rejoignirent en compagnie d'une élégante femme, aux boucles d'oreilles en or, aux lèvres et aux yeux savamment fardés, chaussée de bottines de cuir. Les visiteurs se placèrent face aux prisonniers et, sur un geste d'un officier, la femme s'avança, examina les hommes avec attention. Quand son regard se posa sur Luis, il le soutint, plissant les paupières, scrutant les yeux noirs où brillaient à la fois de l'intérêt et du mépris. L'examen dura pendant de longues minutes puis l'officier demanda :

— *Señora,* vous reconnaissez l'un d'entre eux ?

— Celui-ci lui ressemble un peu, dit-elle en désignant Luis, mais l'homme que je cherche portait une cicatrice sur l'épaule droite.

Elle fit une dernière fois le tour des prisonniers, les examina aussi bien de face que de dos puis elle soupira et, se décidant brusquement, elle précéda les deux officiers qui s'inclinèrent sur son passage.

Reconduit par les soldats, Luis retrouva la pénombre de sa cellule, furieux de cette lassitude qui lui avait fauché les jambes au moment où il était sorti dans la cour. Juan Pallas, lui, était parti à la mort sans une plainte, sans un cri. Il y avait eu une rafale suivie, tout de suite après, du coup de grâce au pistolet. Depuis ce matin-là, le souvenir des derniers instants de Juan hantait Luis. Il s'en voulait de sa peur à l'approche de la mort, des tremblements qui agitaient ses membres, tous les jours, à l'aube, au bruit des bottes dans le couloir.

Le lendemain, les soldats vinrent le chercher une nouvelle fois. Au rez-de-chaussée, au lieu de traverser la grande salle déserte, ils l'entraînèrent vers la droite et il comprit qu'Isabel, sa tante, avait demandé à le voir. Il pénétra dans la petite pièce qu'il connaissait ; l'un des soldats ouvrit la guérite grillagée puis s'éloigna de quelques pas. Isabel Ruiz souriait.

— Bonjour, dit-elle, comment vas-tu ?

— Enfin, tu es là, fit Luis, j'ai bien cru que je ne te reverrais jamais.

— Je suis là mais je ne dispose que de peu de temps. Comment ça se passe ?

— Mal, fit Luis avec une grimace. Ça ne pourra pas durer bien longtemps. Je crois qu'ils savent qui je suis.

Isabel baissa le ton, reprit :

— L'homme que je connais m'a dit qu'il te tirerait de là. Il est colonel, tu sais. Mais il faut continuer à nier tout ce qu'on te reprochera. Surtout n'avoue jamais, quoi qu'il arrive. Est-ce qu'ils t'ont interrogé de nouveau ?

— Non. Pas encore.

— Alors ça ne va pas tarder.

Isabel approcha sa main du grillage, essaya en vain de toucher la joue de Luis.

— Tu es sûre de lui ? demanda-t-il. Tu crois qu'il tiendra parole ?

Elle sourit et dit :

— Ça fait trois ans que je le connais.

Elle ajouta après avoir baissé les yeux :

— Il m'a demandé plusieurs fois de l'épouser.

Il y eut un silence durant lequel Isabel garda la tête baissée, puis elle se redressa lentement.

— J'ai vu la jeune femme, reprit-elle. Elle est venue un jour de marché.

Le visage de Luis s'éclaira. Il s'approcha davantage du grillage, s'y agrippa de ses doigts.

— Alors ?

— Elle va bien. Elle m'a dit qu'elle attendrait le temps qu'il faudra. Elle aurait bien voulu te voir.

Luis hocha la tête mais ne répondit pas.

— Je ne l'ai pas gardée bien longtemps, poursuivit Isabel ; je ne voulais pas qu'elle apprenne de quel métier je vis.

— Bien sûr, fit Luis, bien sûr.

Puis, avec de l'anxiété dans la voix :

— Tu es certaine qu'elle ne manque de rien ?

— Elle va très bien, ne t'inquiète pas. Je lui ferai porter une lettre demain par la fille de Pallencia et je lui demanderai de ne plus revenir : j'ai besoin d'être seule.

Luis approuva, demanda :

— Il n'y a pas eu de représailles après l'attaque du *cuartel* ?

— Ils ont brûlé toutes les granges, c'est tout, murmura Isabel.

Elle se tut, mais s'empressa d'ajouter après un instant :

— Bientôt ce sera fini, garde confiance !

Elle ne put en dire plus. Un soldat s'approcha, posa sa main sur l'épaule de Luis.

— Terminé, dit-il.

Luis sourit à Isabel, détourna la tête, se laissa entraîner dans le couloir.

De retour dans sa cellule, il s'allongea sur le dos puis, comme les douleurs de son ventre se réveillaient, se mit sur le côté et replia ses jambes. Depuis quelque temps, on leur donnait des lentilles dures comme des cailloux. Il fallait pourtant manger pour survivre. Alors il mangeait, il buvait, ce qui lui laissait au moins l'illusion d'exister.

Ce même jour, au milieu de l'après-midi, les soldats vinrent le chercher pour un nouvel interrogatoire. Il savait qu'il allait devoir affronter le pire et, tout le long du couloir qui l'amena vers la pièce mal éclairée dans laquelle trois officiers étaient assis derrière une table recouverte de tissu rouge, il s'efforça de penser à Isabel et à ses paroles de réconfort. Il s'arrêta à trois mètres de la table, face à l'officier du milieu qui transpirait à grosses gouttes en mâchonnant un crayon. Les trois hommes l'examinèrent avec insistance. Luis regardait le mur au-dessus de leur tête, essayait de calmer les battements de son cœur en respirant régulièrement.

— Avance !

C'était l'officier du milieu qui avait parlé.

— Alors, c'est toi, Luis Trullen ?

— Oui, c'est moi.

— Tu es né près d'ici, à Zuera ?

— Oui.

— Que faisais-tu à Pallencia ?

— Je cherchais du travail.

— Ah, oui ! du travail.

L'officier assis à la gauche de celui qui interrogeait se leva. Luis remarqua qu'il portait des lunettes semblables à celles de l'officier qui l'avait interrogé à Lérida et qu'il les remontait nerveusement toutes les deux ou trois secondes.

— Allons, fit-il, dis-nous ce que tu faisais là-bas et qui était avec toi, et tout se passera bien.

Il ajouta, plus bas, presque dans un murmure :

— Tout le monde peut se tromper, ce n'est pas grave ça. Il suffit de savoir se racheter. Tu le sais : c'est dans les Evangiles.

Luis évitait son regard. Il suivait des yeux une abeille entrée par la fenêtre ouverte, songeait au début de la guerre, à ses deux frères morts sur le bord de la route entre Saragosse et Zuera, à sa mère muette de douleur, à son père qu'il avait fallu attacher pendant deux jours. De quoi avaient-ils vécu en son absence, sans aide et sans ressources ?

— Tu ne veux rien dire ? cria l'officier à lunettes.

— Je cherchais du travail.

— Nous savons qui était avec toi. L'un des vôtres a parlé. Alors pourquoi pas toi ?

Le troisième officier, celui qui était resté muet jusqu'à présent, se leva, une sorte de matraque dans la main.

— Juan Pallas, ça ne te dit rien ? fit-il.

Luis éventa le piège : il était sûr qu'il n'avait pas parlé.

— Je l'ai connu en prison, à Lérida, dit-il.

— Et Escalona ?

Luis sentit la sueur mouiller ses épaules et son front. Il inspira profondément, souffla :

— Je ne connais pas ce nom-là.

Il y eut un bref silence. L'officier qui s'était levé le premier revint s'asseoir.

— Ecoute, paysan, fit l'homme à la matraque, de toute façon tu parleras. Alors un peu plus tôt ou un peu plus tard, qu'est-ce que ça change ?

Luis sentait que les moments les plus difficiles approchaient, s'obligeait à penser à Isabel. « N'avoue rien, disait-elle, nie tout ce qu'on te reprochera. »

— Tu es un révolutionnaire ! fit l'officier à la matraque.

Luis fit un signe négatif de la tête.
— Alors un libertaire !
— Je ne fais pas de politique, dit Luis en s'essuyant le front avec son coude.
— Mais tu te bats avec les autres.
— Non, dit Luis, je cherchais du travail, c'est tout.
— Alors, pourquoi t'enfuyais-tu ?
— Parce que je savais qu'on m'arrêterait.
— Tu vois ! fit l'officier, triomphant.
Et il revint vers la table en riant. Les trois hommes se concertèrent à mi-voix puis, au bout de quelques secondes, celui du milieu agita une sonnette que Luis n'avait pas remarquée sur la table couverte de papiers. Des soldats entrèrent et, sur un geste de l'officier, l'entraînèrent vers le fond de la pièce. Luis aperçut la prise de courant électrique à côté de la chaise basse et comprit ce qui l'attendait. Il tenta de se dégager en donnant des coups de pied mais une matraque l'atteignit à la tempe et il se retrouva assis, attaché solidement au dossier de la chaise, torse nu.
— Qui était avec toi ? demanda une voix qu'il eut du mal à reconnaître.
Il ne répondit pas, essaya de toutes ses forces de s'éloigner par la pensée, de fuir cette pièce où rôdaient la laideur et l'animalité des hommes. Il songea à la terre ensemencée de l'automne, aux moissons de l'été ; il songea aux enfants qu'il aurait, au pain qu'il cuirait, aux matins qui illumineraient la sierra, là-bas, à Zuera, à la vie d'un foyer, à sa chaleur, à des peaux tièdes, des boucles brunes, à tout ce qui niait la mort et la misère ; il songea au petit Miguel, à Soledad...
Quand son corps cessa de frémir, sa tête roula sur le côté. Il paraissait dormir. Une bassine d'eau lancée à la volée le ramena à la conscience.
— Où se cachent-ils ? Quelle maison ? Des noms ! Donne-nous des noms !
Dans la tête meurtrie de Luis passaient des images d'une violence extrême, aux couleurs crues. Il se dit qu'il devait avoir du sang dans les yeux, les tint clos, poursuivant désespérément l'enfant brun qui courait devant lui, droit vers le soleil dont le

feu le blessait à chaque pas. Il voulut se lever, bascula en avant, mais il sentit qu'on le retenait. Un éblouissement se propagea de ses yeux vers ses membres qui lui parurent se détacher de lui. Ses muscles se tendirent jusqu'à faire éclater ses liens. Il ne cria pas. Ses yeux s'ouvrirent puis se refermèrent aussitôt. Quand il s'affaissa, de longues secondes plus tard, un des soldats l'agrippa par les cheveux.

— Ça suffit, dit l'officier à lunettes. Celui-là ne parlera pas. Ce n'est pas la peine de perdre du temps.

Les deux autres ayant acquiescé de la tête, les soldats détachèrent Luis et l'emportèrent évanoui vers sa cellule. Là, ses compagnons mirent près d'un quart d'heure à le tirer de son état d'inconscience. Quand il eut bu un peu d'eau, qu'il commença à émerger du néant, il se mit à crier, les yeux fous, se dressant sur les coudes :

— L'enfant, l'enfant, où est l'enfant ?

14.

Dix jours passèrent sans la moindre visite d'Isabel. La cellule où se trouvait Luis s'était vidée de moitié. Les soldats venaient chercher les hommes les uns après les autres. Ou bien c'était l'après-midi, pour les interrogatoires, ou bien le matin, à l'aube, et c'était pour mourir. Les moments qui précédaient le lever du jour étaient redoutés de chacun des prisonniers. Le moindre bruit dans les couloirs prenait alors des proportions considérables et les hommes, réveillés en sursaut, se recroquevillaient pour ne pas trembler, guettaient l'approche des pas qui résonnaient lugubrement sous les voûtes humides.

Ce matin-là, Luis était réveillé depuis longtemps. Il avait observé sans bouger le liséré pâle qui s'était peu à peu élargi sous le soupirail et, quand la serrure de la porte avait joué à l'autre bout du couloir, il avait sursauté. Il savait que le bruit des bottes donnait dès les premiers mètres une indication sur la distance qui serait parcourue dans le couloir, avait appris à en mesurer l'impact sur les dalles et la cadence adoptée. Ainsi fut-il certain qu'ils s'arrêteraient devant sa cellule où restaient encore six prisonniers. Une chance sur six. Les pas se rapprochaient. Il se retint de respirer, sentit que les autres, près de lui, faisaient de même. Encore quelques mètres. Il souhaita violemment n'être rien ni personne, il souhaita mourir sur-le-champ. Un homme hurla près de la porte d'entrée. Luis serra très fort ses genoux entre ses bras, ferma les yeux. Les soldats s'arrêtèrent devant la porte et l'un d'entre eux engagea la clé dans la serrure.

— Trullen ! Debout, vite !

Luis, aussitôt, ressentit le même soulagement que le matin où il était sorti dans la cour avec la certitude de mourir. C'était fini. Il n'y aurait plus jamais d'attente à l'aube, plus jamais de torture. Il s'assit, chercha les forces nécessaires pour se lever, eut un vertige, ne bougea plus. Un coup de pied l'atteignit aux genoux.

— Dépêche-toi ! On a du travail ce matin.

Luis inspira profondément, parvint à se mettre debout. Il se sentait flotter dans une sorte d'irréalité d'où émergeait le sentiment d'une délivrance. On le poussa dans le dos. Il sortit de la cellule sans se retourner, s'engagea dans le couloir et, insensible au monde extérieur, s'appliqua à marcher vite. Au bout du couloir, il prit à droite de lui-même, en direction de la cour où, il le savait, attendaient les soldats. Quand la crosse d'un fusil le força à obliquer vers la gauche, il s'y refusa, voulut continuer tout droit, mais un coup plus violent le contraignit à s'arrêter.

— Par là ! lui ordonna un soldat.

On l'entraîna vers un autre couloir sans lumière au bout duquel il aperçut, sous une porte, la lueur pâle d'une lampe. Il ne comprenait rien à ce qui se passait, et pourtant un espoir insensé naissait en lui sans qu'il en prît vraiment conscience. L'un des soldats frappa deux coups.

— Entrez ! fit une voix que Luis crut reconnaître.

La porte s'ouvrit, on le poussa en avant, et elle se referma. L'officier assis derrière le bureau était l'officier à lunettes qui l'avait interrogé.

— Approche, Trullen !

Il fit deux pas dans sa direction, essayant désespérément de comprendre ce qui se passait. L'officier lui tendit une feuille de papier en disant :

— Il t'est interdit de quitter la province de Saragosse. Tu devras aller signer toutes les semaines au *cuartel* de Zuera. Si tu oublies une seule fois, c'en sera fini pour toi.

Zuera ! la grotte aménagée jour après jour ! ses parents !

Soledad ! L'officier gardait la main tendue et Luis n'osait se saisir du papier. Un bonheur intense, douloureux, enfla dans sa poitrine, vint mourir en sanglots sur ses lèvres, le fit chanceler.

— Signe ! Tu es libre !

Il eut du mal à écrire, rendit le papier.

— Si tu retournes en prison, je ne pourrai rien pour toi. Dis-le bien à Isabel.

Luis comprit enfin. Il se redressa lentement, chercha le regard de l'officier qui détourna la tête.

— Sors ! dit-il. Dépêche-toi !

— Merci, fit Luis, tout bas.

Puis il gagna la porte derrière laquelle l'attendait un soldat. Celui-ci le précéda le long d'un étroit couloir qui devait longer les cuisines. Il ouvrit une porte, d'autres encore, hésita devant la dernière. Il chercha une clé, s'effaça, poussa Luis dans une rue où, aveuglé par la lumière du jour, celui-ci demeura immobile pendant plusieurs minutes. Des odeurs de vase affluaient de l'Ebre voisin. Ivre d'espace et de lumière, Luis se mit en marche en titubant, tomba puis se releva sous le regard étonné des passants. Un peu plus loin, il s'appuya au mur d'une maison pour se reposer un peu. Il ne savait plus où il se trouvait ni où il devait aller, essayait de réfléchir, mais des vagues brûlantes le submergeaient, le rendaient sourd au monde environnant. Il s'assit sous un porche, attendit que les battements de son cœur s'espacent, s'efforça de respirer plus lentement. Au bout de quelques minutes, il se sentit un peu mieux. Se rendant compte que les passants le dévisageaient bizarrement, il se remit en marche au hasard et, suivant naturellement les charrettes des paysans, il se retrouva sur la place du marché. Là, après avoir cherché un visage qui lui parût digne de confiance, il se renseigna au sujet de la rue où habitait sa tante puis, dès qu'il eut quitté la place, ses pensées s'ordonnant mieux, il marcha plus vite. Il ne lui fallut pas plus de dix minutes pour trouver la *calle de la Cruz* et, à l'extrémité de celle-ci, l'immeuble d'Isabel. Cependant, au pied de l'escalier, il fut saisi d'un nouveau vertige et dut s'arrêter pour reprendre des forces avant de monter.

Enfin devant la porte, il frappa à plusieurs reprises, de plus en plus fort. Isabel ouvrit, eut juste le temps de le soutenir pour l'empêcher de tomber. Elle le conduisit vers le lit, versa dans un verre un peu de liqueur à l'anis.

— Il m'avait dit que c'était seulement pour demain, fit-elle, sinon, tu penses bien que je serais venue t'attendre.

Luis, qui avait à peine la force de parler, leva la main droite pour signifier que cela n'avait pas d'importance. Il but une gorgée, ferma les yeux, toussa, les rouvrit.

— C'est bon, dit-il.

— Laisse-toi aller, repose-toi.

Il fit « non » de la tête, mais s'allongea quand même. Isabel le recouvrit d'une couverture et s'éloigna. Trois minutes ne s'étaient pas écoulées qu'il dormait déjà, épuisé par les efforts insupportables à son corps réduit pendant de longs jours à l'immobilité.

Il s'éveilla quatre heures plus tard, la tête et les membres douloureux. Assise au bord du lit, Isabel souriait.

— Tu dois avoir faim, dit-elle. Qu'est-ce que tu veux manger ?

Il se redressa, demanda :

— Tu as de l'huile d'olive ?

— Oui ; on en trouve au marché.

— Et du pain ?

— Oui, j'ai aussi du pain.

— Eh bien, verses-en un peu sur de la croûte, j'adore ça.

— C'est tout ? Tu ne veux pas un peu de viande ?

— Non, pas aujourd'hui. Il faut que je me réhabitue, tu comprends ?

Isabel eut vite fait de lui préparer son pain. Il le mangea lentement, en savoura le goût avec un plaisir infini, retrouva des sensations enfuies depuis si longtemps qu'il se demanda s'il ne rêvait pas. Il songea à l'eau fétide de la cellule, aux lentilles en décomposition, mais Isabel le tira vite de ses pensées en disant :

— J'ai écrit à la jeune femme. La petite Mortero partira

dans deux jours à Pallencia et lui donnera la lettre. Je lui ai dit de venir ici pour que vous puissiez parler.

— Oui, fit Luis, tu as bien fait.

— Si tu veux, reprit Isabel, je peux t'emmener aujourd'hui à Zuera. On me prêtera une charrette et un cheval.

Le visage de Luis s'éclaira.

— C'est une idée, fit-il, mais je me demande si j'en aurai la force.

— Je tiendrai les rênes et tu te laisseras conduire.

— Si tu savais comme j'en ai rêvé. Je n'aurais pas cru pouvoir y revenir un jour.

— Et ce jour est arrivé, dit Isabel. Tu vois, il ne faut jamais désespérer.

Elle se leva, ajouta :

— Repose-toi encore un peu, le temps que j'aille chercher la charrette.

Comme elle partait, il la retint par le bras.

— Je ne sais pas si...

— Si ce n'est pas trop tôt ?

Il hocha la tête.

— Il n'est jamais trop tôt pour se faire plaisir, fit-elle.

Et elle s'éloigna en souriant.

Ils partirent au début de l'après-midi. Sitôt sorti de la ville, Luis reconnut l'aridité du versant droit qui contrastait étrangement avec la verdure du côté gauche. Il se rappela que le versant droit, exposé au nord, était ouvert au vent et aux gelées d'hiver. Ce souvenir sans importance lui donna pourtant l'impression de redevenir lui-même, d'exister de nouveau, après ces longs jours de captivité. Plus ils avançaient dans la vallée en suivant les méandres de la rivière, plus il retrouvait de sensations, plus ses yeux lui restituaient de trésors. Il respirait à pleins poumons des parfums oubliés, redécouvrait des arbres, des chemins, des rochers, des collines, des reflets d'eau, des éclats de lumière, et il lui semblait qu'il n'aurait jamais assez de ses sens pour les accueillir tous.

Un peu plus tard, un avion surgit, coupa la vallée d'un trait et, virant à droite, longea le coteau en remontant vers Saragosse. Luis se retourna pour le suivre du regard, vit la carlingue étinceler un instant puis l'avion diminua jusqu'à disparaître. Dès lors, le charme fut rompu. Isabel le comprit, parla de choses et d'autres et, comme Luis ne lui répondait pas, se tut. Un peu plus loin, apercevant un troupeau de moutons dans une friche, il fit signe à Isabel d'arrêter la charrette, descendit, se saisit d'un mouton, enfouit son visage dans la toison et, le maintenant immobile, demeura dans cette position pendant plus d'une minute. Se relevant enfin, il retourna dans la charrette, souriant :

— Tu dois me prendre pour un fou, dit-il.

Mais il n'entendit pas ce que répondit Isabel, car l'envie l'avait pris de courir vers la rivière et il s'était élancé aussitôt. Il entra dans l'eau jusqu'aux cuisses, s'en aspergea le visage et la nuque, but cinq ou six gorgées. Isabel dut descendre le chercher, le convainquit de revenir en disant :

— Si tu continues, on ne sera pas rentrés avant la nuit.

Il consentit à repartir, regarda de tous côtés, heureux de retrouver ces collines qu'il aimait tant.

Une demi-heure plus tard, Zuera apparut au détour de la route, au bout de la vallée. Luis se saisit du fouet, força le cheval à se mettre au trot. Un peu avant les premières maisons, pris d'une idée soudaine, il dit à Isabel :

— Tourne à droite. Je veux d'abord voir ma *cueva*.

La charrette s'engagea sur un chemin défoncé qui menait sur la montagne. Luis ne tarda pas à descendre pour soulager le cheval et dit à Isabel de l'attendre : il voulait continuer à pied. Trois cents mètres plus haut, entre les oliviers, il apercevait l'entrée de la grotte qui abriterait un jour Soledad et le petit Miguel. Il se mit à courir, arriva au sommet à bout de souffle, entra dans la pénombre, caressa le roc qu'il avait façonné de ses mains. La *cueva* sentait l'humidité, mais c'était une odeur qu'il avait appris à aimer pendant les longs mois où il avait creusé. Il demeura un long moment immobile en son milieu, cherchant des yeux la fissure par où s'évadait la fumée du foyer, l'aperçut, à moitié bouchée par des feuilles et des branches. Satisfait, il retourna vers l'entrée, regarda au loin puis, de nouveau, à l'intérieur et, enfin, redescendit vers la charrette. Il était temps de se rendre au village où sa mère,

Felicidad, l'attendait depuis si longtemps. Malgré les épreuves, il le savait, il en était sûr, elle serait restée droite et fière comme toutes les femmes d'Aragon.

Soledad reçut la lettre d'Isabel Ruiz le dimanche suivant au début de l'après-midi. Elle écrivait que Luis était sorti de prison et qu'il fallait venir à Saragosse avec l'enfant. D'abord pétrifiée, Soledad demeura sans voix puis elle en fit la lecture à sa mère qui, doucement, demanda :

— Alors, tu vas partir ?

Soledad acquiesça de la tête.

— Quand ?

— Tout de suite, puisqu'il le faut.

— Allons, voyons, il faut préparer tes affaires, tu ne peux pas t'en aller comme ça. Attends au moins demain.

— Demain matin, si Torres va à Saragosse, fit Soledad.

— Je vais aller lui demander, dit la mère.

Mais elle demeura assise, dévisageant sa fille comme si celle-ci était coupable de la pire des trahisons.

— C'est toi..., commença Soledad.

— Je sais, fit Petra, mais laisse-moi te regarder quelques minutes encore.

— Si tu veux..., dit encore Soledad.

Mais la mère l'arrêta du bras et, puisant tout au fond d'elle-même les forces qui lui manquaient, elle se leva et sortit sans se retourner.

Pendant tout le temps où Petra demeura absente, Soledad rangea sa chambre, rassembla ses vêtements dans un sac puis elle s'occupa de son fils. Petra revint un peu plus tard, feignit de se réjouir en annonçant que Torres se rendait à Saragosse le lendemain matin, mais ni l'une ni l'autre ne fut dupe. Pendant l'après-midi, elles évitèrent de se parler car elles devinaient que ce départ était une déchirure dont elles souffriraient longtemps. Aussi s'efforcèrent-elles de ne penser qu'à l'enfant et à ce père dont il avait besoin. Le soir, elles mangèrent un morceau de *torta,* restèrent silencieuses un long moment, assises à table, avant que la mère, enfin, ne demande à voix basse :

— Tu reviendras ?

Soledad posa la main sur son bras.

— Bien sûr que je reviendrai.

— Avec lui ?

— Non. Je ne crois pas. Il veut vivre à Zuera.

— L'essentiel est que tu puisses être heureuse et ton fils aussi.

Petra Vinas soupira, reprit :

— Tu sais...

— Je sais, la coupa Soledad. Il vaut mieux que nous allions dormir. Tout ce que nous dirions ne servirait à rien et nous ferait encore plus mal.

— Tu as raison, ma fille ; allons dormir.

Elles s'embrassèrent et gagnèrent leur chambre.

Seule avec son fils dans l'obscurité, Soledad ouvrit la fenêtre et chercha sous un filet de lune la grotte où elle retrouvait Miguel comme pour renouer une dernière fois avec le passé avant de l'oublier. Etait-il possible qu'il fût mort ? Les morts ne demeuraient-ils pas aussi présents que les vivants ? Disparaissaient-ils vraiment ? Avait-elle le droit de partir ? Elle s'était si souvent posé ces questions qu'elle ne savait plus, ce soir, qui avait raison : sa mère ? elle ? Luis ? Miguel ? A cet instant, son fils, dans la chambre, se mit à pleurer et elle dut le prendre dans ses bras, le bercer. Ce contact chaud lui fit du bien et lui donna les réponses qu'elle cherchait. Elle était vivante, son fils l'était aussi, c'était cela qui importait, et seulement cela. Elle le coucha près d'elle et ne tarda pas à trouver le sommeil.

Le lendemain matin, la mère parut avoir pris son parti de ce départ précipité. Elle suivit Soledad sur la route pour attendre l'autobus et elles se séparèrent là, essayant l'une et l'autre de ne pas s'attendrir. Pourtant, dès qu'elle fut assise près du vieux Torres, Soledad pleura en silence. Elle n'avait jamais vraiment songé à ce que représentaient Pallencia, ses toits rouges, ses amandiers, le jardin de la vallée, la rivière, tout ce monde qui disparaissait en cette fin de nuit et qu'elle avait aimé autant que Miguel — Miguel enfant, Miguel et ses pieds nus, ses yeux dorés, Miguel assis près d'elle au milieu des roseaux, Miguel sous son rocher, là-bas, à Teruel...

Quand le jour se leva, elle sut à la couleur de l'horizon qu'il n'y aurait pas un nuage. Ce serait une merveilleuse journée d'automne, l'une de ces journées où l'air et les couleurs s'adoucissent dans la profondeur des bruits et des parfums. Elle songea brutalement à Luis à l'instant où elle distingua dans le lointain les murs de Saragosse. Elle s'aperçut que les mois passés avaient effacé les traits du milicien de Zuera, mais elle retrouva aisément cette manière qu'il avait de serrer les poings en prononçant le mot « terre » et la sensation d'un bonheur la toucha. Elle n'eut alors qu'une hâte, celle de se trouver le plus vite possible dans la *calle de la Cruz*. Il lui fallut pourtant patienter une heure encore avant que Torres n'arrête le véhicule sur la rive de l'Ebre. Elle fut alors la première à sauter sur le sol de Saragosse, essaya de courir malgré son enfant dans les bras, bouscula des passants, faillit tomber plusieurs fois, croisa des gardes civils qu'elle ne remarqua même pas. Elle tourna à droite au coin de la *calle de la Cruz*, s'immobilisa brusquement, le souffle court et le cœur fou : là-bas, à trente mètres, devant la porte de l'immeuble, un homme fumait une cigarette, la tête inclinée vers le sol. C'était Luis. Elle l'avait reconnu tout de suite, mais lui ne regardait pas dans sa direction. Elle posa son panier et son sac contre un mur, se redressa. Pourquoi ne voyait-elle plus rien, tout à coup ? Elle crut qu'elle avait rêvé, passa une main hâtive sur ses yeux. Elle le distingua mieux, essaya d'appeler mais seul un mince filet de voix passa entre ses lèvres.

— Luis !

Il n'avait pu l'entendre et pourtant il avait tourné la tête vers elle. Il eut une brève hésitation, jeta sa cigarette, se mit à marcher, les bras légèrement écartés le long du corps, le buste bien droit. Soledad fit un pas elle aussi après s'être essuyé les yeux. Face à face, ils avançaient l'un vers l'autre avec une lenteur calculée, comme pour abolir à jamais, en brisant la distance, ces longs jours de séparation et de souffrance. La rue était déserte. Il n'y avait plus rien entre eux qui pût les empêcher de se rejoindre. A cinq mètres l'un de l'autre, l'espace d'un instant, ils s'arrêtèrent, incapables de parler ni d'avancer davantage. Ce fut Luis qui fit le premier pas et elle l'imita aussitôt. Ils s'élancèrent, se reçurent violemment, douloureusement, les yeux clos comme des aveugles qui se reconnaissent.

— Soledad, Soledad, murmurait Luis.

Elle ne disait rien, se contentait de serrer ce torse d'homme sans savoir si c'était celui de Luis ou celui de Miguel, mais elle le serrait, le serrait, et toute la souffrance endurée depuis de longs mois crevait à cet instant, se consumait enfin, la libérait en même temps de ses derniers scrupules, la rendait à la vie.

Ils restèrent ainsi immobiles pendant plus d'une minute puis Isabel s'approcha et les attira à l'écart. Il ne fallait pas s'attarder dans la rue à cause des gardes civils. Ils allèrent tous les trois chercher le sac et le panier dans lequel dormait le petit Miguel.

— Il a grandi, dit Luis. Est-ce qu'il sait marcher ?

— Non, pas encore, mais il prononce quelques mots.

— Je lui apprendrai. Bientôt, il courra aussi vite que celui-là, dit Luis en montrant un gamin qui poursuivait un chien famélique et galeux.

Les deux femmes et Luis entrèrent dans l'immeuble où le large escalier de pierre conservait la fraîcheur malgré l'heure avancée de la matinée. Une fois dans l'appartement, Soledad réveilla son fils et, comme Luis le lui demandait, elle le lui donna. Luis l'assit sur ses genoux. L'enfant, étonné, regardait de tous les côtés, mais ne pleurait pas. Même Isabel, qui semblait différente, moins distante, plus chaleureuse, s'amusait avec lui. Soledad s'en trouva réconfortée et pleine de confiance pour l'avenir.

Plus tard, lorsque l'enfant se fut rendormi après que Soledad lui eut donné le sein, Luis annonça qu'ils se marieraient dans huit jours, le temps d'obtenir les papiers nécessaires. Ensuite, ils iraient à Zuera, dans la *cueva*, et il chercherait à s'engager comme berger ou journalier. Elle n'avait pas imaginé d'autre vie que celle-là. C'était d'ailleurs celle qu'elle aurait menée avec Miguel, s'il avait vécu. Elle demanda seulement à Luis une fois qu'ils furent seuls, le soir, Isabel étant allée dormir chez une amie :

— Ne te crois pas obligé de me garder. A Pallencia, il y a ma mère et ma maison : à nous deux, nous pouvons très bien élever mon enfant. Es-tu sûr de ne pas te tromper ?

— C'est pour toi que je suis sorti de prison, dit-il. Si je n'avais pas pensé à toi, aujourd'hui, je serais mort.

Il ajouta, après un soupir :

— Quant à la vie que je t'offre, je suis sûr qu'elle n'est pas digne de toi. Alors, tu vois, tu ne me dois rien, c'est plutôt moi qui te dois tout. Et si tu veux bien, nous n'en reparlerons plus jamais.

Soledad acquiesça. Elle se coucha dans le grand lit avec son fils, et Luis dormit sur le tapis, dans la pièce d'à côté, recroquevillé en chien de fusil, comme il en avait pris l'habitude, dans sa cellule, pour lutter contre la peur et le froid de la nuit.

A Pallencia, la mère avait donné son consentement mais elle avait refusé de venir à Saragosse pour le mariage, assurant qu'elle n'en aurait pas la force. A Zuera, la mère de Luis, elle, avait refusé de bénir ce mariage, à cause de l'enfant qui n'était pas son petit-fils. Toutefois, ce refus n'avait en rien ébranlé la détermination de Luis qui avait lui-même mené à bien les démarches et réuni les papiers nécessaires. Isabel avait trouvé le témoin indispensable à Luis : il s'appelait Prados, était très gai, riait continuellement en racontant des histoires un peu folles. Ce fut lui qui porta le panier de Miguel pendant la cérémonie. Vêtus de leurs plus beaux habits, ils traversèrent tous les quatre la place du marché, longèrent les remparts et pénétrèrent sur la place de la cathédrale de La Seo. Là, Soledad s'arrêta un instant pour admirer le fin clocher terminé par une sorte de dôme, les élégantes sculptures de la tour rectangulaire, le parvis presque aussi grand que la place de Pallencia, les voûtes gothiques surmontées d'un tympan circulaire. Mais ils n'entrèrent ni dans la cathédrale de La Seo, ni dans la basilique d'El Pilar, et ils marchèrent jusqu'à la petite église de San Pablo qui tournait le dos à l'Ebre. Le *padre* qui les accueillit sous le porche était le seul à avoir accepté de les marier sans argent. Il n'y eut pas de musique pendant la cérémonie. Les grandes orgues d'El Pilar et de La Seo ne jouèrent pas pour eux. Soledad en fut déçue mais ne le montra pas. En une demi-heure, elle devint l'épouse de Luis Trullen, le paysan de Zuera, un homme qui ne pouvait pas acheter de musique le jour de son mariage. Il ressentit si mal, lui aussi, l'atmosphère glaciale et sans joie de la petite église qu'il murmura en ressortant, les dents serrées :

— Un jour, en Espagne, il y aura de la musique pour tout le monde.

Personne ne fit écho à ses paroles. Isabel et Prados, qui marchaient derrière, n'avaient pas entendu. Soledad, elle, évita de se montrer malheureuse et prit son fils dans ses bras pour revenir dans l'appartement d'Isabel où ils discutèrent jusqu'à la fin de l'après-midi des projets des uns et des autres, mais pas de la guerre.

Pour le dîner, Prados avait apporté deux bouteilles de vin de Jerez et de la viande de mouton. Isabel s'était chargée de trouver du riz et des olives. Ils mangèrent et burent plus que de raison, beaucoup plus qu'ils ne l'avaient fait depuis de longs mois. Luis, qui n'avait plus l'habitude, se mit à parler vers la fin du repas avec une sorte de rage qui surprit tout le monde. On eût dit que les mots qu'il avait gardés en lui pendant sa captivité sortaient tous à la fois avec la violence accumulée dans son corps et dans son esprit.

— Un jour, en Espagne, dit-il, tout le monde aura de la terre et on ne sera pas obligé de mendier le travail. Un jour, tout le monde saura lire et écrire et on ne nous trompera pas si facilement. Parce que les hommes sont faibles quand ils n'ont pas de savoir. Mais j'ai confiance, je sais que ce que nous avons subi ne restera pas inutile...

Son visage avait pris un masque dur où s'incrustait la souffrance. Les sourcils froncés, il regardait droit devant lui, en tremblant un peu, des gouttes de sueur sur son front et ses tempes.

— Tais-toi, je t'en prie, dit Isabel.

Mais Luis parut ne pas l'entendre. Il poursuivit comme s'il se parlait à lui seul, comme s'il cherchait à justifier les épreuves où il avait laissé, il le savait, la meilleure part de lui-même :

— Moi aussi, j'ai tué, mais je jure que j'ai toujours eu la nausée. Je le jure. Moi, je ne voulais pas tuer. C'est la guerre, vous comprenez ? C'est la guerre qui m'y a obligé. Elle rend fou tout le monde, la guerre, les vainqueurs comme les vaincus. Et tout ce sang, partout, et tous ces cris, et ce qui se passe dans les prisons, mais pourquoi faut-il qu'arrivent des choses comme ça ? Mais qu'est-ce qu'on va devenir maintenant ?

Prados ne riait plus. Isabel avait renoncé à faire taire Luis. Soledad, elle, se sentait très mal et fermait les yeux.

— Il faudra dire aux enfants ce qui s'est passé pendant ces années terribles, reprit Luis. Il faudra leur dire que ceux qui torturent et qui tuent se ressemblent tous, qu'ils soient d'en face ou de chez nous, qu'ils soient riches ou qu'ils soient pauvres, que la vie c'est pas ça, la vie, c'est pas ça, c'est pas ça...

Luis pleurait, penché sur son assiette, avec des frissons qui couraient de sa nuque vers ses reins, et personne autour de lui ne parlait. Prados avait passé son bras autour de ses épaules. Il dit au bout d'un moment, avec une voix elle aussi chargée d'émotion.

— Ne t'en fais pas, *hombre* ! Nos enfants, ils seront beaux comme le soleil.

Il y eut un long silence que nul n'osa troubler. Luis s'ébroua, releva enfin la tête, murmura :

— Ils seront beaux, mais aussi ils seront plus forts parce que nous, tu comprends, on savait rien...

Prados le serra dans ses bras. Quand ils se séparèrent, le visage de Luis paraissait détendu.

— Il est tard ? demanda-t-il en essayant de sourire.

— Trois heures du matin, dit Isabel.

— Nous allons partir. Je voudrais arriver à Zuera au lever du jour.

— Ce n'est pas prudent, dit Isabel.

— Laisse, fit Prados, laisse-les aller. Ils seront bien.

Isabel se résigna. Il avait été convenu que Prados leur prêtait pendant deux ou trois jours la charrette et le cheval qui dormait debout, dans la rue. Ils chargèrent le sac, les paniers et le petit Miguel.

— Alors, c'est entendu ? demanda Luis en sortant ; on vous attend tous les deux ?

— C'est entendu. A mardi, répondit Isabel.

Luis et Soledad la remercièrent, l'embrassèrent ainsi que Prados, puis ils partirent lentement après avoir allumé le fanal.

Sitôt qu'ils furent sortis de la ville, la nuit les enveloppa dans une sorte de velours bleuté. Le parfum de l'herbe humide et le chant des grillons les escortèrent le long de la vallée que le vent taquinait. Le cheval allait au pas. Ils n'entendaient rien d'autre que le bruit de ses sabots et, de temps en temps, les sonnailles des moutons dans les travers.

— Tu n'as pas froid ? demanda Luis.

— Non. Je suis bien.

Soledad se serra contre lui et il entoura sa taille de son bras droit. Ils firent la route ainsi en silence, jouissant de ces premiers moments de paix dont ils avaient oublié la douceur.

Ils arrivèrent au petit jour, après que les monts eurent insensiblement pâli face à eux, en se couronnant de rosée. La passée de l'aube révéla quelques vols aiguisés de perdrix. Une fois sur la sierra où les premiers rayons du soleil éclaboussaient la rocaille, Luis fit entrer Soledad dans la *cueva* qui suintait d'humidité. Elle frissonna, eut un sursaut de recul, mais se reprit aussitôt. C'était bien ainsi : ils auraient tout à construire. Ils firent un peu de feu pour se réchauffer, placèrent l'enfant endormi à proximité, puis ils sortirent et marchèrent vers l'à-pic qui dominait la plaine. Là, ils demeurèrent quelques secondes immobiles et muets, puis Soledad murmura :

— Pourquoi la guerre, Luis ? Pourquoi les tueries, les assassinats ?

Luis Trullen regarda le rougeoiement du ciel à l'horizon, sentit dans sa chair la brûlure du courant électrique pendant la torture, pensa à Juan Pallas.

— Parce que la misère et l'humiliation ne sont pas supportables, dit-il.

— Mais le bonheur, alors ?

— Pour être heureux, fit Luis, il faut d'abord vivre debout.

Soledad se serra davantage contre lui.

— Tu vois, ajouta-t-il, d'ici on peut voir la rivière et les vergers de la vallée.

En revenant vers la *cueva* où le petit Miguel commençait à pleurer, Soledad pensa qu'elle n'oublierait jamais les amandiers de son village

Troisième partie

LES ROUTES DE CATALOGNE

15.

Luis contempla le fil d'argent du rio Gallego, les toits rouges du village et le clocher plus clair de l'église, puis il se tourna vers l'est où les terres alluviales de l'Ebre s'étiraient vers la mer, très loin, au-delà des collines. Des nuages stagnaient haut dans le ciel et semblaient immobiles malgré les vagues de vent chaud qui soufflaient sur les monts une haleine de four. La nuit commençait à tomber, saturée de parfums.

« Comment se résoudre à partir quand, de sa maison, on contemple ainsi le village où l'on est né ? » se demandait Luis. Pour s'en convaincre, il s'obligea à parcourir ce chemin de sa pensée dont le terme, depuis des jours, demeurait le même : partir ! Fuir ces soldats qui étaient venus le chercher un soir de septembre, l'un de ces soirs où les orages succèdent souvent à des journées trop lourdes de soleil, de bouffées d'air irrespirable.

Soledad n'avait pas eu le moindre cri : elle avait suivi Luis et les soldats jusqu'aux premières maisons, lui avait obéi lorsqu'il lui avait demandé de penser à Miguel demeuré seul, là-haut, dans la *cueva*. Elle s'était arrêtée au bord du chemin, l'avait regardé s'éloigner avec un air d'épouvante, mais sans la moindre plainte.

Au village, les portes et les fenêtres s'étaient fermées au passage de la petite troupe. Luis avançait les mains liées dans le dos, encadré par quatre soldats, le canon d'un fusil contre ses reins. Sur la place, après avoir quitté l'abri des ruelles, il s'était senti pris au piège en apercevant le *cuartel,* et l'idée de s'enfuir l'avait traversé. Mais aucun muscle de son corps n'avait répondu à sa volonté et il s'était laissé entraîner sans résister. Les soldats avaient poussé une porte au bois éraflé par des balles. Luis s'était retrouvé à l'intérieur d'une pièce enfumée où ils l'avaient attaché sur une chaise. Approchant de son visage un portrait de Franco, l'officier avait exigé :

— Demande-lui pardon !

— Pardon de quoi ? avait demandé Luis.

— De vivre en païen et de le combattre.

Luis n'avait jamais demandé pardon à personne et ce n'était pas la morsure de la ceinture sur ses plaies à vif qui pouvait l'y contraindre. Les soldats lui avaient parlé de sa femme et de son enfant frappés d'une flétrissure honteuse, de l'Espagne qu'ils allaient construire par la grâce de Dieu. Ils l'avaient laissé enfin, il était sorti du *cuartel* avec en lui la sensation de meurtrissures, d'os brisés et il avait traversé la placette, regagné la *cueva* où l'attendait Soledad.

— Il faut partir, Luis, avait-elle dit.

Il n'avait pas répondu, tellement le blessait la perspective d'un départ de Zuera. Mais, chaque soir, les soldats étaient revenus. Chaque soir, Soledad l'avait attendu sur le chemin, soutenu jusqu'à leur refuge, aidé à se déshabiller, à s'allonger sur la paille à l'abri du regard de l'enfant. Elle le soignait en silence, enduisait ses plaies de pommades, il s'apaisait, finissait par s'endormir, mais il lui arrivait de crier dans son sommeil. Le lendemain, l'épreuve recommençait : le *cuartel,* la ceinture, et l'impression de jour en jour plus cruelle de n'être plus rien ni personne.

— Tu as raison, avait-il dit, il faut aller en Catalogne ; là-bas, la terre est riche, avec des plaines et des vergers. Là-bas, le ciel est toujours bleu et les hommes savent vivre debout. Demain, à la nuit, on partira...

La nuit tombait lentement, comme à regret, avec des écharpes de brume maintenant festonnées de parements rouges, où de grands oiseaux noirs plongeaient comme dans une mer. Aujourd'hui, les soldats ne viendraient pas.

Luis entra dans la *cueva*, la parcourut une dernière fois du regard, se tourna vers Soledad et Miguel, murmura :

— Allons ! puisqu'il le faut.

Il se saisit de la valise, du baluchon qu'il jeta par-dessus son épaule, et Soledad prit l'enfant dans ses bras. Il se retourna vers la *cueva*, mais les plaies de son dos, lui arrachant une grimace, eurent raison de ses ultimes hésitations. Il sortit avec une sorte de rage et, suivi par Soledad, s'enfonça dans la nuit.

Ils marchèrent très vite, au début, sur les chemins muletiers que Luis connaissait bien pour les avoir souvent parcourus, enfant, avec ses moutons. Puis ils ralentirent l'allure en rencontrant un terrain différent, passé la première crête, une sorte de pays profond et noir, de plateaux et de vallons, où poussaient des hêtres et des chênes verts. A un moment, Luis crut entendre le murmure d'une rivière et fit un geste.

— Qu'est-ce qu'il y a ? fit Soledad.

— J'ai entendu couler de l'eau.

Ils guettèrent les bruits, mais seules des foucades de vent tiède caressaient la sierra, ce qui leur donna l'impression à la fois sinistre et rassurante d'une solitude absolue. Dans les bras de Soledad, bercé par les pas, le petit Miguel paraissait dormir.

Ils reprirent leur marche sur un rythme plus lent, craignant d'avoir gagné une vallée malgré l'impression de s'être dirigés vers le nord-est, dans la direction de la sierra de Alcubierre. Ils escaladèrent des coteaux rocailleux, longèrent des ravins sombres, dévalèrent des pentes jusqu'à une heure avancée de la nuit. Ils ne parlaient pas, tendus l'un et l'autre dans leur volonté de s'éloigner le plus possible de Zuera. Simplement, de temps en temps, ils faisaient une halte et Luis posait la valise, prenait quelques instants l'enfant dans ses bras puis le rendait à Soledad. Marcher. Marcher. Cette seule pensée rythmait leurs pas, les poussait en avant, malgré le froid, malgré l'enfant qui pleurait par moments en ouvrant les yeux dans la nuit éclairée par la lune.

Il fallut pourtant s'arrêter quand Soledad fut à bout de

force. Ils se trouvaient dans une sorte de ravine lunaire où Luis trouva un abri sous un rocher horizontal. Ils se glissèrent dessous avec le plaisir que procure le repos succédant à un effort prolongé. Trop épuisés pour calculer la distance creusée depuis leur départ, l'enfant entre eux, ils s'endormirent.

Quand les pleurs les réveillèrent, l'aube était déjà levée et des oiseaux gris voyageaient dans le ciel. Soledad donna le sein à l'enfant qui, aussitôt, se calma. Luis sortit du pain et du fromage du baluchon, en tendit un morceau à Soledad.

— Quelle heure est-il ? fit-elle.

— Huit heures, guère plus.

— Tu crois qu'on a beaucoup marché ?

Luis hocha la tête.

— Peut-être cinq kilomètres.

— Pas plus ?

Elle avait presque crié et le petit Miguel avait sursauté.

— Repose-toi, dit Luis, je vais reconnaître les alentours.

Il sortit et Soledad le vit disparaître avec angoisse. Et si elle se retrouvait seule ? S'ils se perdaient ? Elle chassa ces pensées, songea à sa mère qu'elle n'avait pas revue avant de partir. Luis, non plus, n'avait pas prévenu la sienne. A quoi bon ? D'ailleurs, les soldats les surveillaient, et ni Luis ni Soledad n'aurait voulu rendre leurs parents complices de leur fuite. « Nous sommes fous », pensa Soledad, mais elle n'en dit rien à Luis, qui revenait. Elle devait se montrer forte, tout accepter, même la faim, même le froid, plutôt que de revivre les retours du *cuartel*. Et puis la Catalogne n'était pas si loin. Barcelone saurait les accueillir et les défendre. Avant un mois, avant l'hiver, ils auraient retrouvé un toit et la confiance en l'avenir.

— Alors ? fit-elle, quand Luis la rejoignit.

— C'est calme. Tiens, donne le petit pendant que tu manges.

Elle se leva, sortit de l'abri, fut surprise par la violence de la lumière coulant à flots d'un ciel maintenant déserté.

— Il faut remonter vers le nord, dit Luis ; bien au-dessus de Lérida. Tu es fatiguée ?

Elle secoua la tête.

— Ne t'inquiète pas, dit-elle, j'irai jusqu'au bout.

Il sourit, lui donna l'enfant, reprit la valise et le sac, s'orienta.

— Prenons par là, dit-il, ça monte moins.

Il s'engagea dans un sentier, vérifia d'un mouvement de tête qu'elle le suivait, s'avança entre des rochers recouverts d'une mousse blanchâtre, songea non sans inquiétude qu'ils devraient bientôt chercher leur nourriture en chemin, mais ne ralentit pas pour autant.

A moins d'un kilomètre de là, au fond d'un vallon piqueté de petits chênes-lièges, ils trouvèrent une cabane bâtie de rondins et recouverte de torchis brun. Elle était inoccupée depuis longtemps : Luis s'en rendit compte à l'absence de cendres dans le foyer et à l'odeur d'humidité qui y régnait.

— Tu veux te reposer un peu ? demanda-t-il.

— Non ! fit Soledad, marchons.

Elle comprit qu'il était content de sa réponse et que sa détermination lui était précieuse. Dès lors, d'un accord tacite, ils progressèrent à vive allure sans autre idée que celle-là, s'arrêtant seulement pour faire téter l'enfant et manger du pain noir, rejetant jusqu'au soir la fatigue qui pesait sur leurs bras et leurs jambes. A la nuit, ils trouvèrent un abri de branchages construit par les chasseurs et ils s'endormirent aussitôt allongés, sans même entendre les pleurs de l'enfant un moment réveillé.

Marche forcée le jour, sommeil de bête la nuit, ce fut leur vie pendant une longue semaine durant laquelle ils ne rencontrèrent presque personne. D'ailleurs ils évitaient les villages et les passages trop fréquentés et, si Luis distinguait la moindre silhouette dans le lointain, ils se cachaient aussitôt et en profitaient pour se reposer. Dès qu'ils n'eurent plus de pain, Luis descendit la nuit dans un vallon pour voler des pommes près d'une ferme isolée. Pendant ces heures-là, seule avec son fils dans la nuit, Soledad s'efforçait de dormir pour ne pas penser à ce qui les attendait s'ils n'arrivaient pas à Barcelone avant l'hiver. Mais dès qu'il revenait, le seul fait de sentir sa présence lui redonnait courage.

Cependant, plus ils progressaient vers l'est, et plus il leur semblait descendre vers les plaines. Sur ces plateaux inclinés vers le levant, les chaumes abritaient des nichées de cailles et de tourterelles que Luis essayait de piéger pendant la nuit. Le matin, si le piège avait fonctionné, Luis en faisait rôtir dans un four de pierres construit à la hâte et qu'il prenait soin de détruire avant de partir. Parfois affluaient vers eux des odeurs inconnues, en cela difficilement identifiables, mais qui les rassuraient : le pays changeait, ils avançaient donc plus vite qu'ils ne le pensaient.

Le sixième jour, le vent tourna brusquement au nord et des nuages noirs se bousculèrent sur les collines en menaçant de crever à chaque instant. La pluie commença seulement de tomber au début de l'après-midi. Ce fut d'abord une pluie fine et tiède qui eut tôt fait de pénétrer leurs vêtements en leur donnant une sensation de bien-être, mais, après une demi-heure de repos à l'abri d'un chêne, le froid coula sur leurs épaules et s'insinua jusqu'aux os.

— Il faut repartir, dit Luis. Si on reste là, on risque d'attraper une pneumonie, tandis que si on marche, on aura chaud.

— Tu as raison, partons, dit Soledad qui abritait de son mieux son fils sous un tricot de laine.

Ils marchèrent jusqu'à la nuit sous les averses de plus en plus violentes et arrivèrent en haut d'une crête où poussaient quelques arbousiers.

— Il faut trouver un abri pour faire du feu, dit Soledad, on ne peut pas passer la nuit tout mouillés.

En bas de la crête, une rivière encaissée cascadait de roche en roche jusqu'à un pont de pierre sur lequel il leur sembla deviner des uniformes de soldats.

— Ça doit être le Cinca, fit Luis. Je crois qu'il se jette dans l'Ebre au sud de Lérida.

— Cherchons une cabane, fit Soledad, on y verra mieux demain.

Luis réfléchit, regarda Soledad et son fils puis le pont, décida :

— Il faut passer maintenant. Si les eaux montent pendant

la nuit, on ne pourra plus passer demain ; je suis sûr que tous les ponts sont gardés.

Il s'approcha de Soledad, écarta les cheveux mouillés sur son front, pressa sa tête contre sa poitrine, la repoussa doucement.

— Tu pourras ? demanda-t-il.

— Oui, dit-elle, mais il faut faire vite : le petit tremble.

Ils descendirent vers la rivière en se cachant de leur mieux, aidés en cela par la brume montante qui, sur leur gauche, rendait maintenant les formes du pont plus floues, comme un mirage jailli du crépuscule. Une fois en bas, ils suivirent le Cinca dans la direction opposée au pont, cherchèrent le passage le plus facile, mais déjà les eaux commençaient à gonfler.

— Il faut traverser, dit Luis en sortant une corde du baluchon.

Il la noua autour de la taille de Soledad, puis de la sienne.

— Ça va ? demanda-t-il.

Les traits tendus, elle hocha la tête, essaya de sourire.

— On y va, fit-il. N'aie pas peur.

Il s'engagea dans la rivière dont les eaux atteignirent rapidement ses genoux. Au quart du parcours, il s'appuya sur un rocher qui émergeait, se retourna. Soledad tenait difficilement sur ses jambes et ne se trouvait plus tout à fait sur la même ligne que lui.

— Vite ! fit-elle.

Il repartit, avança de deux mètres. Une brusque tension de la corde lui indiqua qu'elle s'en remettait à lui, ne pouvant plus lutter contre le courant.

— Tiens bon ! fit-il, essaye de venir à ma hauteur, je couperai la force de l'eau.

La nuit achevait de tomber et, avec elle, une humidité de plus en plus pénétrante portée par les rafales d'un vent du nord qui prenait le vallon dans son sens longitudinal, déportant Luis à chaque pas, l'obligeant à courber les épaules. Dans un ultime effort, il s'arracha à l'emprise du courant, parvint à saisir la branche basse d'un arbre. A cet instant précis, Soledad cria, et il sentit un choc sur sa taille : elle avait glissé, se trouvait dans l'eau jusqu'à la poitrine mais elle n'avait pas lâché son enfant qui hurlait de terreur.

— Vite, vite ! cria-t-elle, à bout de souffle.

Il s'arrima au tronc de l'arbre et la tira vers lui. Cependant, dans sa hâte pour retrouver son équilibre, elle dérapait, se faisait mal en touchant le fond, s'épuisait. Enfin, après une minute d'effort, elle prit pied sur la rive où elle se laissa tomber après avoir donné son fils à Luis. L'enfant ne criait plus, mais il tournait la tête à droite et à gauche, secoué de sanglots, tendait les mains vers sa mère, livide, dont les jambes saignaient.

— Viens, dit Luis en essayant de la relever.

Elle avait eu tellement peur qu'elle ne parvenait pas à se reprendre et tremblait, elle aussi, le visage ruisselant de pluie.

— Viens vite, répéta Luis. On va trouver un abri.

Il parvint à la mettre debout, mais il garda l'enfant sur son bras gauche, le baluchon sur l'épaule, la valise dans la main droite. Ils montèrent lentement le versant dont il avait aperçu, de la crête d'en face, le sommet couvert de chênes-lièges. Une fois en haut, les arbres les abritèrent de la pluie. Ils s'arrêtèrent un instant pour reprendre leur souffle.

— Ça va ? demanda Luis.

Incapable de répondre, elle se contenta de hocher la tête, dut reprendre l'enfant qui pleurait toujours.

— Attends ici, dit-il, je vais chercher un abri.

— Non, fit-elle, on risque de se perdre.

Ils repartirent, marchèrent encore une vingtaine de minutes avant de trouver une cabane de berger qui avait sûrement accueilli quelqu'un peu de temps auparavant, car des branchages et des bûches s'entassaient près d'un foyer.

— Tu vois, fit Luis, on a de la chance.

Elle eut une petite grimace, se laissa enlacer un instant, murmura :

— Fais vite du feu, il faut pas rester comme ça.

Moins de cinq minutes plus tard, les flammes commençaient à éclairer la cabane, leurs vêtements à fumer, et le petit Miguel, apaisé, avait pris le sein de Soledad qui ne tremblait plus.

— Dès qu'on sera secs, on éteindra le feu, dit Luis. C'est trop risqué.

— Avec ce temps et les nuages bas, qui pourrait voir la fumée ? demanda-t-elle.

— C'est pas la fumée que je crains, dit Luis, c'est l'odeur.

Il la regarda, alors que, de profil, elle caressait les cheveux de son fils, et il pensa que, même s'il le fallait, il ne pourrait pas se résoudre à éteindre le feu.

Quand l'enfant eut fini de téter, ils lui firent un lit de paille et il ne tarda pas à s'endormir, bien au chaud. Eux-mêmes tournèrent le dos aux flammes et mangèrent des pommes. Ils ne parlaient pas. L'un et l'autre se demandaient s'ils trouveraient l'énergie nécessaire pour rallier Barcelone. Mais ni l'un ni l'autre n'eût avoué ses doutes ou ses faiblesses. Au contraire, quand Luis voulut soigner les plaies sur les jambes de Soledad, elle s'en défendit en riant :

— Ce ne sont que des égratignures ; elles guériront toutes seules.

Une fois secs, ils se couchèrent dans la paille près de l'enfant, s'endormirent étroitement enlacés, trop épuisés pour entendre les coups de feu d'une patrouille franquiste tombée dans une embuscade au fond du vallon voisin.

Les jours suivants, la pluie ne cessa pas et ralentit leur progression. Ne trouvant pas toujours du bois pour se réchauffer, ils furent contraints de garder leurs vêtements humides et ils furent assaillis par des crampes qui les obligèrent à s'arrêter souvent. Un soir où ils avaient trop faim, Luis descendit aux portes d'un village dont il avait aperçu les fumées du haut d'un coteau, et il vola des œufs dans un poulailler. Ce fut là leur seule imprudence durant ces journées pluvieuses et solitaires qui leur permirent pourtant de dépasser Lérida et de s'engager dans la sierra de Montsech à la végétation plus fournie où ils se sentirent davantage en sécurité. C'est là que le soleil les retrouva, après cinq jours de déluge, un matin, à l'heure où ils se mettaient en route.

16.

Dix jours plus tard, le soleil brillait toujours, avec ce regain de chaleur que lui donnent parfois les embellies de l'automne. Il y avait dans l'air, ce soir-là, un parfum entêtant d'herbes chaudes. Des lueurs pourpres s'allumaient au couchant, par-delà les collines piquetées de bouquets de verdure. Assoiffés par un après-midi de marche ininterrompue, Luis et Soledad descendirent au fond d'une ravine où coulait un torrent minuscule. Luis emplit la gourde et la donna à Soledad, qui s'était adossée à un tronc de chêne. Elle but longuement, les yeux clos, rendit la gourde en soupirant :

— Comme c'est bon !

Il but à son tour, puis il entra dans l'eau et s'aspergea le visage et le torse.

— Viens, dit-il.

Soledad le rejoignit, l'imita, puis elle revint sur la rive où le petit Miguel, à genoux, l'appelait en lui tendant les bras. Elle s'allongea dans l'herbe, joua un moment avec lui puis elle se redressa vivement en entendant des pas au-dessus d'elle. Vêtus de leurs *monos* bleus, la poitrine barrée de ceintures porte-balles, leurs armes pointées, quatre miliciens les observaient.

— Debout ! ordonna celui qui portait des moustaches tombantes et mâchonnait un mégot, le regard torve, le front buté.

— Lève-toi, dit Luis à Soledad en sortant de l'eau, n'aie pas peur.

Elle n'avait pas vraiment peur, mais il lui tardait de voir s'abaisser le canon des fusils.

— Qu'est-ce que vous faites, ici ? demanda l'homme aux moustaches, avec une menace dans la voix.

— On va à Barcelone, répondit Luis en faisant un pas en avant.

— Arrête, dit l'homme, ne bouge pas.

Puis, en descendant vers eux :

— D'où venez-vous ?

— De Zuera, près de Saragosse.

L'homme tourna avec suspicion autour de Luis et de Soledad, puis, rejoint par les trois autres, parut se détendre un peu.

— Pourquoi êtes-vous partis ?

— Les franquistes nous cherchent, dit Luis. Le groupe auquel j'appartenais n'existe plus. Ils ont tous été tués.

— Parce que tu les as vendus ?

Soledad s'inquiéta de la réaction de Luis, mais il resta très calme.

— Je n'ai jamais vendu personne, dit-il.

Il y eut un long silence. L'homme aux moustaches examina Soledad et l'enfant, demanda encore, s'adressant à Luis :

— C'est ta femme ?

— Ma femme et mon fils.

— Qu'est-ce qui nous prouve que tu dis vrai, que tu es un vrai républicain ?

— Rien. Ma parole.

— Ta parole, ricana l'homme, nous autres, on s'en fout.

Il réfléchit un instant, demanda, l'air fourbe :

— Si tu viens d'Aragon, tu étais sans doute à Teruel pendant la bataille.

— J'y étais, dit Luis.

— Alors raconte.

Luis rassembla ses souvenirs et raconta ce qu'il avait vu là-bas : les collines noyées sous la fumée, la neige rouge, le *muleton* sous le ciel gris, les cris montant des ruelles où les franquistes se défendaient à l'arme blanche, la course des républicains vers la petite place où la fontaine ne coulait plus. Il parla aussi des unités d'assaut qui, de Campillo à San Blas, s'engouffraient en hurlant dans les rues, débouchaient devant les bâtiments de la banque d'Espagne, continuaient vers le couvent de Santa-Clara. Il avait couru dans les décombres, s'était caché sous des porches tandis que les bombes éclataient à Concud et à Monte Celadas par moins vingt degrés. Après, il était resté caché à Tortajada au fond des maisons-niches creusées dans la falaise, puis il avait quitté l'armée en retraite et ses mourants répandus derrière elle, entre les eucalyptus que le froid faisait éclater. Alors il avait rejoint le groupe Pallas dans la région de Pallencia.

— Pallencia ou Zuera ? Tu m'as parlé de Zuera tout à l'heure, fit le moustachu.

Luis comprit qu'il aurait du mal à justifier sa libération de Toredo.

— Quand le groupe a été décimé, je suis rentré chez moi, à Zuera, dit-il.

Il y eut un bref silence puis, sur un signe du moustachu, les armes se baissèrent.

— Bon, venez avec nous.

Luis s'approcha de Soledad, la rassura :

— Ne crains rien. Tout ira bien.

Les miliciens les emmenèrent dans une grotte ouverte au fond du ravin, à moins d'un kilomètre du lieu de leur rencontre. Là, le moustachu, qui s'appelait Adolfo, les invita à s'asseoir à l'ombre et leur donna à manger. Lui-même s'assit à proximité, et Soledad n'aima pas le regard qu'il lui lança. Il dit ensuite à Luis en lui versant à boire :

— Tu nous serais plus utile à nous, *hombre* ! Tu sais, la Catalogne...

— C'est en Catalogne que je vais, répéta Luis avec fermeté.

— Là-bas, tu te feras tuer pour rien.

— C'est de là-bas qu'on repartira pour gagner, insista Luis. Tout ce que tu fais ici, ça ne sert à rien.

Adolfo eut une sorte de ricanement, alluma le mégot jaune pendu à sa lèvre, soupira :

— La guerre est perdue. Moi, je vois plus loin que tout ça.

— Rien n'est perdu, rétorqua Luis qui n'aimait pas la mine désabusée d'Adolfo ni cet air supérieur qu'il prenait pour parler de défaite. Il le détesta d'autant plus de retenir avec lui des soldats dont les bras auraient été bien utiles à l'armée de Catalogne.

Soledad, silencieuse, s'était éloignée pour donner le sein à son fils. Elle s'inquiétait beaucoup de la tournure prise par les événements. Adolfo était un homme dont ils avaient tout à redouter, elle le sentait. Elle n'avait qu'une hâte, celle de sortir de ce ravin où, c'était de plus en plus évident, on les considérait comme des ennemis.

— Je pourrais te garder, si je voulais, lança Adolfo, à l'autre bout de la grotte.

— Ça ne te servirait à rien puisque je ne me battrai pas pour toi, répliqua Luis.

Adolfo eut un grand rire qui résonna lugubrement contre les parois de pierre.

— Si je te tuais, je pourrais garder ta femme ; elle nous ferait la cuisine et le reste, reprit Adolfo.

Il rit de nouveau, prenant les hommes à témoin, et Soledad eut l'impression que son sang se glaçait.

— Beaucoup ont essayé de me tuer, fit Luis d'une voix blanche, et beaucoup sont morts avant moi. Quant à ma femme, elle s'est battue aussi, à Teruel, et peut-être mieux que toi.

Il y eut un silence durant lequel Adolfo parut réfléchir. Soledad sentait monter en elle une angoisse semblable à celle de Pallencia, quand elle imaginait Miguel poursuivi par des hommes qui tiraient sur lui. Elle savait qu'elle ne devait pas intervenir et pourtant il lui semblait que les compagnons d'Adolfo n'approuvaient pas tous ses propos. Elle n'avait pas tort. C'est avec un grand soulagement qu'elle entendit enfin se manifester l'un d'entre eux.

— Ça suffit comme ça, fit celui qui avait un visage anguleux, des cheveux crépus, et dont la jeunesse avait surpris Soledad lorsque le groupe de miliciens avait surgi près du torrent.

Il reprit, sans manifester la moindre émotion :

— Demain, je les mettrai sur la route et on n'en parlera plus.

Un silence tomba. Les deux hommes se mesurèrent du regard puis Adolfo, après avoir hésité, éclata de rire, ce qui ne parut pas ébranler le jeune milicien, dont Soledad, dans la pénombre, apercevait la chemise déchirée et le pantalon rapiécé aux genoux. Elle fut un peu rassurée de constater qu'il avait un fusil dans les mains et que trois hommes, près de lui, prenaient son parti.

— A une condition, dit enfin Adolfo : que tu ne les suives pas. Je veux ta parole.

— Tu l'as, fit le jeune milicien. Demain, au lever du jour, je les emmènerai.

Soledad s'étonna de ne pas entendre Adolfo discuter davantage cette décision et elle en déduisit qu'il ne faisait pas l'unanimité. De savoir son autorité contestée la soulagea. Elle se sentit tout à fait rassurée quand Luis la rejoignit et s'assit près d'elle en disant :

— Essaye de dormir. Je veillerai.

Son fils dans ses bras, elle ne réussit à trouver le sommeil que bien plus tard, après avoir vérifié que le jeune milicien et ses amis s'installaient dans la grotte pour y passer la nuit.

Le lendemain matin, une mince pellicule de rosée blanche étincelait sur les rochers. Luis et Soledad sortirent de la grotte en compagnie du jeune milicien qui s'appelait Joachim, firent une toilette rapide dans l'eau glacée du torrent, se trouvèrent une dernière fois face à Adolfo qui grinça :

— Partez tant qu'il est temps et ne remettez jamais plus les pieds dans ces montagnes.

— C'est ça, on s'en va, dit Luis, pressé de ne plus voir cette tête minée par le vin, ces yeux sombres où brillait une lueur malsaine.

— Et toi, n'oublie pas ta parole, fit Adolfo à l'adresse de Joachim.

— Sois tranquille, dit Joachim, je reviendrai.

Ils prirent un sentier qui sinuait entre les rochers. Soledad se retourna plusieurs fois ainsi que Luis, comme si l'un et l'autre redoutaient un mauvais coup.

— Ne vous inquiétez pas, fit Joachim, vous ne risquez rien. Il sait très bien que les miens le tueraient.

Et, comme Luis manifestait de la surprise :

— De toute façon, je le tuerai à mon retour. Ça ne peut plus durer : il est saoul tous les jours.

Soledad sentit un frisson courir le long de sa colonne vertébrale, se retourna une dernière fois vers ce ravin maudit où leur marche avait failli s'arrêter, repartit avec un soupir.

Après cinq ou six cents mètres, ils atteignirent une crête au vert plombé où le vent bourdonnait dans les branches. Des bouquets de genêts échoués çà et là dégageaient un parfum acide qui rappela à Soledad ceux de la sierra de Pallencia, et son cœur se serra. Ils marchèrent une partie de la matinée sous le couvert de petits chênes et de pins. Joachim ne parlait pas. Luis se retournait souvent vers Soledad, l'encourageait d'un sourire. A midi, ils mangèrent des pommes de terre dans une cabane de rondins qui servait de cache aux chasseurs de palombes. Luis évita de parler de la guerre, mais Joachim lui dit, entre deux bouchées, comme s'il venait d'en prendre la décision :

— A mon retour, je le tuerai et j'emmènerai les hommes à Barcelone. C'est toi qui as raison, *hombre* !

— Emmène-les avant l'hiver, fit Luis. Sinon, tu ne passeras pas.

— Je passerai, fit Joachim ; je passerai.

Il n'en dit pas davantage. C'était manifestement un homme de la terre, habitué à travailler et non à palabrer. Avec lui, Soledad se sentait davantage en sécurité, car elle regrettait parfois que Luis ne fût pas armé, même si elle se souvenait de ce qu'il lui avait dit, à Zuera, la veille de leur départ :

— On fusille plus facilement un soldat qu'un homme sans arme, avec sa femme et son enfant.

Ils repartirent au début de l'après-midi, franchirent une rivière à gué, puis ils remontèrent sur l'autre versant d'où Luis et Soledad remarquèrent, sur leur droite, les toits d'une bourgade serrés autour d'un clocher.

— San Ramon, fit Joachim. Il faut monter encore.

Ils marchèrent tout l'après-midi en suivant des sentiers de plus en plus étroits, arrivèrent enfin sur un plateau couvert d'arbustes et de pinèdes. Joachim avança vers une lisière blême dans le jour déclinant, et dit à Luis :

— Tu marcheras devant toi jusqu'au matin : droit vers l'est, tu ne risques rien. Au lever du soleil, tu trouveras à tes pieds la Catalogne.

— Merci, dit Luis.

Il tendit la main à Joachim qui lui prit les épaules, les serra, ajouta :

— A Barcelone, avant l'hiver.

Il s'approcha de Soledad, effleura du bout des doigts le petit Miguel, souffla :

— Ils sont heureux, les enfants : ils mangent, ils dorment, ils tuent personne.

Il donna à Soledad le pain qui lui restait, quelques amandes, puis il revint vers Luis qui lui dit :

— Fais attention ; Adolfo est dangereux.

— Adolfo, il est déjà mort, fit Joachim.

Et il les quitta du même pas tranquille dont il avait usé depuis le matin, se retournant seulement une fois, au moment d'entrer dans la pinède. Soledad se prit à regretter ce regard d'où la peur était absente comme si, en le voyant s'éloigner, s'éloignait aussi l'impression de sécurité qu'elle avait ressentie tout au long de la journée.

Demeurés seuls, Luis et Soledad s'assirent dans l'herbe rase et mangèrent un morceau de pain.

— A Pallencia, on appelle ça du pain de bourrique, fit-elle avec un sourire qui s'effaça très vite.

Et, aussitôt, les toits rouges de son village flottèrent devant ses yeux ; elle aperçut les amandiers, étouffa difficilement une sorte de sanglot et se tourna sur le côté. Luis ne le remarqua pas et, pourtant, demanda :

— Tu regrettes d'être partie ?

Elle attendit d'être revenue elle-même pour répondre d'une voix qui, malgré ses efforts, tremblait un peu :

— Je ne regrette rien du tout, mais j'ai hâte d'être à Barcelone.

— Moi aussi, fit-il ; ne t'inquiète pas : il n'y en a pas pour longtemps.

Et, après avoir bu à la gourde l'eau du torrent :

— On va se reposer jusqu'à la nuit. Il y aura de la lune ; ce sera facile pour marcher.

Soledad s'allongea, coucha son enfant près d'elle, ferma les yeux. L'allure soutenue de la marche l'avait épuisée. Elle aurait voulu dormir mais les images des derniers jours et des dernières heures défilèrent dans sa tête. Tout allait si vite ! Pallencia en été, Zuera en septembre, la *cueva,* le *cuartel,* les soldats, le départ, la montagne, Adolfo, Joachim, et demain sans doute Barcelone. Il lui sembla qu'elle ne maîtrisait plus sa vie, qu'un vent fou l'entraînait irrémédiablement loin de chez elle, loin de sa mère seule dans sa maison, que rien ne serait plus pareil et que le plus difficile, peut-être, restait à accomplir. Elle eut l'envie soudaine de rebrousser chemin, d'arrêter là cette folle odyssée où se perdaient son enfance, sa vie, tout ce qu'elle avait aimé. Elle faillit le dire à Luis, se retint au dernier moment. Et puis le souvenir des retours du *cuartel* lui revint brusquement en mémoire, et elle se demanda si elle serait capable de revivre un tel calvaire. Sûrement non, puisqu'elle avait préféré partir, tout perdre et tout abandonner pour garder Luis. Elle aurait sans doute à souffrir, mais plus jamais elle ne redouterait l'arrivée du soir et des soldats, plus jamais elle ne pleurerait dans la nuit en l'écoutant gémir.

Quand Luis effleura son épaule, un peu plus tard, elle se redressa vivement, se leva tout de suite pour partir. Il en fut soulagé, car il avait hésité à l'éveiller, tellement pesaient lourd dans ses jambes les kilomètres parcourus pendant la journée. D'un même mouvement, ils se mirent en route en souriant. Grâce à la lune qui venait de se lever, ils progressèrent vers l'est malgré les pièges d'une terre qu'ils ne connaissaient pas : des trous dans le sol, des pierres émergeant du socle, aucun sentier tracé, autant d'hésitations, d'arrêts, de pertes de temps.

Cependant, après un kilomètre, ils finirent par s'habituer à ce nouveau relief, à se familiariser avec ce sol sédimentaire qui annonçait les grandes failles ouvertes vers les plaines.

Au milieu de la nuit, les arbres s'espacèrent et ils trouvèrent enfin un véritable chemin qui paraissait monter droit vers une mer noire où naviguaient les étoiles. L'ayant suivi, ils franchirent un peu plus tard une sorte de petit col et, à partir de ce moment-là, le chemin commença à descendre. C'est alors que Luis entendit des pas sur la gauche, à l'orée d'un bosquet de chênes.

— Arrête ! fit-il à Soledad qui baissait la tête et buta contre lui.

Elle eut peur que l'enfant ne se mît à pleurer, approcha sa main de sa bouche, souffla :

— Qu'est-ce que c'est ?

— Je ne sais pas, fit Luis. Ne bouge pas.

Les pas se rapprochèrent à moins de dix mètres et l'homme passa sur la gauche puis s'éloigna. Car il s'agissait bien d'un homme : il fredonnait d'une voix grave une chanson lente et mélodieuse.

— Un bûcheron ou un berger, fit Luis. Attendons un peu.

Ils restèrent debout, immobiles, écoutant battre leur cœur, puis ils repartirent plus lentement en scrutant la nuit.

Une tempête de vent se leva juste avant le jour et délivra rapidement la sierra de ses brumes. Une lumière douce coula du ciel, accompagnant Luis et Soledad dans leur descente vers la grande plaine littorale qui fumait sous les premiers rayons de soleil.

Du haut d'un promontoire rocheux, ils aperçurent, tout en bas, des vignes et des vergers, des terrasses couvertes d'oliviers, des champs couleur de sable, des maisons basses aux toits de tuiles roses. Une odeur inconnue arrivait par instants, poussée par une brise fraîche.

— Regarde, fit Luis, c'est la Catalogne.

Soledad s'était arrêtée derrière lui, infiniment troublée par l'impression d'avoir changé de pays. Elle crut deviner la proximité de la mer à une sorte d'amertume posée sur ses lèvres, respira en longues inspirations dont chacune sembla l'enivrer.

— Comme c'est beau ! fit-elle en s'asseyant à même le rocher, caressant son fils du bout des doigts pour le réveiller.

Luis revint en arrière, s'assit près d'elle, murmura :

— On est arrivés, tu vois.

Il la prit par les épaules, la secoua un peu, reprit avec une sorte de fièvre dans la voix :

— Et Barcelone ne doit pas être loin.

— Tu crois ? fit-elle en se laissant aller contre son épaule.

Ils la cherchèrent des yeux, distinguèrent des camions sur des routes poussiéreuses, des vignes et des vergers à perte de vue, jusqu'à l'horizon d'un blanc très pur qui étincelait.

— Crois-tu que la mer, c'est là-bas ? demanda Soledad en désignant la plage aveuglante des lointains.

— Je ne crois pas, fit Luis. On est encore trop éloignés des côtes, mais dans deux ou trois jours, on la verra, c'est sûr.

Soledad était trop fatiguée pour ne pas être un peu déçue. Elle ne le montra pas. Se tournant sur le côté pour donner le sein à son fils, elle ne quitta pas des yeux cette plaine inconnue, aux teintes douces, comme diluée dans un espace trop grand, sans la moindre sierra pour arrêter le regard.

— On descendra quand on sera reposés, dit Luis. En bas, on trouvera facilement de quoi manger.

Elle n'osa pas protester mais elle avait déjà très faim.

— Tu es fatiguée ? demanda Luis.

Elle fit « non » de la tête, parvint à sourire. Pourtant, elle ne sentait plus son bras droit et il lui semblait que ses jambes n'arriveraient plus à la porter.

— Regarde ! fit Luis, il y a des cabanes au bord des vignes.

— Oui, dit-elle, on pourra y dormir.

Et, tout d'un coup, la fatigue de la nuit croula sur ses épaules. Luis s'en aperçut, prit l'enfant sur ses genoux et elle put s'allonger, s'étirer, fermer les yeux pendant une demi-heure.

En bas, quand elle se redressa, l'immense plaine s'ouvrait peu à peu au travail quotidien, des silhouettes se mouvaient dans les champs, des appels montaient vers les collines, portés par la sonorité de l'air d'une clarté de source. A part les camions, rien ne témoignait de la guerre.

— Allons! fit Luis, encore en effort.

Elle se leva sans se plaindre et le suivit. Ils descendirent sur un sentier de chèvres dont les cailloux roulaient à chaque pas. Luis ralentit pour arrêter sa chute si elle venait à glisser, ce qui ne manqua pas de se produire. Dès lors, ils descendirent plus lentement et il leur fallut plus d'une demi-heure avant de poser les pieds sur la plaine qui leur parut paisible. Ensuite, ils traversèrent la route bordée d'amandiers qui longeait la colline, pénétrèrent dans une vigne où les raisins pourrissaient sur les ceps : cette année-là, les paysans n'avaient pas vendangé. Sans doute se trouvaient-ils au front, ou à Barcelone, ou dans quelque prison lointaine. Peut-être aussi étaient-ils morts lors des premières années de la guerre ou se cachaient-ils dans les collines alentour, laissant les femmes s'occuper des enfants et des travaux les plus pressants.

— On a vraiment l'impression que tous les hommes ont quitté la terre, dit Luis en s'asseyant entre les ceps.

Et, après avoir coupé deux grappes de raisin à moitié pourries :

— Tiens, mange! Tout n'est pas mauvais. Et puis ça désaltère.

Soledad posa le petit Miguel entre eux, mangea à pleines mains les grains qui avaient diminué de volume, coupa d'autres grappes, mangea encore, sans parvenir à se rassasier.

— Tu crois qu'on est loin? demanda-t-elle en s'allongeant sur un coude.

— Non, répondit Luis. Pas plus de vingt kilomètres.

— Il faudrait trouver un abri pour se reposer la nuit prochaine. Après, ce sera plus facile.

— On va trouver ce qu'il faut. Ne t'en fais pas.

Leurs regards se croisèrent. Ils se sourirent.

— Je m'en fais pas, dit-elle, mais le petit n'a pas assez dormi.

Luis hocha la tête, se redressa, aperçut une vieille qui cassait du bois à l'autre bout de la vigne. Elle travaillait lentement, avec application, apparemment étrangère au monde extérieur. Comme elle repartait en direction d'une maisonnette isolée, Luis se leva en disant à Soledad :

— Attends-moi ici, je vais la suivre.

Il courut, la perdit de vue, la rejoignit sur le seuil. Elle n'eut pas le moindre mouvement de peur en l'apercevant, lui demanda tout simplement, avec un calme surprenant, ce qu'il voulait.

— Du pain et la direction de Barcelone, dit Luis.

La vieille entra dans la maison blanchie à la chaux, puis elle ressortit avec quelques pommes de terre et des olives qu'elle lui tendit en disant :

— C'est tout ce que j'ai. Pour Barcelone, c'est la route aux cyprès, là-bas ; et elle désigna, derrière une oseraie, un ruban poussiéreux escorté d'arbres bleus.

Luis remercia, inspecta les alentours du regard, se dit que cette maisonnette était vraiment située à l'écart de tous les chemins.

— C'est tout ce que j'ai, répéta la vieille dont la peau parcheminée était creusée de profonds sillons.

— Voilà, fit Luis, j'ai une femme et un enfant qui m'attendent là-bas et ils sont bien fatigués.

— Vous venez de loin ?

— D'Aragon. Zuera, à côté de Saragosse.

La vieille le considéra un moment, réfléchit, murmura :

— J'avais un fils qui te ressemblait. Il est mort à Belchite pendant la bataille.

— Beaucoup sont morts, dit Luis, que ce soit pour Franco ou pour la République.

Et il ajouta, après une hésitation :

— Moi, je suis pour la République.

La vieille eut un vague geste de la main, lança, comme si elle n'avait pas entendu :

— Si c'est vrai qu'ils sont fatigués, tu devrais aller les chercher.

— Merci, fit Luis, en posant les pommes de terre et les olives sur le rebord de la fenêtre.

Il courut vers Soledad, lui dit que la vieille leur donnait

l'hospitalité, reprit la valise et le baluchon et ils furent rapidement de retour devant la maisonnette. La vieille les fit entrer à l'intérieur, simplement meublé d'une table, d'un châlit, de deux chaises de paille et d'un buffet bas. Ils mangèrent tandis que la vieille regardait le petit Miguel en soupirant :

— Il n'y a pas de pire misère que la solitude.

Et elle reparla de son fils, le seul être sur qui elle avait compté pour l'accompagner au bout de sa vieillesse, après la mort de son mari. Elle leur parut sans illusions sur l'issue de la guerre, mais elle se déclara prête à demeurer sur sa petite propriété même si les franquistes arrivaient en Catalogne.

— Que voulez-vous qu'ils me fassent, à mon âge ? demanda-t-elle. Je n'ai plus ni mari ni enfant : je ne crains rien, pas même la mort.

— Mais ce sont des soldats, fit Luis, et cette guerre est la plus sale de toutes.

Elle haussa ses maigres épaules, versa un peu de vin noir dans des verres qu'elle leur tendit en disant :

— Vous avez raison d'aller à Barcelone ; c'est une ville qui a le sang fort. Là-bas, tout est toujours possible. C'est lui qui me l'a dit.

Luis et Soledad se demandèrent de qui elle parlait.

— Il faut venir avec nous, dit Luis.

— Vous aurez assez à faire sans vous occuper des vieux. On ne gagne pas une guerre avec des bras comme les miens.

Elle leur montra ses membres décharnés, aux veines apparentes, où l'âge avait déposé une lie cuite par le soleil.

— Mon fils, lui, il vous aurait suivis.

Elle rêva un instant, poursuivant une image incertaine, ses lèvres remuèrent en un monologue muet, des mots connus d'elle seule adressés à son fils enterré loin de la Catalogne, puis elle murmura :

— Sébastiano, il s'appelait.

Et, comme ni Luis ni Soledad ne trouvaient rien à dire et hochaient simplement la tête en signe de compréhension, elle répéta avec un tremblement dans la voix :

— Lui, il vous aurait suivis.

Puis elle se leva en disant :

— Vous pourrez dormir derrière, dans la resserre, il y a de la paille. Mais mangez donc, en attendant.

Ils remercièrent et ne se firent pas prier pour manger les pommes de terre, les raisins n'ayant pas suffi à calmer leur faim. Quand ce fut fait, la vieille les conduisit dans un appentis rempli de bottes de paille, referma la porte derrière elle en leur disant qu'ils ne risquaient rien. Epuisés par leur marche durant une nuit sans sommeil, ils s'endormirent aussitôt et ne se réveillèrent qu'à la fin de l'après-midi. Alors, comme ils s'étaient bien reposés, Luis proposa à Soledad de reprendre la route. Elle accepta, son fils lui paraissant dispos lui aussi.

— Laisse-moi seulement le temps de lui changer ses couches et on s'en ira, dit-elle à Luis qui s'en fut prévenir la vieille de leur départ.

Dix minutes plus tard, celle-ci les précéda jusqu'à la route dans le soir tombant, ramassa des pommes en chemin et les leur donna. Ils la quittèrent au pied d'un cèdre après l'avoir remerciée, la regardèrent s'en aller jusqu'à ce qu'elle disparaisse derrière les vignes, fragile comme une herbe fanée.

— Allons ! dit Luis.

La valise à la main droite, le baluchon sur son épaule gauche, il se mit en route, suivi par Soledad, prêt à l'entraîner dans les vignes et les champs au moindre danger.

Ils marchèrent encore pendant trois nuits, faillirent plusieurs fois tomber sur des soldats, rencontrèrent des convois de camions, dormirent dans les vignes, enroulés dans des sacs dérobés dans les champs, se cachèrent dans des fossés, mangèrent du maïs volé dans un silo, des pastèques aux trois quarts pourries qui leur occasionnèrent des terribles maux de ventre.

A l'issue de la troisième nuit, enfin, ils atteignirent le Tibidabo couvert d'arbres sombres. De là, ils aperçurent la mer pour la première fois, de l'autre côté des maisons, là-bas, verte avec des reflets d'argent.

— Enfin ! fit Soledad en s'asseyant.

Et, saisie par une émotion qui fit briller des larmes dans ses yeux :

— C'est la mer, Luis, c'est la mer !

Il s'assit près d'elle, entoura son épaule du bras, la serra contre lui.

— C'est Barcelone, aussi. Regarde !

Une sourde rumeur montait des rues qui filaient vers le port, à peine discernable dans la luminosité extraordinaire du matin où, le long des quais noirs, des bateaux paraissaient endormis. De grands oiseaux tanguaient dans le ciel de Catalogne, pareils à des feuilles emportées par le vent. Des clochers émergeaient de cette lumière comme des sapins d'un vallon enneigé.

Le petit Miguel, étonné, écarquillait les yeux devant la ville immense qui s'éveillait doucement comme s'éveille la campagne en automne. Luis et Soledad ne pouvaient en détacher leur regard, ne savaient s'ils rêvaient ou si le voyage était bien terminé. Ils avaient trop marché, trop espéré, trop attendu. Leurs yeux lourds du manque de sommeil avaient du mal à s'habituer à cette lumière. Luis sentit qu'il devait parler.

— On a réussi, dit-il en serrant plus fort Soledad.

Et, en la forçant à le regarder :

— C'est fini, tu comprends ? C'est fini. On va vivre ici et on sera heureux. Plus jamais on aura peur, tu entends ? Plus jamais.

Il tremblait. Elle ferma les yeux, le revit au retour du *cuartel*, frissonna et, comme pour chasser définitivement ce souvenir, les rouvrit, chercha la mer dans le lointain, s'aveugla à sa lueur, fit durer la douleur jusqu'à ce que les larmes l'en délivrent.

— Regarde, dit-elle alors à Miguel en lui montrant du bras les bateaux, les toits et les clochers, les avenues rectilignes et les bouquets de verdure, regarde Barcelone, c'est là que tu vas grandir.

— Oui, intervint Luis, ici, on aura une maison, une vraie, pas une grotte où il fait froid même en été.

L'enfant, surpris par la voix inhabituelle de ses parents, les dévisagea un moment, puis il se blottit dans les bras de Soledad en riant.

17.

Les premiers jours, ils cherchèrent un toit le long des ruelles autour de la cathédrale, s'étonnèrent des façades pastel des maisons souillées de tavelures, des balcons biscornus, de la saleté du port encombré de cordages et de filets, des odeurs de sardines grillées et de *gambas,* et ils élirent domicile dans une petite place du quartier de Gracia où ils dormirent sous les platanes dont les feuilles jonchaient le sol.

C'est là qu'un soir ils firent la connaissance d'un étudiant de Madrid blond comme les blés : Ramon Ordialès. Celui-ci, qui revenait des *ramblas* l'estomac vide, accepta volontiers de partager leur maigre repas : des tomates et une pastèque trop mûres trouvées par Luis dans les poubelles de la place de la Cathédrale. Le lendemain matin, comme Soledad s'inquiétait de n'avoir pas encore de toit, le Madrilène, touché par leur générosité, les emmena vers les bidonvilles de la périphérie où, prétendait-il, il leur trouverait un abri.

La banlieue constituait le domaine des paysans de Catalogne qui avaient quitté leurs terres pour gagner ces abris de fortune à la fin de la bataille de l'Ebre. Une misère épouvantable régnait dans cette étendue de cabanons de tôles ouverts à tous les vents et où des gosses dépenaillés disputaient le contenu des poubelles aux chiens venus de la ville.

Là, Ordialès parlementa avec un nommé Galloso, l'un des responsables du camp, puis il les entraîna vers l'une des extrémités où il leur désigna un petit hangar en disant :

— Installez-vous là. Je vous promets que dans moins de huit jours ce sera un vrai palace.

Soledad sentit son sang refluer dans ses veines, mais elle ne dit rien. Les dents serrées, elle s'assit sur la valise en évitant le regard de Luis, déposa sur le sol à peu près sec les sacs de jute sur lesquels ils avaient dormi dans les vignes, y allongea son fils.

— N'aie pas peur, dit Ordialès. Ce soir, ça ira mieux. Attends ici.

Et il prit Luis par le bras en disant :

— On va chercher tout ce qu'il faut. Suis-moi !

Luis hésita, regarda Soledad qui essaya de sourire puis il suivit le Madrilène en évitant de se retourner.

Celui-ci le conduisit sur les quais qui grouillaient d'une populace oisive et colorée. Là, se tenaient des conversations insensées, des paris stupides au sujet de la couleur des pavillons qui flottaient sur les bateaux des pays amis de la République et qui, prétendait-on, allaient arriver d'un jour à l'autre. Luis, surpris, s'inquiéta auprès d'Ordialès de l'insouciance et de l'anarchie qui régnaient dans la ville.

— Fais confiance au peuple, *hombre,* répondit Ordialès. Celui de la Catalogne est un peu fou, mais il saura se battre, le moment venu.

A l'extrémité des quais, Ordialès dénicha des tôles et du fil de fer, des morceaux de bois, un vieux chaudron et un bidon de fer-blanc. Ils rapportèrent leurs trésors en passant par le centre-ville où l'étudiant avait à faire : il attendait une affectation du quartier général.

— Il faudra t'inscrire aussi, *hombre,* fit Ordialès en repartant.

Luis ne répondit pas, mais l'idée de se battre de nouveau lui laissa un goût d'amertume dans la bouche.

Sur l'avenue bourdonnante d'animation, les voitures pétaradaient au ras de leurs jambes, des autobus bariolés auxquels s'accrochaient de véritables grappes humaines tanguaient dangereusement. La foule oppressait Luis qui pensait à ce que lui avait dit Ordialès et il se demandait comment allait réagir Soledad s'il la laissait seule.

Ils arrivèrent au camp à l'heure où les responsables distribuaient la nourriture. La ration journalière était de soixante grammes de lentilles, de riz ou de haricots, parfois accompagnés d'un morceau de morue salée : peu de chose, certes, mais qui permettait au moins à tous de survivre. Ordialès ricana en tendant sa gamelle où le cuisinier fit couler deux louches de lentilles :

— Les pilules du docteur Negrin !

Luis, pas plus que Soledad, ne comprit cette ironie à l'endroit du responsable républicain. Aussi lui demanda-t-il de s'expliquer tandis qu'ils mangeaient sous le petit hangar où ils avaient entreposé les tôles du matin. Ebahis, ils écoutèrent le Madrilène raconter que depuis les affrontements de l'été, les partis de la République s'entre-déchiraient. Selon lui, ils ne valaient pas mieux les uns que les autres et leurs dirigeants pas davantage. Quant à Negrin, le chef du gouvernement, des rumeurs persistantes l'accusaient de chercher à négocier une reddition avec les franquistes et de projeter l'arrestation des responsables élus de la Généralité. A vrai dire, on ne savait qui gouvernait réellement ni qui avait donné l'ordre de juger des responsables républicains comme des espions de l'étranger.

Atterrés, Soledad et Luis découvraient comment les luttes d'influence, les querelles de clans et de personnes, la folie des uns et l'orgueil des autres avaient jeté Madrid et Barcelone dans la plus sombre anarchie.

— Ne vous inquiétez pas, dit Ordialès, Madrid ne tombera jamais, et en tenant la Castille, on tient l'Espagne.

— Et Barcelone ? demanda Luis.

Le Madrilène leva un doigt sentencieux :

— La reconquête partira de la Catalogne et sera fulgurante.

Soledad, muette, n'avait même pas la force de manger. Après s'être installée sous un hangar, elle apprenait que les forces républicaines étaient menacées de l'intérieur. Tout s'écroulait. Une vague de découragement déferla en elle. Elle songea à sa mère, là-bas, dans sa maison aux murs solides et se demanda une nouvelle fois si elle avait bien fait de la quitter. Tandis qu'Ordialès commençait à clouer les tôles sur les côtés du hangar, Luis vint tout près d'elle, murmura

— Ça ira. Ne t'en fais pas.

Elle hocha la tête et, fuyant son regard, elle se mit en devoir de nettoyer les gamelles avec des gestes lents et désabusés.

Malgré les précautions prises par Luis et Ordialès, Soledad surprit l'une de leurs conversations et finit par apprendre leur projet. Dès cet instant, elle détesta le Madrilène mais n'en dit rien à Luis. Au contraire, elle essaya de le comprendre et reconnut à ses hésitations pour lui parler une preuve d'attachement. Au fond d'elle-même, elle avait d'ailleurs toujours su qu'ils n'avaient pas définitivement échappé à la guerre, que le chemin vers le bonheur serait long et difficile.

Un soir, pour s'éloigner de l'atmosphère étouffante du bidonville, ils partirent se promener sur les hauteurs de Montjuich. Une fois sur la colline, ils cherchèrent des yeux les enseignes des cafés sur les *ramblas,* le clocher de la Sagrada Familia, la place de Catalogne, le port à l'autre bout, scintillant de lueurs reflétées par la mer. Ils s'assirent dans une allée, demeurèrent un long moment silencieux face à cette ville prise de folie, que la nuit tombante auréolait d'étoiles surgies d'ombres mystérieuses.

Luis, de son côté, pensait aux rencontres de l'après-midi, aux propos d'Ordialès sur les trahisons réciproques des partis, et il cherchait à comprendre comment la fraternelle unité du début de la guerre, celle de Biscaye ou de Teruel, avait pu se transformer en une haine farouche et en règlements de comptes suicidaires.

Soledad, elle, regardait briller les lumières dans la nuit et songeait aux feux des gitans sur la sierra, aux enfants nus près des roulottes, à cette vieille gitane dont elle avait eu si peur, aux amandiers sous lesquels on allumait des feux, parfois, au printemps, pour les protéger des gelées. Elle n'osait poser à Luis la question qui lui brûlait les lèvres, mais elle savait confusément qu'ils étaient venus là pour faire le point et prendre des décisions. Elle se décida la première à parler car elle sentait qu'il n'en aurait pas la force.

— Qu'est-ce qu'on va devenir ? demanda-t-elle doucement en se tournant vers lui.

Il ne répondit pas tout de suite, s'éclaircit la gorge, attendit encore et enfin murmura :

— Si on veut vivre en Catalogne, il faut la défendre.

Soledad ferma les yeux. Elle s'attendait à ces mots et, pourtant, le fait de les entendre de la bouche de Luis lui fit mal. Elle hocha la tête lentement, à plusieurs reprises, comme pour mieux se familiariser avec eux.

— Tu partiras quand ? fit-elle.

— Je ne sais pas exactement. Dès que j'aurai une affectation.

Luis regardait droit devant lui la nuit qui coulait sur les toits, et son ombre épaisse, bien que trouée de points de lumière, lui paraissait aussi menacer leur vie.

— Je ne peux pas faire autrement, dit-il.

Et, se tournant brusquement vers elle en cherchant ses yeux :

— Je ne peux pas, tu comprends ? Je ne peux pas.

Elle savait combien cette décision lui coûtait et elle se força à sourire tout en se blottissant contre son épaule. Il ajouta, la serrant contre lui, comme s'il se sentait coupable :

— Ici, tu ne risques rien.

— Je sais, fit-elle.

Il reprit d'une voix qu'il voulut plus ferme :

— Encore quelques mois et tout sera fini ; on aura une maison et du travail. Tu verras, je reviendrai vite.

Elle pensa à Miguel qui lui avait fait la même promesse avant de partir, frissonna. Comme pour conjurer le destin qui, ce soir-là, pesait sur eux, elle murmura :

— Oui, encore quelques mois et on sera enfin heureux.

— Je vois que tu es forte, fit Luis, j'aurais dû te parler plus tôt. Après tout, on a traversé d'autres épreuves, alors pourquoi pas cette dernière, pas vrai ?

Elle hocha la tête, heureuse de n'avoir pas à soutenir son regard et s'abîma dans la contemplation de la mer, là-bas, qui prenait peu à peu la même couleur que la nuit. Ils restèrent encore un long moment assis, en silence, n'osant prononcer le moindre mot pour ne pas ouvrir d'autres plaies, puis Soledad pensa tout à coup au petit Miguel qu'ils avaient confié à une voisine.

— Il faut partir, dit-elle, le petit doit avoir faim.

Ils redescendirent vers la ville qui ronronnait sur elle-même comme un gros chat sur son coussin, la trouvèrent belle dans son immensité où palpitaient des milliers et des milliers de vies. Ils rentrèrent par l'une des larges avenues qui ceinturent San Gervasio, passèrent par une rue aux maisons couvertes de faïence et burent à la fontaine où de petits anges pissaient une eau glacée, puis ils gagnèrent les faubourgs, rejoignirent leur abri de tôles où, une fois couchés, ils cherchèrent l'un et l'autre vainement le sommeil.

Le lendemain, ils ne virent pas Ordialès. Il réapparut seulement trois jours plus tard, la mine réjouie, les bras chargés de provisions. Il les donna à Soledad, se contenta de garder pour lui quelques oranges et trois boîtes de sardines.

— J'ai trouvé l'auberge miraculeuse, lui dit-il en prenant un air mystérieux.

Et, à l'adresse de Luis :

— Tu vas venir avec moi ; tu verras, il n'y a qu'à se servir.

Luis le suivit dans le Barrio Chino qui se situait tout près de la *rambla* del Centro. Ses rues grouillantes au parfum d'anis et de relents d'huile ne cessaient jamais de vivre et surtout pas la nuit : à partir de dix heures du soir, le quartier bruissait de cris, de musiques, d'attroupements louches. Même de jour, Luis ne s'y sentait pas à l'aise. Ordialès le présenta à une grosse femme brune aux lèvres fardées, l'entraîna dans une cour en disant :

— Il lui fallait un vrai *macho* à Maria-Luisa, et c'est moi qu'elle attendait.

Il aida Luis à charger sur ses épaules un carton de boîtes de conserves, l'imita, et ils repartirent dans les rues sales où l'on marchait entre les détritus, le long du ruisselet central.

A partir de ce jour, ils mangèrent à peu près à leur faim, mais Luis ne put rien refuser au Madrilène qui l'emmenait à Barcelone pour monter les fusils qui arrivaient en pièces détachées par la montagne. Soledad, se retrouvant seule, fit face en s'occupant de son fils et en travaillant aux cuisines. En revenant le soir, les hommes rapportaient les rumeurs les plus folles qui couraient la ville : pour les uns, les franquistes avaient enfoncé le front, pour les autres des bateaux allaient arriver d'un jour à l'autre, remplis de vivres et de munitions. Il en viendrait de partout : de France, d'Angleterre, d'U.R.S.S. et même d'Afrique. Alors, à partir du front de Catalogne, les forces de la République enfonceraient les lignes franquistes et rejoindraient Madrid avant six mois.

Ordialès, lui, paraissait moins confiant.

— Tu sais, dit-il un soir à Luis tandis qu'ils rentraient, fatigués, dans la nuit tombante et sous la pluie tiède d'automne; tu sais, s'ils avaient dû venir, les bateaux, ils seraient arrivés depuis longtemps.

Mais Luis se garda bien de rapporter cette confidence à Soledad, que la solitude éloignait de lui un peu plus chaque jour.

Deux semaines passèrent, rythmées par les bombardements du port, le hurlement des sirènes et l'arrivée de nouveaux réfugiés qui tentaient de se faire une place parmi la population du camp. Soledad avait essayé de nouer des liens d'amitié avec les familles voisines, mais elle n'y était pas parvenue. Les femmes semblaient se méfier d'elle. Pourquoi? Elle ne le comprenait pas et en souffrait d'autant plus qu'elle vivait seule pour la première fois de sa vie. Sa mère lui manquait terriblement, et son fils, lui, ne pouvait lui parler. Aussi s'efforçait-elle de s'occuper, tôt le matin, aux cuisines où, sur l'ordre de Galloso, on lui avait donné du travail. Elle y emmenait son fils, l'asseyait près d'elle, aidait le cuisinier, un nommé Estaban Martin, qu'une soixantaine avancée avait rendu asthmatique. Le reste du temps, elle essayait d'améliorer le confort de son abri en prévision de l'hiver qui approchait, et elle n'hésitait pas à courir les rues à la recherche d'objets divers, de paille, de carton, de morceaux de bois destinés à calfeutrer les joints entre les tôles. Les hommes, eux, rentraient chaque soir plus découragés. C'était comme s'ils n'osaient même plus parler en sa présence, comme si la gravité de la situation les avaient rendus coupables et honteux.

Ce pessimisme fut confirmé par le départ des brigades internationales à la mi-novembre, sans que l'on sût qui en avait pris la décision. A cette occasion, la Généralité organisa des cérémonies qui furent grandioses. Soledad suivit Luis et Ordialès sur la place de Catalogne, se mêla à l'immense foule et assista au défilé des régiments qui marchaient en musique, fiers comme des vainqueurs en parade. Tout en assistant au spectacle, les gens discutaient des raisons de ce départ précipité. Et c'était mille questions sans réponses, mille suppositions, sous-tendues par une angoisse que les réjouissances officielles ne parvenaient pas à atténuer. Certains accusaient Negrin d'avoir négocié le départ des étrangers avec Franco, d'autres affirmaient que la République ne pouvait plus les nourrir, d'autres encore croyaient à une trahison de la part de l'un des partis en lutte.

Vers quatre heures de l'après-midi, un pâle soleil perça les nuages, le vent de la mer agita les drapeaux de la République qui claquèrent dans un ultime appel au combat, puis la pasionaria monta sur l'estrade dressée au centre de la place, acclamée par des milliers de poitrines. Placée tout près de l'estrade en compagnie de Luis et d'Ordialès, Soledad examina cette femme noire aux gestes vifs, son visage aux traits rudes, ses cheveux crépus peignés en chignon, en s'étonnant de se trouver si près d'elle, alors qu'à Pallencia on la considérait comme un personnage de légende ou comme un être inaccessible aux simples mortels. Elle écouta, fascinée, la voix grave de Dolorès Ibarruri demander à la foule de ne jamais oublier ces soldats étrangers, qui avaient quitté leur famille pour défendre la République au péril de leur vie, et prophétiser une rapide et totale victoire. Pendant son discours, les gens lancèrent des fleurs, mais ne manifestèrent pas. Dès qu'elle cessa de parler, les cris et les applaudissements se déchaînèrent et se propagèrent dans les rues avoisinantes, par-delà les portraits géants de Negrin et d'Azaña. Des femmes et des enfants coururent vers les soldats, s'agrippèrent à eux, les embrassèrent ; les hommes leur donnèrent l'accolade, se mirent à chanter et à boire en partageant des gourdes de vin avec les héros. Au milieu de ces débordements, Luis, comme Ordialès, se demandait si la Société des nations parviendrait à contrôler le retrait des Italiens et des Allemands accepté par Franco. Ils en doutaient fort comme beaucoup, sans doute, mais que pouvaient-ils faire, sinon participer aux réjouissances et garder tout de même l'espoir ?

Plus tard, des mots d'ordre naïfs furent scandés par des milliers de voix et, le vin aidant, quelques disputes opposèrent les clans rivaux, chacun accusant l'autre d'être responsable du départ des brigades. La musique militaire fit de nouveau entendre ses accents martiaux en quittant la grande place agitée de mouvements de foule inquiétants. Les chants reprirent avec la même ferveur, mais la fête se termina bientôt, avec l'arrivée de gros nuages chargés d'une pluie glaciale, pénétrante, qui cingla les manifestants comme pour les châtier.

Suivi par Ordialès, Luis avait déjà entraîné Soledad à l'écart. Tout en courant, elle protégeait de son mieux le petit Miguel qui ouvrait de grands yeux effrayés. Une fois à l'abri, après s'être séchés au feu allumé par Soledad, ils mangèrent leurs lentilles en silence, encore sous l'effet de cette fête désespérée. Un peu plus tard, quand le petit Miguel fut endormi, Luis dit doucement :

— On doit partir demain.

D'abord, elle n'eut pas un mot ni un geste puis, lorsque les paroles de Luis eurent creusé en elle leur chemin, elle demanda :

— Pourquoi avoir attendu si tard pour me le dire ?

— A quoi ça aurait servi ? fit Luis. Seulement à te faire souffrir plus longtemps.

Elle avait beau s'être préparée à cet instant, toutes ses résolutions fondaient, un sentiment de révolte et d'injustice lui faisait monter des larmes dans les yeux. Après Miguel, elle perdait Luis et elle se retrouvait encore plus seule qu'à Pallencia où, du moins, elle pouvait compter sur sa mère. Elle ferma les yeux, essuya rapidement la larme qui avait débordé de ses paupières, frissonna.

— Vous allez loin ? demanda-t-elle.

— Non, fit Luis, sur le Llobregat, derrière la cinquième armée.

— Trente kilomètres environ, ajouta Ordialès ; c'est le dernier front avant Barcelone.

« Le dernier front avant Barcelone », répéta-t-elle mentalement. Luis partait pour défendre la ville, donc sa femme et son fils. Quoi de plus normal ? Comment imaginer qu'il pût rester inactif, ne pas se battre pour la Catalogne, la République, alors qu'il s'y était engagé dès le début de la guerre ? Soledad inspira profondément, murmura :

— Le mieux est de se coucher maintenant, puisque demain la route sera longue.

Les deux hommes eurent une hésitation. Ils s'attendaient à plus de difficultés, surtout Luis qui n'avait pu se résoudre à parler plus tôt.

— Tu as raison, dit Ordialès, je vous laisse.

Et, pour la première fois, il embrassa Soledad avant de sortir. Quand ils furent seuls, Luis s'approcha d'elle, la prit par les épaules.

— C'est bien, fit-il, c'est bien.

Puis il s'éclaircit la voix et, après un soupir, reprit :

— Si ça tourne mal, ici...

Mais il eut de la peine à poursuivre, hésita, souffla :

— Il faut penser à tout, tu comprends ?

Il se détacha d'elle, poursuivit sans la regarder :

— Si ça tourne mal, il y aura sûrement des bateaux. Tiens ! voilà de l'argent ; c'est Ordialès qui me l'a donné.

Et, comme elle semblait ne pas comprendre :

— Si on perd la guerre, on ne pourra plus vivre ici. Il faudra aller en France, en Amérique, où tu pourras, et de là tu écriras à Isabel Ruiz, *calle de la Cruz,* à Saragosse. Moi aussi. Comme ça on ne se perdra pas.

La France ! L'Amérique ! Mais que disait Luis ? Tout ce qu'elle entendait ce soir dépassait, et de beaucoup, tout ce qu'elle avait imaginé. Il lui semblait qu'un flot tumultueux l'emportait et qu'elle avait beau se débattre, elle ne pouvait rien contre lui.

— La France ? fit-elle en le dévisageant d'un air dur.

— Si le front cède, c'en est fini de la République, dit Luis. Le Llobregat, c'est la dernière chance de la Catalogne. C'est pour cette raison que je dois partir.

— Oui, dit-elle, mais tous les mots prononcés par Luis demeuraient presque incompréhensibles tant ils portaient de menaces.

— Et ma mère ? fit-elle tout à coup avec une grimace proche du sanglot.

— Ta mère et la mienne, où qu'on aille, on les fera venir près de nous. En Catalogne, ou ailleurs...

Il ajouta, essayant de la rassurer tout à fait :

— Mais ce sera en Catalogne. Aie confiance. Rien n'est perdu. Tout recommence.

— Oui, fit-elle en pensant à Miguel, tout recommence.

— Alors, embrasse-moi, fit Luis qui se méprit sur ses pensées.

Elle se laissa enlacer et ils s'allongèrent à côté de l'enfant qui dormait paisiblement.

Longtemps, ils gardèrent les yeux ouverts dans l'obscurité, s'écoutant respirer, n'osant parler avec, tout au fond de leur corps, une plaie brûlante qui, par instants, rougeoyait.

18.

Le lendemain matin, en s'habillant, ils ne parlèrent pas davantage. Soledad, murée dans ses pensées, n'osait prononcer le moindre mot, de peur de se faire mal. Luis savait qu'il était inutile de s'attarder et que, au contraire, plus vite il serait parti, plus vite la douleur s'atténuerait. Il fit un pas vers la porte mais elle s'approcha en disant :

— Laisse-moi t'accompagner un peu. Le petit dort.

Il ne put refuser. Ils sortirent dans l'aube grise de novembre, rencontrèrent Ordialès qui discutait avec Galloso.

— On te la confie, dit Ordialès. On compte sur toi.

— Vous inquiétez pas, fit Galloso. Elle ne manquera de rien.

— Merci, dit Luis. Merci beaucoup.

Et il entraîna Soledad à l'écart, sous un platane au tronc malade.

— N'oublie pas, dit-il en la prenant dans ses bras : Isabel Ruiz, *calle de la Cruz,* Saragosse. Et promets-moi une chose : si les franquistes passent, prends un bateau.

Soledad se crispa, baissa la tête. Comment pouvait-on quitter son pays en y laissant son village, son enfance, sa mère, son mari ?

— Promets-moi ! répéta Luis en la secouant un peu. Il le faut, tu comprends ?

Elle s'y refusa puis, tout à coup, pensa aux soldats du *cuartel* de Zuera. Alors, elle murmura :

— C'est promis !

Il essaya de se détacher d'elle, mais les mains de Soledad se nouèrent dans son dos.

— Ce ne sera pas long, dit-il encore.

Et, plus bas, contre son oreille :

— Le petit est seul.

Elle se demanda comment ses bras allaient bien pouvoir se dénouer. Elle se battait de toutes ses forces contre la peur atroce qui montait en réveillant en elle le souvenir de ce matin de printemps où Miguel l'avait quittée. « Si Luis non plus ne revenait pas », songea-t-elle. Elle sentit qu'à dix mètres d'eux Ordialès s'impatientait, eut honte de s'accrocher ainsi, de rendre cette séparation plus difficile encore, dénoua enfin ses bras. Luis, aussitôt, s'écarta, fit un geste de la main, s'éloigna de quelques pas. Elle resta immobile et glacée, avec l'impression que son sang s'était retiré de son corps et avec une folle envie de crier. Luis se mit à courir derrière Ordialès, et ils disparurent au bout de l'allée. Elle s'aperçut que Galloso la regardait, fit demi-tour, marcha à petits pas vers sa maison de tôles, puisant tout au fond d'elle les forces pour ne pas se retourner.

Elle ne sut comment elle avait réussi à parcourir les cent mètres qui la séparaient de son fils, s'assit sur une caisse et demeura sans bouger, comme perdue, très loin de Barcelone. Elle n'avait pas vraiment mal, mais elle savait que la douleur était là, prête à fondre sur elle, au moindre mouvement. Aussi ne remuait-elle pas et respirait-elle à peine, poursuivant dans son esprit la silhouette de Luis jusqu'au bout de la rue, sans parvenir à la rejoindre.

Ce fut son fils qui, beaucoup plus tard, la tira de son hébétude. Alors elle retrouva les gestes d'ordinaire, des réflexes de mère. En sentant les lèvres de son enfant sur elle, ce fut comme si son cœur se remettait à battre, son sang à circuler dans ses veines. Elle inspira profondément, s'humecta le visage avec l'eau de pluie conservée dans un bidon, sortit, son enfant dans les bras. Des gamins noirs comme des olives, une casquette crasseuse vissée sur la tête, fouillaient avec des bâtons les détritus accumulés autour de l'immense bidonville qui s'éveillait. Elle marcha vers eux car elle ne pouvait pas rester seule. Ils la regardèrent un moment, étonnés, puis reprirent leurs recherches méticuleuses. Soledad les dépassa, continua de marcher, évita le bâtiment des cuisines, prit la direction de Barcelone. Des flocons de neige tournoyaient dans la grisaille du matin dont le voile léger enveloppait la ville comme pour la soustraire à tous les regards. Il y avait peu de voitures dans les rues, peu de passants également, à part deux ou trois clochards au visage bleui par le froid. Soledad s'était à peine vêtue en sortant, mais ne s'en rendait pas compte. Elle marchait, elle marchait, suivant une mystérieuse trace qu'elle était seule à apercevoir, poussée en avant par l'espoir de revoir Luis dans Barcelone.

A force de marcher, elle arriva sur le port qui avait été bombardé à plusieurs reprises par l'aviation franquiste. Elle s'assit sur une caisse abandonnée, regarda les bateaux aux flancs crevés, les docks dévastés, les quais crevassés, puis elle suivit longtemps les grands oiseaux blancs des yeux, s'imaginant libre, comme eux, d'aller où elle voudrait, pourvu que Luis fût près d'elle. La brume se levait lentement, laissant apparaître des nuages gris poussés par le vent du nord. Le petit Miguel s'impatientait, commençait à pleurer. Elle se leva, s'engagea dans les ruelles du Barrio Chino, s'inquiéta de la foule interlope qui l'entourait, réussit à rejoindre les *ramblas* où elle se sentit mieux.

Quand elle arriva sur la *rambla del Centro,* les sirènes retentirent soudain, lugubres dans le matin gris. Ce n'était pas la première fois que Soledad les entendait, mais cette fois, seule dans Barcelone, elle en fut tellement effrayée qu'elle se mit à courir au hasard, sans savoir où aller. Elle avait entendu dire par Ordialès que les franquistes bombardaient seulement le port et avaient toujours épargné le centre-ville. Aussi s'éloignait-elle le plus possible des quais où, moins de dix minutes auparavant, elle avait observé les oiseaux. Le sol vibra sous ses pieds et il lui sembla que l'explosion de la première bombe s'était produite tout près d'elle. Des gens affolés la croisaient en criant. Elle s'arrêta au milieu du boulevard, leva la tête pour chercher les avions, ne les aperçut pas. Elle se remit à courir, fut entraînée malgré elle dans un immeuble où des gens s'entassaient dans un escalier sombre qui descendait sans doute vers des caves. Son fils pleurait et elle essayait de le protéger en le couvrant de son corps penché vers le mur. A chaque explosion, des femmes hurlaient. Il sembla à Soledad que l'immeuble oscillait au-dessus d'elle, puis une épaisse poussière tomba du plafond et les cris redoublèrent.

Les dix minutes qu'elle passa dans l'escalier furent les plus longues de sa vie. Elle crut qu'elle allait mourir loin de Luis, loin de Miguel, loin de sa mère, sans personne pour la reconnaître une fois morte et qu'elle demeurerait seule pour toujours. L'alerte cessa pourtant et Soledad était toujours en vie. Elle fut même l'une des premières à sortir, poussée par ceux qui étaient dans les caves. Dans les rues, c'était la désolation : des pans de murs s'étaient effondrés sur les fuyards, des incendies se déclaraient un peu partout, tout le monde criait, courait, appelait au secours dans l'épouvante et le désordre. Pour échapper à la panique qui se propageait vers la place de Catalogne, Soledad prit la direction des faubourgs. Elle croisa des miliciens qui luttaient contre les incendies avec des pompes à bras et emportaient les blessés sur des brancards de fortune vers l'hôpital militaire. Une pluie glaciale se mit à tomber avant qu'elle n'atteigne le bidonville. Elle se rendit compte en approchant qu'il n'avait pas été épargné : le secteur nord, touché par les bombes, figurait un univers de fin du monde. Des enfants, couchés dans la boue, geignaient ou criaient, des femmes échevelées allaient d'un corps à l'autre, les serraient dans leurs bras, les emportaient, comme folles, vers un secours improbable, des hommes se démenaient et en venaient aux mains, parfois, pour un brancard ou une couverture.

Soledad traversa ce lieu d'enfer le plus vite possible en redoutant de ne plus trouver sa maison de tôles. Elle se sentit seulement soulagée en l'apercevant au bout de l'allée, toujours droite, apparemment intacte. Elle s'y réfugia, s'allongea sur sa paillasse, son enfant dans ses bras, et ne bougea plus.

D'une colline boueuse couverte d'arbustes, Luis s'était retourné au vrombissement des avions. Il devinait dans le lointain le Tibidabo émergeant de la brume, le clocher de la cathédrale, les flammes d'un immeuble qui brûlait dans le centre en dégageant une fumée rousse emportée par le vent de la mer.

— Tu crois qu'ils ont bombardé les faubourgs ? demanda Luis.

— Non, dit Ordialès, ne t'inquiète pas, seulement le port.

— Pourtant ça brûle dans le centre.

— Mais non, ne t'en fais pas !

Luis reprit son rang derrière les hommes qui avançaient en silence et qui, comme lui, regardaient de temps en temps derrière eux. Un peu plus loin, une butte couverte de terrasses leur cacha définitivement Barcelone. Plusieurs fois, depuis son départ, il avait eu envie de revenir sur ses pas. Seuls les regards de ses compagnons l'en avaient dissuadé, car il avait craint de passer pour un lâche. Il essayait de se raisonner : de quelle utilité aurait-il été à Barcelone, près de Soledad, si les franquistes enfonçaient le front ? D'aucune, il le savait bien. Défendre le front, c'était protéger Soledad. Il s'accrochait à cette idée, serrait les dents sur sa fatigue, marchait, marchait.

A partir de la butte en terrasses, il ne se retourna plus, s'attacha seulement à regarder où il posait les pieds pour ne pas glisser et ne pas retarder la chaîne humaine dont il formait l'un des maillons. Ils firent halte à midi sur une crête plantée de pins et de chênes-lièges, marchèrent tout l'après-midi en direction du nord-ouest, et Luis retrouva les sensations de son voyage avec Soledad : douleur dans les jambes et les reins, impression d'étouffer en haut des crêtes, envie par moments de s'asseoir, de dormir, d'oublier la fatigue et le froid.

Ils arrivèrent sur les rives du Llobregat à la nuit tombée. C'était une rivière encaissée dont le lit charriait des eaux sales entre des collines couvertes de petits chênes. La cinquième armée résistait une vingtaine de kilomètres à l'ouest, et la colonne de Luis et d'Ordialès avait été chargée par le quartier général de creuser un camp retranché sur les crêtes : l'ultime barrage destiné à endiguer le flot de l'armée franquiste.

Cette première nuit, ils dormirent sous des abris de fortune : de simples toiles tendues entre deux arbres que le vent malmenait. Luis eut tellement froid qu'il ne put trouver le sommeil. Au lever du jour, le gel s'était posé sur ses épaules, comme sur celles d'Ordialès qui était de mauvaise humeur. A peine le temps de boire un liquide brun et tiède censé être du café, et ils durent se mettre au travail, c'est-à-dire creuser la terre et la rocaille au moyen d'un pieu, déblayer à mains nues ou avec des pelles bricolées à la hâte qui se brisaient facilement. Travailler leur permit d'échapper aux morsures du froid. Près de Luis, Ordialès crachait dans ses mains à la manière d'un terrassier, creusait avec des « hans » venus du fond de sa poitrine, se redressait, frappait de nouveau, demandait :

— Tu penses à elle ? Attends un peu, vous aurez tout le temps.

Luis ne répondait pas, se contentait de sourire, d'imaginer Soledad et le petit Miguel dans leur maison de tôle, serrait les dents, creusait, creusait, creusait.

A midi, ils mangèrent des lentilles tièdes et des sardines dans des gamelles trouées, burent un gobelet de vin trop froid puis ils retournèrent à leurs tranchées et besognèrent tout l'après-midi, sans une halte, creusant et charriant la terre avec application, conscients de l'importance de leur tâche. La nuit tomba de bonne heure, noya les collines dans une brume sale, les renvoya à leur solitude glacée sous leurs dérisoires abris.

Le lendemain matin, ils aperçurent des colonnes de blessés appartenant à la cinquième armée, de l'autre côté du Llobregat. Les soldats traversèrent la rivière sur un pont de bois hâtivement jeté par-dessus l'eau grise et vinrent s'installer dans les tranchées, épuisés. Beaucoup luttaient depuis trois mois dans la vallée de l'Ebre, et certains blessés aux pieds et aux mains avaient dû être amputés. Amaigris, à bout de force, ils demandaient du pain ou de l'alcool avec, dans le regard, une lueur désespérée. Ceux des collines s'affairèrent autour d'eux, les pansèrent, leur donnèrent du vin, écoutèrent leurs récits comme des confidences où la souffrance était à partager.

Vers le milieu de la matinée, les avions franquistes surgirent et bombardèrent les positions occupées depuis la veille par les républicains. Luis dut se coucher au fond d'une tranchée avec des corps contre lui, par-dessus lui, qui l'étouffaient. Il rampa pour se dégager, sentit la terre vibrer, éclater, puis des objets durs retombèrent sur ses épaules. Une nouvelle explosion projeta une partie du mur de terre dans la tranchée. Il eut le réflexe de se redresser avant d'être enseveli, sortit du trou et se traîna un peu plus bas, sur le versant, cherchant l'abri des arbres. D'autres avions passèrent en rase-mottes, des balles clapotèrent dans la boue, devant lui, à moins de dix mètres. Il y eut des cris, des gémissements puis le silence retomba sur les rives dévastées.

Il retrouva Ordialès couvert de boue mais vivant. En s'occupant des blessés, il apprit d'un sergent que, dans le Sud, les franquistes étaient aux portes de Tortosa.

— Combien y a-t-il de kilomètres entre Tortosa et Barcelone ? demanda Luis à Ordialès.

— Sans doute plus de deux cents. S'il le fallait, on y serait avant eux.

Ordialès ajouta, comme Luis réfléchissait :

— C'est ici que tout va se jouer, pas là-bas !

Luis approuva de la tête, mais demeura préoccupé.

Un hôpital de campagne fut aménagé au bas de la colline, côté est, dans une bergerie au sol en terre battue jusque-là utilisée par les cuisiniers. Luis aida au transport des blessés et fut affecté, avec Ordialès, à l'assistance du médecin militaire. Le manque de moyens rendit rapidement dérisoires les soins prodigués : le médecin se contentait de couper le tissu autour des blessures, de nettoyer à l'alcool et de poser un pansement, le plus souvent prélevé sur les vêtements des morts. Des plaintes et des râles peuplaient la bergerie glaciale, parfois même des pleurs quand la douleur rendait les hommes à leur enfance. Luis, qui n'avait rien à offrir, sinon la promesse d'un transport imminent dans un hôpital de Barcelone, ne pouvait s'empêcher d'imaginer Soledad blessée dans quelque rue surpeuplée, le petit Miguel couché près d'elle, et l'envie de partir sur-le-champ le prenait, l'angoisse l'étreignait. Il sortait, respirait à pleins poumons l'air de plus en plus froid, regagnait son poste en soupirant.

Heureusement, les camions promis arrivèrent en fin d'après-midi. Les blessés les plus graves furent chargés dans cinq véhicules bâchés qui partirent aussitôt vers la ville, et Luis retrouva les tranchées en compagnie d'Ordialès, qui lui dit, les poings serrés, les yeux éclairés par une lueur bizarre :

— Aujourd'hui, j'ai appris une chose : les hommes restent toujours un peu des enfants.

Ils s'allongèrent côte à côte dans la tranchée et s'endormirent sans même apercevoir les premiers flocons de neige que faisait tournoyer le vent du nord.

Soledad ne savait plus depuis combien de jours elle vivait seule. Plus d'un mois, sans doute, puisque Noël était passé avec, pour seule consolation à sa solitude, le souvenir de la dinde de son enfance, du morceau de touron, du polichinelle offert par sa mère quand elle avait six ans. Elle avait plus pensé à sa mère qu'à Luis, n'ayant jamais passé les fêtes de fin d'année à Zuera. Seule avec son fils qu'elle couchait contre elle pour le réchauffer, elle avait pleuré une partie de la nuit, puis elle avait repris ses habitudes puisqu'il fallait vivre, heureuse ou malheureuse, et espérer en l'avenir. Malgré le froid, elle se rendait chaque jour sur le port pour guetter l'arrivée des bateaux dont tout le monde parlait. Non qu'elle n'eût pas confiance dans les troupes de la République, mais il lui semblait que la présence des bateaux atténuerait son angoisse pendant ces heures interminables où elle pensait à Luis en danger, à son fils qui, depuis quelques jours, toussait beaucoup.

Les sirènes la surprirent une nouvelle fois, un matin, tandis qu'elle approchait du port. Pourtant, cette fois, au lieu des bombes, les avions larguèrent des miches de pain dans les rues de la ville. Elle avait trouvé refuge près des bâtiments de la Généralité. Comme ceux et celles qui s'abritaient là, elle hésitait à sortir en se demandant pourquoi elle n'entendait ni explosion ni déflagration. Pourtant, des cris montaient de la rue. Elle quitta son abri, vit des femmes se battre, aperçut les miches de pain sur les trottoirs, se précipita pour en ramasser. A peine s'en était-elle emparée d'une qu'un homme tenta de la lui arracher. Elle résista, reçut un coup, se retrouva à terre, le souffle coupé, craignant d'avoir blessé son enfant dans sa chute. Mais non, seule la peur le faisait pleurer. Elle se releva, s'appuya au mur et, horrifiée, vit des femmes s'arracher le pain et enfouir leur butin dans leur corsage, des hommes d'âge mûr se battre avec une violence inouïe. A moins de cinq mètres, elle aperçut une miche retenue par les branches basses d'un platane. Elle eut honte de sentir la salive envahir sa bouche, honte de s'approcher en surveillant les alentours, honte, enfin, de dissimuler la miche sous sa veste et de s'enfuir comme une voleuse pour, une fois seule, loin du centre-ville, manger avec avidité ce pain cuit par ceux qui pouvaient tuer Luis comme ils avaient tué Miguel. Elle mangeait sans presque mâcher, et plus elle mangeait, plus les larmes coulaient sur ses joues, plus elle avait honte, plus la croûte brune lui semblait bonne. Elle donna un peu de mie à son fils qui l'apprécia et lui en redemanda. Songeant qu'elle n'avait plus beaucoup de lait, elle regretta de ne pas avoir ramassé davantage de pain, mais, aussitôt, elle revit les femmes en furie et, de nouveau, la honte la submergea. Elle reprit sa route vers le bidonville, comprit en arrivant que les mêmes scènes s'étaient déroulées dans le camp : des morceaux de pain noirs de boue jonchaient les allées, alors qu'un profond silence régnait sur les maisons de tôle. Elle faillit en ramasser un chanteau moins abîmé que les autres, mais elle n'osa pas. A l'extrémité du camp, elle aperçut un attroupement, reconnu Galloso monté sur une table, s'approcha pour l'écouter.

— Bientôt, disait-il, tout le monde en Espagne mangera à sa faim et vous le devrez à la République, non à ceux qui vous envoient du pain après avoir largué les bombes qui ont tué vos enfants. Un jour, l'Espagne retrouvera le travail dans la paix et pourra vous donner à manger. A tous. Du premier au dernier jour de l'année. Elle le fera grâce au courage de ses soldats, après la victoire qui nous est promise si nous savons rester solidaires et dignes d'elle...

Elle se sentit mieux, écouta jusqu'au bout le discours de Galloso dont la voix portait haut et dont les gestes évoquaient des lendemains paisibles et fraternels. Quand ce fut fini, les réfugiés retournèrent lentement vers leur abri en commentant les paroles du responsable. Celui-ci, reconnaissant Soledad, la raccompagna jusqu'à son abri, s'arrêta devant la porte, parut hésiter, murmura d'une voix changée :

— Rentre chez toi et oublie tout ça, petite.

Elle rougit, essaya de dissimuler la miche qui déformait sa veste, ouvrit la porte et se réfugia à l'intérieur.

L'après-midi, une rumeur se répandit dans le camp : les franquistes avaient franchi le Segre à l'ouest et, dans le sud, avaient pris Tarragone. Il n'en fallut pas plus pour que les réfugiés commencent à quitter la ville en direction du nord, le plus souvent à pied malgré le froid ou en poussant des charrettes chargées de mobilier, provoquant dans la ville une cohue gigantesque. Affolée, Soledad s'en fut trouver Galloso qui tentait de les retenir. Celui-ci l'attira à l'écart et lui dit

— N'aie pas peur. Ne t'en va pas.

— Les bateaux, fit-elle, ils arriveront bientôt ?

Il la considéra avec étonnement.

— Je ne sais pas, dit-il, mais s'il faut partir, je te le dirai

Un peu rassurée, elle regagna son abri, mais ne put rester longtemps à l'intérieur, car il y avait de plus en plus de bruits au-dehors. Elle s'en fut questionner des réfugiés qu'elle connaissait, mais ils parurent ne pas la voir et continuèrent à charger leur carriole avec des airs épouvantés. Elle voulut se rendre sur le port, mais ne put même pas sortir du camp, tellement les allées étaient embouteillées. Alors elle s'assit sur une caisse et regarda s'en aller tous ces hommes et ces femmes qu'elle côtoyait depuis de longs jours. Pourtant, à force de constater avec quel affolement ils partaient, elle en vint à douter des conseils de Galloso. Elle essaya de se rassurer en se disant que Luis reviendrait la chercher si les bateaux n'arrivaient pas, se persuada qu'il faisait beaucoup trop froid pour s'aventurer sur les routes. Elle rentra, fit du feu, s'efforça d'oublier la folle animation du dehors en pensant à Luis.

Le lendemain matin, elle chercha Galloso partout et ne le trouva pas. Inquiète de cette absence inexplicable, elle décida d'aller en ville pour juger elle-même de la situation. Si les abords du camp se trouvaient maintenant dégagés, elle rencontra de plus en plus de monde approchant du port. Des hommes et des femmes chargés de valises se bousculaient sur les quais déserts et certains, même, sur l'aire de mise à l'eau, étaient entrés dans la mer jusqu'aux genoux. D'autres criaient, s'appelaient, se battaient pour conserver leur place comme si leur vie en dépendait. Elle voulut approcher elle aussi, mais elle fut repoussée sans ménagement par deux femmes qui se donnaient la main pour former un barrage. De plus en plus inquiète, elle s'éloigna des quais, s'assit sur un tas de bois, regarda un moment cette foule qui semblait attendre les bateaux d'une minute à l'autre. L'idée lui vint que Galloso s'était peut-être enfui sans se soucier d'elle. Affolée, elle repartit en direction du camp avec l'intention de prendre sa valise et de revenir vers le port.

Elle arriva trois quarts d'heure plus tard, complètement épuisée d'avoir couru, remarqua combien le camp, maintenant, paraissait à l'abandon. Elle se dirigea vers le bureau d'accueil, le trouva vide, repartit, demanda à deux gamins s'ils n'avaient pas vu le responsable, retourna vers son abri, se heurta enfin à Galloso qui l'arrêta du bras et demanda :

— Où vas-tu ?

A bout de souffle, échevelée, elle bredouilla :

— Sur le port ; les bateaux vont arriver.

Elle paraissait sur le point de tomber. Galloso, qui avait les traits tirés, après une nuit blanche passée en réunions, la prit par les épaules, l'entraîna dans l'allée, planta son regard clair dans le sien, la secoua un peu et lui dit :

— Il n'y a pas de bateaux, petite, il n'y en aura jamais.

Elle le considéra sans comprendre, clignant des yeux sous la pluie qui s'était mise à tomber.

— Ils ne viendront pas, les bateaux, répéta Galloso.

Elle sortit l'argent de sa poche, le lui montra.

— J'ai l'argent qu'il faut, dit-elle.

Il hocha la tête, l'emmena dans l'abri, la fit asseoir.

— Il faut que tu partes, fit-il.

— Mais tous ces gens, là-bas ? dit-elle avec un air égaré.

— Ils partiront aussi quand ils verront que les bateaux n'arrivent pas.

— Et Luis ? fit-elle.

— Il remontera vers le nord, comme toi ; vous vous retrouverez là-haut. Moi, je pars pour Tarragone, avec les renforts.

Elle dévisageait Galloso, mais il lui semblait qu'elle ne l'entendait pas.

— Tu vas prendre ta valise et suivre les autres, reprit-il ; n'oublie pas tes couvertures. Et range cet argent, tu vas le perdre.

Elle remit les billets dans sa poche, se leva. Il resta près d'elle pendant tout le temps qu'elle mit à rassembler ses affaires.

— Non ! Pas de bidon, dit-il en le lui enlevant des mains, ne te charge pas trop.

Et, apercevant la grosse valise qu'elle fermait avec une ceinture :

— Ton fils ne marche pas ?

— Non. Pas encore.

— Alors, vide un peu cette valise ; sinon tu n'y arriveras jamais.

— Où ? fit-elle.

Il haussa les épaules.

— Là-haut, dit-il en ouvrant lui-même la valise et en enlevant tout ce qui lui paraissait superflu.

Puis il lui posa deux couvertures sur les épaules, la prit par le bras, la conduisit vers la sortie.

— Allez, va, petite, dit-il en lui donnant la valise.

Elle parut se réveiller tout à coup. Ses traits se durcirent et, alors qu'il avait craint de la voir s'effondrer, elle assura son enfant sur son bras gauche, prit la valise dans sa main droite, et s'en alla.

Longtemps le regard du milicien demeura fixé sur la silhouette fragile qui avançait lentement dans l'avenue, sous les rafales de pluie. Il s'essuya furtivement les yeux, grimaça un sourire, se retourna et se mit à courir vers le camp déserté.

Les gros bataillons de l'armée de Catalogne achevèrent de se replier en désordre sur les rives du Llobregat. Du haut de la colline, assis près d'Ordialès, Luis observait la lente progression des camions sur les chemins, les soldats qui piétinaient dans la boue, glissaient, se traînaient vers le pont où ils attendaient leur tour pour traverser. On entendait une rumeur de colonne en marche, de moteurs et, plus loin, à moins de cinq kilomètres des rives, l'artillerie franquiste qui répondait aux grenades de l'arrière-garde républicaine. Le serpent monstrueux des vaincus était agité de convulsions chaque fois qu'un obus atteignait sa cible, provoquant des courses désordonnées, des chutes pitoyables au milieu des champs et des prés sans couleur. Luis vit un homme que rien ne menaçait et qui marchait solitaire à plus de cent mètres de la colonne principale, s'arrêter tout à coup, puis s'asseoir et s'allonger enfin très lentement, face au ciel, ne plus bouger dans une sorte de renoncement définitif. Et pourtant Luis était sûr que le soldat n'était pas mort : de temps en temps, il remuait un bras ou une jambe, mais ne se décidait pas à se relever. Le pouvait-il vraiment ? Personne ne se souciait de lui et sans doute se trouvait-il à l'extrême limite de l'épuisement.

— Ecoute ! dit Ordialès en poussant Luis du coude.

Le ronronnement des avions montait dans le lointain.

— *Vamos !* fit Ordialès en tirant Luis par le bras.

Mais celui-ci cherchait du regard l'homme épuisé de la vallée. Ordialès le frappa sur l'épaule, l'entraîna dans la tranchée, tandis que, dans la plaine, la plupart de ceux qui attendaient devant le pont s'enfuyaient dans les champs. Certains choisirent d'entrer dans la rivière aux eaux glaciales mais heureusement peu profondes ; d'autres, trop fatigués pour se déplacer, restèrent sur place et furent déchiquetés par les premières bombes dont l'objectif était le pont. Quand celui-ci fut détruit, les avions pilonnèrent les collines avec une implacable régularité puis, leurs soutes vides, ils s'en retournèrent vers leur base de départ aussi vite qu'ils étaient apparus.

Ordialès et Luis, couverts de terre, durent s'occuper des blessés pendant toute la journée avant de revenir dans leur tranchée où, grelottants de froid, ils tentèrent vainement de trouver à manger.

— C'est pour demain, fit alors Ordialès. S'ils commencent à pilonner, c'est qu'ils vont attaquer.

— Tu crois ? fit Luis.

— Dis donc ! Il y a assez longtemps qu'on attend ; moi, il me tarde de me battre ! J'en ai assez de vivre comme un rat !

Ils se couchèrent l'un contre l'autre, comme ils en avaient pris l'habitude, mais le froid les tint éveillés la plus grande partie de la nuit. Et pendant cette longue nuit, songeant qu'il allait peut-être mourir le lendemain, Luis ne cessa de penser à Soledad. Le seul fait de l'imaginer seule lui donnait l'envie de s'enfuir, mais, comme chaque fois, il pensait à la Catalogne, à Ordialès dont il entendait la respiration près de lui, et il essayait de se persuader de la nécessité de se battre, s'en voulait en même temps de son impuissance, de sa peur aussi, cessait de respirer en espérant cesser de penser. Plusieurs fois, Ordialès grogna en sentant Luis s'agiter :

— Dors ! Demain, on aura besoin de toutes nos forces.

Luis s'endormit au petit jour, mais fut réveillé peu après par le grondement des Savoïa qui lâchèrent leurs bombes sans la moindre opposition, excepté celle, dérisoire, des mitrailleuses le plus souvent enrayées par le gel.

— Enfin, on va se battre ! rugit Ordialès en se levant.

Une vive excitation courut dans les tranchées. Luis, d'abord hostile, finit par participer aux préparatifs de la bataille qui s'annonçait : transport des munitions, renforcement des tranchées détruites par les bombes, vérification des armes, harangue des officiers et distribution d'alcool. A dix heures, tout était prêt. Chaque homme, à son poste, attendait l'assaut.

Il n'y eut pourtant pas de véritable bataille, car en moins de deux heures le front du Llobregat céda sous le feu de l'artillerie et des premiers bataillons nationalistes. Leurs vagues n'eurent aucune peine à franchir la rivière et à monter vers les crêtes tenues par les républicains contraints de se protéger sans pouvoir se défendre. Luis et Ordialès tentèrent bien de sortir de leur tranchée, mais ils se retrouvèrent allongés dans la boue, miraculeusement indemnes, après avoir été balayés par le souffle d'une explosion. Ordialès se releva et lança une grenade vers les uniformes bruns arrêtés sur la pente, puis il fut tiré en arrière par Luis qui saignait de l'épaule droite. A peine eurent-ils regagné leur tranchée que le signal de la retraite fut donné. Ordialès, qui refusait d'obéir, s'empoigna avec un officier. Luis les sépara à grand-peine. Ensuite, ils n'eurent même pas le temps de s'interroger sur la conduite à tenir. Dès qu'ils furent sur le versant, le flot des soldats leur fit dévaler la pente, et tous ces fuyards provoquèrent un reflux de panique parmi les unités arrivant en renfort. Ce fut alors le début du désastre pour l'armée de Catalogne qui devint en quelques heures une horde de fuyards qui se répandaient dans les campagnes comme une nappe de boue, investissaient les villages et les fermes isolées, s'emparaient du bétail et des volailles, bivouaquaient sur les places et se saoulaient dans les caves. L'aviation franquiste vint mitrailler les colonnes étirées sur les routes, dispersant les rescapés qui s'enfuirent au hasard en espérant trouver leur salut dans la marche solitaire.

Le lendemain soir, Luis et Ordialès se retrouvèrent sur la place d'un village sans nom ouvert au pillage et abandonné par ses habitants.

— Il faut remonter vers Vich, dit Ordialès, c'est là que va s'installer le nouveau quartier général.

— Pas question ! dit Luis, moi je vais à Barcelone.

— Tu es fou ! Tu vas te faire prendre dans la nasse.

— Ça m'est égal ! Je vais à Barcelone.

Ordialès s'approcha, lui posa la main sur l'épaule.

— Rien n'est perdu, dit-il. Il faut se battre.

Luis eut un sursaut, se tourna vers Ordialès, cria :

— Où ? Quand ? Comment ?

— Plus haut ! fit Ordialès. N'importe où. Si on descend, on est foutus.

Luis le lâcha, s'assit de nouveau sur la murette d'où il avait bondi, se mit à réfléchir, le menton dans ses mains.

— Si ça se trouve, reprit Ordialès, ils y sont déjà, à Barcelone.

— Ça ne fait rien, dit Luis, obsédé par l'idée de Soledad en danger. Je ne te demande pas de me suivre.

Et il ajouta avec une fêlure dans la voix :

— Toi, tu te rends pas compte ; tu es tout seul.

Ordialès soupira, jura, posa de nouveau sa main sur l'épaule de Luis.

— C'est entendu, dit-il, demain, on essaiera.

Et ils allèrent se coucher dans un grenier où l'odeur de la paille aida Luis à penser à la grange de Pallencia, à Soledad, renforçant davantage sa détermination à la rejoindre coûte que coûte.

Le lendemain matin, ils se mirent en route vers le sud, traversèrent un village désert, un champ, des ruisseaux, puis ils retrouvèrent la grand-route où le flot des soldats remontait vers les Pyrénées.

— Tu vois, dit Ordialès, on a l'air de quoi ?

Un officier les regarda bizarrement, leur fit un signe qu'ils ne comprirent pas. Au village voisin, ils rencontrèrent le sergent Sanz, qu'ils avaient connu sur le Llobregat. C'était un homme énergique, d'une grande droiture, au profil d'aigle, et qui mesurait près de deux mètres.

— N'allez pas plus loin, dit celui-ci. On a reçu l'ordre de fusiller les déserteurs. Si moi je ne l'exécute pas, d'autres s'en chargeront.

Luis, que le mot « déserteur » avait surpris, lui demanda si à Barcelone les bateaux étaient arrivés.

— A Barcelone, tout le monde, ou presque, est parti, répondit Sanz.

— Parti où ? demanda Luis.

— Vers la frontière. Il paraît que les Français vont l'ouvrir.

— La frontière ! murmura Luis, et il répéta plusieurs fois ce mot tout en dévisageant le sergent Sanz, comme s'il le voyait pour la première fois.

— La frontière, c'est par-là, dit Ordialès en désignant le nord. On lui tourne le dos, et à ta femme aussi

Luis demeurait immobile, réfléchissant le plus vite possible, avec l'impression angoissante que sa vie se jouait.

— Sanz ! dis-le-lui, toi, fit Ordialès.

— Ne descends pas plus loin, dit le sergent en tapant amicalement sur l'épaule de Luis. Tu risques ta peau.

— Allez, viens ! fit Ordialès. On a assez perdu de temps comme ça.

Luis resta encore quelques secondes tourné vers le sud-ouest, comme s'il cherchait à apercevoir Barcelone, puis, après un soupir, il fit demi-tour et devina, dans le lointain, les contreforts des Pyrénées que léchaient les nuages.

19.

Marcher. Marcher. Depuis combien de temps Soledad marchait-elle ? Trois jours ? Dix jours ? Elle ne savait même plus, gardait seulement à l'esprit le souvenir de Barcelone qui perdait ses habitants comme un blessé son sang, celui de Montjuich sous la pluie glacée, du clocher de la cathédrale étêté par la brume, et c'était comme si, depuis ce jour-là, elle n'avait cessé de marcher. Près d'elle, une horde de femmes et d'enfants marchait aussi, une couverture sur les épaules, le regard fixé sur le dos de ceux qui les précédaient. Toutes les routes, tous les chemins qui conduisaient vers les Pyrénées étaient couverts de cette foule, de mulets, de carrioles, de bicyclettes, de vaches et de moutons. Tous avançaient lentement, misérablement, baissant la tête pour échapper aux morsures de la tramontane. Il y avait aussi de plus en plus de soldats en armes, mais personne n'y prêtait attention. Tout le long de la route parcourue par cette multitude désespérée, étaient abandonnés des matelas, des ustensiles ménagers, des paquets, des valises. Soledad, elle, avait gardé la sienne, mais elle avançait de plus en plus difficilement, ce dernier soir de janvier, tandis que le vent balayait les coteaux en dispersant les flocons de neige.

A bout de force, elle s'arrêta sur le bord de la route, posa sa valise, le petit Miguel, qui toussait de plus en plus, se mit à genoux, laissa couler des larmes de fatigue, supplia :

– Marche. Essaye de marcher.

L'enfant la considéra sans comprendre, lui sourit. Comme elle ne s'était pas écartée de la route, elle reçut un coup involontaire, faillit tomber. S'étant rétablie, elle prit la tête de Miguel entre ses mains, approcha son visage du sien.

— A un an, un enfant peut marcher, dit-elle, aveuglée par la neige et les larmes.

Et, en fermant les yeux :

— S'il te plaît, essaye de marcher.

L'enfant, qui grelottait, se précipita contre elle, croyant à un jeu. Puis il demanda à manger, comme chaque fois qu'ils faisaient une halte. Elle avait pu acheter du pain en cours de route grâce à l'argent donné par Ordialès. Elle en détacha un peu de mie, la lui donna, mais il la jeta et lui fit comprendre qu'il voulait du lait.

— Pas maintenant, fit-elle. Tout à l'heure.

Elle regarda sa valise, son fils, de nouveau sa valise et pensa qu'elle ne pourrait pas aller plus loin. Elle soupira, avala un bol d'air froid, chargea l'enfant sur un bras, reprit la valise, s'éloigna de la route, alla s'abriter derrière le mur d'une grange, jeta tout ce qui se trouvait dans la valise, excepté les vêtements. Ensuite, elle prit son fils sur ses genoux, le serra contre elle et lui donna le sein. Pendant qu'il tétait, les yeux mi-clos, elle essaya de deviner dans combien de temps allait tomber la nuit. Encore une heure. Peut-être deux. Elle songea à sa mère, seule, là-bas, à Pallencia, eut un grand frisson qui lui glaça le cœur. Elle s'efforça de chasser cette pensée, se mit à raconter à son fils cette histoire de loup et d'agneau que lui contait Petra, lorsqu'elle était enfant :

Estando yo en la mi choza
Labrando la mi cayada
— Las Cabrillas altas iban
Y la Luna rebajada —
Vide venir siete lobos[1]...

1. Tandis que j'étais dans ma hutte / Œuvrant le bois de ma houlette / — La Grande Ourse allait au plus haut / Et la Lune était au plus bas — / Je vis alors venir sept loups...

L'enfant l'écouta un moment, ferma les yeux tout à fait. Elle n'eut pas la force de le réveiller tout de suite et s'assoupit elle aussi.

Un peu plus tard, elle sursauta au bruit d'un klaxon sur la route. Elle eut peur d'avoir dormi longtemps, mais la clarté du jour restait la même. Rassurée, elle se releva et sentit d'un coup toute la fatigue accumulée dans ses jambes et ses bras.

— Tiens-toi debout, regarde, je te donne la main, dit-elle à son fils.

L'enfant fit quelques pas maladroits et se mit à pleurer. Elle soupira, le reprit dans ses bras. La neige tombait maintenant à gros flocons d'un ciel d'ardoise qui semblait vouloir écraser les montagnes. Quand elle sortit de l'abri de la grange, le vent la fouetta, faillit la déséquilibrer. Elle réussit néanmoins à regagner la route où, protégée du vent par ceux qui l'entouraient, elle se remit à marcher en s'efforçant de penser à Luis et en essayant de se persuader qu'il l'attendait là-bas, au prochain village, dont elle apercevait les toits à flanc de coteau.

Deux cents mètres plus loin, une voiture noire, qui essayait de se frayer un passage dans la foule, tomba en panne. Aussitôt, ce fut la ruée : les fuyards se précipitèrent vers elle, en chassèrent les occupants et la vidèrent de tout ce qu'elle contenait : couvertures, boîtes de conserve, cartons, sacs, valises et provisions. Après quoi les hommes la poussèrent dans le ravin, du côté gauche de la route, où elle s'écrasa dans un fracas de ferraille. Soledad fit un détour sur le côté droit pour éviter le barrage des pillards, puis elle chercha du regard les toits du village qui lui semblait ne jamais se rapprocher. Son fils, en toussant, tressautait sur son bras gauche dont elle n'avait plus l'exacte perception, tellement la douleur, jour après jour, l'avait ankylosé. Elle s'arrêta, changea de bras et, le poids de la valise ayant diminué depuis sa halte, elle se sentit un peu mieux.

Aux abords du village, il lui fut impossible d'avancer, la plupart des réfugiés s'étant échoués dans les rues pour y passer la nuit. Elle essaya de contourner la route par le coteau mais, comme elle n'avait aucune main libre, elle ne put s'accrocher aux arbustes, glissa et tomba. Elle dut s'y reprendre à plusieurs reprises avant d'atteindre un petit sentier qui, parallèlement à la route, menait aux rues hautes du village. Elle fut rapidement rejointe par des hommes et des femmes qui avaient imaginé la même manœuvre, mais elle parvint tout de même à gagner l'abri des maisons. Il lui restait un peu de pain. Sans grand espoir, elle cogna à une porte pour essayer d'acheter des provisions, mais personne n'ouvrit. Elle n'insista pas, car elle savait que les portes s'ouvraient plus facilement la journée qu'à la tombée de la nuit. Elle descendit vers la place, aperçut, sur sa droite, un abri qui ressemblait à un lavoir. Elle s'en approcha, devina plusieurs femmes à l'intérieur, demanda à entrer. Une vieille aux cheveux couverts d'un foulard noir, aux traits creusés, aux mains décharnées, lui fit un peu de place en maugréant. Soledad ouvrit sa valise, étala une couverture sur le sol à peu près sec, s'assit, donna à son fils la moitié du pain qui lui restait et mangea l'autre moitié. Ensuite, elle mit à sécher sur le rebord du lavoir la couverture mouillée par la pluie et la neige, changea de tricot, s'enroula dans la couverture qu'elle gardait pour la nuit et, son fils contre elle, elle ferma les yeux. Le sommeil tomba sur elle brutalement et, avec lui, une succession de cauchemars : elle cherchait dans une foule hostile sa mère, Luis et même le petit Miguel qui lui avait échappé. Elle les apercevait de temps en temps, mais ses jambes trop lourdes l'empêchaient d'avancer et, quand elle les appelait, ils tournaient vers elle un regard étonné comme s'ils ne la reconnaissaient pas.

A la fin janvier, quelques unités républicaines se regroupèrent sur une ligne passant un peu au sud d'Olot, Rispoll, la Seo de Urgel, sur le cours supérieur du Segre et du Llobregat. En apercevant les contreforts des Pyrénées, Luis et Ordialès eurent l'impression de se trouver dos au mur, pris dans un piège qui se fermait inexorablement. A peine les unités eurent-elles le temps de fortifier leurs positions que l'aviation nationaliste fondit sur elles avec la même efficacité manifestée plus au sud. Comme sur le Llobregat, ce dernier front républicain céda aussitôt, livrant aux franquistes les derniers kilomètres carrés de la Catalogne.

Ordialès et Luis eurent tout de même la satisfaction de participer à une opération de commando, la nuit, au milieu des rangs ennemis. Luis avait suivi Ordialès avec réticence, mais il lança comme les autres sa grenade et ouvrit le feu sur une unité avancée qui fut entièrement anéantie. Dérisoire satisfaction certes, mais qui leur donna au moins l'illusion d'un combat auquel ils avaient droit.

Ils apprirent le lendemain que de Barcelone les franquistes suivaient la côte en direction de la frontière, et qu'ils n'étaient pas loin de Gérone.

— Il faut passer par la montagne, dit Ordialès à Luis un soir où ils avaient trouvé refuge dans une auberge abandonnée au fond d'un val.

Et, comme Luis ne répondait pas :

— T'en fais pas ; à l'heure qu'il est, elle a déjà atteint la frontière... Et même la France.

— Tu crois ? fit Luis.

— J'en suis sûr.

Ordialès ajouta, prenant Luis aux épaules et plantant son regard dans le sien :

— C'est là-bas qu'il faut aller. La guerre n'est pas finie tant que l'armée du centre résiste à Madrid et en Castille. Moi, de France, je trouverai un bateau pour Valence ou Alicante. Toi, tu feras comme tu voudras.

Luis n'hésita pas longtemps. Les derniers mots du Madrilène ménageaient à la fois la perspective de continuer le combat et celle de retrouver Soledad.

— Entendu, fit-il, on y va !

Ils partirent dans la nuit du 5 au 6 février, une nuit noire, sans lune, par un chemin qui, tout d'abord, leur sembla ne mener nulle part.

Au lever du jour, pourtant, ils comprirent qu'ils étaient déjà en montagne : la neige recouvrait des bois de hêtres et de sapins et tombait sans discontinuer avec une régularité monotone et terrible. Le froid traversa très vite le drap insuffisamment épais de leur uniforme et ils regrettèrent de ne pas avoir emporté de couvertures. Le soir, dans un abri de berger, ils allumèrent un grand feu pour se réchauffer, puis ils s'endormirent sans manger : ni l'un ni l'autre n'eut le courage de ressortir dans la nuit, après avoir trouvé la chaleur espérée depuis l'aube.

Le matin, au réveil, leur premier travail consistait à bourrer leurs bottes de paille. Attaquées par le gel depuis le départ de Barcelone, elles n'avaient pas résisté et les trous de leurs semelles s'élargissaient un peu plus chaque jour. Aussi les avaient-ils entourées de sacs attachés avec du fil de fer. Cependant, plus ils montaient et plus la neige tombait. Parfois, ils devinaient des villages de montagne à moins de cent mètres, et des chiens aboyaient furieusement. Ils faisaient alors un détour en regardant fumer les cheminées avec un regard d'envie et attendaient la nuit pour aller voler de la nourriture. D'autres fois, ils restaient deux jours sans rien apercevoir que des flocons de neige, devenaient ivres de cet univers blanc où ils erraient comme des fantômes.

Un soir, en poussant la porte d'un abri, ils se trouvèrent face à face avec deux hommes chaudement vêtus, portant bérets, qui discutaient autour d'un feu : des contrebandiers. Ceux-ci se levèrent par réflexe à l'entrée des Espagnols, esquissèrent un geste vers leurs fusils posés à leurs pieds. Ordialès, qui avait vu fumer la cheminée, braqua son arme sur eux tout en leur parlant en catalan, ce qui les rassura. Ils leur firent alors place près du feu, leur donnèrent du pain et du fromage, partagèrent une gourde d'alcool très fort au goût de genièvre. Ordialès leur demanda s'ils avaient déjà rencontré des Espagnols en fuite, et le plus vieux des contrebandiers répondit qu'ils avaient aperçu des groupes de soldats au moins à trois reprises. Puis il leur enseigna, à une journée de marche, une ferme où vivait un homme capable de les conduire « de l'autre côté », avec un peu d'argent.

A l'issue d'une nuit passée à veiller à tour de rôle, Luis et Ordialès repartirent après une dernière gorgée d'alcool, bien décidés à trouver la maison du passeur avant la fin du jour. Pourtant, sur cette immensité montagneuse d'où les arbres avaient disparu, rien ne sollicitait le regard qui se perdait dans une brume épaisse. Les deux hommes s'encourageaient sans arrêt et, si l'un se laissait tomber dans la neige en prétendant n'en plus bouger, l'autre venait le prendre par la main, l'exhortait à continuer. Ce jour-là, ils cherchèrent longtemps la ferme indiquée par les contrebandiers, se perdirent, retournèrent même sur leurs pas sans s'en rendre compte, tant la brume et la neige banalisaient les moindres repères. Quand ils devinèrent la bâtisse presque totalement enfouie sous la neige au milieu d'un plateau, la nuit tombait déjà, ou plutôt cette grisaille sans fond qui précède la nuit en hiver, à l'heure où s'endort la montagne.

Sur un signe d'Ordialès, ils s'approchèrent, leur fusil à la main, ouvrirent la porte à la volée, se trouvèrent face à un homme très grand, tête nue, aux yeux noirs enfoncés dans leur orbite, qui brandissait un couteau.

— Demain, tu nous emmèneras, ordonna Ordialès en le menaçant de son arme après avoir bondi sur lui.

Ils pénétrèrent dans une pièce sombre où brûlait un grand feu dans une cheminée surmontée d'une hotte imposante. Deux têtes de cervidés naturalisées semblaient surgir des murs noirs de fumée. Les Espagnols s'avancèrent pour se réchauffer et Ordialès baissa le premier son fusil en disant :

— Tu n'as rien à craindre de nous ! Demain, tu nous conduiras de l'autre côté et tu nous oublieras. Ne t'inquiète pas, tu ne risques rien : on veut manger et dormir, c'est tout.

Le montagnard hocha la tête en signe d'approbation, fit un geste de la main sans paraître impressionné par la présence des nouveaux arrivants. Une forme indéfinie émergea d'un coin de la pièce isolé dans la pénombre, à l'opposé de la cheminée : sa femme, que les Espagnols n'avaient même pas remarquée en entrant. Elle portait un bonnet de laine enfoncé jusqu'aux yeux, une pèlerine, une robe et des bas noirs. A peine si l'on distinguait son visage, au demeurant lourd et sans beauté. Elle s'approcha d'un buffet, en sortit une assiette qui contenait des fromages, la posa sur la table à côté d'une tourte de pain. Les Espagnols s'assirent et mangèrent avec satisfaction, tandis que le montagnard versait dans leur verre un vin d'encre au goût de vieux fût.

Un peu plus tard, après avoir remercié, Luis partit dans la grange pour dormir un peu. Ordialès resta dans la maison pour assurer la première garde, comme convenu entre eux. Ils n'avaient pas confiance au point de laisser leur hôte seul dans la nuit. Qui savait s'il ne servait pas d'indicateur aux postes de police des vallées? Rien n'indiquait du reste qu'un détachement nationaliste n'avait pas gagné ces montagnes par l'ouest, depuis le haut Aragon.

Luis s'enfonça avec un infini plaisir dans la paille à côté de six vaches laitières et ne tarda pas à trouver le sommeil. C'est seulement vers le milieu de la nuit qu'Ordialès vint le réveiller. Il gagna à son tour la maison que l'absence de feu rendait glaciale en comparaison de la grange emplie d'une bonne chaleur animale. Il s'installa sur une chaise dans la cuisine et, pour ne pas succomber au sommeil, il rejoignit Soledad par la pensée.

Le lendemain matin, le montagnard leur donna des vêtements plus chauds et leur proposa même une assiette de soupe fumante qu'ils mangèrent en se brûlant délicieusement la langue. Ensuite, ils partirent dans la lueur grisâtre du jour levé depuis peu. L'homme marchait devant eux sans se retourner : il connaissait la montagne et avançait d'un bon pas. Luis et Ordialès peinaient pour le suivre, mais n'osaient pas lui demander de ralentir. Au bout d'un quart d'heure, il fallut une halte impromptue pour leur permettre de retrouver leur souffle. Le montagnard les obligea alors à se cacher derrière une petite butte en attendant le passage d'une patrouille dont la zone de surveillance voisinait avec le plateau. Il semblait très inquiet, jetait des regards furtifs à droite et à gauche comme pour se garder d'une menace immédiate. Ils s'allongèrent tous les trois au pied de la petite butte et patientèrent quelques instants. Ordialès demanda :

— Soldats ou douaniers?

L'homme fit un geste du doigt devant sa bouche et désigna d'un mouvement de tête l'extrémité sud du plateau, une sorte de ravine abrupte qui l'isolait d'un val invisible. Les Espagnols entendirent des bruits de voix étouffés par la brume et la distance. Dès qu'ils s'éteignirent, le montagnard se leva et les invita du regard à faire de même.

— Douaniers, dit-il simplement en reprenant son pas de géant.

Ils s'enfoncèrent dans le brouillard de plus en plus épais, de la neige jusqu'aux genoux, au fond du vallon dans lequel avait basculé le plateau parcouru depuis le matin, puis ils remontèrent vers une sorte de col ouvert entre deux masses rocheuses aux parois gelées. De temps en temps, ils entendaient la corne d'un poste militaire enfoui dans la vallée, et, à chaque sonnerie, l'homme tendait l'oreille, s'arrêtait, hésitait, puis se remettait en route en scrutant le brouillard. Luis fermait la marche et perdait régulièrement du terrain, heureusement compensé par les arrêts de leur guide. Ordialès, lui, s'appliquait à poser ses pas dans ceux du montagnard et ne pensait à rien, mobilisant son énergie pour ne pas rompre le contact.

Un peu après midi, ils trouvèrent un refuge bâti de rondins. Ni Luis ni Ordialès ne se demanda si c'était par hasard, trop contents qu'ils étaient de s'abriter enfin et de se reposer. Ils pénétrèrent dans une pièce humide, au plancher de bois, dont l'obscurité leur donna l'illusion d'un isolement total.

— Il faut que j'aille compter les traces sur le passage, dit l'homme. Si tout va bien, nous traverserons à la nuit, dans moins de trois heures. Il faut que vous m'attendiez ici, c'est trop dangereux de se montrer.

Ordialès refusa d'abord de le laisser partir, mais Luis, qui avait confiance, persuada le Madrilène de le laisser aller. D'ailleurs, il était évident que le montagnard, s'il l'avait voulu, aurait pu les distancer dans la neige en forçant un peu son allure. Celui-ci sortit donc après un dernier geste de la main, remonta le col de sa canadienne et disparut rapidement.

Demeurés seuls, les deux hommes allumèrent du feu pour le seul plaisir de se réchauffer : ils étaient trop fatigués pour préparer leur nourriture, trop préoccupés pour parler. Ils se couchèrent sur un châlit, et une attente lugubre commença, silencieuse, entrecoupée par les quintes de toux de Luis, les jurons d'Ordialès vouant leur guide aux pires châtiments.

Vers trois heures, Luis se leva, trouva des haricots secs dans un buffet aux portes vermoulues, les fit cuire dans une casserole en fer-blanc. Ils mangèrent avec leurs doigts, toujours silencieux, persuadés maintenant que le passeur ne reviendrait pas.

L'après-midi s'acheva dans une inquiétude aggravée par l'imminence de la nuit, mais, malgré la certitude d'un danger à venir, aucun d'eux ne prit le parti de quitter le refuge au risque de se perdre et de mourir de froid.

— Il aura eu peur de nos fusils, dit Ordialès, ironique.

— Ou alors des soldats, fit Luis sans véritable amertume, conscient des risques pris par le montagnard.

— Il n'y a que les *pesetas* qui les intéressent, ajouta Ordialès avec une moue de dégoût. Il faudra filer demain matin le plus tôt possible.

Durant la nuit, ils dormirent à tour de rôle, attentifs au moindre bruit, rugissement de vent ou glissade de paquets de neige sur le toit, mais nulle alerte sérieuse ne vint perturber leur repos. Le froid les tint éveillés à partir de quatre heures, car il n'y avait plus de bois dans la réserve. Ils attendirent avec impatience le jour qui se leva imperceptiblement, comme à regret et sans clarté véritable, puis ils se remirent en route au milieu d'un paysage noyé dans la brume. Ils traversèrent bientôt la zone de patrouille indiquée par le passeur, précipitèrent leur allure pendant une longue demi-heure qui les laissa épuisés, puis ils reprirent un rythme plus normal, s'enfonçant à mi-cuisses, s'aidant des bras pour se dégager, tombant parfois, au seuil du renoncement. A partir de ce moment-là, la glace remplaça la neige, le temps se gâta, une tempête se leva et les contraignit pendant plusieurs jours à rester dans un refuge où ils ne purent se nourrir que de neige fondue.

Soledad quitta la route et s'assit sur sa valise, à l'abri de deux sapins. Depuis le matin, le petit Miguel était secoué par des quintes de toux qui le laissaient livide, à bout de souffle, les yeux brillants de fièvre. Elle s'inquiétait beaucoup car elle avait entendu dire dans la foule que plusieurs vieux et plusieurs enfants étaient morts de congestion pulmonaire. Il fallait trouver une maison, le soigner, s'extraire de cette multitude qui semblait traîner le malheur avec elle. Après avoir beaucoup hésité, elle se décida, au début de l'après-midi, à quitter la grand-route pour chercher un village où les habitants, moins effrayés par la horde des réfugiés passant sous leurs fenêtres, ouvriraient plus facilement leur porte. Cependant, après avoir parcouru un kilomètre, elle regretta de ne pas avoir attendu au lendemain matin, la nuit arrivant vite en février. La neige s'était arrêtée de tomber, mais elle avait été remplacée par une pluie froide, pénétrante, qui avait transpercé les vêtements de Soledad, comme ceux de son fils. Prise d'angoisse à l'idée de passer la nuit seule et sans abri dans la montagne, elle faillit faire demi-tour, mais la pensée de son enfant en danger l'en dissuada.

Le chemin se perdait dans la neige qui fondait en grandes flaques grises. Il n'y avait pas un bruit, si ce n'était celui du vent dans les branches des sapins, là-haut, contre le ciel. De temps en temps, elle s'arrêtait pour se reposer, puis repartait très vite en protégeant de son mieux son fils brûlant de fièvre, qui pleurait. Elle commençait à désespérer lorsqu'elle aperçut en bas, dans un vallon, non pas un village, mais un hameau de trois maisons.

— Ne pleure pas, dit-elle, dans dix minutes, on sera au chaud.

Elle dut suivre un petit chemin en lacet pour ne pas tomber sur la pente abrupte et, tout le temps qu'elle mit à descendre vers le hameau, elle ne cessa de parler à Miguel, comme pour se persuader elle-même de la fin de ce calvaire :

— Ce n'est rien ; ce n'est rien. Tu vas guérir. Ne pleure plus.

En bas, elle fut accueillie par deux chiens menaçants qu'une grosse voix rappela. Une sorte d'ogre barbu apparut, un fusil à la main, demanda :

— Qu'est-ce que vous voulez ?

— Mon fils est malade. Je voudrais le soigner au chaud. Juste une nuit.

— D'où venez-vous ?

— De la route, là-bas, fit Soledad avec un geste du bras.

— Avec toute la vermine, grogna l'homme en faisant un pas en avant.

Et, brandissant son fusil :

— Y a pas de place pour vous, ici ; disparaissez !

Soledad eut l'impression que toute la neige de la montagne entrait dans ses os. Elle chancela, fit un pas en arrière, supplia :

— S'il vous plaît. Juste pour une nuit. Il a beaucoup de fièvre.

— Je vous répète qu'il n'y a pas de place pour vous, ici ; déguerpissez !

Elle sentit le museau du chien contre ses jambes, regarda son fils puis l'homme qui gesticulait, de plus en plus menaçant. « S'il tirait, songea-t-elle, si seulement il tirait ! » et elle avança en fermant les yeux. Pendant les secondes qui suivirent, elle se sentit vraiment prête à tout, fût-ce à mourir plutôt que de reculer. Lorsque claqua le coup de fusil, Miguel hurla de terreur, et le chien sauta sur Soledad, déchirant sa robe. Elle ouvrit les yeux, avança encore, entendit siffler les plombs du deuxième coup de feu. L'enfant, terrorisé, s'agrippait à elle, et il lui sembla qu'il y avait une supplique dans ses yeux. Alors, infiniment lasse, elle fit demi-tour et s'éloigna à pas lents en direction du coteau.

Le premier lacet franchi, elle s'assit à l'abri des arbres et, tremblante de rage plus que de froid, elle réfléchit sur la meilleure manière d'atteindre les maisons du bas qui étaient séparées de celle de l'homme au fusil par une cinquantaine de mètres. Le petit Miguel, épuisé, se calmait.

— N'aie pas peur, dit-elle en lui caressant le front, n'aie pas peur, ce n'est rien.

Elle pensa que le mieux était de repartir à flanc de colline pour revenir, après un long détour, vers le hameau par le chemin qu'elle distinguait au fond du vallon. Puisant dans ses dernières forces, elle se leva et entreprit de contourner le coteau, mit plus d'une demi-heure avant de rejoindre le chemin du bas. Là, à bout de souffle, elle se reposa sous un hêtre et attendit la nuit pour ne pas être aperçue d'en haut en approchant du hameau. Une demi-heure passa, dont elle profita pour manger ses dernières provisions, puis l'ombre de la montagne coula dans le vallon. Complètement transie par le froid, elle se leva dans un ultime effort et marcha vers la maisonnette la plus proche du hêtre, avec la ferme résolution de ne pas revenir en arrière, quoi qu'il arrive. Aucun chien ne l'éventa, ce qui la rassura. Elle se dirigea sans bruit vers la maisonnette dont la cheminée fumait, frappa à la porte, d'abord doucement, puis de plus en plus fort. Comme aucun bruit ne venait de l'intérieur, elle recommença à frapper. Elle entendit alors des sabots se déplacer lentement sur un plancher, venir près de la porte.

— Qui est-ce ? fit une voix d'homme.

— J'ai un enfant malade, répondit-elle.

— Qui êtes-vous ?

— Je suis perdue. Je viens de loin. J'ai de l'argent.

D'autres sabots s'approchèrent, et le silence se fit. Puis il y eut des chuchotements et Soledad comprit que les occupants de la maison se consultaient.

— Ecartez-vous de la porte et reculez de cinq mètres, dit une voix de femme.

Remplie d'espoir, Soledad recula, vit bouger un volet puis un rideau. Une minute interminable passa, durant laquelle elle raidit ses muscles pour ne pas tomber. Enfin, la porte s'ouvrit. Un vieillard et sa femme la firent entrer et lui désignèrent un banc près de la cheminée.

— Asseyez-vous là, dit la femme coiffée d'un fichu noir.

— Merci, fit Soledad en prenant place près du feu.

Ses hôtes s'approchèrent, l'examinèrent à la lueur du foyer, ainsi que le petit Miguel.

— Vous êtes dans un drôle d'état, dit la femme. Il faut vous déshabiller, et lui aussi.

Elle remit du bois au feu dont les flammes grandirent en léchant la suie.

— Merci, répéta Soledad, merci beaucoup.

Elle commença à déshabiller son fils, mais la vieille le lui prit des mains en disant :

— Je m'occupe de lui. Occupez-vous de vous ou bien vous allez attraper la mort.

Et, en retirant à Miguel les tricots de laine qui lui servaient de langes :

— C'est sur vous qu'il a tiré, Anselmo ?

— Oui. C'est sur moi qu'on a tiré.

— Faut pas faire attention. Depuis que sa femme est morte, il a un peu perdu la tête.

— J'ai eu peur, dit Soledad.

Elle avait changé de vêtements et de bas. La vieille lui rendit son enfant, étendit les vêtements sur un fil au-dessus de la cheminée, où ils se mirent à fumer. Soledad se sentit mieux. Elle ferma les yeux de plaisir, tant la chaleur, après de longs jours passés dans le froid, s'insinuait en elle avec douceur. Elle tourna la tête vers le fond de la pièce plongée dans la pénombre mais n'aperçut pas le vieillard.

— Il est allé se coucher, dit la femme qui avait surpris son regard.

Elle dévisageait Soledad et semblait attendre quelque chose.

— Le petit a beaucoup de fièvre, dit-elle.

— Si on pouvait rester quelques jours au chaud, fit Soledad.

Et, comme la vieille ne répondait pas.

— J'ai de quoi payer. Tenez, regardez !

Et elle sortit un billet que la vieille se dépêcha de faire disparaître dans sa poche.

— Ne t'inquiète pas, moi je soigne tout ça, dit-elle. Avec des cataplasmes, des tisanes et de la chaleur, il guérira vite, ton fils.

Elle s'éloigna, fureta dans son buffet, s'activa sur la table. Soledad, qui se sentait revivre, lui aurait bien donné tout son argent pour pouvoir rester dans cette maison jusqu'aux beaux jours. Mais elle pensa aux franquistes qui s'étaient lancés à la poursuite des fuyards, et ensuite à Luis qui, à la frontière, l'attendait peut-être.

— On est loin de la France ? demanda-t-elle.

— Vingt kilomètres, fit la vieille en prenant le petit Miguel qui se laissa examiner sans pleurer.

Soledad en fut réconfortée. Elle s'appuya au mur et, tout en observant la vieille qui glissait un cataplasme sous le tricot, elle inspira profondément l'air chaud, avec des frissons de bien-être. Plus que vingt kilomètres à marcher ! Elle avait du mal à le croire. A cette idée, ses yeux s'embuèrent, et elle demeura immobile, incapable de se lever pour aider la vieille qui enveloppait son fils dans une couverture.

— Vous allez dormir là, près du feu, dit-elle quand elle eut terminé.

Elle s'en fut chercher un matelas dans sa chambre, l'étendit sur le plancher.

— Je me lèverai pour remettre du bois, dit-elle. Reposez-vous.

— Merci beaucoup, dit Soledad. Je vous paierai pour la peine que vous prenez.

— Je sais, dit la vieille, dormez !

Soledad s'allongea, Miguel couché contre elle, comme il en avait pris l'habitude. A peine eut-elle le temps de remercier la vieille une dernière fois que le sommeil l'emporta.

La nuit, malgré la fatigue, Luis ne pouvait pas dormir. Il se demandait s'il n'était pas en train de s'éloigner définitivement de Soledad qu'il imaginait perdue dans la neige ou en mer, loin de lui, pour toujours. Les cheveux bouclés du petit Miguel, les grands yeux noirs de sa femme ne cessaient de hanter son esprit. Il les revoyait l'un et l'autre sur les routes de Catalogne, dans la *cueva* de Zuera, dans l'abri de Barcelone, et il se dressait dans la paille, hagard, l'impression d'une trahison misérable en lui, réveillait Ordialès en disant :

— Jamais je n'aurais dû partir. Jamais ! Ça n'a servi à rien ; aujourd'hui je suis seul et eux aussi.

Ordialès s'asseyait, se frottait les yeux, parlait de la France, de Soledad qui attendait là-bas, de la guerre qu'ils finiraient bien par gagner, et Luis s'apaisait. Alors, pour lui changer les idées, Ordialès entraînait Luis à Madrid, lui faisait suivre la Gran Via, pénétrer dans le vieux quartier derrière la Plaza Mayor, s'asseoir au comptoir des cafés pour manger des *tapas*. Il racontait ses promenades avec une fille aux yeux verts, les bancs de la Casa del Campo, le Retiro où ils louaient des barques, la rue de l'Alcala, ses cafés ouverts toute la nuit, la rue Goya, la Puerta del Sol, et Luis ne pensait plus à Soledad. Il finissait par s'endormir jusqu'à ce que le jour et le froid le réveillent. La fatigue pesait sur ses épaules, le rivait à sa paillasse qu'il fallait pourtant quitter malgré la neige au-dehors, malgré l'absence d'horizon et malgré la frontière salvatrice et maudite qui approchait.

— Si on retournait ? demandait Luis qui, de nouveau, imaginait Soledad prisonnière dans Barcelone.

— Elle a passé la frontière, disait Ordialès, je te le jure.

Et il gesticulait, criait, assurait qu'il fallait fuir pour mieux revenir, que la surprise jouerait en leur faveur.

— Madrid, c'est l'Espagne, assurait-il. Et Madrid appartient à l'armée du centre. On ne peut plus reculer. Il faut marcher, passer de l'autre côté, trouver un bateau. A Madrid, ils tiendront jusqu'à notre retour. Allez, viens ! Lève-toi !

Ils repartaient dans la neige et le vent, attachés l'un à l'autre comme deux frères siamois, s'aidaient, s'encourageaient, avançaient lentement mais avançaient quand même.

Un matin, la tempête se calma, le ciel se dégagea sur les sommets. Vers onze heures, ils entreprirent l'escalade d'un versant pris par les glaces. Unis par une corde, ils progressèrent d'abord lentement, attentifs à ne pas glisser, un peu plus vite après s'être accoutumés à la consistance de la neige gelée. Par un étroit couloir bordé de crevasses, ils atteignirent vers midi une sorte de crête qui leur parut être le point culminant des sommets d'alentour. Profitant de l'accalmie qui durait, ils basculèrent aussitôt sur un versant encore plus dangereux, sans aucun obstacle pour arrêter une chute éventuelle : uniforme et lisse, la pente dévalait jusqu'à un plateau hérissé de blocs de glace, un kilomètre plus bas.

Ils s'engagèrent sur la pente avec précaution, après avoir vérifié la solidité de la corde, et ni l'un ni l'autre, en cet instant, ne comprirent qu'ils avaient changé de pays. Ils atteignirent le plateau deux heures plus tard, s'y reposèrent quelques minutes, descendirent encore jusqu'à la nuit qui les surprit sur un coteau heureusement pourvu d'un refuge. Le lendemain seulement, en apercevant une vallée dans le lointain, tout en bas, droit devant, où des fumées paisibles serpentaient dans le ciel bleu, ils comprirent : c'était bien un autre pays qui les accueillait dans une embellie inhabituelle pour la saison, un pays paré par le soleil d'une pacifique beauté.

— La France ! fit Ordialès.

Ils s'arrêtèrent un moment, s'étreignirent sans joie, mais avec la satisfaction d'arriver au terme d'un calvaire : ils n'avaient pas mangé depuis trois jours ; leurs pieds et leurs mains, couverts d'engelures, devenaient même insensibles à la douleur.

Le beau temps dura encore une journée, leur permit une descente rapide et sans danger dans un terrain maintenant moins hostile. Le soir même, ils rencontrèrent les premiers arbres, le lendemain, enfin, les premiers villages tapis au flanc des vallons. Près de l'un d'eux, Luis attendit dans un petit bois de chênes le retour d'Ordialès parti en reconnaissance. Ils ne savaient pas du tout où ils se trouvaient, s'inquiétaient de l'accueil réservé aux clandestins dans ce pays étranger, songeaient à manger et à se réchauffer près d'un bon feu le plus vite possible. Le Madrilène revint une heure plus tard, des pommes dans ses poches, épuisé, en disant :

— Andorre est juste derrière nous. Il faut descendre encore. Il y a des gendarmes partout : d'autres sont passés avant nous et ils les cherchent.

— Et la mer ? demanda Luis, posant enfin la question qui lui brûlait les lèvres depuis le matin.

Ordialès soupira, sourit en s'essuyant le front.

— Vers l'est, mais loin. Nous devrons être prudents.

Ils descendirent encore pendant la nuit suivante, profitant de l'ombre sécurisante pour s'éloigner de la frontière trop surveillée. Au matin, une femme âgée, très forte, aux sabots éculés, leur donna du lait, du pain dur et des œufs. Ils traversèrent ensuite des plateaux couverts de sapins blancs en évitant les villages où les chiens aboyaient sans interruption. Comme il n'y avait rien à voler dans les champs ravagés par l'hiver, ils furent obligés de se montrer de nouveau pour demander à manger. Ce ne fut pas sans danger car les gens se méfiaient : des Espagnols en fuite, comme eux, avaient volé des poules dans les fermes. Ils passèrent une nuit dans une bâtisse en ruine, à proximité d'une bourgade traversée par un torrent à l'eau si pure qu'ils avaient aperçu des truites en le longeant. A leur réveil, les gendarmes attendaient devant la porte. Luis les vit le premier à travers la lucarne et prévint Ordialès qui, saisissant son arme, souffla :

— Tuons-les !

— Tu es fou ! fit Luis, s'ils nous reprennent, ils nous fusilleront.

— Alors pars ! File vite ! Je m'occupe d'eux !

Et, comme Luis ne bougeait pas :

— Pense à elle ! Pars ! Va la rejoindre !

Il le poussa vers la lucarne ouverte sur l'arrière, lui donna l'accolade, l'aida à monter. Sans vraiment réaliser ce qui se passait, Luis se laissa glisser le long du mur, atterrit lourdement sur le sol gelé, entendit Ordialès parlementer de l'autre côté, s'élança vers une colline où poussaient des chênes. Cependant, ayant enfoncé la porte défendue par Ordialès, les gendarmes se lancèrent à sa poursuite sur le chemin en lacet qui montait vers la butte. A l'instant où Luis se décidait à couper à travers bois pour se soustraire à leur vue, il tomba sur une patrouille alertée par les coups de sifflet venus d'en bas. Prêt à se défendre, il épaula, mais se vit entouré par une demi-douzaine d'uniformes. Alors, il jeta son fusil, s'adossa à un tronc et attendit. Les gendarmes s'approchèrent, prirent son arme et, sans manifester de brutalité excessive, l'entraînèrent vers la bâtisse d'où il s'était enfui. Ordialès se trouvait devant la porte, encadré par deux gendarmes. En arrivant à sa hauteur, Luis détourna la tête et rencontra, haut dans le ciel, des écharpes de brume rose qui, pareilles à celles de Zuera, s'effilochaient aux crêtes de la montagne.

— La vie continue, *hombre* ! souffla Ordialès.

— Oui, la vie continue, fit Luis, avec lassitude.

Et ils se laissèrent entraîner sur une route qui, une heure auparavant, menait encore vers la liberté.

Trois jours avaient suffi au petit Miguel pour guérir. Soledad était repartie un matin, à l'aube, bien décidée à parcourir les vingt kilomètres dans la journée. Mais c'était compter sans le poids de la valise, sans la neige et le froid dont elle avait oublié les méfaits, sans la désespérante lenteur de la colonne des réfugiés qui se traînait misérablement sur les pentes du Perthus. Elle avait dû passer une nouvelle nuit dehors et s'était réveillée frigorifiée le lendemain, ses vêtements de nouveau trempés par la pluie.

A midi, elle mangea un peu de pain sans s'arrêter, de peur de perdre son rang dans la colonne où, parfois, exténués, des hommes ou des femmes tombaient comme des épis sous une faux. Il fallait alors s'arrêter, attendre que les corps fussent poussés sur les côtés, faire place à la famille qui s'en occupait. Il ne pleuvait pas, mais des flocons de neige tourbillonnaient dans l'air coupant comme une serpe. En levant la tête, Soledad pouvait apercevoir, tout là-haut, la marée humaine qui coulait entre les maisons du Perthus comme un troupeau de moutons noirs.

Au cours de l'après-midi, un bruit absurde se mit à courir dans les rangs des réfugiés : le côté gauche de la route se trouvait déjà en France, alors que le côté droit était encore en Espagne. Bientôt, ce fut la ruée : aux cris de « Francia, Francia... », la foule se précipita vers le côté gauche en provoquant des chutes et des blessures. Soledad, qui avait hésité, en profita pour monter un peu plus vite du côté de la route libéré. Enfin, après plusieurs haltes interminables, elle atteignit la première maison blanche où, sur le balcon, trois personnes assistaient au spectacle. Il fallut encore patienter, puis elle avança de vingt mètres, aperçut sur sa droite un autobus aux vitres cassées et une maison basse où, sur un côté, figurait l'inscription « Bureau d'accueil, Automobile Club de France ». Elle avança encore, franchit un premier barrage près duquel s'accumulaient les fusils confisqués aux soldats, atteignit la ligne des drapeaux français. Juste avant de la franchir, pendant une dernière halte, elle s'accroupit, ramassa une poignée de terre qu'elle enfouit dans sa poche. Lorsqu'elle se releva, un gendarme casqué lui demanda :

— Franco ou Negrin ?

Elle comprit qu'on lui demandait de choisir entre l'exil et le retour vers l'Espagne franquiste.

— Negrin, fit-elle, avec un sanglot.

On la fit avancer vers un ultime barrage surveillé par des soldats sénégalais. Là, elle dut attendre encore un long moment l'autorisation de passer. Cependant, une houle provoquée par les réfugiés, qui se poussaient les uns les autres, envoya ceux qui étaient près du barrage, dont Soledad, buter contre les soldats. Ceux-ci, pris de rage, se mirent à cogner sur les têtes et les épaules avec leurs matraques et Soledad, qui avait les mains prises, se tourna pour protéger son fils. Des coups l'atteignirent à la nuque et aux épaules. Elle s'éloigna aussi vite qu'elle put, des larmes plein les yeux. Ebranlée par la douleur, tremblante de rage, elle s'agenouilla, le temps de retrouver son souffle, cherchant à dissimuler ses larmes à son fils qui, les yeux grands ouverts, la regardait. Elle demeura ainsi immobile plus d'une minute, le cœur soulevé par la peur et l'humiliation, appelant à son secours tous ceux dont la pensée l'avait aidée à marcher. Comme le barrage s'ouvrait, rassemblant ses forces, elle se releva, s'approcha de nouveau des soldats et tenta, malgré le brouillard posé sur ses yeux, d'imaginer sur une crête, de l'autre côté du col, les toits de son village. Alors, serrant très fort son fils contre elle, une lancinante douleur à la tête mais le sourire aux lèvres, elle fit ses premiers pas sur la terre où l'attendait Luis.

Quatrième partie

LA TERRE DES LILAS

20.

Luis s'éveilla, mais demeura blotti dans un demi-sommeil et chercha à se souvenir du lieu où il se trouvait. La journée de la veille lui revint alors à l'esprit, et il n'eut aucun mal à revivre le voyage dont la nuit avait à peine estompé les images. Ce fut d'abord les visages des gendarmes qui apparurent. Ils les avaient interrogés, Ordialès et lui, dans la mairie du village, puis ils les avaient emmenés vers un camion garé sur la place. Deux d'entre eux étaient montés à l'avant, deux autres à l'arrière, l'arme à la main, près des Espagnols. Sous la bâche repliée, Luis avait vu défiler des pentes abruptes et des forêts couvertes de sapins. Des vallons s'étaient succédé, puis des villages serrés autour de leur église, des rivières encaissées, des prés, des pâturages, des troupeaux de vaches dans des enclos : une terre bien différente de celle d'Aragon, très loin de Zuera. Luis avait baissé la bâche et, de fatigue et d'impuissance, s'était laissé aller au sommeil, bercé par les cahots du camion sur la route creusée de nids-de-poule.

Quand il s'était réveillé, ils entraient dans la ville de Foix : rues désertes, maisons sans lumière, à peine trois silhouettes sur la place. Plus loin, la route avait cessé de descendre, s'était faufilée entre des champs déserts, des peupliers aux branches nues. Luis et Ordialès avaient partagé une miche de pain tandis que les gendarmes mangeaient dans leur gamelle un reste de ragoût. Ces gestes, Luis et Ordialès les répétaient depuis plus d'un mois, mais, ce jour-là, dans le camion, il avait semblé à Luis qu'un fossé se creusait entre eux comme si la fin proche de la guerre impliquait celle de leur amitié. Pour comble de malheur, l'un des gendarmes leur avait annoncé la chute de la Catalogne et les propositions du colonel Casado, commandant de Madrid, de négocier avec Franco. Aussi, dans le camion qui roulait lentement au milieu de la campagne baignée par la grisaille d'un interminable hiver, la honte et le remords s'étaient substitués chez Luis à toute autre pensée : honte d'avoir quitté son pays, honte aussi et surtout de savoir Soledad et le petit Miguel sans secours, peut-être même en Espagne à l'heure des représailles.

— On n'aurait pas dû partir, avait-il répété plusieurs fois, la tête enfouie dans ses mains.

— Mais si, avait répondu Ordialès ; le 10 février, ils étaient déjà au Perthus. Si nous n'avions pas passé la montagne, à l'heure qu'il est, nous serions morts.

— Tu te rends compte, si on l'a laissée derrière nous ? insistait Luis.

— Mais non ; tu vas la retrouver, assurait Ordialès.

Ils avaient voyagé longtemps encore, traversé une immense plaine, longé une rivière bordée d'arbres fruitiers, des champs à perte de vue : la terre de France. Luis la sentait si étrangère qu'il avait envie de sauter du camion et de se mettre à courir vers l'Espagne.

Plus tard, sous la pluie glacée qui giflait les bâches, le camion s'était enfin arrêté après avoir suivi un chemin creusé d'ornières. Luis avait entendu les gendarmes discuter dans la cabine. Quelqu'un s'était approché, leur avait parlé, s'était éloigné. Le camion était reparti, mais plus lentement. Cinq minutes avaient passé, puis on les avait fait descendre. Ils avaient marché sous la pluie vers des lumières vacillantes. Luis avait eu l'impression d'entrer dans un monde inconnu et il avait eu froid, tout à coup, comme dans la cellule de la Toredo.

Des Français en uniforme les avaient accueillis, leur avaient demandé leurs vêtements pour les mettre à sécher et leur en avaient donné d'autres. Ils étaient entrés dans une semi-obscurité où régnait une forte odeur de sueur et d'humidité. Ils avaient buté sur des corps allongés, provoqué des protestations, s'étaient écroulés un peu plus loin dans la paille sans même manger. Ainsi pour eux s'était terminée la guerre : plus de femme, plus d'enfant, plus de patrie, et pour seule richesse un lit de paille dans la nuit froide de l'hiver où des hommes dormaient serrés les uns contre les autres, comme les bêtes d'un troupeau égaré...

Luis ne bougea pas, mais ouvrit les yeux. Le hangar où il se trouvait était partiellement fermé avec des bâches. L'entrée, orientée au nord, était ouverte à l'air glacial et aux rafales de pluie poussées par le vent. Par chance, Ordialès et Luis avaient trouvé place à l'autre bout de l'abri long d'une soixantaine de mètres et large de vingt. Des tôles ondulées recouvraient la bâtisse qui avait servi d'entrepôt pour les céréales. Un peu de jour coulait du toit, éclairant les couches de paille alignées parallèlement, de chaque côté d'une allée centrale.

Luis entendit tout près des bruits de casseroles, plus loin l'appel d'un coq dans le petit matin, et il pensa à l'aube de Zuera, devant la grotte où dormait le petit Miguel, quand Soledad venait s'appuyer sur son épaule et murmurait :

— Il faut partir, Luis.

Il chassa cette pensée de son esprit, se tourna vers Ordialès qui, mal réveillé, regardait de tous côtés, silencieux. Des hommes s'approchèrent, encore lourds de sommeil. Sans en reconnaître un seul, Luis serra les mains qu'on lui tendait, écouta les noms prononcés comme autant de mots amis : Ruiz, Linarès, Nazaral, Fortia, Sanchez. Tous avaient les traits marqués par la même lassitude, mais la fierté, pourtant, brillait encore au fond de leurs yeux.

— Quand sortons-nous d'ici ? demanda Ordialès avec un air hagard, vaguement ridicule en raison de l'heure et du lieu.

— Pour aller où ? répondit un petit homme à la joue barrée d'une cicatrice et aux yeux de fouine.

Ordialès se lança alors dans un discours enflammé sur l'armée du centre, la mer, le Levant, et la victoire qui leur était promise s'ils ne perdaient pas de temps. Tous l'écoutèrent avec une moue dubitative : personne, dans le camp, ne croyait plus à l'armée du centre depuis longtemps.

Un Espagnol grand et maigre, aux sourcils noirs et aux pommettes saillantes, s'approcha de leur groupe en jouant des coudes. Il leur demanda leur nom, leur âge et le lieu de leur naissance, puis il se présenta : il s'appelait Vélez, était le responsable élu des réfugiés auprès des Français. Il se montra surpris de leur passage en plein hiver dans la montagne, puis il répondit à Ordialès qui l'interrogeait sur la guerre :

— C'est fini, ou presque. Madrid résiste encore, mais c'est la famine sous les bombardements journaliers.

Vélez fit mine de cracher à la face d'un ennemi invisible puis se tut. Il y eut un instant de silence glacé qu'Ordialès rompit brusquement en disant :

— Il faut débarquer le plus vite possible ; que ce soit au Levant ou en Andalousie.

De nouveau le silence tomba. Luis s'aperçut que les hommes considéraient Ordialès bizarrement, avec une sorte de pitié douloureuse.

— Combien sommes-nous, ici ? reprit celui-ci sans s'en rendre compte.

— Avec vous : 156, répondit Vélez.

— Quand partons-nous ? demanda Ordialès que l'absence d'écho à ses suggestions contrariait.

Vélez eut un soupir d'agacement, consentit enfin à expliquer :

— Réveille-toi un peu ! Ici, on est considérés comme des prisonniers ; tu comprends ?

Il avait baissé le ton comme pour s'adresser à un malade.

— Qu'est-ce que ça veut dire prisonniers ? s'insurgea Ordialès. Vous croyez que je vais rester ici longtemps ?

— Il faut que je cherche ma femme, intervint Luis, volant au secours d'Ordialès.

Vélez eut un mouvement d'épaules désabusé, précisa :

— Nous sommes des milliers dans ce cas.

Il ajouta, prenant les autres à témoin :

— Les Français ont ouvert les frontières au dernier moment. Rien n'était prévu pour nous accueillir. D'ailleurs, ils ont d'autres préoccupations : la guerre menace, le chômage sévit, le Front populaire croule de toutes parts ; alors, vous savez, les Espagnols, ils en ont rien à foutre.

Il se tut, s'éclaircit la voix, reprit :

— Ne vous plaignez pas trop, parce qu'à Argelès et à Saint-Cyprien ceux qui sont passés au Perthus n'ont même pas de baraquement : ils ont dû s'enterrer dans le sable.

Aussitôt, Luis imagina Soledad à l'abri dans un trou et son sang se glaça. Il voulut interroger Vélez, mais celui-ci, décidé à rompre une conversation vaine à ses yeux, leur tendit leurs vêtements secs, leur donna les consignes en vigueur dans le camp d'une voix mécanique et blasée :

— Il est interdit de franchir les barbelés ; il faut se faire couper les cheveux à cause des poux, se laver tous les jours, passer au crésyl l'allée centrale à tour de rôle, participer aux corvées de cuisine et obéir aux ordres sans les discuter. A part ça, vous pouvez faire ce que vous voulez.

Il fit demi-tour, écarta les hommes, hésita, dit encore à mi-voix :

— J'oubliais : les discussions politiques sont interdites. Nous avons un devoir de discrétion et de gratitude envers le pays qui nous accueille.

— On peut savoir au moins où on est ? demanda Ordialès, agressif.

— A Septfonds, dans le Tarn-et-Garonne.

— Merci beaucoup, fit le Madrilène, avec une courbette obséquieuse.

Le cercle se referma. Il y eut quelques murmures, puis les hommes se dispersèrent en commentant les propos d'Ordialès et sortirent pour aller aux cuisines chercher le bouillon et le pain du petit déjeuner.

Soledad avait cru qu'elle en avait fini d'avoir froid et de marcher, mais elle s'était vite rendu compte que son chemin de croix n'était pas terminé. Après une nuit passée sous l'abri d'un camion, elle avait dû se remettre en route vers la vallée au milieu du fleuve des vaincus, et toujours en portant son enfant dans ses bras. « Cela ne cessera donc jamais ? » se demandait-elle en se laissant entraîner sur les pentes sans pouvoir s'arrêter un instant. A midi, heureusement, elle put se reposer au niveau d'un barrage près duquel des soldats lui donnèrent du bouillon chaud, du pain et deux sardines. Un début de bagarre se produisit autour des cuisines roulantes, et il fut sévèrement réprimé par des gendarmes et des gardes mobiles. « Vous n'êtes pas chez vous, ici ! Vous ferez la révolution ailleurs ! » lança un brigadier au terme de l'échauffourée. Soledad, qui n'en pouvait plus de fatigue et d'humiliation, mangeait dans sa gamelle en évitant de relever la tête. Des hommes se mirent à chanter, ce qui provoqua une nouvelle charge des gardes mobiles. Quand tout le monde fut calmé, il fallut se remettre à marcher, ce qu'elle fit machinalement, les yeux mi-clos, s'efforçant de penser à son fils et seulement à lui pour ne pas tomber. Elle parcourut ainsi un ou deux kilomètres puis, brusquement, un voile passa devant ses yeux et ses jambes s'effacèrent sous elle. Elle s'écroula en emportant la pensée de serrer très fort son enfant pour ne pas le perdre.

Quand elle revint à elle, elle se trouvait dans un camion qui roulait au pas. Un éclair d'épouvante passa dans ses yeux, mais il s'éteignit dès qu'elle aperçut Miguel près d'elle.

— Ça va mieux ? demanda un gros gendarme en souriant.

Elle hocha la tête, s'assit, s'appuya à la ridelle et prit son fils contre elle. Dans le camion, il n'y avait que des femmes âgées et des vieillards. A l'arrière, elle aperçut le flot des réfugiés répandu sur les pentes, de chaque côté de la route, dont les formes noires faisaient comme une crue boueuse. Elle se dit que si elle voulait rester dans le camion, ne plus marcher, être à l'abri du vent, elle devait feindre d'être malade. Elle ferma les yeux, se laissa aller à une somnolence où lui parvenaient des cris, parfois des chants, mais surtout le martèlement des pas sur la terre gelée.

Vers le soir, le camion arriva enfin au Boulou, un village aux fermes groupées entre des champs et des vergers. Des fils de fer barbelé délimitaient une sorte de camp où, pour échapper aux morsures du vent, les réfugiés avaient creusé des trous dans lesquels ils s'abritaient, protégés par une couverture.

— Descendez ! ordonna l'un des gendarmes.

Les réfugiés s'ébrouèrent, mais ne bougèrent pas. Soledad, elle, se refusait de tout son être à la morsure du vent et du froid. Elle sortit deux billets de sa poche, les tendit au gendarme qui commandait les opérations. C'est à peine s'il leva les yeux sur elle, mais il lui fit signe d'aller au fond, contre la cabine ; et il répéta :

— Allez ! Descendez ! On vous reprendra demain matin.

Les femmes et les vieillards le regardaient d'un air épouvanté, ne bougeaient toujours pas. Soledad sortit tous les billets qui lui restaient et, comme elle ne savait comment s'expliquer, fit un geste circulaire de la main en disant :

— *Todos !*

Le gendarme hésita, haussa les épaules et sauta à terre, suivi par son collègue.

— *Gracias !* firent des voix pleines de lassitude.

La nuit tombait. Il ne neigeait pas, mais les rafales du vent s'acharnaient contre les bâches. Un homme baissa celle du fond et ils se retrouvèrent dans une totale obscurité pendant une dizaine de minutes, puis le gendarme qui avait pris les billets réapparut avec du pain et une soupière de bouillon chaud.

— *Rapidamente !* dit-il.

Les réfugiés mangèrent le plus vite possible, surveillés par le gendarme qui semblait inquiet. Enfin la bâche retomba et ils s'assoupirent, avec en eux la bonne chaleur du bouillon et celle du monde clos où ils avaient trouvé refuge. Soledad, elle, gardait les yeux ouverts et s'efforçait de ne pas réveiller son fils endormi. Une douloureuse pensée venait de lui traverser l'esprit : Luis ne se trouvait-il pas dans l'un de ces trous où, sans doute, il tremblait en pensant à elle ? Comment dormir avec cette obsession dans la tête ? Elle devait se lever, aller le chercher, le ramener dans le camion, et pourtant elle ne se sentait pas la force d'esquisser le moindre geste. Elle était lâche. Elle était faible. Quelques larmes d'impuissance et de découragement glissèrent sur ses joues, qu'elle se hâta de faire disparaître avec sa main. Un profond silence régnait maintenant sur ces lieux de désastre comme sur un champ de bataille les soirs de défaite. Tout n'était que boue, misère, vermine et douleur. C'est avec cette vision de fin du monde qu'elle s'endormit enfin, après un long soupir.

Le lendemain, après un petit déjeuner de bouillon chaud, les gendarmes firent descendre les hommes et monter d'autres femmes. Chacune dut se pousser un peu pour laisser de la place, et bientôt il fut presque impossible de bouger. Soledad prit son fils sur ses genoux et sentit avec soulagement démarrer le camion. La route se faufilait entre des vignes et des vergers aux branches nues, traversait des villages — Saint-Genis-des-Fontaines, Saint-André — où la population regardait passer le flot des réfugiés le plus souvent en silence, parfois avec des cris hostiles. Heureusement pour Soledad, elle percevait tout cela de loin, sans comprendre vraiment les apostrophes lancées des maisons. Ce ne fut pas le cas à Perpignan, sur la place de la gare, où des centaines de femmes étaient rassemblées en attendant un train. C'est là qu'elle comprit vraiment de quel prix se payait un exil : autour d'elle, jaillirent des insultes aussi blessantes, aussi violentes que des coups de poignard : « Pas de pègre, chez nous ! Retournez d'où vous venez ou allez au Mexique ! » Elles furent arrêtées par des protestations venues de tous côtés, mais à peine avaient-elles cessé qu'une dizaine de jeunes gens fendirent la foule et, face aux réfugiées, le bras tendu, se mirent à chanter le « Cara el sol[1] ». Soledad se trouvait tout près d'eux. Il lui semblait qu'elle n'avait plus de sang dans ses veines, que son cœur allait éclater. Son fils dans ses bras, elle leur tourna le dos, pâle comme une morte. Une main la prit par l'épaule, la força à se retourner. La haine du regard la meurtrit autant que le crachat lui-même. Elle ne bougea pas d'un pouce, ne ferma pas les yeux, serra les dents pour retenir les larmes qu'elle sentait monter sous ses paupières, et elle pensa confusément que c'était ça mourir. Des hommes d'âge mûr, prêtant la main aux gendarmes, expulsèrent les jeunes gens qui disparurent enfin sous les huées de la majorité des Français rassemblés là.

Sans lâcher Miguel, Soledad tomba à genoux, le cœur prêt à

1. « Face au soleil ». Chant des phalangistes espagnols.

se rompre, luttant contre le vertige qui l'emportait. Elle devenait folle. Il n'était pas possible qu'elle eût vécu les précédentes minutes ou alors la meilleure part d'elle-même en resterait brûlée à tout jamais. Elle haletait, avait envie de crier, de disparaître, de ne plus exister.

Enfin des mains secourables l'aidèrent à se relever. L'une d'elles prit même sa valise et l'aida à marcher vers le quai. Elle monta dans un wagon où elle trouva de la place sur une banquette de bois. Elle remarqua que le compartiment était seulement occupé par des femmes et des gendarmes. Le train s'ébranla avec des sifflements de vapeur et des hoquets. Elle essaya d'oublier ce qui s'était passé dans la cour en regardant défiler les maisons de la ville, eut une nausée, repoussa ces images puis, une fois que le train eut gagné la campagne, elle ferma les yeux.

A chaque gare traversée, le convoi s'arrêtait. Les gendarmes sautaient sur le quai, demandaient à ceux qui attendaient :

— Combien en voulez-vous ?

— Cinq, dix ou quinze, répondait une voix sans chaleur

Les gendarmes restés dans le wagon désignaient les femmes au hasard, et elles descendaient avec leurs enfants vers un abri provisoire : une école, un lycée, un couvent. Soledad, elle, se trouvait dans le dernier wagon et le regrettait car il lui semblait que plus elle s'éloignait des montagnes, plus la distance se creusait entre elle et Luis. Il lui tardait maintenant de trouver un toit, de s'arrêter enfin et, dès que possible, d'écrire à Saragosse. Cette pensée lui faisait du bien, adoucissait un peu la blessure de Perpignan.

A midi, les gendarmes distribuèrent du pain et de l'eau dans la gare d'une grande ville aux toits rouges. Il y eut là une halte plus longue, puis le train repartit et roula encore une bonne partie de l'après-midi. Soledad, épuisée, s'était endormie. Elle sursauta à l'instant où l'un des gendarmes la secoua par l'épaule, se leva machinalement puis, soulevant Miguel d'une main et sa valise de l'autre, suivit celles qui descendaient. Une fois dans la cour, elle fut pressée par un homme en civil de monter dans un camion qui se mit en route aussitôt. Ce n'était pas une grande ville. Un boulevard à peine éclairé longeait une rivière qu'enjambait un pont de pierre. On apercevait de l'autre côté de l'eau les masses sombres des coteaux qui semblaient de toutes parts entourer les maisons. Le camion roula seulement pendant dix minutes et s'arrêta dans la cour d'un collège. Les femmes descendirent et furent dirigées vers un réfectoire où une jeune fille aux tresses rousses leur servit de la soupe. Sitôt que les assiettes furent vides, on emmena les réfugiées dans un dortoir au plancher ciré. Elles durent se coucher sans même avoir le temps de faire leur toilette. Longtemps, une fois dans son lit, son enfant près d'elle, les jeunes gens de Perpignan poursuivirent Soledad en la menaçant. Malgré la chaleur des couvertures et la douceur des draps, elle ne put trouver le sommeil et leur échappa seulement au matin, épuisée par sa fuite.

Le lendemain, on les fit lever de très bonne heure et on leur servit un bol de lait chaud et du pain. Elles remontèrent ensuite dans le camion qui, dès la sortie de la ville, suivit une route entre des rochers semblables à ceux des sierras. Il traversa des villages aux maisons blanches et aux toits bruns qui accueillirent plusieurs réfugiées. Vers midi, il arriva sur la place d'un bourg où le soleil d'hiver faisait comme des flaques. Elle était entourée de commerces et de cafés aux façades couvertes de réclames. Là, une fois que le camion eut stoppé au niveau d'une douzaine de personnes, une religieuse s'approcha, monta et détailla les femmes assises à l'intérieur.

— Combien en voulez-vous, ma mère ? demanda un gendarme.

— Cinq.

— Voulez-vous les choisir ?

Le regard de la religieuse balaya le visage des réfugiées avec sévérité, puis elle désigna celles qui lui plaisaient. Soledad était du nombre. Elle s'aperçut qu'elle était aussi la plus jeune et la seule à avoir un enfant. Elle descendit la dernière, suivit ses compagnes jusqu'à une charrette attelée à un cheval dont la bride était attachée aux grilles d'un jardin. Une deuxième religieuse, plus jeune, attendait sur la banquette. Elle accueillit les réfugiées d'un sourire, les invita à monter à l'arrière. La mère supérieure (celle qui avait choisi les femmes dans le camion) dénoua les rênes du cheval, monta à son tour, et fit partir l'animal. Après avoir rejoint la grand-route par où était arrivé le camion, l'attelage atteignit le fond d'un vallon. Le couvent se trouvait là, à main gauche, derrière deux grands sapins, protégé de l'extérieur par une lourde porte cloutée qui tarda à s'ouvrir. Enfin la charrette entra dans le parc et suivit une allée sablonneuse jusqu'au bâtiment principal, de construction massive, aux minuscules ouvertures. Tout le monde descendit. Les deux religieuses emmenèrent les réfugiées dans une pièce sombre qui sentait la cire et la bougie.

— Vous êtes ici à Gramat, dans le département du Lot, dit la mère supérieure. Sœur Alice, que voici, et qui parle un peu espagnol, s'occupera de vous et vous expliquera comment nous vivons.

Sœur Alice, qui était âgée d'une trentaine d'années et qui avait des yeux d'un vert très clair, une petite bouche et un nez retroussé, traduisit en souriant. Soledad se sentit bien pour la première fois depuis longtemps en pensant qu'elle était à l'abri, bien au chaud, qu'elle ne risquait rien, et Miguel non plus. Une fois installée dans sa petite chambre aux murs blancs, elle fit sa toilette, changea de vêtements, s'occupa de son fils, puis elle demanda à sœur Alice du papier et un porte-plume pour écrire à Saragosse.

Le camp mesurait environ cent vingt mètres de long sur soixante-dix de large. Il se trouvait à proximité d'un village aux toits rouges accroché au flanc d'une butte couverte d'arbres fruitiers qui dressaient vers le ciel leurs moignons squelettiques. Un peu plus bas, dans une plaine étroite creusée par une rivière, des prés et des champs de céréales se succédaient jusqu'à une colline rocailleuse. Là, commençait un causse où l'on apercevait des chênes nains et des genévriers. Dans l'hiver qui s'achevait, tout semblait mort et rien ne rappelait à Luis la vallée rouge de Zuera ou le vert nuancé des terres de Catalogne. C'était bien un pays différent, une terre étrangère dont il n'espérait rien, sinon la possibilité de retrouver un jour Soledad.

Depuis deux semaines qu'il vivait là, il avait écrit deux fois à Saragosse pour plus de sûreté. Il n'était pas le seul à rechercher sa femme. Chaque jour une voiture-radio entrait dans le camp et, après avoir rappelé aux réfugiés leur devoir de correction et de gratitude envers leur pays d'accueil, elle diffusait des appels de l'ambassadeur d'Espagne à Paris qui promettait l'*indulto* [1] à ceux qui n'avaient aucun crime à se reprocher et rentreraient au pays. Les gendarmes, eux, répétaient que le meilleur moyen de retrouver sa famille était de revenir en Espagne. Luis en avait été tenté, mais Ordialès était parvenu à l'en dissuader en disant :

— Qu'est-ce que tu crois ? Qu'ils vont te décorer ? Tu sais bien que ta femme est en France. Galloso nous avait promis de s'occuper d'elle ; je suis sûr qu'il a tenu parole.

Il avait ajouté, rageur :

— Moi, je vais repartir, mais pas les mains vides ; avec un fusil. Leur *indulto*, je vais le leur faire bouffer !

Luis s'était résigné à attendre une lettre et s'était peu à peu installé dans une monotonie que brisaient simplement les repas (pain, sardines ou pommes de terre) et quelques heures de travail au chantier ouvert à l'entrée du hangar : il s'agissait d'élever une barrière contre la pluie et le vent et, pour y parvenir, de creuser d'abord un fossé afin de recueillir l'eau d'écoulement, de bâtir enfin avec le matériau obtenu un petit mur de terre. Luis avait en outre appris à se porter volontaire pour les corvées à la cuisine : cela lui permettait de récupérer les épluchures, de les faire cuire à temps perdu dans la chaudière, et de les manger ou de les échanger contre des cigarettes. Quant à la paille sur laquelle il dormait, il avait vite compris qu'il ne fallait pas jeter l'usagée, plus la paillasse étant épaisse et mieux elle protégeait du froid.

A l'extrémité du camp, à droite de la porte d'entrée où un grand panneau de bois portait l'inscription « Camp de concentration de Septfonds — Vive la France ! », des baraquements abritaient les six gendarmes français. Au milieu, une porte

1. Le pardon.

donnait accès à l'infirmerie tenue par deux représentants de la Croix-Rouge. Là, ils soignaient aussi bien les engelures, la grippe ou les congestions pulmonaires qui faisaient plus de victimes que les blessures de guerre. Cette pièce — la plus grande des baraquements — était la mieux chauffée. Aussi les hommes aimaient-ils à y passer une matinée ou un après-midi au moindre prétexte.

Un soir où Luis et Ordialès s'y trouvaient ensemble, le Madrilène lui dit :

— Je vais partir, Luis ! Je ne veux pas crever ici.

Luis s'y attendait un peu. Il s'étonnait même que le Madrilène se fût montré si patient.

— J'ai tout prévu, reprit Ordialès. C'est pour cette nuit.

Il ajouta après un silence :

— Tu vas rester là ?

Luis soupira, eut un geste vague de la main.

— C'est toi-même qui m'as dit qu'elle était en France, fit-il.

— Oui, mais là-bas, rien n'est fini !

— Si. C'est fini, dit Luis.

— Ils ont besoin de nous ! Madrid se bat encore !

— Le temps que tu y arrives..., fit Luis.

Ordialès se tut, réfléchit un instant, reprit à voix basse :

— Alors, il faut se séparer.

Il hésita, ajouta :

— J'aurais pourtant cru que tu te serais battu comme moi jusqu'au bout.

Luis ne répondit pas tout de suite. Il eut un soupir, murmura :

— La guerre ! La guerre ! Si tu savais comme j'en ai marre de la guerre !

Un long silence les sépara.

— Ne t'en fais pas, dit Ordialès. Je comprends.

Et, lui tapant sur l'épaule :

— Surtout que ta femme t'attend, j'en suis sûr. Tu as raison, mais moi, qu'est-ce qui me retient ?

Luis hocha la tête sans rien dire.

— Il y a un appel à neuf heures chaque soir, reprit Ordialès. Je filerai juste après ; ça me laisse toute la nuit.

— Et s'ils te reprennent?

— Je m'en fous, dit Ordialès. Je n'ai pas fait tant de chemin pour vivre prisonnier. Là-bas, les nôtres meurent encore pour la République. Je ne t'en veux pas, va; on était d'accord depuis le début.

Et, en lui prenant le bras :

— T'inquiète pas. Tu l'auras ta lettre.

Luis haussa les épaules, mais consentit à sourire et ils discutèrent encore un moment près de la bonne chaleur de la chaudière.

— Il y a une seule chose qu'il ne faut pas faire, dit Ordialès en se levant.

— Laquelle?

— Se dire adieu. Je sais qu'on se retrouvera là-bas, à Madrid, tous les deux; ou plutôt tous les trois. Soledad sera avec toi parce qu'on aura gagné. Ça peut prendre un mois, un an, mais on revienda à Madrid libéré.

— Oui, fit Luis, tu as raison.

Dehors, une pluie fine et froide assombrissait la campagne, diluait la fumée montante des baraquements. Ils gagnèrent le hangar, mangèrent leurs pommes de terre à l'entrée, se couchèrent les premiers, parlèrent encore un peu, mais les mots leur parurent inutiles. Tout était dit.

Un peu plus tard, ils répondirent présent à l'appel de leur nom, puis le silence descendit sur les paillasses occupées maintenant par tous les réfugiés. Les neuf coups retentirent au clocher du village, assourdis par la pluie et les nuages bas. Il y eut des mouvements furtifs à l'entrée, ce qui obligea Ordialès à attendre encore. Une heure passa, troublée seulement par les ronflements et les soupirs des hommes endormis.

— *Adios, hombre!* souffla Ordialès en s'approchant de Luis

— *Suerte!* fit celui-ci.

— A Madrid.

— A Madrid, répéta Luis.

Et Ordialès disparut sans un bruit dans l'obscurité.

Plus tard, vers minuit, Luis entendit des coups de feu et des cris au village. Il songea alors à ce que leur avait dit Vélez, peu de temps auparavant, au sujet des tentatives d'évasion : elles étaient aussi inutiles que graves de conséquences. Depuis deux mois, tous les fuyards avaient été repris, et chaque fois la discipline était devenue plus contraignante. Si ça continuait, la vie dans le camp deviendrait bientôt insupportable. Ce jour-là, comme Ordialès affirmait en ricanant qu'ils se conduisaient comme des lâches alors que là-bas, en Espagne, on avait besoin d'eux, Vélez avair répliqué :

— La France et l'Angleterre viennent de reconnaître le gouvernement de Franco.

Le temps d'accuser le coup, et le Madrilène s'était redressé en lançant :

— Tant que Madrid vivra, rien n'est perdu !

Et Vélez s'était éloigné en haussant les épaules...

Luis retrouva une somnolence agitée d'où le tirèrent des cris et des éclats de voix qui lui semblèrent se rapprocher du camp, puis ils s'éteignirent et le silence retomba sur la campagne.

Toute la nuit, Luis pensa à Ordialès qui vivait près de lui depuis plus de quatre mois. Il se sentait bizarrement seul, livré à lui-même pour réaliser peut-être le plus difficile : retrouver Soledad. Le clocher de l'église égrena les heures jusqu'à l'aube où, de nouveau, retentirent des cris et des coups de feu. Luis se leva, sortit et se dirigea vers les baraquements des gendarmes Ordialès se trouvait là, assis sur une chaise, du sang sur son épaule droite. Les gendarmes, debout, semblaient furieux. Vélez parlait doucement, sans regarder Ordialès qui baissait la tête sur ses mains inutiles :

— C'est fini depuis hier, disait-il. Ils se sont battus jusqu'au dernier moment. Après les chats et les chiens, ils ont mangé les rats... Quand les franquistes sont arrivés, ils ont tiré dans les rues sur ceux qui cherchaient à fuir... Les autres sont en prison... La Puerta del Sol est un champ de ruine et de Las Ventas jusqu'à la cité universitaire, de la gare d'Atocha à la plaza Mayor, ils défilent en chantant... Le cœur de Madrid a cessé de battre, la République est morte.

Vélez se tut, soupira. Luis, de son côté, cherchait des mots mais ne trouvait rien à dire. Comment exprimer une telle impression de solitude, de trahison, de désespoir ? Et ce goût de sang dans la bouche, comme à Teruel après la défaite, comme au *cuartel* de Zuera, et comme à Barcelone, enfin, le jour du départ ! Pourquoi fallait-il subir, toujours subir, être voué à la défaite et à la honte ?

Ordialès se redressa brusquement, eut un long frisson qui le secoua des pieds à la tête, puis il fonça droit vers la porte devant laquelle se trouvait un gendarme. Bien que saisi par des bras vigoureux, il cogna, rua, se débattit, puis, maintenu par les gendarmes et Vélez, hurla les pires insultes à l'adresse de cet ennemi invisible qui, depuis de longs mois, se dérobait devant lui. Luis s'approcha, posa sa main sur l'épaule valide d'Ordialès, murmura :

— C'est fini, Ramon, tu comprends ? C'est fini.

Ordialès ne répondit pas, hocha la tête. Les gendarmes le lâchèrent. Encadré par Vélez et Luis, il se laissa entraîner vers l'infirmerie, pour faire soigner son épaule. Une fois allongé sur un matelas posé à même le sol, il se tourna vers le mur et il sembla à Luis qu'il pleurait sans bruit. Luis resta longtemps près de son compagnon sans parler, en évitant de regarder dans sa direction. A cet instant, il ne sentait plus la souffrance. Il la savait endormie au fond de lui, prête à s'éveiller au moindre mot. Il s'efforçait de ne penser à rien, se refusait à sortir de sa léthargie, de la pénombre où désormais, lui semblait-il, sa vie avait basculé.

« S'il était mort, se demandait Soledad chaque jour, si je l'avais perdu, lui aussi, comme j'ai perdu Miguel. » Elle avait beau attendre depuis un mois, la lettre de Saragosse n'arrivait pas. Elle se disait qu'Isabel Ruiz avait peut-être déménagé, que la trace de Luis était perdue à jamais. Dans ces moments-là, si son enfant n'avait pas été présent, elle n'aurait sans doute pas trouvé la force de survivre, et cela malgré la gentillesse de sœur Alice à qui elle s'était confiée.

— Il faut prier, disait celle-ci, Dieu vous entendra et vous rendra votre mari.

Soledad priait donc avec une ferveur extrême, se forçait à jeûner, à se punir pour une faute qu'elle ignorait, mais la lettre d'Espagne n'arrivait toujours pas. Elle essayait alors d'oublier ses soucis dans le travail et s'acharnait à la tâche qui lui avait été confiée : la lessive le matin et le ménage dans les dortoirs l'après-midi. Heureusement, elle avait obtenu l'autorisation de garder son fils avec elle, et c'était un plaisir que de le voir faire ses premiers pas, de l'entendre appeler à l'autre bout de la pièce et de courir à sa rencontre, s'agenouiller, se redresser en l'enlevant dans ses bras.

La nuit, elle dormait avec lui dans sa chambre aux murs blancs meublée d'un lit et d'une chaise qui servait de prie-Dieu. Malgré sa présence, l'austérité de cette pièce sans fenêtre l'angoissait. Elle se sentait comme recluse dans une prison dont elle ne savait, parfois, en s'éveillant au milieu de la nuit, si elle se trouvait en France, en Espagne ou dans un lointain pays. Aussi, même si le travail était pénible, avait-elle hâte de voir se lever le jour dont elle guettait le liséré pâle sous la porte.

Le matin, retenue aux travaux de lessive, elle avait pour compagne sœur Françoise, une religieuse d'âge avancé qui semblait vouée aux tâches subalternes. L'après-midi, dans les dortoirs, si elle avait moins froid et si les engelures ne la faisaient plus souffrir, elle retrouvait la solitude de ses nuits et il lui tardait de se rendre au réfectoire. Sa seule distraction, en fait, était de marcher dans le parc avec Miguel après le repas de midi. Longue d'une centaine de mètres, l'allée centrale était bordée de sapins et de bouleaux aux fûts blancs. Elle s'y promenait en donnant la main à son fils, respirait les parfums, observait les oiseaux, s'intéressait aux couleurs, aux bruits, aux frémissements de l'herbe et des arbres, espérait des sensations familières qui lui rappelleraient l'Aragon. Souvent, elle songeait à son chemin de croix sur les routes des Pyrénées et, regardant Miguel trottiner près d'elle, elle se demandait comment elle avait trouvé la force de le porter si longtemps. Le seul fait de se remémorer ces journées interminables dans la neige et le froid la faisait frissonner, et la même lassitude alors éprouvée tombait sur ses épaules et lui fauchait les jambes.

Cependant, le temps changeait. Le soleil, en prenant de la vigueur, faisait jaillir des sources de vent chaud qui annonçaient le printemps. Avril était déjà là quand sœur Alice lui apprit la chute de Madrid et la fin de la guerre. Soledad hésita quelques jours, puis envoya une lettre à Pallencia. Si elle était persuadée qu'Isabel Ruiz ne risquait rien grâce à ses relations, ce n'était pas le cas de sa mère, seule au village face aux gardes civils. Elle risquait de payer pour sa fille qui s'était enfuie, d'être marquée à jamais du sceau de l'infamie. Cette idée obsédait Soledad, car elle pensait continuellement à sa mère à cause de ses compagnes du couvent : à peu près du même âge qu'elle, épuisées par l'exode, mais fières encore et courageuses, elles étaient le portrait vivant de Petra Vinas. Aussi, en les côtoyant tous les jours et en parlant avec elles la langue du pays, il semblait à Soledad, parfois, avoir retrouvé l'Aragon, la place de Pallencia, et courir dans les rues au parfum de jasmin.

21.

L'été s'épuisait en parfums et en langueurs, arrosé parfois d'orages brefs et violents qui illuminaient la campagne aux couleurs en déclin. Les nuages des soirs couraient le plus souvent sans s'arrêter, laissant derrière eux des traces sanglantes que la nuit effaçait d'un coup de langue tiède. Pendant le jour, la chaleur chassait les hommes du hangar où l'air ne circulait pas. Ils s'allongeaient dehors, à l'ombre des murs, y demeuraient jusqu'à cette heure de la nuit où se lève la brise venue des bois voisins. Alors ils rentraient dans le hangar pour l'appel repoussé à dix heures, et ressortaient ensuite pour dormir dans l'herbe : ils en avaient obtenu l'autorisation en juillet, à condition de ne pas y transporter de paille et d'organiser eux-mêmes des rondes de surveillance.

Pour Luis, ces nuits passées face aux étoiles et à la lune étaient autant de retours sur la sierra de Zuera, à l'heure où Soledad le rejoignait, face à la vallée, pour se blottir contre lui. Il pensait beaucoup à elle et l'inquiétude des premiers jours avait fait place à une véritable angoisse. Pourquoi la lettre d'Isabel n'arrivait-elle pas ? Soledad était-elle prisonnière en Espagne ou morte pendant l'exode ? Beaucoup de réfugiés, comme lui, ne cessaient de se manifester auprès du directeur du camp, un officier de gendarmerie nommé Terrade. Celui-ci, excédé, avait fait placarder une affiche aux termes péremptoires sur les baraquements : « *Le seul moyen efficace de retrouver les membres de vos familles est de retourner en Espagne. Il ne vous sera fait aucun mal. Le gouvernement français en a reçu l'assurance du gouvernement espagnol. Il est donc inutile de vous adresser aux autorités du camp qui ont des tâches plus urgentes, et notamment celle de vous donner à manger.* »

Ordialès, à qui Luis faisait part de son exaspération, éludait le problème en se réjouissant des bruits de guerre proche.

— Un embrasement général de l'Europe est imminent, affirmait-il, et le fascisme y périra. Quand ils se seront débarrassés d'Hitler, ils s'occuperont de Franco, et nous n'aurons plus qu'à ramasser le pouvoir à Madrid.

Il ajoutait, comme Luis ne se déridait pas :

— Prends patience, il n'y en a pas pour longtemps.

— Facile à dire, répliquait Luis ; sans toi, à l'heure qu'il est, je serais aux côtés de ma femme pour la défendre.

Ordialès, furieux, rétorquait :

— Sans moi, tu serais mort et Soledad aussi.

Alors Luis se taisait et, pour éviter les éclats, s'en allait travailler au chantier ouvert à l'entrée du hangar. Les planches promises par les Français étant en effet arrivées depuis peu, les réfugiés construisaient un mur en bois qui les protégerait du froid et des intempéries. Ce travail aida Luis pendant deux semaines à songer seulement à sa tâche et à fuir les questions qu'il se posait au sujet de Soledad et du petit Miguel.

Des jours passèrent, uniformes et monotones. Pour les réfugiés, rien ne les différenciait, excepté le dimanche où les villageois approchaient des barbelés. Au début, ils étaient restés silencieux, examinant les réfugiés avec une curiosité un peu craintive, puis ils s'étaient enhardis au fil des jours, et de bizarres relations s'étaient établies entre eux. Les villageois offraient des cigarettes, des morceaux de pain, des bouts d'étoffe, de ficelle, toutes sortes d'objets extraits des greniers sous couvert d'une générosité maladroite. Parfois une cigarette atterrissait dans l'herbe et provoquait une bagarre entre les réfugiés. Les gendarmes avaient dû intervenir, mais ils n'étaient pas parvenus à interdire l'approche du camp. Pis encore ! Les marchands ambulants avaient fait leur apparition au début de l'été, et les gendarmes avaient renoncé à surveiller le troc pratiqué entre ceux qui « rendaient des services » et ceux dont le total dénuement expliquait les besoins. Ainsi échangeait-on des gourdes ou des tabatières contre des rasoirs ou du papier à lettres, parfois des montres de famille contre un kilo de pommes de terre ou du savon. Les uns s'enrichissaient quand les autres s'appauvrissaient davantage, mais tout le monde y trouvait sans doute son compte puisque ce commerce ne cessait pas. Les réfugiés finissaient même par vendre leurs vêtements pour du pain ou des fruits qu'ils conservaient amoureusement et consommaient trop mûrs.

La déclaration de guerre de la France à l'Allemagne mit un terme, pour un temps, à ces opérations mercantiles, mais ne surprit personne : déjà, après l'invasion de la Pologne, Paris avait commencé à mobiliser. Nombreux furent les Espagnols qui demandèrent à s'engager dans l'armée française, mais la réponse des autorités se fit attendre : comment faire confiance à des réfugiés ? Ne venaient-ils pas de perdre une guerre ? Etait-on certain de pouvoir compter sur eux en toute circonstance ?

Ordialès mourait d'envie de se battre et faisait le siège des gendarmes pour obtenir un engagement. L'attente et la chaleur rendaient les hommes agressifs : ils se disputaient pour une bouteille d'eau (depuis longtemps rationnée) et, souvent, s'en prenaient aux Français. Certains étaient prêts à la rébellion pour quitter au plus tôt les barbelés qui les retenaient prisonniers. Luis, quant à lui, passait son temps à guetter le facteur et songeait de plus en plus à s'enfuir à la recherche de Soledad.

— Je ne peux plus rester sans rien faire, dit-il un soir à Ordialès. Si ça se trouve, on la retient elle aussi quelque part.

— Mais non, assura le Madrilène, elle est à l'abri. Ce qui compte aujourd'hui, c'est de combattre le fascisme partout. Le reste viendra plus tard.

— Je me fous de la guerre, fit Luis en se dressant face à son ami.

Et, d'une voix que la fureur faisait trembler :

— Et je me fous de l'Allemagne, de l'Espagne, de la France ! Tu comprends ça ? Je m'en fous, maintenant !

Ordialès, surpris, fit un pas en arrière.

— T'énerve pas, dit-il, t'énerve pas.

— Ne me parle plus de guerre, Ramon, reprit Luis. Ça fait plus de trois ans que je me bats. Maintenant, je veux la paix, ma femme, et une terre à travailler. Tu comprends ?

— Je comprends, fit Ramon.

— J'en ai assez, poursuivit Luis, de toutes ces batailles perdues, de tout ce sang, de toute cette misère, et pourquoi tout ça ?

Il ajouta, sans laisser le temps à Ordialès de répondre :

— Pour vivre dans l'exil et la solitude. Loin de chez nous, loin de nos femmes et de notre terre.

— Elle n'était pas à nous, la terre, fit Ordialès doucement.

Luis parut se réveiller. Il poussa un long soupir, se détendit, s'assit dans l'herbe.

— Je le sais bien, fit-il, mais la guerre m'a pris trois ans de ma vie. Maintenant, ça suffit !

— T'inquiète pas, ça sert à rien, dit Ordialès.

Puis, en s'asseyant à son tour :

— Tu as raison, retrouve-la et soyez heureux si vous le pouvez. Mais patiente un peu ; s'ils te reprenaient, ils te mettraient en prison.

— J'y suis, en prison.

— Non. Pas encore ; on va bientôt sortir d'ici. Et puis, si tu ne peux pas bouger, elle, elle le peut sans doute.

Le regard de Luis chercha celui de son ami.

— Tu crois vraiment ce que tu dis ?

— Je le crois, fit Ramon.

Luis, de nouveau, soupira.

— Allons manger, dit-il, c'est l'heure de la soupe.

Ils se levèrent d'un même élan et s'approchèrent des baraquements d'où s'échappait l'inévitable odeur des pommes de terre bouillies.

Un après-midi, la mère supérieure fit appeler Soledad et sœur Alice. Toutes deux pénétrèrent dans un bureau dépouillé du moindre luxe, excepté une bibliothèque aux rayons couverts de livres et un crucifix qui semblait taillé dans du marbre rose.

— Je vous ai trouvé une place, ma fille, commença la mère supérieure en s'adressant à Soledad. Une très bonne place. Non pas que je sois mécontente de vous, mais je ne peux garder tout le monde ici, vous le comprenez.

Soledad acquiesça de la tête, une légère angoisse en elle.

— C'est à une vingtaine de kilomètres d'ici, reprit la mère supérieure, dans le nord du département. M. et Mme Deschamps, de Cayssac, acceptent de vous prendre à leur service, avec votre enfant. Vous verrez, ce sont des gens très pieux, d'une parfaite moralité et d'une grande bonté. Vous aurez à vous occuper d'eux et de leur maison où vous vous plairez, j'en suis sûre.

La mère supérieure continua de parler, mais Soledad n'entendait plus. Elle pensait à ce nouveau changement dans sa vie et se demandait si elle allait un jour pouvoir se fixer quelque part.

Sœur Alice traduisit et Soledad remercia en s'efforçant de sourire.

— Mme Deschamps sera ici demain matin, poursuivit la mère supérieure.

Et, comme Soledad manifestait le désir de parler :

— Sœur Alice m'a mise au courant de votre problème. Ne vous inquiétez pas. Dès que la lettre d'Espagne arrivera, nous vous la ferons parvenir aussitôt.

Elle ajouta, après un instant de réflexion :

— D'ailleurs une fois à Cayssac, vous pourrez écrire en donnant votre nouvelle adresse.

— Oui, ma mère, fit Soledad.

— Vous partirez donc demain, ma fille, mais soyez sûre que nous prierons pour vous et ne vous oublierons pas.

— Merci, ma mère, fit Soledad.

Et, précédée par sœur Alice, elle gagna sa chambre pour y préparer sa valise. Là, la jeune religieuse s'attarda quelques instants en sa compagnie et, comprenant qu'elle avait besoin d'être rassurée, lui confia :

— Vous avez de la chance, M. et Mme Deschamps sont des

gens d'une grande gentillesse. Je suis certaine que vous serez heureuse chez eux. Et puis vous pourrez me revoir de temps en temps, puisqu'ils ont de la famille à Gramat et y viennent souvent.

Une fois seule, Soledad repensa à ces paroles et son angoisse s'atténua. Pendant la nuit, elle essaya d'imaginer sa nouvelle destination et ne dormit guère. Pourtant, quand le sommeil fondit sur elle, au matin, elle eut l'impression qu'une vague la déposait doucement sur un calme rivage.

Mme Deschamps était une petite femme aux cheveux blancs, rondelette, aux yeux très clairs, au sourire franc, dont les cheveux dégageaient un parfum de lavande. Son mari, chauve, aux yeux noisette, à peine plus grand qu'elle, sentait le vieux velours. Ils avaient fait monter Soledad dans une « Rosalie » qui avait eu du mal à démarrer et, pendant le trajet, n'avaient cessé de parler de leur maison et de leurs terres confiées à un fermier. Soledad, à qui sœur Alice avait appris les rudiments du français, s'efforçait de sourire et de hocher la tête, tandis que le petit Miguel, étonné, regardait de tous côtés.

La route s'était frayé un passage entre des rochers et des bois de chênes d'où s'envolaient des oiseaux gris. Par moments, quand la végétation se raréfiait, Soledad se serait crue sur sa sierra, mais de loin en loin des fermes de pierres blanches surmontées d'un pigeonnier rectangulaire révélaient un univers inconnu. Des toits couleur de brique couronnaient les bâtisses qui, parfois, étaient entourées de dépendances aussi imposantes qu'elles. Le ciel ruisselait d'une luminosité insupportable aux yeux. Des murailles de pierres sèches conduisaient la route vers une destination qui semblait obligée, malgré l'éclaircie des collines que l'on devinait droit devant, dans l'échancrure des bois.

M. Deschamps fit une halte pour laisser reposer le moteur. Lorsqu'ils repartirent, sa femme monta à l'arrière où elle manifesta le désir de prendre Miguel sur ses genoux. Elle n'eut guère de peine à apprivoiser l'enfant en fredonnant une chanson dans un patois qui ressemblait beaucoup à la langue espagnole. Soledad lui dit qu'elle comprenait mieux ainsi, et

Mme Deschamps promit de s'en servir à l'avenir. Calée contre le velours beige de la voiture, Soledad se sentait un peu comme dans un refuge. Il lui semblait que l'épreuve subie à Perpignan s'éloignait d'elle, et la douleur du souvenir s'estompait. Depuis son arrivée à Gramat, en effet, elle n'avait rencontré que des gens bienveillants dont les gestes et les mots n'appartenaient plus au malheur mais, au contraire, témoignaient d'une vie protégée. La peur quotidienne des trois années de guerre avait disparu au fil des mois sous une sorte de quiétude que troublait seulement la pensée de sa mère et de Luis.

Après être insensiblement descendue des collines, la route enjamba une rivière sur un pont suspendu dont l'acier se reflétait dans l'eau transparente. Une vallée semblable à celle de Pallencia étirait son ruban vert entre des coteaux rocailleux rongés par des genévriers et des chênes nains. Des champs de maïs et de tabac découpaient la plaine en rectangles réguliers dont les contours, rehaussés de haies vives, semblaient avoir été tracés par une main savante. La « Rosalie » quitta la grand-route pour se glisser dans un chemin non goudronné qui se faufilait entre des noyers moussus. Elle se hissa péniblement au sommet d'une éminence plantée de pruniers et de pêchers, redescendit vers des fermes aux cours peuplées de volailles et de chiens. De hauts hangars ouvraient grand leur gueule où séchaient des plants de tabac, tandis que des silos à maïs exhibaient leur ventre rempli d'épis couleur d'orange.

— On arrive, dit Mme Deschamps. Vous voyez ? C'est là-bas.

Soledad devina une grande maison au bas de la colline et, plus loin, derrière un rideau de peupliers, un bourg dont le clocher émergeait des toits bruns.

— C'est Flaujac, fit Mme Deschamps. Nous y allons faire nos courses.

Elle se tut un instant, caressa les cheveux de Miguel.

— Et voilà la maison du fermier, reprit-elle en désignant une bâtisse longue et basse, aux volets bleus, au jardin planté de lilas.

La voiture parcourut encore cinq ou six cents mètres entre des noyers aux feuilles vernies, en direction de la colline à l'abri de laquelle veillaient les bâtiments de la propriété : une maison principale haute et massive épaulée par deux tours rectangulaires, dont celle de gauche était plus large que celle de droite. Un escalier menait à un perron donnant sur une porte en bois de chêne au heurtoir en forme de main de femme La toiture brun foncé rehaussait le beige mat des pierres de taille. Une énorme grange-étable occupait la partie ouest de la cour, un séchoir à tabac et un silo à maïs la partie est. En face de l'habitation principale, c'est-à-dire près du portail d'entrée soutenu par deux piliers de pierres identiques à celles des bâtiments, une sorte de grande tour carrée paraissait contrôler l'entrée du domaine.

— Voici le pigeonnier, dit Mme Deschamps ; c'est là que vous logerez ; vous verrez : il y a tout ce qu'il faut.

Soledad, intriguée, descendit dans la cour envahie par les oies, les poules et les canards. Son nouveau maître porta la valise dans le pigeonnier, et sa femme invita Soledad à le suivre. Elle pénétra dans une pièce carrée meublée d'une table, de trois tabourets, d'un petit buffet, d'un évier et d'une cheminée basse. Dans le coin gauche, une échelle de meunier menait à l'étage où se trouvaient deux chambres. On fit asseoir Soledad à table, et elle prit Miguel sur ses genoux. Mme Deschamps servit à boire un peu de vin frais coupé d'eau.

— Vous serez bien ici ; s'il vous manque quelque chose, il faudra me le dire.

Et elle expliqua qu'ils ne l'avaient pas fait venir pour s'occuper de leur maison, mais pour travailler la réserve (les quelques terres que cultivait le propriétaire) et pour s'occuper des volailles et des brebis. Soledad, qui avait toujours eu le goût des grands espaces et de la liberté, en ressentit tout de suite une vive satisfaction qu'elle ne songea point à dissimuler

Après dix minutes de conversation, M. Deschamps se rendit à ses occupations tandis que sa femme entraînait Soledad vers sa maison pour la lui faire visiter. Après avoir monté l'escalier de pierre polie par les ans, elles entrèrent dans une grande pièce dont le plancher rugueux avait pris la couleur des meubles en bois de noyer — une maie, un buffet bas, un vaisselier. Elle se terminait par une immense cheminée où le noir luisant de la suie faisait comme un velours derrière la crémaillère et les landiers de fonte. Au centre, une grande table en bois brut, dont le grand tiroir servait de huche à pain, témoignait de l'importance accordée au repas où l'on « prenait des forces ». A l'autre bout de la pièce, face à la cheminée, la souillarde à peine éclairée par le fenestron révélait la couleur verdâtre d'un évier taillé dans la pierre.

Mme Deschamps fit asseoir Soledad dans un fauteuil de paille aux accoudoirs en bois, lui donna une pomme et des noix. Soledad, confuse d'être ainsi traitée, elle, la servante, l'obligée, se sentait mal à l'aise, vaguement déplacée. L'intérieur en terre battue de la maison de Pallencia lui revint en mémoire et la troubla davantage. Le visage de sa mère apparut devant elle. Elle s'en voulut de s'installer ainsi loin d'elle, et la conviction d'une coupable trahison accrut encore son malaise Comme elle manifestait le désir de se lever, Mme Deschamps lui dit :

— Attendez donc! Vous commencerez à travailler demain Mon mari vous expliquera.

Puis, sur le ton de la confidence :

— La mère supérieure m'a parlé de cette lettre qui n'arrive pas. De quel endroit, déjà ?

— Saragosse.

— Soyez sans crainte; je vais tout mettre en œuvre pour retrouver votre mari. S'il est bien en France, comme je le pense, ça ne saurait tarder. Et vous savez, il y a du travail ici pour lui. On vous gardera tous les deux avec plaisir.

Elle ajouta après un soupir, un ton plus bas :

— Nous n'avons pas pu avoir d'enfant; alors voyez! ce n'est pas la place qui manque.

Et elle fit un geste du bras, désignant les pièces de la maison A cet instant, Miguel descendit des genoux de Soledad, trottina vers la porte. Comme elle se levait pour l'en empêcher, Mme Deschamps lui dit :

— Laissez-le donc, il ne risque rien dans la cour, les chiens ne sont pas méchants.

Soledad hésita, finit par s'asseoir, guettant du coin de l'œil la porte par où venait de disparaître son fils. Mme Deschamps lui expliqua alors comment on vivait à Cayssac, lui raconta sans fausse pudeur les grands moments de sa vie, avec toujours le même sourire aux lèvres et, dans ses yeux bleus, une lueur espiègle qu'elle semblait avoir conservée d'une enfance lointaine. Soledad, qui comprenait difficilement, avait du mal à garder son attention fixée sur sa patronne. Elle pensait à Miguel qui pouvait tomber dans l'escalier, au pigeonnier où elle allait habiter, à Luis qui, peut-être, n'y vivrait jamais. La pensée de son mari loin d'elle la fit sursauter. Sans même s'en rendre compte, elle coupa la parole à Mme Deschamps pour lui demander un crayon et du papier à lettres.

— Vous avez raison, dit celle-ci après un léger retrait du buste, écrivez tout de suite pour donner votre nouvelle adresse. Je vais vous la noter sur une feuille.

Elle se leva, ouvrit un tiroir de buffet, écrivit quelques mots, tendit un bloc et un crayon à Soledad qui remercia et, une fois debout, en profita pour se rapprocher de la porte. Elles sortirent dans la lumière tiède de l'automne. Le petit Miguel était assis sous le perron, un chien couché près de lui, et tentait de lier conversation avec les poules. Soledad, en se penchant sur lui, sentit les fortes odeurs de pommes de terre et d'engrais qui montaient de la cave, à travers la lucarne.

— Laissez-le donc, fit Mme Deschamps, je vais le surveiller. Allez écrire votre lettre en toute tranquillité.

Trop habituée à la présence de son fils, Soledad hésita puis, enfin, s'y résolut. Elle entra dans le pigeonnier dont la rusticité la réconcilia avec elle-même. Cependant, à l'instant où elle écrivit son nom et son adresse (Cayssac par Flaujac, Lot), il lui sembla qu'elle n'avait pas le droit d'être heureuse en ces lieux et elle comprit qu'elle ne pourrait pas se contenter d'attendre Luis ; un jour, bientôt, elle partirait à sa recherche.

De précoces gelées nocturnes firent basculer tôt l'automne dans l'hiver. Les autorités distribuèrent deux couvertures à chacun des réfugiés qui, la journée, avec la permission du lieutenant de gendarmerie, se réchauffaient à tour de rôle dans les baraquements. Là, les commentaires des nouvelles de la guerre — qui devenaient de plus en plus préoccupantes — alimentaient les conversations rendues interminables par l'oisiveté.

— Si Hitler arrive jusqu'ici, lançait Ordialès, il trouvera à qui parler.

Luis haussait les épaules, se désintéressait des conversations qui, bien souvent, finissaient mal. Trop de rancœurs, de jalousies, de souvenirs douloureux hantaient cet espace clos où ils s'exaspéraient. Ainsi, un soir d'octobre, trois réfugiés faillirent assassiner un quatrième qu'ils accusaient d'avoir trahi la République à Barcelone. Le « traître » s'appelait Bénéjan. C'était un petit homme insignifiant, très maigre, agité de tics, au regard de belette. De nombreux hommes avaient attesté sa trahison en assurant qu'il ne fallait surtout pas se fier à l'apparence chétive du personnage. Plusieurs fois depuis son arrivée au camp, il avait échappé aux représailles qui, de jour en jour, devenaient inéluctables. Ce soir-là, entré dans un baraquement proche de l'infirmerie où l'on entreposait des outils, il n'entendit pas arriver les trois autres et se trouva dos au mur, face aux couteaux des assaillants déterminés à tuer. D'abord il se défendit sans un mot, mais avec une efficacité surprenante pour un homme si frêle puis, quand il vit le sang sur son bras, il se décida enfin à crier. C'est ce qui le sauva. Luis, qui passait par là, prêta main-forte à Vélez et quelques autres, et ils réussirent à désarmer les trois assaillants. Ils emmenèrent ensuite Bénéjan à l'infirmerie où le responsable accepta de le soigner et de le cacher sans rien dire aux gendarmes. Ainsi personne n'eut à subir de sanctions dont les conséquences, avec l'hiver et le froid, eussent été dramatiques pour les réfugiés.

Cependant, Luis et Ordialès sentaient la méfiance et le ressentiment entre les différents partis qui se rejetaient la responsabilité de la défaite. Une journée sans bagarre ou sans blessure devenait rare. Et il y avait trop longtemps que les hommes étaient privés de liberté. A la défaite et au désespoir succédaient la violence et la révolte. Des hommes d'un même combat se déchiraient, menaient de basses vengeances malgré les liens qui les avaient unis. Et pourtant ils avaient été solides, ces liens, puisque de temps en temps un élan de solidarité dispersait ces nuages de folie : une nuit, Vélez et deux de ses amis distribuèrent de la nourriture volée. Quand les mains se tendirent dans l'obscurité, nul ne s'inquiéta de savoir à qui elles appartenaient. Luis, recevant sa part, comme les autres, ressentit alors plus douloureusement la violence quotidienne. Mais comment éviter les affrontements entre cent soixante individus prisonniers d'un camp si petit ? Impossible d'aligner cinq pas sans se heurter à quelqu'un, et cela depuis près de huit mois ! Lui-même, souvent, essayait de s'isoler pour penser à Soledad et à Zuera, à l'espace illimité où il avait vécu sans soupçonner son bonheur. Très vite, les hommes et les barbelés le rendaient à la réalité quotidienne, et il se disait alors qu'un homme heureux, c'est un homme qui marche.

Les autorités françaises comprirent sans doute que le point de rupture était proche car elles autorisèrent les engagements dans l'armée française et créèrent les compagnies de travailleurs étrangers qui, à raison de cinquante centimes par jour et deux paquets de cigarettes par semaine, enrôlèrent les réfugiés pour participer à l'effort du pays. Elles s'engagèrent également à régulariser la situation de ceux qui trouveraient du travail chez un patron, et permirent à cet effet des sorties sous surveillance. Cette dernière mesure donna peu de résultats du fait de la pauvreté des paysans de la région et de la proximité de l'hiver qui mettrait en sommeil l'activité agricole.

Pour Luis et Ordialès, l'heure de la séparation avait sonné. Dès l'annonce de la nouvelle, le Madrilène rejoignit Luis, les yeux brillants d'excitation :

— Je vais reprendre le fusil, *hombre* ! Avant deux ans, on fusillera Franco à la Puerta del Sol.

Et, le saisissant aux épaules en le secouant un peu :

— C'est fini de pourrir dans la crasse ! Dès qu'on en aura fini avec Hitler, on repassera les Pyrénées. Tu entends ?

Luis hochait la tête, mais ne partageait pas l'enthousiasme du Madrilène.

— Toi, voilà ce que tu vas faire, reprit Ordialès : tu vas t'engager dans leur compagnie à la noix et tu te défileras dès que tu pourras pour chercher ta femme. Mais surtout ne reste pas ici !

— J'en ai pas du tout envie, fit Luis.

Ordialès ajouta, baissant la voix :

— Tu te rappelles ce qu'on s'était promis ? Se retrouver là-bas, à Madrid.

— Je m'en souviens.

— Ça sera la fête, la vraie fête, avec des lumières et des musiques. Ça sera la République, Luis, la République ! Et tu auras de la terre, toi qui en veux tellement. Tu en auras tant que tu ne pourras plus dormir et ce sera bien fait pour toi.

Ordialès riait en lui donnant de grands coups sur l'épaule. Et, malgré ses réticences, Luis s'imaginait dans un champ dont il serait le maître, dont il couperait les épis qu'il battrait chez lui, devant sa porte. Mais n'était-ce pas d'abord et avant tout Soledad, qui importait ? Quelles étaient ces chimères que, de nouveau, Ordialès poursuivait ?

— Moi, les fusils, j'en veux plus, dit-il.

— Je sais, je sais, fit Ordialès avec une pointe d'agacement. On a déjà parlé de tout ça, mais laisse du moins se battre ceux qui en ont envie.

— Parce que ça ne t'a pas suffi ?

Ordialès serra les dents, fit un violent effort sur lui-même.

— Mon pays, c'est Madrid, dit-il avec une sorte de rage.

— Mon pays, c'est là où est ma femme, fit Luis.

Ils se turent, aussi malheureux l'un que l'autre d'en arriver ainsi à se déchirer, conscients de n'avoir plus grand-chose à se dire.

— Bon, fit Ordialès. Je m'en vais dans une heure. De toute façon, toi et moi, on ne pourra pas oublier le chemin qu'on a fait ensemble.

— Non. Je n'oublierai rien, dit Luis.

Ordialès se leva péniblement. Il ouvrit la bouche pour ajouter quelque chose, mais ne put trouver les mots. Luis se leva à son tour. Ils se retrouvèrent face à face, les yeux dans les yeux.

— *Suerte*, Luis ! fit Ordialès.

— *Suerte*, Ramon ! dit Luis.

Ils se donnèrent une accolade fraternelle en se tapant dans le dos, eurent du mal à se séparer.

— A Madrid ! fit Ordialès en forçant le son de sa voix.

— A Madrid ! répéta Luis, plus bas.

Ordialès resta encore quelques secondes face à son compagnon de route et d'épreuves, puis il fit brusquement volte-face et s'éloigna vers le hangar où il disparut. Moins d'une heure plus tard, un camion l'emporta, en compagnie d'une vingtaine d'hommes, vers une destination inconnue. Luis, pour sa part, dut attendre quarante-huit heures avant de savoir où était affectée sa compagnie. Ce n'était pas très loin du camp de Septfonds, à peine une journée de route, une bourgade nommée Vassignac en Dordogne, dans la Forêt Barade. Leur travail consisterait à construire une route et à transformer le bois coupé en charbon à l'usage des gazogènes.

Au moment du départ, quand les barbelés au milieu desquels il vivait depuis de longs mois s'éloignèrent, Luis en ressentit une véritable délivrance. La liberté qui lui était enfin rendue accentua sa certitude de retrouver Soledad. Il était convaincu que la France, désormais, ne se préoccuperait plus de surveiller les Espagnols. Une nouvelle vie s'ouvrait devant lui, dont il devait profiter.

Ils arrivèrent vers le soir, après avoir traversé des causses et des vallées où de fins peupliers, comme dans le haut Aragon, escortaient des ruisseaux aux eaux vives. Ensuite, après une grande ville aux toits couverts d'ardoises, le pays avait brusquement changé pour se couvrir de bois où de hautes fougères servaient de litière à de gigantesques châtaigniers. De chaque côté de la route, exaspérés par la pluie fine qui tombait depuis le matin, jaillissaient de puissants parfums de mousse et de champignons. La Forêt Barade, impénétrable, s'ouvrait seulement sur des sentes herbues qui se fondaient dans une ombre mystérieuse. Aussi n'aperçurent-ils le bourg de Vassignac qu'à l'instant où ils y pénétrèrent. Malgré la pluie et la nuit tombante, il parut tout de suite à Luis accueillant et chaleureux, avec son église et ses maisons paisibles où l'on sentait la vie palpiter dans des intérieurs douillets, éclairés par des cheminées antiques. Ce fut du moins le cas de celle qu'il entrevit quand le maire — un gros homme rouge à béret — sortit de chez lui en enfilant une veste par-dessus ses vêtements de paysan. Luis fut alors convaincu de trouver enfin des gens semblables à lui qui sauraient le comprendre et l'aider. Le maire les conduisit vers l'une des salles de l'école d'où l'on avait enlevé les tables. Un gros poêle de fonte ronflait dans un coin, et, en pénétrant dans la pièce, la première sensation que Luis ressentit fut celle d'une chaleur rassurante. A peine les réfugiés s'étaient-ils installés à même le parquet de bois qu'une charrette apporta une lessiveuse pleine de soupe de pain et de légumes cuits. Persuadé que la vie avait repris ses droits, Luis s'endormit un peu plus tard avec, pour la première fois depuis longtemps, l'impression d'un bonheur accessible.

Son travail consistait à casser des pierres au moyen d'une lourde masse qu'il soulevait difficilement. Au bout d'une heure, il laissait sa place à un autre et charriait les pierres dans une brouette depuis l'endroit où les amenait le camion jusqu'au chantier. C'était assez pénible à cause du froid et de la pluie qui provoquaient dans ses mains la formation de douloureuses engelures. Heureusement, les grands arbres de la forêt protégeaient les travailleurs du vent. Le camp se trouvait à trois cents mètres du chantier, dans une clairière ouverte par des charbonniers. Luis travaillait là une semaine sur deux. C'était une tâche plus agréable, car il avait chaud près des grandes chaudières qui transformaient les bûches en charbon. Les hommes y mangeaient tous les midis, à l'abri d'une longue bâche fixée à des troncs de châtaigniers, et ils rentraient seulement au bourg le soir, dans le camion chargé du transport des pierres. Le ravitaillement arrivait sur une charrette tirée par un cheval bai depuis la mairie du village. Elle était conduite par un homme simple et bon, cantonnier de son état, qui, s'ils le lui avaient demandé, aurait donné sa chemise aux Espagnols. Il distribuait lui-même l'épaisse soupe de pain et de légumes qui sentait si bon et, où, le dimanche, on trouvait des morceaux de bœuf bouilli. La venue du cantonnier était d'autant plus attendue qu'il apportait aussi le courrier. Même si les lettres étaient rares, il représentait l'espoir qui, tous les jours à midi, incitait les réfugiés à guetter la charrette bleue sur le chemin.

Depuis son départ du camp, Luis avait de nouveau écrit à Saragosse en donnant sa nouvelle adresse. Il essayait chaque jour de trouver une explication susceptible de justifier le silence d'Isabel, mais en vain. Est-ce que les lettres lui parvenaient ? Avait-elle été obligée de quitter Saragosse ? Quant à Soledad, il se refusait à imaginer qu'il lui était arrivé malheur. Il lui semblait que, comme lui, peut-être près de lui, elle se débattait aussi dans les difficultés et le cherchait. Il se disait qu'ils finiraient par se trouver un jour, peut-être demain, peut-être dans un mois, et il s'accrochait à cette idée avec la même rage qu'il mettait à casser les pierres. Le soir, ivre de fatigue, il s'endormait en écoutant la forêt balancer doucement ses grands arbres et sombrait dans un profond sommeil d'où rien ni personne n'aurait pu le tirer.

La Noël de cette année 1939 arriva au milieu des rafales de neige qui ne réussirent pas à blanchir les toits et la forêt. Luis pensa que c'était la deuxième fois depuis leur mariage qu'il passait les fêtes loin de Soledad. En plus de la nourriture, le cantonnier apporta ce soir-là des bouteilles de vin et des cigares. Les réfugiés mangèrent et burent plus que de coutume, et certains entonnèrent des chansons du pays, mais elles cessèrent rapidement, car le cœur n'y était pas.

Le soir, le maire leur demanda s'ils voulaient assister à la messe de minuit, et presque tous refusèrent. Pas Luis. Il avait perdu l'habitude de fréquenter l'église depuis son adolescence, mais il lui sembla que Soledad, là où elle se trouvait, se rendrait à la messe pour penser à lui. Ils furent trois à suivre le maire et à se retrouver au fond de la nef où des regards curieux, par instants, s'attardaient sur eux. Luis fut surpris d'entendre les mêmes chants, les mêmes mots, les mêmes répons que dans la petite église de Zuera. Il retrouva ainsi un peu de son enfance, de son pays, et ne regretta pas de s'être rendu à l'office, cette nuit-là, au lieu de rester dans la salle de l'école, avec les questions qui ne cessaient de le hanter depuis de longs mois. En les raccompagnant, le maire les fit entrer chez lui et leur offrit un demi-verre d'eau-de-vie de prune. Le geste de cet homme, le premier Français à leur ouvrir sa porte, donna à Luis envie de s'installer avec Soledad dans ce village au cœur de la forêt.

Les lendemains furent moins gais : la neige tomba pour de bon, recouvrit les bois et les chemins, et la température chuta jusqu'à moins cinq degrés. Les vingt hommes de la compagnie furent autorisés à rester dans l'école, et Luis se sentit privé de cette liberté d'aller et venir dont il avait tant besoin. En effet, excepté la promenade du début de l'après-midi dans la cour de l'école, les distractions étaient rares. Il n'était pas question de se rendre au village dont les rues avaient été transformées en patinoires par le gel. Les hommes restaient donc autour du poêle à jouer aux cartes ou à discuter de la « drôle de guerre » qui, dans le Nord, immobilisait les adversaires. Luis se demandait parfois ce que devenait Ramon et s'il avait froid, là-haut, avec son fusil inutile dans les mains. Quand il songeait à Soledad, c'était à chaque fois avec des frissons, et il n'osait pas l'imaginer travaillant dans le froid et la neige. Mais la douleur était telle qu'il s'en voulait de vivre au chaud et à l'abri. C'est à ce moment-là que naquit dans sa tête l'idée de partir à sa recherche au printemps, si nulle lettre n'arrivait d'ici là.

Dès que le temps « cassa », il fallut revenir au chantier dans la boue et sous la pluie. Luis, qui préférait le travail à l'inactivité, s'appliqua à construire la route qui, pourtant, semblait ne mener nulle part. Affaiblis par l'exode et les privations, les hommes souffraient beaucoup du froid. L'un d'eux mourut un soir de pneumonie. Luis fut parmi ceux qui l'accompagnèrent au cimetière du village, un après-midi où le vent du nord soufflait en bourrasque dans les rues. Le maire, les gendarmes, le responsable de la compagnie et une demi-douzaine de villageois suivirent le cortège en direction du petit cimetière dont la grille d'entrée gémissait sur ses gonds. Une fois au bord de la fosse creusée dans la glaise, les réfugiés laissèrent glisser la boîte puis reculèrent, l'air embarrassé, comme si le fait d'ensevelir un ami dans une terre qui n'était pas la sienne constituait un acte sacrilège ou infamant. Luis en ressentit si fort la blessure qu'il éprouva le besoin de prononcer quelques mots :

— Il s'appelait Felipe Villabino, commença-t-il.

Il s'éclaircit la voix, reprit :

— Il est mort loin de son Estramadure où il est né. Quand nous y reviendrons, il faudra penser à lui.

Il jeta une poignée de terre, fit demi-tour, mais le maire le retint par le bras.

— Ici, vous avez trouvé une nouvelle famille, dit-il. Votre ami ne sera pas seul. Quoi qu'il arrive, personne ne l'oubliera.

Il serra la main de Luis et des réfugiés, puis tout le monde repartit dans l'allée gravillonnée qui crissait sous les pas. Luis sentait comme un étau refermé sur sa gorge à l'idée de la terre tombée sur Villabino. Y avait-il quelque chose de plus terrible, de plus stupide que de mourir loin de son pays ? Il sut, ce jour-là, que même s'il retrouvait Soledad, il ne pourrait pas être vraiment heureux tant qu'il ne sentirait pas sous ses pieds la terre d'Aragon.

22.

Pour Soledad, malgré la gentillesse manifestée par ses patrons, l'hiver avait été interminable. Elle avait fait connaissance avec les gens du voisinage, ceux du bourg où elle se rendait à pied ou à bicyclette pour les courses. Elle avait participé à l'effeuillage du maïs à la veillée, au dénoisillage, à tous les travaux d'intérieur qui rythment les jours des mauvaises saisons. Une lueur, pourtant, les avait éclairés, le matin où Mme Deschamps, qui ne mesurait pas ses efforts, lui avait appris que le journal *L'Indépendant* avait mis une rubrique au service des réfugiés espagnols. Sous le titre « *Donde estan ustedes ?* » — Où êtes-vous ? —, ce quotidien récapitulait les adresses de ceux qui se cherchaient. Soledad avait écrit aussitôt et, depuis, attendait avec un nouvel espoir. Il fallait bien croire en quelque chose puisque les lettres d'Espagne n'arrivaient toujours pas, pas plus celle d'Isabel Ruiz que celle de Petra Vinas.

Avec le retour du printemps, Soledad sortait les brebis chaque jour, les emmenait sur les collines qui dominaient la vallée. Là, son fils près d'elle, le regard sur les champs et les prés de la plaine, il lui semblait se retrouver sur la sierra de Pallencia, ces jours où elle cherchait à apercevoir la maison de Miguel tout en bas. Parfois aussi, s'imaginant devant la grotte de Zuera, elle sentait comme une présence derrière elle, se retournait brusquement. Mais ce n'était que le chien ou la caresse du vent dans ses cheveux. Luis était vivant, pourtant, elle le savait, elle en était sûre. Attendre ! Espérer ! N'était-ce pas son lot depuis trois ans ? Elle s'obligeait à croire que, si elle avait été assez forte pour surmonter toutes ces séparations, elle surmonterait aussi la dernière, celle qui la conduirait au bonheur. Alors elle s'efforçait de concentrer ses pensées sur son fils dont les boucles lui rappelaient tellement son père, le considérait comme la preuve d'une victoire sur le malheur, s'en servait comme un rempart contre le découragement qui l'assaillait, certaines nuits, dans la pénombre et la solitude du pigeonnier.

A la mi-avril, ses patrons lui parlèrent d'un Espagnol prénommé Luis qui vivait à Saint-Denis, un village distant d'une dizaine de kilomètres de Cayssac. Sous le choc, d'abord, elle demeura muette, n'osant croire qu'il s'agissait de son mari, mais très vite une folle espérance naquit en elle.

— Ce n'est sûrement pas lui, dit M. Deschamps, mais peut-être l'a-t-il connu ou en a-t-il entendu parler. Si vous voulez, je vous y emmenerai.

Elle refusa, craignant que la déception ne la prive à l'avenir de tout courage, puis, après avoir réfléchi pendant une journée, elle accepta. En attendant le départ fixé au lendemain matin, elle ne cessa de se répéter que ce n'était pas lui, mais une fois dans la voiture, il lui sembla que son cœur devenait fou. La route lui parut interminable, alors qu'ils mirent moins de trente minutes pour arriver à la ferme qui se trouvait près d'une rivière coulant au milieu des pâtures et des champs au vert tendre. La voiture suivit un chemin creusé entre des haies couronnées d'aubépines, s'arrêta dans une cour où des chiens aboyèrent. Soledad n'osa pas bouger. M. Deschamps descendit, parlementa avec un homme chaussé de sabots et coiffé d'un chapeau tombant qui fit un geste du bras et montra la direction de la rivière. Il revint vers la voiture, ouvrit la portière, se pencha vers Soledad en disant :

— Il est dans le champ de seigle, là-bas. Je vais vous y conduire.

— S'il vous plaît, dit Soledad, laissez-moi y aller seule.

M. Deschamps parut surpris mais n'insista pas. Il retourna vers le paysan qui, ayant rappelé ses chiens, l'entraîna vers la maison. Soledad s'engagea alors sur le chemin, se répétant à chaque pas en espérant calmer les battements de son cœur : « Ce n'est pas lui, ce n'est pas lui. » Elle longea un champ de luzerne, un pré où paissaient des vaches rouges, s'arrêta, repartit, mais de plus en plus lentement à mesure qu'elle approchait du champ. A l'orée de celui-ci, elle s'arrêta encore derrière la haie où se poursuivaient les merles et les pinsons. Puis, sur le point de renoncer, elle se dit que c'était trop bête d'être venue jusqu'ici et de retourner sur ses pas sans savoir. Elle se remit à marcher, leva la tête à l'angle de la haie, comprit alors que ce jour ne serait pas le plus beau de sa vie. L'homme était grand et fort, frisé, vêtu d'un tricot de laine et d'un pantalon bleu troué aux genoux. Il sarclait dans les allées d'un mouvement régulier sans se douter de la présence de Soledad. Elle s'approcha lentement, le surprit. Il se redressa, une lueur de curiosité au fond des yeux, peut-être même de plaisir en entendant parler sa langue. Soledad lui expliqua le but de sa visite, et il fit quelques pas avec elle. Il s'appelait Luis Muñoz, était originaire de Tolède, avait passé la frontière au Perthus, comme elle, et avait vécu pendant six mois à Argelès. Il n'avait pas connu de Luis Trullen, ni dans le camp ni au cours du long périple qui l'avait amené à Saint-Denis.

— Tu le retrouveras, va, lui dit-il en la sentant au bord des larmes.

— Merci, dit-elle, merci beaucoup.

Et n'ayant pas le courage de poursuivre une conversation dont elle n'attendait plus rien, elle revint lentement vers la ferme où M. Deschamps guettait son arrivée.

Dès qu'il l'aperçut, il vint à sa rencontre, mais n'eut pas besoin de la questionner, le paysan l'ayant renseigné sur son employé. Il lui prit le bras et la raccompagna jusqu'à la voiture où elle s'enferma tristement, sans prononcer le moindre mot.

Il lui fallut du temps pour se remettre de ce court voyage à Saint-Denis. M. et Mme Deschamps l'y aidèrent de leur mieux, mais les soucis ne leur permirent pas de consacrer tout le temps qu'ils auraient souhaité à Soledad. La guerre, en effet, en cette mi-mai, tournait à la catastrophe. Là-haut, dans le Nord, les Panzers allemands dévastaient tout sur leur passage et déferlaient sur les routes des Ardennes. La radio annonçait d'heure en heure des nouvelles si désastreuses que Mme Deschamps s'en désolait. La pire d'entre elles arriva à Cayssac à la fin du mois sous la forme d'une lettre du ministère des Armées annonçant la mort de Lucien Loubière, le fermier du domaine. Il fallut aussitôt prendre les dispositions nécessaires au rapatriement du corps et soutenir sa femme, Madeleine, avec qui Soledad avait noué des liens d'amitié. La ferme était seulement distante de sept ou huit cents mètres du pigeonnier et le fait d'être toutes deux séparées de leur mari les avait rapprochées. Madeleine avait un fils, Jacques, un peu plus âgé que Miguel, avec qui il aimait jouer pendant que les deux femmes, le dimanche, causaient au coin du feu. Ce fut alors des jours pénibles qui rappelèrent à Soledad de bien mauvais souvenirs, et le visage de Vicente Arcos vint souvent la tourmenter la nuit.

— Je sais bien que ce n'est pas le moment de parler de ça, dit Mme Deschamps, un matin qu'elles se trouvaient dans le pigeonnier à attendre la fin d'une averse, mais si vous retrouviez votre mari, on pourrait vous confier le fermage.

Puis, comme Soledad songeait à Madeleine et ne répondait pas :

— Ne vous inquiétez pas. On ne la laissera pas dans le besoin. Si elle le veut, elle prendra votre place ici. Mais vous avez raison, il n'est pas temps de discuter de ces problèmes.

Soledad accompagna Madeleine — une petite femme aux longs cheveux bouclés et au calme visage saupoudré de taches de rousseur — jusqu'au cimetière de Flaujac situé à mi-coteau. Deux cyprès veillaient sur quelques tombes simples cernées par les pâquerettes et les pervenches. Le printemps éclaboussait la campagne de couleurs vives et de parfums tièdes qui inclinaient beaucoup plus à penser à la vie qu'à la mort. En revenant, à pied, son amie à son bras, entre les prés fleuris de coquelicots, Soledad lui parla pour la première fois de Miguel qu'elle avait perdu, elle aussi, au cours d'une autre guerre. Et, parlant de Miguel, il lui sembla qu'en l'absence de Luis le père de son enfant devenait plus présent, en tout cas bien plus proche, peut-être, qu'il ne l'avait été depuis longtemps.

Luis avait trouvé un ami en la personne d'Agustin Cuevas, un Andalou qui discourait sans cesse des étés de là-bas, des maisons bâties à la chaux, des petits ânes menés par des paysans à la peau couleur de brique, de l'ombre fraîche des figuiers de Barbarie, de la mer aveuglante, des plages de sable blanc. Cuevas était un grand homme maigre au long nez et aux yeux tristes qui supportait très mal l'exil et ne savait parler que du « pays ». Luis avait pris l'habitude de l'écouter, malgré son désir d'être seul pour penser à Soledad, et cette sollicitude les avait rendus inséparables.

Ils avaient tous les deux projeté de partir début mai, Cuevas en direction d'Andorre, Luis vers le Perthus, puisque tous ceux qui se trouvaient en Catalogne étaient passés par là. Ils avaient même failli partir en avril, mais une vague de mauvais temps les en avait dissuadés au dernier moment. Et puis les mauvaises nouvelles s'étaient précipitées, transmises par le maire qui manifestait de plus en plus d'inquiétude. Les hommes de la compagnie engageaient des conversations passionnées sur la conduite à adopter si les événements se confirmaient. Pour la plupart, il n'était pas question d'attendre sans bouger les Allemands qui fusilleraient les Espagnols ou les renverraient chez Franco. D'autres se montraient plus optimistes, mais la situation empira en quelques jours, et il devint évident que la France allait perdre la guerre. Déjà des réfugiés affluaient sur les routes et le gouvernement français était contraint de quitter Paris. Les nouvelles entendues à la radio, vraies ou fausses, devenaient dramatiques : on annonçait partout l'arrivée des Allemands.

— Il faut déguerpir, disait Cuevas.

— Où irez-vous ? demandait le maire qui se sentait responsable d'eux.

— Dans la forêt. Ils ne sont pas près de nous mettre la main dessus.

Le matin même de l'armistice, Luis prit avec Cuevas le chemin des bois, suivis par ceux de la compagnie qui se dispersèrent dans la Forêt Barade par groupe de deux ou trois, jamais plus, afin de passer plus facilement inaperçus. En s'enfuyant ainsi, Luis ne songeait pas seulement à se cacher, mais aussi à échapper définitivement à toute surveillance pour partir seul à la recherche de Soledad, le moment venu.

Ce matin-là, le chemin bordé de fougères ruisselait de la lumière tiède de juin qui faisait étinceler les feuilles des châtaigniers. De puissants parfums de mousse et de terre humide se levaient par bouffées, enivrant les deux hommes déjà grisés par la liberté retrouvée. Comme rien ne témoignait de la proximité d'un danger, Luis songea un moment à descendre vers le sud, mais Cuevas l'en empêcha en assurant que les Allemands contrôleraient bientôt toutes les villes et tous les villages.

Ils s'enfoncèrent donc par des sentes de plus en plus étroites entre des charmes, des ormes et des châtaigniers séculaires, heureux de pouvoir choisir enfin les chemins qui s'ouvraient devant eux. Avant leur départ, le maire leur avait donné un plan succinct de la région. Vassignac était à peu près à mi-chemin entre Thenon et les Eyzies. Il valait mieux ne pas trop se rapprocher des grands axes qu'étaient les nationales de Brive à Périgueux et de Périgueux au Bugue. En remontant un peu vers le nord, ils pourraient vivre en pleine Forêt Barade, vers les hameaux de La Mazière, Les Salvetas, Fonroger, la croix Ruchal. Ils seraient ainsi à moins de dix kilomètres de Vassignac et, en cas de besoin, pourraient y revenir la nuit.

Vers onze heures, ils trouvèrent une clairière et, en lisière, une hutte de feuillardier abandonnée. Comme ils avaient parcouru trois ou quatre kilomètres, ils décidèrent de s'installer là, le temps de reconnaître les alentours. Ils pénétrèrent avec précaution dans la hutte de branchages, y trouvèrent un foyer ancien et des lits de fougères. Ils mangèrent un morceau de la miche de pain donnée par le cantonnier, puis ils se reposèrent un moment en écoutant le silence que troublait par instants le frôlement d'une sauvagine dans les taillis ou le frémissement des grands arbres caressés par le vent.

Après avoir discuté de la guerre et de la nécessité de changer souvent de quartier, Cuevas, comme à son habitude, parla avec exaltation de son Andalousie :

— Là-bas, dit-il, c'est pas sombre comme ici, c'est le pays de la lumière. Dès que je quittais le port, elle coulait sur moi comme une vague. Au large, dans le vent chaud, la mer effaçait tout, même la frange des collines. J'étais perdu, le temps s'arrêtait, me laissait seul avec la mer et le ciel.

Il soupira, reprit :

— Après la pêche, je mangeais des tomates et des pastèques, je m'allongeais à l'ombre des murs blancs et je dormais jusqu'au soir.

Comme Luis l'écoutait rêveusement sans l'interrompre, il poursuivit :

— Je travaillais pour un patron pêcheur, mais je construisais ma barque à moi. Sans la guerre, je serais en train de vendre mon poisson dans les ruelles de Mojacar, j'aurais gagné ma liberté et, chaque jour, le pain et le soleil.

Il se tut brusquement, demanda :

— Luis ! Tu veux me dire ce qu'on fait ici ?

— On se cache, tu le sais bien.

— Tu crois qu'on reviendra un jour chez nous ?

Luis se dressa sur un coude, soupira :

— Je le crois, mais ça risque d'être long.

— Si je ne peux pas revenir là-bas, je me tuerai, dit Cuevas.

— On y reviendra je te dis. Essaye de dormir un peu. Il fait trop chaud pour aller reconnaître le coin.

Ils s'assoupirent sur les litières de fougères avec des soupirs d'aise, mais Luis fut tourmenté par la désagréable impression de s'être éloigné davantage de Soledad. Il se jura alors de ne pas repousser une nouvelle fois le moment de partir à sa recherche. Il n'avait que trop attendu ! Dès que la situation s'améliorerait, il s'en irait.

Un bruit dans les châtaigniers les fit sursauter. Ils se dressèrent, tendirent l'oreille. On aurait dit qu'une bête — un oiseau peut-être — se débattait dans les branches. Ils sortirent, regardèrent de tous côtés, mais le bruit ne se renouvela pas. Ils partirent lentement par une sente charretière qui descendait en pente douce vers une combe où flottait l'odeur acidulée de quelques frênes. Là, tout au fond, ils s'arrêtèrent pour écouter, puis ils remontèrent vers une sorte de plateau couvert de grands ormes. Une fois en haut, ils se reposèrent un moment en guettant les bruits, puis ils amorcèrent une large courbe par l'ouest et tombèrent sur des taillis inextricables. Ils durent faire demi-tour, se perdirent, entendirent distinctement l'appel d'un coq et l'aboiement d'un chien dans une métairie proche. Plus loin, une odeur de fumée les poursuivit longtemps, puis ils devinèrent la lisière qui donnait sur la ferme où, de nouveau, aboyèrent des chiens.

— On ne pourra pas rester où on est, dit Luis ; c'est trop près des maisons.

— Passons-y la nuit, fit Cuevas ; on verra demain.

Après avoir achevé leur boucle, ils eurent du mal à s'orienter et à retrouver la clairière où était située la hutte des feuillardiers.

— On n'a même pas de fusil, fit Cuevas en refermant la porte sur eux. Tu te rends compte, s'ils nous tombaient dessus, on ne pourrait même pas se défendre.

— Pas besoin de fusil, dit Luis. S'il le fallait vraiment, les couteaux suffiraient.

— Même contre des Allemands ? ricana Cuevas.

Luis haussa les épaules.

— De toute façon, contre les Allemands...

Et il reprit, après un soupir :

— L'essentiel est de ne pas se faire prendre.

— Et de ne pas mourir de faim, fit Cuevas.

Luis pensa aux longs jours de l'exode en compagnie de Soledad et, plus tard, d'Ordialès. Etait-il condamné à s'enfuir ? Devrait-il toute sa vie se cacher ? Il ne put réprimer un mouvement d'humeur quand Cuevas demanda :

— Tu crois qu'on va mourir de faim ?

— Mais non, dit Luis, j'ai connu pire, tu sais.

Et il se mit à déplier les lacets à gibier que le cantonnier de Vassignac lui avait glissés dans la main en lui disant adieu

L'annonce passée dans *L'Indépendant* n'avait servi à rien, mais une bonne nouvelle était arrivée à Cayssac, rapportée par Mme Deschamps, de Gramat où elle était allée rendre visite à la mère supérieure. Celle-ci, après bien des démarches, avait appris qu'un nommé Luis Trullen avait transité par le camp de Septfonds, dans le Tarn-et-Garonne. Soledad voulut s'y rendre tout de suite, malgré les travaux urgents qui nécessitaient la présence de tous à la ferme. Ses patrons durent la faire patienter jusqu'au début de juillet et lui proposèrent alors de l'accompagner. Mais elle voulait s'y rendre seule et tenait bizarrement à cette idée, comme si le sort de Luis en dépendait.

— Vous savez, par les temps qui courent, il vaudrait mieux ne pas voyager seule, lui dit sa patronne.

Soledad finit par accepter de se laisser conduire par M. Deschamps, sa femme restant au domaine en compagnie de Madeleine pour prendre en charge le travail quotidien.

Ils partirent donc un matin de ce mois de juillet qui se plaisait à faire éclater des orages aussi violents que brefs. Ayant laissé son fils à Madeleine, Soledad était seule avec son patron dans la « Rosalie » qui roulait à petite vitesse vers Souillac pour rejoindre la nationale. Là, ils traversèrent un pont sur la Dordogne, remontèrent de l'autre côté sur une route taillée dans le roc entre des bois de chênes. A Cahors, Soledad reconnut le boulevard par où elle était passée, un soir, venant de Toulouse et de Perpignan. Le relief et la végétation ne changèrent guère jusqu'à Caussade où ils prirent une petite départementale sur la gauche. Dix kilomètres plus loin, à flanc de coteau, les toits rouges du bourg de Septfonds éclaboussaient le bleu du ciel. Au-dessus d'eux, le calcaire du causse éclairait une vallée dont le vert, déjà, se fanait.

M. Deschamps arrêta le voiture devant la mairie, entra se renseigner, n'y resta pas longtemps.

— Le bureau est fermé, dit-il en revenant. Une femme m'a dit que le maire était à Caussade et elle ne sait pas quand il rentrera. Allons à la gendarmerie.

— Vous croyez ? dit Soledad à qui l'uniforme rappelait des mauvais souvenirs.

— Vous resterez dans la voiture, n'ayez pas peur.

Devant la gendarmerie, Soledad attendit plus longtemps.

Elle tremblait d'impatience, quand M. Deschamps sortit enfin avec un officier qui, du bras, indiqua la direction du coteau.

— Ils ne savent rien, dit-il en refermant la porte de la voiture ; ce n'est pas eux qui ont conservé les papiers : ils les ont envoyés à Toulouse. Mais il m'a adressé à l'un de ses collègues qui surveillait le camp et qui s'y trouve encore. Ce sont maintenant des réfugiés français qui l'occupent.

La voiture emprunta un étroit chemin de terre entre des églantiers. A droite et à gauche, sur le coteau, des pêchers et des pruniers croulaient sous leurs fruits. Ils arrivèrent devant un immense hangar fermé par des planches. Songeant que Luis avait vécu là, Soledad sentit battre son cœur plus vite.

— Vous pouvez venir avec moi, dit M. Deschamps en descendant.

Soledad le rejoignit devant le portail ouvert. Là, il s'adressa à une femme qui portait une bassine en émail. Celle-ci, d'un signe de tête, lui indiqua une baraque en planches. Il s'en approcha, suivi par Soledad, cogna du doigt contre la porte.

— Entrez ! fit une voix pleine d'autorité.

M. Deschamps pénétra dans la pièce où la chaleur était étouffante, invita Soledad à faire de même.

— Y a plus de place, dit le gendarme dont la chemise dégoulinait de sueur et dont le front, à moitié dégarni, luisait comme un miroir.

— C'est pas pour de la place, dit M. Deschamps, c'est pour un renseignement.

— Asseyez-vous donc, fit le gendarme en désignant deux chaises qui, devant une sorte de comptoir, attendaient les visiteurs.

Soledad, mal à l'aise, se tourna vers la porte pour mieux respirer.

— C'est au sujet d'un Espagnol, fit M. Deschamps.

Soledad sentit le regard du gendarme peser sur elle.

— Il était ici, on en est sûrs ; il s'appelait Luis Trullen.

— Je me souviens d'un Trullen, répondit le gendarme sans la moindre hésitation.

Il sembla à Soledad que le sol chavirait sous ses pieds. La sueur accumulée sur sa nuque coula le long de son dos. Elle leva les yeux sur le gendarme qui n'avait pas l'air étonné ni agressif.

— Vous savez où il est? demanda-t-elle d'une voix qu'elle ne reconnut pas.

— Alors ça! fit-il, je serais bien incapable de vous le dire.

Ce fut si violent que Soledad se sentit glisser le long de sa chaise, tenta vainement de se rattraper, heurta le plancher et perdit conscience.

Quand elle revint à elle, cinq minutes plus tard, elle était allongée dehors, à l'ombre d'un mur.

— Ça va mieux? demanda M. Deschamps.

Elle hocha la tête, mais ne réussit pas à articuler le moindre mot. Avoir tant espéré et retomber dans le gouffre par une seule phrase était au-dessus de ses forces. Elle avait du mal à respirer et, sur ses lèvres, un rictus douloureux, soudain, la vieillissait.

— Vous comprenez, dit le gendarme qui paraissait embarrassé, des réfugiés, il en est parti dans le Nord, en Auvergne, dans les Charentes, et dans le Périgord. Comment voulez-vous que je me souvienne?

— Il doit bien exister des papiers officiels, dit M. Deschamps.

— Les papiers ont été expédiés à Toulouse, et avec la pagaille qu'il y a actuellement, vous n'êtes pas près de mettre la main dessus.

Le gendarme s'essuya le front, ajouta à voix basse :

— Sans compter qu'il vaudrait mieux qu'ils aient été brûlés, ces papiers... Si vous voyez ce que je veux dire?

— Mais vous! s'exclama Soledad en se redressant, puisque vous le connaissiez bien, vous devez vous en souvenir!

— Ah! vous croyez! Il n'en est pas seulement parti dans les compagnies, des Espagnols, certains se sont engagés dans l'armée.

— Pas mon mari, fit Soledad.

Il y eut un bref silence durant lequel M. Deschamps l'aida à se relever.

— Qu'est-ce qui vous fait dire ça? demanda-t-il.

— Je suis sûre qu'il a choisi de travailler : il n'en pouvait plus de la guerre.

De nouveau, le silence se fit. Le gendarme alla chercher une chaise à l'intérieur et la lui proposa.

— Merci, fit Soledad, ça va mieux.

Mais elle s'assit quand même et demeura pensive, la tête entre ses mains.

— Alors, qu'est-ce qu'il faut faire ? demanda-t-elle après un soupir.

Le gendarme écarta les mains en signe d'impuissance.

— Aller à Toulouse serait dangereux : les temps ont bien changé. Et de toute façon, il m'étonnerait fort que vous retrouviez ces papiers.

— Essayez de vous rappeler ! fit-elle avec une plainte dans la voix.

Elle tremblait, devenait folle devant cet homme qui détenait les clés de sa vie et semblait ne pas s'en rendre compte.

— Je ne peux pas vous dire, fit le gendarme. Non, je ne peux pas.

Soledad, tout d'un coup, renonça, persuadée que le sort s'acharnait sur elle pour la punir d'avoir quitté sa mère et son pays.

M. Deschamps attira le gendarme à l'écart et parlementa un moment avec lui. Il revint ensuite vers elle, lui prit le bras :

— Venez, dit-il, nous entreprendrons des recherches en Auvergne et dans le Périgord. Ne vous rendez pas malade : on le retrouvera, je vous le promets.

Elle s'arrêta de marcher, demanda :

— Quand ? Je n'en peux plus d'attendre !

Et elle ajouta, d'une voix infiniment lasse :

— Attendre ! Attendre ! C'est à devenir folle !

— Calmez-vous, je vous répète que nous allons chercher.

Elle se laissa entraîner vers la voiture, baissa les vitres et, dès que la « Rosalie » eut démarré, l'air, en giflant son visage, lui fit du bien. « Dire qu'il était là, songeait-elle, dire qu'à quelques mois près, je l'aurais retrouvé. » Et la pensée de cette proximité, aussitôt, lui rendit des forces :

— Il faut interroger les gens, dit-elle tout à coup.

M. Deschamps soupira, mais, une fois au village, arrêta la voiture sur la place, à l'ombre des platanes. Les rues étaient désertes, ou presque. Les villageois faisaient la sieste pour fuir la chaleur accablante de l'été.

— Restez ici, dit M. Deschamps, je vais me renseigner.

Elle acquiesça de la tête mais, dès qu'il eut disparu, elle descendit et s'approcha d'une fenêtre d'où s'échappaient des bruits de vaisselle. Comme elle cognait aux carreaux, une femme aux yeux gris et au chignon rabattu sur la nuque, à l'espagnole, apparut.

— Je cherche mon mari qui était au camp, fit-elle en s'efforçant d'atténuer les effets de son mauvais français.

— Oh ! fit la femme, ils sont partis depuis longtemps, les Espagnols.

— Il s'appelait Luis Trullen, insista Soledad.

La femme au chignon haussa les épaules avec un air désolé :

— Ma pauvre, comment voulez-vous que je sache où il est ?

— Ça ne fait rien, dit Soledad, merci quand même.

Elle emprunta alors la ruelle opposée à celle qu'avait prise M. Deschamps et entreprit de frapper à toutes les portes. Certaines s'ouvrirent, d'autres demeurèrent obstinément closes. Mais rien n'aurait pu l'empêcher de continuer, malgré l'accueil hostile qu'elle rencontrait parfois. Si elle avait l'impression que ses interlocuteurs lui prêtaient une oreille attentive, elle décrivait Luis, en parlait avec fièvre, et il lui semblait ainsi le rejoindre, ou du moins se rapprocher de lui. Sans chapeau, en plein soleil, elle avait de plus en plus mal à la tête, mais elle ne renonçait pas. Elle songea vaguement que M. Deschamps devait la chercher, mais elle perdit un peu la notion du temps et du lieu où elle se trouvait. Vers quatre heures, elle s'effondra sur le seuil d'une maisonnette devant laquelle aboyait un chien-loup.

Elle retrouva ses esprits dans la voiture, bien plus tard, allongée sur le siège arrière. Elle se redressa alors lentement, rencontra le regard de son patron, très inquiet.

— Vous m'avez fait peur, vous savez !

Elle s'excusa, ébaucha un sourire, demanda :

— Vous avez trouvé quelque chose ?

— Non, pas vraiment. Mais nous allons enquêter en Auvergne. J'ai appris qu'il y avait une compagnie de travailleurs étrangers dans la région d'Aurillac. Dès que nous aurons moissonné, nous irons. En attendant, nous écrirons à des amis qui habitent là-bas.

— Merci, fit Soledad d'une voix lasse, merci beaucoup.

Ils repartirent, rejoignirent la départementale où ils croisèrent des chars tirés par des bœufs paisibles. Le regard de Soledad se perdit sur les abords de la route qui lui avaient paru illuminés d'espoir le matin même et qui, maintenant, le soleil ayant disparu derrière des nuages porteurs d'orage, semblaient accablés de toute la tristesse du monde.

Luis et Cuevas avaient été contraints de s'enfoncer davantage dans les bois, car il y avait beaucoup de gendarmes dans les villages et sur les chemins. Tout le monde savait qu'ils cherchaient les Espagnols mais nul ne songeait à les trahir, surtout pas à Vassignac où le maire avait donné des ordres à cet effet. Hésitant à s'approcher des métairies, Luis et Cuevas mangeaient du gibier ou des fruits sauvages, mais jeûnaient parfois pendant deux jours. Ils avaient rencontré des Espagnols de la compagnie, avaient vécu une semaine avec eux puis, par prudence, s'étaient séparés de nouveau. Certains allaient de temps en temps aux nouvelles à Vassignac ou dans les hameaux où ils connaissaient des gens de confiance. Elles n'étaient pas bonnes, ces nouvelles. Le mot d'ordre ne changeait donc pas : il fallait se cacher, attendre des jours meilleurs.

Cependant, Luis voyait avec appréhension l'été s'avancer Le temps qui s'écoulait le rapprochait de l'automne, et il était bien décidé à partir au plus tard en septembre. Il ne se passait pas une journée sans qu'il ne parle de ce départ à Cuevas qui le traitait de fou :

— Avant huit jours, ils te prendront et te mettront en prison, assurait-il.

— Ils ne me prendront pas, répliquait Luis, j'ai l'habitude

Un soir, s'étant égaré pour chercher des prunes dont ils se

nourrissaient depuis une semaine, il fut surpris par un orage alors qu'il était en sueur. Il arriva exténué dans la cabane où Cuevas s'apprêtait à partir à sa recherche. Dans la nuit, il fut pris de quintes de toux et d'une forte fièvre. Le lendemain matin, incapable de se tenir debout, il dut se recoucher et ne trouva même pas la force de manger. Un peu plus tard, il répondit à peine aux questions que Cuevas lui posa, ne parut même pas le voir. Celui-ci alluma du feu et enroula Luis dans sa couverture en espérant que la sueur évacuerait la fièvre, mais il tremblait de plus en plus et délirait. D'énormes vagues l'emportaient vers des lieux redoutables ; il revoyait le charnier de Santa-Clara, à Teruel, les corps suppliciés des religieuses, ces cadavres figés dans leur immobilité ridicule avec leur tête tondue, leur ventre souillé, dont l'horreur l'avait poursuivi de longs mois sans répit. La mort rencontrée là-bas le traquait à plus de cinq cents kilomètres, comme s'il devait porter aujourd'hui la responsabilité de crimes qu'il n'avait pas commis.

A d'autres moments, une sorte de houle le ramenait vers le *cuartel* de Zuera ; il entrait dans la pièce où trônait le portrait de Franco, essayait de l'arracher, se brûlait à son contact, hurlait, tentait de fuir vers le Gallego, mais des bras le retenaient, l'enlaçaient : ceux de Soledad devant la *cueva*. « Il faut partir, Luis, disait-elle, il faut partir. » Il essayait de se redresser sur son lit de fougères, les yeux fous, couvert de sueur.

— Reste allongé, disait Cuevas, ça ira mieux demain.

Répondre à la voix amicale était impossible à Luis. Le froid des montagnes coulait sur lui, des torrents glacés et des tonnes de neige l'ensevelissaient malgré les appels à l'aide qu'il croyait lancer dans son délire. Durant les courtes rémissions, il suppliait Cuevas de rester près de lui :

— T'inquiète pas ! répondait ce dernier. Je suis là. Ça va s'arranger.

Deux jours et deux nuits passèrent, au terme desquels la fièvre ne s'atténua pas, au contraire. Cuevas se demandait s'il ne devait pas aller chercher de l'aide, fût-ce au risque de se faire prendre. Il décida d'attendre encore quarante-huit heures, mais, dès le lendemain, il comprit qu'il devait agir rapidement, sans quoi Luis risquait de mourir. Il partit donc à la recherche d'un secours au début de l'après-midi, s'enfonça dans les taillis avec l'intention de couper au plus court, vers une combe où, il y avait une semaine, ils avaient senti l'odeur d'une fumée. Autour de lui, la forêt respirait avec un bruit de succion qui lui donnait l'illusion d'une présence. Alors il s'arrêtait, écoutait, retenait son souffle ; mais non, il était bien seul, et seul avec la conviction que la vie de son compagnon dépendait de lui. Il marcha pendant près d'une heure, se perdit, tourna en rond, déboucha enfin sur l'orée d'un plateau incliné vers une combe verdoyante. Au fond, près d'une maisonnette couverte de lauzes grises, un chien aboya. Cuevas descendit prudemment, s'immobilisa devant le chien qui montrait les crocs. La porte basse de la métairie s'ouvrit devant une vieille à cheveux blancs, aux yeux gris, vêtue d'un grand tablier noir qui tombait jusqu'à ses sabots.

— Que voulez-vous ? fit-elle dans son patois.

— Mon ami est malade, dit Cuevas. Il a beaucoup de fièvre.

Et il ajouta, comme la vieille demeurait sur ses gardes :

— Si on ne le soigne pas, il va mourir.

La vieille resta un moment silencieuse, jaugeant du regard l'homme qui lui faisait face.

— Vous êtes espagnols ? demanda-t-elle enfin.

— On est espagnols, fit Cuevas.

— C'est vous qui habitez dans notre cabane ?

Cuevas écarta les bras en signe d'incompréhension.

— On est dans une cabane, oui.

— C'est la nôtre, fit la vieille. Mon fils s'en sert quand il coupe du bois. Il vous a vus.

Et, comme Cuevas se demandait où elle voulait en venir :

— Ne vous inquiétez pas, personne ne vous veut du mal. Si c'était le cas, il y a longtemps que les gendarmes vous auraient délogés.

Puis, avec un peu d'ironie dans la voix :

— Alors, qu'est-ce qu'il a votre ami ?

— La fièvre, et il tousse.

La vieille parut hésiter, s'essuya les mains à son tablier :

— Mon fils est à Thenon, il ne reviendra pas avant ce soir.

— Ce soir, ce sera peut-être trop tard, fit Cuevas.

La vieille hésita encore, parut se demander si elle pouvait faire confiance ou non à l'énergumène qui gesticulait devant elle pour mieux se faire comprendre.

— Bon. Attendez une minute, dit-elle.

Elle entra dans sa maisonnette, ressortit avec un panier d'osier, appela le chien qui vint sur ses talons.

— Je vous suis, fit-elle, mais gare à lui, il saurait me défendre.

Cuevas haussa les épaules et la précéda sur le sentier en direction du bois. A plusieurs reprises, comme il se perdait, ce fut elle qui le remit sur la bonne voie. Ainsi, ils mirent beaucoup moins de temps que Cuevas à l'aller et heureusement : quand la vieille se pencha sur Luis, c'est à peine si elle entendit sa respiration. Puis, découvrant les larges cernes mauves sous les yeux, elle s'écria :

— Par ma foi, il était temps !

Elle demanda à Cuevas de déshabiller Luis et d'allumer le feu, puis elle posa des ventouses tout en surveillant sur les flammes la tisane d'herbes qu'elle avait apportées. Toutes les deux ou trois minutes, la toux faisait se dresser Luis sur sa couche, après quoi, livide, il retombait en arrière et murmurait des mots incompréhensibles.

La vieille s'activa pendant plus d'une heure auprès de lui, puis elle partit en disant :

— Je vous laisse tout ça. Mon fils viendra le reprendre demain.

Et, avant de refermer la porte :

— Posez-lui les ventouses toutes les deux heures, et faites-lui boire la tisane toutes les demi-heures.

Cuevas se leva pour la raccompagner, mais elle l'arrêta de la main une fois la porte franchie :

— Ça va, ça va. Occupez-vous de lui, moi ça ira.

Cuevas revint dans la cabane et s'évertua tout l'après-midi à observer scrupuleusement les recommandations de la vieille. Le soir, il lui sembla que Luis respirait un peu mieux et, pendant la nuit, il fut moins agité.

Le lendemain, au lever du jour, des bruits de pas se firent entendre dans la clairière. C'était le fils, énorme et noir, des poils drus de sanglier dépassant sa chemise ouverte. Il apportait une petite marmite de soupe et des herbes. Cuevas, qui s'était emparé d'un couteau, s'empressa de le faire disparaître avant d'ouvrir au visiteur.

— Je crois qu'il va mieux, dit-il en désignant Luis, tandis que le géant s'installait pour manger la soupe.

Il la partagea avec Cuevas, en laissa au fond et dit en montrant Luis :

— C'est pour lui.

Pendant qu'ils mangeaient, Cuevas essaya de lier conversation, mais l'homme se contenta de hocher la tête en grognant. Après quoi, il se leva et dit :

— Je reviendrai demain. Dès qu'il sera guéri, il faudra partir. J'ai besoin de la cabane.

Il parut ne pas entendre les remerciements de Cuevas et disparut aussi silencieusement qu'il était arrivé, à la manière d'un animal sauvage et solitaire.

23.

A Cayssac, l'été s'appesantissait en vagues brûlantes qui grillaient l'herbe des coteaux. L'éclat du ciel s'éteignait seulement à la nuit, dont la douceur de velours n'était d'aucun secours à Soledad. Depuis le voyage à Septfonds, en effet, elle avait changé, comme si l'espoir qui jusque-là l'avait portée s'était consumé de lui-même. Elle travaillait sans courage, paraissait continuellement rêver, ne parlait plus ou à peine. Aussi, quand M. Deschamps était revenu d'Aurillac avec une mauvaise nouvelle — Luis Trullen ne figurait pas dans la liste des Espagnols qui, dans le cadre de la compagnie des travailleurs étrangers, avaient été embauchés dans une fabrique de chaussures —, elle n'avait manifesté aucune émotion. Il lui avait alors promis de se rendre en Dordogne au plus tôt. Elle l'avait remercié, mais il s'était demandé, en la sentant si lointaine, si elle n'avait pas perdu tout espoir.

Quand le facteur à bicyclette s'arrêta dans la cour du domaine, ce matin-là, elle l'aperçut derrière les vitres du pigeonnier, mais n'y prêta guère attention. Ce furent les cris de Mme Deschamps qui l'alertèrent. Elle n'osa croire, au moment où la porte s'ouvrit, qu'une lettre d'Espagne était enfin arrivée. Il fallut que sa patronne la lui mette sous les yeux, et, comme elle ne parvenait pas à la décacheter, la lui reprenne pour l'ouvrir avec un couteau. L'ayant rendue à Soledad, elle demeura silencieuse tout le temps que celle-ci, tremblante, se mit à parcourir une dizaine de lignes griffonnées à la hâte sur du papier jauni. C'était l'écriture de Marina Mortero, la jeune fille de Pallencia placée à Saragosse. Elle avait accepté d'écrire pour Petra qui « était en bonne santé et ne manquait de rien ». La jeune fille précisait qu'elle posterait elle-même la lettre à Saragosse, car Petra Vinas n'était pas autorisée à écrire à sa fille. Quant à Isabel Ruiz, elle se trouvait en prison depuis la fin de la guerre et nul ne l'avait revue. Elle avait été accusée d'avoir aidé des républicains en difficulté en se servant d'un officier qui avait été destitué après une dénonciation. C'était tout.

Un faible sourire éclaira le visage de Soledad. Sa mère vivait. Elle aurait dû fondre de bonheur, et pourtant elle pensait à Isabel Ruiz qui ne pourrait jamais faire suivre les lettres attendues. Son sourire s'éteignit, elle demeura songeuse, paraissant avoir oublié la présence de Mme Deschamps qui demanda :

— Alors ?

— C'est ma mère, elle va bien, souffla Soledad

— Elle n'a pas de nouvelles de votre mari ?

— Non.

— Et pourquoi n'a-t-elle pas écrit plus tôt ?

— Elle ne sait pas écrire, et d'ailleurs elle n'en a pas le droit.

Mme Deschamps s'approcha d'elle, posa la main sur son bras.

— Comment a-t-elle fait, alors ?

— Une fille de Saragosse l'a aidée et a posté la lettre là-bas

— Et la tante de votre mari ? Celle dont vous me parliez tant ?

— En prison, souffla Soledad.

Et elle répéta, comme si les mots dépassaient son entendement :

— En prison, en prison...

— Mon Dieu ! fit Mme Deschamps.

Puis, cherchant à réconforter Soledad :

— Mon mari doit aller en Dordogne. Rappelez-vous . il vous l'a promis, la semaine dernière. Si c'est nécessaire, il ira aussi dans les Charentes et dans le Nord. Ne vous tourmentez pas, allez ! On le retrouvera, j'en suis sûre.

M. Deschamps arriva sur ces entrefaites, ayant entendu les cris de sa femme depuis le hangar où il travaillait. Elle lui expliqua ce que contenait la lettre attendue, notamment l'impossibilité de recevoir des nouvelles de Luis. Il s'assit, considéra Soledad un long moment, murmura :

— Puisqu'il le faut, j'irai samedi. Mais seul. Je ne veux pas vous ramener dans le même état qu'à Septfonds.

Il fit le tour de la table, prit le menton de Soledad, la força à le regarder.

— Je vous le retrouverai, dit-il, je mettrai le temps qu'il faudra, mais je vous le retrouverai.

Soledad remercia en hochant la tête, s'efforça de sourire Elle pensait à Marina Mortero, à la joie qu'elle avait éprouvée le jour où, sur la sierra, elle lui avait donné la lettre annonçant que Luis était vivant. Elle n'avait pas tardé à le retrouver, alors. Ce souvenir heureux lui fit du bien. Il lui parut présager d'une issue favorable, et l'avenir lui parut tout à coup s'éclairer quelque peu.

M. Deschamps, lui, tint sa promesse : le samedi suivant, il partit avant l'aube pour Périgueux, où il arriva un peu avant midi. A la préfecture, après avoir été renvoyé de bureau en bureau, il finit par apprendre qu'il y avait une compagnie de travailleurs étrangers à Vassignac. Il s'y rendit aussitôt, y arriva au début de l'après-midi, s'arrêta sur la place où une femme lui indiqua la maison du maire. Trois minutes plus tard, il se trouvait face au paysan à béret qui avait tant aidé les Espagnols, et qui lui dit avec un grand sourire après l'avoir écouté :

— Fichtre ! Si je l'ai connu Luis Trullen !

— Vous pouvez me dire où il est ?

— Mon pauvre, quand ça a mal tourné, ils se sont tous enfuis dans la forêt comme des lapins.

Il ajouta, après avoir tété plusieurs fois son mégot jaune

— Sans compter que, lui, il voulait partir au Perthus pour retrouver sa femme.

— Sa femme est chez moi, dit M. Deschamps.

— Nom de Dieu ! fit le maire. Ça alors ! Et où donc ? Tenez, finissez d'entrer, vous allez m'expliquer ça.

Il fit asseoir son visiteur à table, lui versa un demi-verre de vin, remua plusieurs fois son béret d'avant en arrière en répétant :

— Nom de Dieu de nom de Dieu ! Il n'arrêtait pas d'en parler, le pauvre. Même qu'il en devenait fou.

— Il faut le trouver, fit M. Deschamps, bien décidé à ne pas lâcher cette piste fragile.

— Le retrouver, c'est facile à dire. S'il est resté dans nos forêts, je vais faire mon possible pour mettre la main dessus. S'il est parti vers les Pyrénées...

— S'il se cache, il n'est pas parti, fit M. Deschamps. Je vais vous laisser mon adresse. Je vous le demande avec insistance : faites-le chercher.

Le maire hocha la tête à plusieurs reprises d'un air préoccupé.

— Je vous le répète, dit-il, s'il est par chez nous, on le trouvera. Mais s'il est parti...

M. Deschamps écrivit quelques mots sur une feuille de carnet qu'il sortit de sa poche, la tendit au maire puis il se leva en disant :

— Faites-lui remettre ça.

— On va essayer, dit le maire.

— Il faut que je parte, je n'aime pas conduire la nuit.

Le maire raccompagna son visiteur jusqu'à sa voiture, le retint par le bras au moment où il ouvrait la portière.

— Pour moi, il est parti, dit-il ; il n'en pouvait plus d'attendre.

M. Deschamps haussa légèrement les épaules, souffla avant de refermer la portière :

— Que voulez-vous ? Si vraiment il est parti, je continuerai à chercher.

Et il démarra, bien décidé à ne pas dévoiler à Soledad l'essentiel de ce qu'il avait appris en Dordogne, en cette fin de juillet.

Cela faisait dix jours que Luis luttait contre la maladie. Il allait mieux, mais il était très amaigri, à bout de force, et la pluie qui s'était mise à tomber avec obstination emplissait la cabane d'une humidité peu propice à une guérison. Il savait ce qu'il devait à la vieille et au géant de la métairie, ainsi qu'à Cuevas, à qui il disait :

— Quand je serai debout, je te construirai un vrai bateau. Pas une de ces misérables barcasses qui s'envolent au premier coup de vent, mais un vrai petit chalutier. Quand tu accosteras là-bas, à Mojacar, où nous reviendrons bientôt, il te faudra toute une journée pour décharger le poisson.

— Mange, au lieu de raconter des blagues ! répondait Cuevas ; tu en as bien besoin.

— Et les deux autres, là-bas, reprenait Luis, qu'est-ce que je vais bien pouvoir faire pour les remercier ?

— T'inquiète donc pas pour eux ! Ils comptent bien qu'on va leur couper du bois pour l'hiver.

— Je serai parti avant l'hiver, dit Luis.

— C'est ça. En attendant, repose-toi ; tu fais peur à voir.

Chaque fois que Cuevas s'éloignait de la cabane, Luis essayait de se lever, de marcher, mais chaque fois un vertige le contraignait à se recoucher. Il devait pourtant entretenir le feu pour ne pas laisser s'installer le froid. La nuit, il dormait dans sa couverture et dans celle de Cuevas qui prétendait ne pas en avoir besoin.

Un jour, en fin d'après-midi, ils entendirent des pas sur le sentier et crurent qu'il s'agissait du géant de la métairie. Une voix appela du dehors, une voix qui ne portait aucune menace, au contraire : c'était celle de Ménendez, un Navarrais sec et nerveux qu'ils avaient connu à Vassignac et qui, comme eux, se cachait dans la forêt. Cuevas lui ayant ouvert, celui-ci entra en se frottant les mains, heureux de se réchauffer à la chaleur du foyer dont les flammes dansaient joyeusement dans la cabane.

— Ça fait huit jours qu'on vous cherche, dit-il en s'asseyant sur un tabouret.

— Qu'est-ce que tu nous veux ? fit Cuevas avec une ombre d'hostilité dans la voix.

— Moi ? Rien ! C'est le maire qui demande après lui.

— Pourquoi ? fit Luis en se redressant sur un coude, et avec l'impression que ses veines s'étaient mises à charrier du feu.

— Il a une lettre pour toi. Elle vient de ta femme.

Il sembla à Luis que la gigantesque tenaille qui était refermée sur son cœur depuis de longs mois s'ouvrait enfin.

Il bondit sur le Navarrais, le saisit par les pans de sa chemise et cria :

— Où est-elle ?

Il le secouait si fort que Cuevas dut aider Ménendez à se dégager. Celui-ci dévisagea Luis avec stupeur.

— Tu es complètement fou, dit-il.

Luis, que l'effort avait brisé, s'était de nouveau assis sur la litière et cherchait son souffle.

— Laisse, dit Cuevas, il est malade.

Et il ajouta, comme Ménendez hochait la tête d'un air navré :

— C'est à cause de sa femme, tu le sais bien.

— Sa femme, le maire sait où elle est. Il suffit qu'il aille chercher le papier.

Luis, de nouveau, se releva et, tremblant sur ses jambes, s'approcha de Cuevas, demanda :

— Vas-y pour moi, Agustin. Vas-y vite.

— Et si c'était un piège ? fit Cuevas.

Ménendez haussa les épaules.

— Vous êtes trop cons, tous les deux, dit-il. Ça fait plus de huit jours que tout le monde vous cherche et c'est tout ce que vous trouvez à dire.

Il ajouta en se levant :

— J'ai fait la commission, je m'en vais.

— Attends ! fit Luis en le retenant par la veste. Dis-moi où elle est.

— Mais j'en sais rien, moi ! fit le Navarrais en se dégageant. Vous m'emmerdez à la fin !

Et il sortit, manifestement contrarié d'avoir tant marché pour recevoir un tel accueil.

Quand ses pas se furent éloignés sur le sentier, Luis, dont l'espoir semblait décupler les forces, dit à Cuevas :

— S'il te plaît, vas-y tout de suite, Agustin.

— J'irai demain. La nuit va tomber et je vais me perdre.

— Si tu ne veux pas y aller, moi j'y vais.

Et Luis se dirigea vers la porte sur laquelle il fut contraint de s'appuyer pour ne pas tomber.

— Bon, fit Cuevas, j'ai compris. Va te coucher et attends-moi. Mais je ne reviendrai pas avant demain ; c'est pas possible.

— Je m'en fous, dit Luis. Vas-y.

Cuevas prit un sac où il fourra son couteau, des pommes et une chemise sèche puis, un sac de jute posé sur sa tête en manière de capuchon, il sortit en grommelant :

— Y a rien de plus têtu qu'un Aragonais.

A partir du moment où la porte se referma, pour Luis une interminable attente commença. Il ne put même pas fermer l'œil de la nuit, tellement les questions se bousculaient dans sa tête. Comment Soledad l'avait-elle retrouvé ? Avait-elle reçu une lettre d'Isabel ? Etait-elle loin de lui ou tout près ? Pourquoi ne s'était-elle pas manifestée plus tôt ? Il eut un nouvel accès de fièvre et délira dans un demi-sommeil, si bien qu'au matin il ne sut si la visite de Ménendez avait bien eu lieu ou s'il avait rêvé. Heureusement, l'absence prolongée de Cuevas lui sembla confirmer l'événement de la veille. Il n'y avait plus qu'à attendre la nouvelle qu'il espérait depuis près de dix-huit mois, c'est-à-dire depuis le jour où il était entré dans le camp de Septfonds. Une espérance folle l'envahissait, le submergeait, mais il avait trop attendu pour croire vraiment qu'il arrivait au terme du voyage. Et même quand les mots écrits par M. Deschamps dansèrent devant ses yeux, aux alentours de midi, il eut du mal à les croire. Au contraire, la souffrance accumulée en lui demeura la même, et il pressa Cuevas de questions pendant de longues minutes. Celui-ci répondit de son mieux mais, comme Luis manifestait une excitation inquiétante, il dut tempérer un peu son impatience :

— Il y a un problème, dit-il, c'est qu'on trouve des gendarmes partout. Surtout aux alentours de Vassignac. J'ai bien failli y passer. Le maire est surveillé, il ne pourra pas t'emmener.

— Je m'en fous, dit Luis, j'irai à pied.

— A pied ! Dans l'état où tu es ?

— Et alors ? Quand on était dans les montagnes, avec Ordialès, j'en ai vu bien d'autres.

Cuevas ne répondit pas, soupira :

— Je ne te laisserai pas partir comme ça.

— Tu m'en empêcheras, peut-être ? fit Luis en se levant.

— Parfaitement !

— Et de quel droit ?

Cuevas, excédé, répondit :

— Du droit de t'empêcher de crever alors que tu l'as retrouvée.

Luis, qui tremblait de tous ses membres, semblait prêt à empoigner Cuevas. Ils faillirent se battre et l'Andalou le comprit, s'écarta le premier.

— Calme-toi, fit-il, je vais t'expliquer.

Luis s'assit, évitant le regard de son compagnon.

— Le maire a dessiné un plan au dos du papier. Il y a à peu près soixante kilomètres.

— Soixante kilomètres, souffla Luis, seulement soixante kilomètres !

— Soixante ou trois cents, de toute façon pour toi, c'est beaucoup trop. Promets-moi que tu attendras.

— J'attendrai, dit Luis, j'attendrai.

A moitié rassuré, Cuevas évita de sortir pendant les quarante-huit heures suivantes. Le maire lui avait donné des provisions pour plus d'une semaine. La pluie avait enfin cessé. Il y avait dans l'air des puissants parfums de mousse et de champignons. La pousse s'annonçait, et les deux hommes ne risquaient pas de souffrir de la faim avant un bon mois. Luis parut prendre son parti de cette attente qui lui était imposée, persuadé qu'elle s'achevait enfin.

Pourtant, deux jours plus tard, à l'aube, le géant de la métairie vint demander de l'aide à Cuevas pour arracher une souche dans un champ. Celui-ci le suivit avec réticence et dit à Luis avant de partir :

— Promets-moi de rester ici.

— Va ! répondit Luis, ne t'inquiète pas

A peine dix minutes s'étaient-elles écoulées après le départ des deux hommes que Luis, encore mal assuré sur ses jambes, partait vers Soledad.

La pluie s'était remise à tomber et noyait la plaine sous un épais brouillard. Luis avançait en longeant la lisière de la forêt, se repérait difficilement et cherchait la route qui était censée le conduire à Fleurac et, de là, aux Eyzies puis à Saint-Cyprien. « Après, avait dit le maire à Cuevas, il lui suffira de remonter la Dordogne jusqu'à ce qu'il trouve le bourg de Vayrac. Là, on lui enseignera le chemin de Flaujac ; c'est tout près. »

Luis marchait lentement en mesurant les efforts, essayait de rythmer sa respiration sur chacun de ses pas, mais il devait s'arrêter souvent, ses jambes s'affaissant sous lui. Il s'abritait alors sous les grands hêtres qui le protégeaient mieux de la pluie, se roulait en boule, dormait un peu, se réveillait, mangeait un morceau de pain et repartait. Il lui fut assez facile de marcher sans être vu pendant l'après-midi, et il eut la chance de trouver une grange pleine de paille juste avant la tombée de la nuit. Il put alors se déshabiller, se sécher, se frictionner comme on bouchonne un cheval, et dormir d'un trait jusqu'au matin. Alors, la forêt s'éclaircissant, il dut redoubler d'attention en suivant la petite route qui menait à Fleurac. La pluie ne s'était pas arrêtée de tomber et s'ingéniait à transpercer ses vêtements avec une application têtue. La fièvre, de nouveau, fit courir des frissons sur sa peau, la sueur coula dans son dos, ses forces l'abandonnèrent. Il comprit qu'il n'arriverait jamais à destination s'il ne trouvait pas de l'aide. Trop fatigué pour s'éloigner de la route et chercher une ferme, il s'assit sous un frêne et décida d'attendre. La chance le servit : un paysan en charrette le prit avec lui et, le voyant malade, l'emmena chez lui, dans un hameau situé près des Eyzies. Sa femme le soigna avec des cataplasmes, et il resta vingt-quatre heures à se réchauffer auprès d'un grand feu, en buvant du bouillon brûlant.

La pluie s'étant arrêtée, il se remit en route le lendemain, profitant de l'accalmie du ciel qui, pourtant, restait menaçant.

Le soir, il trouva enfin la Dordogne et prit la direction de l'est pour revenir vers Souillac et le département du Lot. Seule la pensée de Soledad proche lui permettait de demeurer debout. Il coucha dans des cabanes, traversa des prairies, des ruisseaux, dut faire des détours pour éviter les villages, se repérant de loin à la petite route qui sinuait dans la vallée. Il mit trois jours pour arriver à Vayrac, un gros bourg où il n'eut pas besoin d'entrer, une gardienne de vaches lui ayant enseigné juste avant la route de Flaujac. La pluie d'automne l'accompagna jusqu'au village où le premier gamin rencontré lui montra les toits de Cayssac. Il dut s'arrêter plusieurs fois avant le hameau pour laisser s'estomper les vertiges qui lui faisaient perdre l'équilibre. Un peu avant la première maison, complètement épuisé, la vue brouillée par la pluie et la sueur, il s'appuya à un mur de pierres plates et il lui sembla distinguer des silhouettes dans le champ de maïs. Il s'essuya les yeux d'un revers de main, plissa les paupières, se demanda si c'était un homme ou une femme qui, là-bas, à une centaine de mètres, travaillait, courbé vers la terre, et lui tournait le dos. Après plusieurs secondes, il s'aperçut qu'il s'agissait d'une femme et d'un enfant. Et tout à coup, ce fut comme si son cœur cessait de battre. Il voulut appeler, mais seul un filet de voix sortit de sa bouche :

— Soledad !

Et il répéta plusieurs fois le mot sans trouver davantage de force :

— Soledad ! Soledad !

Nul ne pouvait l'entendre, et surtout pas elle, qui était trop loin et ne regardait pas dans sa direction. Il attendit que son vertige se dissipe, longea le mur en s'y appuyant, gagna l'entrée du champ que défendait une barrière. Il l'ouvrit, essaya d'appeler, mais il étouffait et aucun son ne sortait de sa bouche. Il s'adossa au mur, leva son bras droit et l'agita. Là-bas, l'enfant, que le manège de l'inconnu intriguait, tira la jupe de sa mère. D'abord elle le repoussa puis, comme il recommençait, elle se retourna : à l'autre bout du champ, un homme semblait l'appeler. Elle demeura quelques secondes immobile, puis, soudain, elle comprit. Le cri qu'elle poussa alors fit se lever les alouettes dans les champs voisins. C'était le cri qu'elle retenait depuis longtemps, trop longtemps, depuis ce jour où, à Barcelone, Luis avait disparu en compagnie d'Ordialès au bout de l'allée. Il n'en finit pas de s'éteindre, comme si toute la douleur de sa vie la quittait enfin, en quelques secondes :

— Luis !

Elle s'élança sur la terre rendue glissante par la pluie, tomba, se releva, et cria de nouveau en se remettant à courir. Luis, à l'autre extrémité du champ, avait quitté l'appui du mur et tanguait sur les mottes inégales. Il tomba lui aussi, demeura un moment à genoux, gémit, se redressa en croyant qu'il avait rêvé. Mais non ! La voix était bien celle de Soledad qui courait en tenant sa jupe relevée, le souffle court, échevelée. Il leur semblait qu'ils ne combleraient jamais ces cent mètres de terre ruisselante d'eau, comme si un destin maudit avait dressé cet ultime obstacle entre eux. Soledad sentait son cœur cogner à se rompre dans ses oreilles et sur ses tempes. Luis n'y voyait plus, mais il avançait quand même, les bras tendus, comme un aveugle. A bout de force, il s'arrêta et demeura immobile, l'appelant doucement. Ce fut elle qui combla les derniers mètres en comprimant un point de douleur à son côté droit. Comme il avait ouvert les bras, elle arriva sur lui avec une telle violence qu'ils basculèrent en arrière et tombèrent sans se lâcher, lentement, les yeux clos. Ils restèrent ainsi enlacés comme s'ils avaient peur de se perdre aussitôt réunis, sans bouger, essayant de reprendre leur souffle en se cherchant des lèvres et des mains.

— Luis, murmurait Soledad, Luis, tu es là, tu es là, c'est toi, c'est bien toi.

Il ne disait rien, n'en ayant plus la force. Il se contentait d'enfouir sa tête dans les cheveux de Soledad, de les mordre, de se réchauffer contre elle, de se laisser aller enfin, après tant d'efforts. Soledad, elle, murmurait tous les mots qu'elle n'avait pu prononcer pendant tant de jours, tant de mois. Et puis, au bout de deux ou trois minutes, une voix étranglée murmura :

— Maman.

Soledad tressaillit. Elle avait oublié son fils. Lentement, péniblement, elle dénoua ses bras, se redressa :

— C'est Luis, dit-elle à Miguel. Luis ! Tu le reconnais ?

L'enfant, effrayé par cet homme couvert de boue, se mit à pleurer. Soledad le prit contre elle et il s'apaisa un peu. Luis essaya de caresser ses joues du bout des doigts, mais il tremblait tellement qu'il n'y parvint pas. Elle comprit alors qu'il était malade.

— Tu as de la fièvre ! dit-elle.

Il fit « non » de la tête puis, sans un mot, il s'allongea, ferma les yeux et ne bougea plus.

Cinq minutes plus tard, prévenus par Miguel, M. et Mme Deschamps aidèrent Soledad à transporter Luis dans le pigeonnier. Une heure après, le médecin de Flaujac arrivait et se montrait rassurant : le malade était épuisé et avait surtout besoin de repos. Il fallait le laisser dormir. Soledad confia le petit Miguel à ses patrons, puis elle approcha une chaise près du lit où se trouvait Luis et le regarda longtemps, longtemps, jusqu'à ce que la nuit tombe. Enfin, quand elle se fut imprégnée de sa présence, de son visage, de tous ses traits, quand elle les eut incrustés en elle pour être certaine de ne plus les oublier, elle se déshabilla et, avec un frisson délicieux, elle se glissa dans le grand lit où, désormais, elle le savait, elle ne serait plus jamais seule.

Une semaine avait suffi à Luis pour se remettre. Pendant tout le temps où il était resté couché, ils avaient parlé inlassablement, s'étaient raconté en détail les événements survenus depuis Barcelone, et peu à peu ils s'étaient réhabitués l'un à l'autre avec l'impression, parfois, de se découvrir, comme aux premiers jours de leur rencontre. Ils n'en finissaient pas de parler, heureux de mesurer le chemin parcouru, d'avoir surmonté les obstacles, de se savoir ensemble désormais. Après quelques hésitations, le petit Miguel avait adopté Luis, donnant même parfois l'impression de se souvenir de Zuera ou de Barcelone.

M. et Mme Deschamps avaient décidé de fêter sa guérison en organisant un repas dans la grande salle à manger de leur maison. Il avait été alors convenu que Luis et Soledad prendraient le fermage et emménageraient dans la maison basse où vivait Madeleine. Celle-ci avait refusé l'offre de s'installer au pigeonnier et avait préféré revenir dans sa famille, du côté de Toulouse. Pendant que Luis s'était mis au travail avec M. Deschamps, Soledad s'était occupée du déménagement. Elle s'était plu tout de suite dans la maison aux lilas qu'elle avait vus fleurir au printemps en compagnie de Madeleine, et elle s'était rappelé avec émotion les prédictions de la gitane dont elle avait été tant effrayée sur la sierra : « Tu auras une grande maison, avec un beau jardin et du lilas. » Si elle avait deviné, alors, quels déchirements elle allait vivre, aurait-elle eu la force de continuer ? Elle ne le savait pas, mais ce qu'elle savait, en revanche, c'était que le lilas et le jardin se trouvaient là et qu'ils constituaient la preuve vivante d'un bonheur tout neuf. Son seul souci, désormais, était sa mère à laquelle elle pensait, précisément, pendant les moments où elle était le plus heureuse. Mais n'était-ce pas elle qui l'avait poussée à partir, à rejoindre Luis à l'annonce de sa sortie de prison ?

Luis, quant à lui, restait encore sur le qui-vive, surtout la nuit, car il craignait les gendarmes. Cependant, M. Deschamps était allé expliquer sa situation au maire de Flaujac qui lui avait promis sa protection. Puisqu'il avait un patron qui répondait de lui et un emploi, l'Espagnol ne risquait rien. D'ailleurs, on était en zone libre et le gouvernement de Vichy ne semblait pas particulièrement menaçant. Luis et Soledad apprenaient donc la paix et la confiance en regardant s'amuser le petit Miguel qui avait pour compagnon le chien noir aux longs poils du domaine. Soledad retrouvait parfois en lui des expressions et des attitudes de son père, et le passé resurgissait. Mais l'enfant courait vers Luis, se jetait dans ses bras, ils tournaient tous les deux avec des rires et des cris et finissaient par tomber sur le sable de la cour. Alors elle les rejoignait, les aidait à se relever et, devant leur sourire, oubliait tout.

Au terme de cette première semaine, le dimanche, ils firent une promenade sur le chemin bordé d'arbres fruitiers qui, de leur maison, partait vers les collines du causse. Autant la vallée était riche et verdoyante, autant, comme à Zuera, les collines crayeuses étaient arides et désertiques. A un moment, Luis quitta le chemin et entra dans un champ labouré depuis peu. Il s'agenouilla, prit deux poignées de terre qu'il serra dans ses poings avant de la laisser couler lentement entre ses doigts. Soledad sentit son cœur battre plus vite en se souvenant de ce geste qu'il avait si souvent fait devant elle en disant : « J'aurai de la terre, alors. » Quand il se releva, ses mains tremblaient et ses yeux brillaient intensément.

— Elle est belle, dit-il.

Et il ajouta avec un sourire :

— Elle est quand même un peu à nous.

— Oui, dit Soledad en refoulant un sanglot, elle est un peu à nous.

Ils repartirent sur le chemin et elle s'aperçut qu'il en avait gardé dans son poing serré. Au bout du sentier, ils s'assirent dans l'herbe, sous un pommier. Luis laissa couler la terre devant ses pieds, l'écartant de temps en temps du bout des doigts. Ils profitèrent de ce repos au soleil, tandis que Miguel cherchait les sauterelles dans le pré voisin. Soledad imagina un moment qu'elle se trouvait à Pallencia, dans la vallée, au bord de la rivière. Luis songeait à la plaine de Zuera d'où il apercevait, tout là-haut, la *cueva* creusée dans le rocher. Serrés l'un contre l'autre, ils ne bougeaient pas, s'écoutaient respirer, accueillant avec des soupirs le parfum des pommes chaudes et du regain.

— Il me semble que les amandiers pourraient pousser là-bas, sur le coteau, fit soudain Soledad.

— Je ne sais pas, dit Luis, peut-être.

Ils se turent de nouveau, perdus dans leurs pensées, leurs souvenirs.

— Parfois, au printemps, les amandiers fleurissent rouge, murmura rêveusement Soledad.

Luis parut ne pas entendre. Le regard fixé sur les rochers des collines qui ressemblaient tellement à ceux des sierras, il réfléchissait.

— Est-ce qu'on pourra revenir un jour, là-bas ? demanda Soledad.

Il ne répondit pas tout de suite, continua d'observer la

pierraille blanche où la chaleur ondulait en vagues translucides.

— Luis, crois-tu qu'on reviendra chez nous ? répéta Soledad.

Il la prit par les épaules, la serra, lui fit mal sans s'en rendre compte.

— Oui, dit-il avec une lueur farouche dans les yeux, je ne sais pas quand, mais je te promets qu'un jour on reviendra chez nous.

Il y avait une telle émotion dans sa voix que Soledad n'eut aucune peine à le croire. Alors, retrouvant son sourire, elle se serra de nouveau contre lui, heureuse de savoir qu'elle reverrait un jour les amandiers de Pallencia.

Décembre 1986-mars 1988.

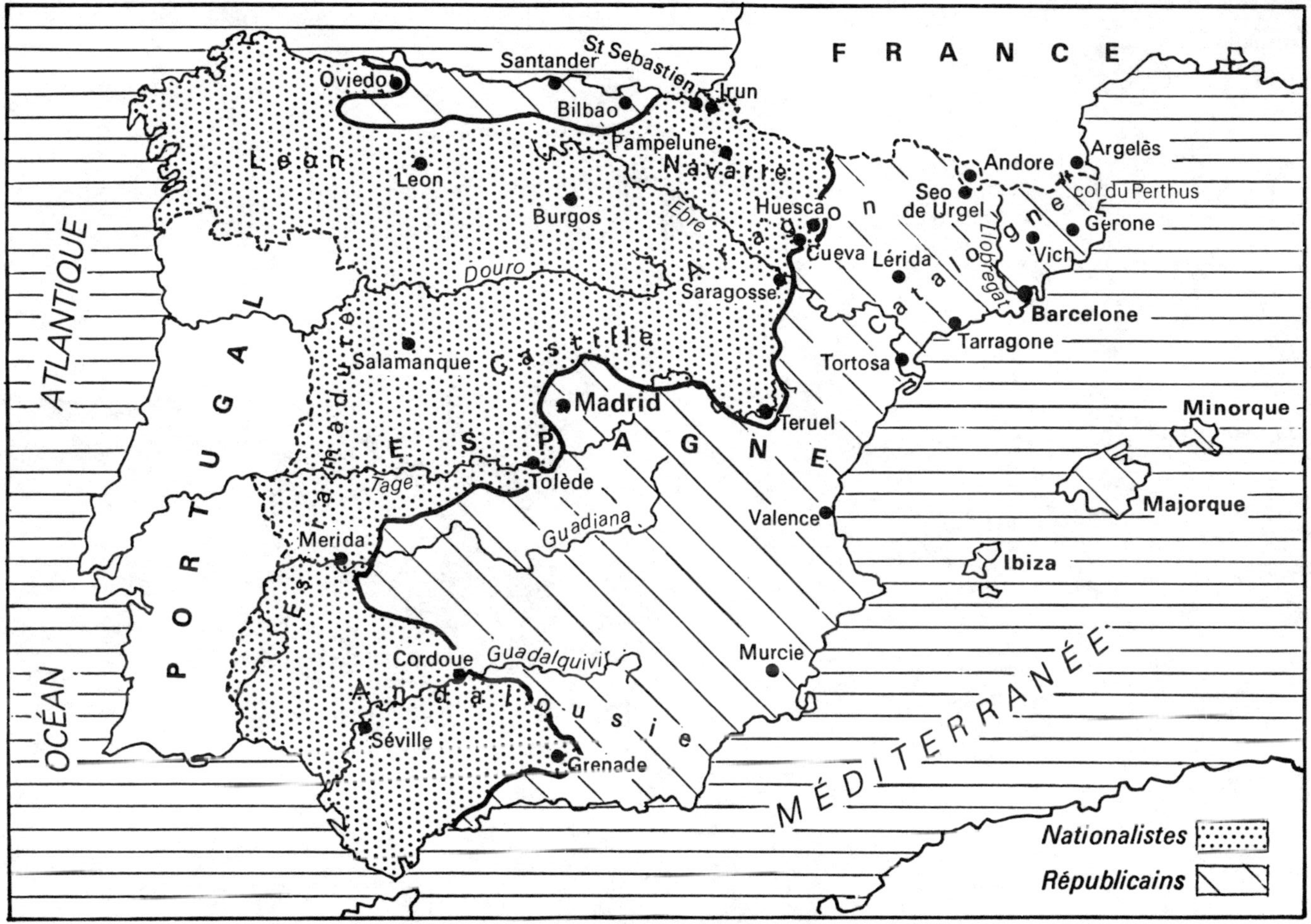

Les zones républicaine et nationaliste en mars 1937

QUELQUES DATES

15 juin 1933. José Antonio Primo de Rivera crée le parti de la Phalange qui deviendra le fer de lance du Front national contre le bloc des gauches.

26 mai 1935. Azaña lance un programme électoral d'union des gauches.

16 février 1936. Elections législatives. Victoire de l'union des gauches *(Frente popular)*, mais ce n'est pas un raz de marée : 277 voix contre 164 à la droite et au centre réunis. Dans la nuit, émeutes et incendies.

23 juin 1936. Le général Franco, de son semi-exil des Canaries, écrit au Premier ministre Casarès Quiroga pour protester contre le fait que des officiers de droite ont été relevés de leur commandement.

2 juillet 1936. Deux phalangistes sont abattus par des coups de feu tirés d'une voiture.

12 juillet 1936. Assassinat du lieutenant républicain José Castillo, qui avait tué, quelque temps plus tôt, le marquis de Heredia, phalangiste et cousin de Primo de Rivera.

13 juillet 1936. Assassinat du leader monarchiste Calvo Sotelo.

17 juillet 1936. Le général Franco quitte Ténérife, aux Canaries, dans la nuit, avec sa femme et sa fille (en principe pour assister aux obsèques d'un gouverneur militaire tué en avion, à Las Palmas). Le soir même, la garnison de Melilla, au Maroc espagnol, se soulève. Le mot d'ordre de l'insurrection « *Sin novedad* » est envoyé par le général Yagüe en Espagne.

18 juillet 1936. Le gouvernement de la République diffuse sur les ondes que « personne en métropole n'a pris part au complot ». Dans la journée toute l'Andalousie prend feu.

19 juillet 1936. Les villes les plus importantes se soulèvent à leur tour. Le peuple réclame des armes.

22 juillet 1936. La véritable guerre commence. Elle oppose les républicains (socialistes, communistes, libertaires, autonomistes basques et catalans, syndicalistes qui arment les miliciens), bientôt aidés par les brigades internationales, aux nationalistes qui regroupent l'essentiel de l'armée régulière, les phalangistes, les carlistes, et qui bénéficieront de l'aide allemande (légion Condor) et italienne (Chemises noires).

3 août 1936. La Grande-Bretagne accepte le principe d'un traité de non-intervention proposé par la France.

6 août 1936. Le général Franco arrive à Séville pour prendre le commandement de l'armée d'Afrique transportée depuis le 29 juillet par les « Junker 52 » de Hitler.

3 septembre 1936. Prise d'Irun par les nationalistes.

16 septembre 1936. Le général nationaliste Varela se rend maître de la plus grande partie de l'Andalousie.

27 septembre 1936. Prise de l'alcazar de Tolède par les nationalistes. A l'hôpital, les Maures liquident quatre-vingts blessés à la grenade.

1er octobre 1936. A Burgos, le général Franco est fait généralissime et chef d'Etat par une junte militaire composée des généraux Mola, Orgaz, Kindelan, Queipo de Llano, Yagüe et Varela.

7 novembre 1936. Bataille de Madrid. Les républicains conservent le contrôle de la ville.

20 novembre 1936. Après un simulacre de procès, exécution de Primo de Rivera par les républicains dans la prison d'Alicante.

31 décembre 1936. L'année qui s'achève a vu l'établissement d'un front continu sur une ligne approximative nord-sud. L'Ouest (Galice, Navarre et une grande partie de l'Estramadure et de l'Andalousie) est tombé aux mains des nationalistes. L'Est (Catalogne, Aragon, Levant) et la majeure partie de la Castille demeurent sous le contrôle républicain dont les armées commandées par Rojo et Miaja restent maîtresses de Madrid, Barcelone, Malaga, Santander et Valence.

7 février 1937. Prise de Malaga par les nationalistes.

18 mars 1937. Offensive victorieuse des républicains à Guadalajara

24 avril 1937. Prise d'Elgeta par les nationalistes qui, en Aragon, cherchent à consolider leurs positions les plus avancées, notamment Teruel.

26 avril 1937. Bombardement de Guernica par l'armée de l'air allemande : 1 654 morts, 889 blessés.

12 juin 1937. Prise de Bilbao par les nationalistes. 15 000 morts.

21 octobre 1937. Prise de Gijon par les nationalistes.

15 décembre 1937. Attaque de Teruel par les républicains. Cette bataille sera l'un des principaux faits d'armes de la guerre civile.

8 janvier 1938. Prise de Teruel par les républicains qui, d'assiégeants, deviennent assiégés.

— Reprise de Teruel par les nationalistes.

9 mars 1938. Le front d'Aragon est enfoncé par les nationalistes.

3 avril 1938. Les nationalistes prennent Lérida.

15 avril 1938. Les nationalistes atteignent la mer à Vinaroz et coupent en deux l'Espagne républicaine. Le sort de la guerre vient de basculer.

24 juillet 1938. Le comité de guerre de la République, qui a quitté Valence pour Barcelone, décide d'une contre-attaque sur l'Ebre.

30 octobre 1938. Les nationalistes, ayant contenu l'offensive républicaine, attaquent à leur tour dans la vallée de l'Ebre.

14 janvier 1939. Prise de Tarragone par les nationalistes.

25 janvier 1939. Prise de Barcelone par les nationalistes. L'exode de Catalogne, qui a déjà commencé, prend l'ampleur d'un désastre. Léon Blum, le président du Conseil français, ouvre la frontière aux « civils et aux blessés ».

5 février 1939. Prise de Gérone par les nationalistes.

27 février 1939. La France et l'Angleterre reconnaissent officiellement le gouvernement du général Franco.

28 mars 1939. Prise de Madrid par les nationalistes malgré la résistance républicaine organisée par le général Casado.

Fin de la guerre civile.

BIBLIOGRAPHIE

BENNASSAR Bartolomé. *Histoire des Espagnols*. Éditions Colin. Paris.
CALMETTE Joseph. *La formation de l'unité espagnole*. Éditions Flammarion. Paris.
CASTILLO Michel del. *Le sortilège espagnol*. Éditions Julliard. Paris.
CROZIER. *Franco*. Mercure de France. Paris.
DELPIERRE DE BAYAC Jacques. *Les brigades internationales*. Éditions Fayard. Paris.
DESSENS André. *L'Espagne et ses populations*. Éditions Complexe. Bruxelles.
GALLO Max. *Histoire de l'Espagne franquiste*. Éditions Robert Laffont. Paris.
GEORGEL Jacques. *Le franquisme*. Éditions du Seuil. Paris.
HERMET Guy. *La politique dans l'Espagne franquiste*. Éditions Colin. Paris.
DIAZ PLAJA Fernando. *Histoire de l'Espagne*. Éditions France-Loisirs. Paris.
DESCOLA Jean. *Les grandes heures de l'Espagne*. Éditions Perrin. Paris.
DESCOLA Jean. *Histoire de l'Espagne*. Éditions Fayard. Paris.
DESCOLA Jean. *Ô Espagne*. Éditions Albin Michel. Paris.
LEGENDRE Maurice. *Nouvelle histoire de l'Espagne*. Éditions Hachette. Paris.
MALRAUX Clara. *La fin et le commencement*. Éditions Grasset. Paris.
PEREZ MUR Francisco. *De la voltige aérienne à la guerre d'Espagne*. Éditions France Empire. Paris.
SERRANO SUÑER Ramon. *Espagne 1931-1945*. Éditions de la Table Ronde. Paris.
SORIA Georges. *Guerre et révolution en Espagne*. Club Diderot. Paris.

THOMAS Hugh. *La guerre d'Espagne*. Éditions Robert Laffont. Paris.
TEMINE Émile. *La guerre d'Espagne commence*. Éditions Complexe Bruxelles.
TEMINE Émile. *Histoire de l'Espagne contemporaine de 1808 à nos jours*. Éditions Aubier-Montaigne. Paris.
Historama hors-série n° 4, *Franco et la guerre d'Espagne*, 1976.
GRANDO René, QUÉRALT Jacques, FEBRÈS Xavier. *Vous avez la mémoire courte*. Éditions du Chiendent. Perpignan.

TABLE DES MATIÈRES

Achevé d'imprimer le 11 juillet 1988
sur presse CAMERON,
dans les ateliers de la S.E.P.C.
à Saint-Amand-Montrond (Cher)
pour le compte des éditions Robert Laffont
6, place Saint-Sulpice, 75279 Paris Cedex 06

Dépôt légal : juillet 1988.
N° d'Édition : 31207. N° d'Impression : 4549-1016.